世界经典名著悦读

罗亭 父与子

Luo Ting　Father and Son

［俄罗斯］屠格涅夫◎著

以　笙◎编译

北方妇女儿童出版社

版权所有　侵权必究

图书在版编目（CIP）数据

罗亭　父与子／（俄罗斯）屠格涅夫著；以笙编译． -- 长春：北方妇女儿童出版社，2019.4
（世界经典名著悦读）
ISBN 978-7-5585-0568-3

Ⅰ．①罗… Ⅱ．①屠… ②以… Ⅲ．①小说集－俄罗斯－近代 Ⅳ．①I512.44

中国版本图书馆 CIP 数据核字（2017）第 168158 号

出 版 人	刘　刚
封面设计	艺和天下
责任编辑	张晓峰
开　　本	155mm×220mm　1/16
印　　张	17.5
字　　数	280 千字
印　　刷	三河市同力彩印有限公司
版　　次	2019 年 4 月第 1 版
印　　次	2019 年 4 月第 1 次印刷
出　　版	北方妇女儿童出版社
发　　行	北方妇女儿童出版社
地　　址	长春市人民大街 4646 号
邮　　编	130021
电　　话	编辑部：0431-86037512
	发行部：0431-85640624
定　　价	39.80 元

前　言

屠格涅夫（1818—1883），俄国19世纪批判现实主义作家。主要作品有《猎人笔记》《罗亭》《贵族之家》《前夜》《父与子》《处女地》《阿霞》《初恋》等。

屠格涅夫出生在奥廖尔省一个贵族家庭，但自幼厌恶农奴制度。曾先后在莫斯科大学、彼得堡大学就读，毕业后到柏林进修，回国后和别林斯基成为至交。屠格涅夫在大学时代就开始创作，1847—1852年陆续写成的《猎人笔记》是其成名作。19世纪50—70年代是屠格涅夫创作的旺盛时期，他陆续发表了长篇小说《罗亭》《贵族之家》《前夜》《父与子》《烟》《处女地》等。从19世纪60年代起，屠格涅夫大部分时间在西欧度过，结交了许多作家、艺术家，如左拉、莫泊桑、都德、龚古尔等。参加了在巴黎举行的"国际文学大会"，被选为副主席（主席为维克多·雨果）。1883年屠格涅夫病逝于法国巴黎。

《罗亭》是屠格涅夫创作的一部长篇小说。作品以主人公罗亭与娜塔莉亚的爱情为主要线索展开故事。罗亭出身于破落的贵族之家，接受过大学教育，又曾到国外游历，热爱自由，向往追求理想的生活、事业和爱情。由于他是"语言的巨人，行动的矮子"，虽曾创办多种事业，但却屡屡失败，一事无成。他因能言善道赢得了单纯善良的姑娘娜塔莉亚的芳心，却屈服于娜塔莉亚母亲的意志而放弃了幸福。之后，他一直过着贫困潦倒与漂泊的生活。然而，罗亭最终走上革命的道路，在1848年的巴黎巷战中阵亡，这一悲壮的结局给沙皇残暴统治下的俄国带来一线希望之光。

《父与子》是屠格涅夫的经典之作，也是他的现实主义文学代表作。顾名思义，《父与子》讲述的是"父与子"两代人的故事，这是屠格涅夫在文学创作中探讨的又一个哲学命题，同时这也是俄国19世纪所面临的一个重大的社会问题。

20世纪中叶，屠格涅夫敏锐地发现，俄国社会政治改革不断深化的同时，一个新兴的文化阶层在俄国开始出现，这就是《父与子》中所出现的平民知识分子阶层——他们来自于平民百姓，具有吃苦耐劳、意志顽强的品质及革新精神。平民阶层的知识分子，由于受到上层社会的压迫与排斥，因而对于权威与文化传统，具有天然的反抗情绪，他们崇尚自然与科学，是一种新生的介于贵族文化与农民文化之间的平民文化阶层。敏锐的屠格涅夫观察到这一文化现象时，便在《父与子》这部作品中树立了巴扎罗夫这一平民知识分子形象。

目　录

罗　亭

一	1
二	9
三	20
四	30
五	36
六	43
七	57
八	65
九	70
十	76
十一	81
十二	89
尾声	99

父与子

一	111
二	114
三	115

四	120
五	123
六	128
七	131
八	136
九	141
十	144
十一	153
十二	156
十三	160
十四	165
十五	169
十六	172
十七	180
十八	189
十九	193
二十	199
二十一	207
二十二	220
二十三	224
二十四	229
二十五	242
二十六	252
二十七	259
二十八	271

罗 亭

一

　　寂静的夏日清晨，太阳已经高悬于晴朗的空中，但是田野上仍闪耀着晶莹的露珠，刚苏醒的谷上散发着清新迷人的芬芳气息，树林里依然潮湿，没有喧嚣，鸟儿在高声欢唱。缓缓倾斜的丘岗自上而下覆盖着刚刚开花的黑麦，在岗顶上可以见到有一个不大的村子。

　　一个年轻女人沿着一条狭窄的乡间小路，朝这个村子走去。她身穿细纱白裙，头戴圆草帽，手里拿着遮阳伞。身后远远地跟着一位侍童。她缓缓地走着，似乎在尽情享受散步的乐趣。周围高高的黑麦摇曳摆动，发出微微的簌簌声，起伏的波浪，一会儿闪现出银绿色，一会儿闪现出红色的波光，高空中百灵鸟发出清脆的啼鸣声。

　　年轻女人从自己的村庄出来，这村庄离她现在要去的小村子不过一俄里①。她叫亚历山德拉·巴甫洛芙娜。她是个寡妇，没有子女，非常富有，和自己的弟弟、已退役的骑兵大尉谢尔盖·帕夫雷奇·沃伦采夫一起生活。他并未结婚，管理着她的庄园。

　　亚历山德拉·巴甫洛芙娜来到了小村子，在村边一间很破旧低矮的小木屋旁停了下来。她把自己的侍童叫到面前，吩咐他进屋去询问一下女主人的身体状况。他很快就在一个年老体衰有着白胡须的农夫的陪同下回来了。

　　"嗯，怎么样？"亚历山德拉·巴甫洛芙娜问道。

　　"还活着……"老头答道。

---

① 俄制长度单位，1俄里＝500沙绳≈1.0668公里。

"我能进去看看吗？"

"当然可以。"

亚历山德拉·巴甫洛芙娜走进屋子。屋里又挤又闷，烟雾呛人……有人在炕上蠕动着，发出呻吟。她环视了一下，就在昏暗中看到了头上包着方格头巾的老太婆那又黄又皱的脸，一件笨重的粗呢上衣一直拖到胸口。她呼吸困难，无力地摊开着瘦骨嶙峋的双手。亚历山德拉·巴甫洛芙娜走到老太婆身边，用手指摸一下她的额头……非常烫。

"马特廖娜，你自己觉得怎么样？"她俯向炕上的病人问。

"噢——哟！"老太婆凝视着亚历山德拉·巴甫洛芙娜，呻吟着说，"不好，不好，亲爱的！死期快来了，亲爱的！"

"马特廖娜，上帝是慈悲的，或许，你会好起来的。你服用过我派人给你送来的药了吗？"

老太婆愁眉苦脸地呻吟起来，没有回答。她没有听清她的问话。

"吃过了。"站在门边的老头接着说。

亚历山德拉·巴甫洛芙娜向他转过身来。

"除了你，她身边就没有别人了？"她问。

"还有个小姑娘，是她的孙女，可总是走开。她坐不了一会儿，真是个坐不住的丫头。给奶奶喝口水，也懒得去拿。我自己又老了，我哪儿管用啊！"

"是否可以把她送到我的医院里去呢？"

"不！何必送医院呢！反正都是死！已经活够了，看来，这是上帝的意思。她是不会离开炕的，她哪能去医院！如果稍一动弹，她就会死的。"

"哎哟，"病人呻吟起来说，"漂亮的太太，请别抛下我那孤苦伶仃的小孙女！我们的老爷离得远，而你……"

老太婆不作声了。她说话很费劲。

"别担心，"亚历山德拉·巴甫洛芙娜低声说，"一切都会安排好的，你看，我给你带来了一点茶和糖。如果想喝，就喝吧……你们有茶炊吗？"她瞥了一眼老头，补问道。

"茶炊？我家没有，但可以弄到。"

"那就去找一个来，要不我就把自己的派人送来。还有，你要吩咐孙女，让她别走开。告诉她，这样做应感到羞耻。"

老头什么话也没说,手里却接过一包茶和糖。

"好了,再见,马特廖娜!"亚历山德拉·巴甫洛芙娜说,"我还会来看你的,你别伤心,要按时吃药……"

老太婆微微抬起头,向亚历山德拉·巴甫洛芙娜探过身去,"太太,请把手递给我。"她含混地说。

亚历山德拉·巴甫洛芙娜并没递手给她,俯下身去,吻了一下她的前额。

"你看着点,"临走时她对老头说,"你们一定要按照写的那样给她服药……也要给她喝茶……"

老头又什么也没说,只是鞠了一躬。

闻到了新鲜空气,亚历山德拉·巴甫洛芙娜舒服地呼吸了一下。

她打开遮阳伞,正要回家,突然从小屋角后驶出一辆矮矮的二轮轻便跑车,车上坐着一个三十岁左右的人,身上穿着灰色亚麻布做的旧大衣,头上戴着同样布料做的大檐帽。

看到亚历山德拉·巴甫洛芙娜后,他即刻勒住马朝她转过脸来。宽阔的、没有血色的脸庞上有一双灰白的小眼睛和一撮微白的小胡子,跟他衣服的颜色颇为相配。

"您好,"他懒洋洋地笑着说,"请问,您在这里干什么?"

"我看望一个病人……您从哪儿来,米哈伊洛·米哈伊雷奇?"

被叫作米哈伊洛·米哈伊雷奇的人,看了一下她的眼睛,又微微一笑。

"看望病人,"他继续说,"您做得很好,不过,把她送进医院,对您来说不是更方便吗?"

"她太虚弱了,不能移动。"

"那您不打算撤销您的医院吗?"

"撤销?为什么?"

"就是随便说说。"

"多么奇怪的想法!为什么您头脑中会有这种想法?"

"您一直和拉松斯卡娅交往,看来,受到她的影响。而用她的话来说,医院、学校——这都是微不足道的事,是不必要的主意。行善应当是个人的事,教育也是,这全都是凭良心做的事……好像是这么说的。我倒想知道，她的这些论调是从哪里学来的？"

亚历山德拉·巴甫洛芙娜笑了起来。"达里娅·米哈伊洛夫娜是个聪明的女子，我很喜欢她，也很尊敬她。当然她的想法不一定都对，我并不是每句话都信她的。"

"您做得很好，"米哈伊洛·米哈伊雷奇仍然坐在马车上，"就连她自己也不怎么相信自己的话。不过，遇到您我很高兴。"

"为什么？"

"问得好！似乎并不是遇到您一定高兴似的！而今天您是这么鲜润可爱，一如今天的清晨。"

亚历山德拉·巴甫洛芙娜又笑了起来。

"您又笑什么？"

"笑什么？如果您能看见，您是带着怎样一副没精打采和冷淡的面容说出您的恭维话的，那就好了！让我惊奇的是，您说最后一句话时竟然没打哈欠。"

"一副冷淡的面容……您，总是要火样的热情，可是哪儿都用不着火样的热情，燃烧一阵，冒一阵烟，就灭掉了。"

"会让人感到温暖。"亚历山德拉·巴甫洛芙娜接着说。

"是的……也会烧伤人。"

"好吧，就算会烧伤人，那又有什么！这并不是坏事，至少要比……"

"那我倒要看看，等您真被烧伤了，您是否还会这么说，"米哈伊洛·米哈伊雷奇生气地打断她的话，用缰绳抽打了一下马，"再见！"

"米哈伊洛·米哈伊雷奇，等一下！"亚历山德拉·巴甫洛芙娜喊道，"您何时到我们那里去？"

"明天去，向您的弟弟致意。"轻便马车飞驰而去。亚历山德拉·巴甫洛芙娜看了一眼米哈伊洛·米哈伊雷奇的背影。

"真像个袋子啊！"她想。他弓着腰，沾满灰尘，大檐帽戴在后脑勺上，帽底下露出一绺蓬乱的黄发，真像一个大面粉袋。亚历山德拉·巴甫洛芙娜慢慢地朝着回家的路走去。她低头走着。近处的马蹄声让她停下来并抬起头来……她弟弟骑着马向她迎面走过来：他身边走着一个个子不高的年轻人，穿着轻薄面料做的长礼服，前襟敞开着，戴着轻薄面料的领带和轻薄面料做的灰帽子，手里拿着手杖。他早已在对亚历山德拉·巴甫洛芙娜笑了，虽然他看到，她是边走边在沉思，什么都看不到，一看她停了下来，他便走到她跟前，高兴地，接近温柔地说：

"您好，亚历山德拉·巴甫洛芙娜，您好！"

"啊！康斯坦丁·季奥米德奇！您好！"她答道，"您是从达里娅·米哈伊洛夫娜那儿来的么？"

"正是，正是，"年轻人神采奕奕地答道，"是从达里娅·米哈伊洛夫娜那儿来。达里娅·米哈伊洛夫娜派我到您这儿来，我觉得走着来好……清晨这么美妙，一共才四俄里远。我来了——您不在家。您弟弟告诉我，您到谢苗诺夫卡去了，他自己正打算去田野，我便与他一起走来迎您。真迎上了。这多让人兴奋啊！"

年轻人讲一口纯正的俄语，虽然有些外国口音，可很难确定究竟是哪一个国家的。他的五官有亚洲人的某些特点：鼻梁隆起，呆滞鼓突的大眼睛，又厚又红的嘴唇，倾斜的前额，漆黑的头发——他脸上这一切都显露出东方族裔的特征；可他却说姓潘达列夫斯基，敖德萨是他的故乡，不过他是在白俄罗斯某地，靠一位乐善好施的富孀养育成人的。另一位孀妇则给他职务。总之，中年的太太们都乐意庇护康斯坦丁·季奥米德奇，他善于迎合她们，善于讨得她们的欢心。

他现在就作为一个养子或一名食客住在富裕的女地主达里娅·米哈伊洛夫娜·拉松斯卡娅家里。他温存殷勤又多情，私下里却淫邪好色。他有一副好嗓子，弹一手好钢琴，还有和人说话时眼睛盯着对方的习惯。他穿得很干净，衣服穿得很久，他也常常仔细地把自己的宽下巴刮得干干净净，把头发梳得整整齐齐。

亚历山德拉·巴甫洛芙娜把他的话听完，才朝弟弟转过身去，说：

"今天我总是遇到人，刚才我还跟列日涅夫说话呢。"

"啊，跟他呀？他坐着车到哪里去吗？"

"是的，你想象一下，坐着一辆跑车，穿着像亚麻布袋的衣服，浑身灰尘……他真是个怪人！"

"是啊，或许是有点怪，不过他是个好人。"

"这是说谁？列日涅夫先生？"潘达列夫斯基好像很惊讶地问道。

"是的，是说米哈伊洛·米哈伊雷奇·列日涅夫，"沃伦采夫做了肯定的答复。他又说："不过，再见吧，姐姐，我该到田野上去看看替你种荞麦的农夫。潘达列夫斯基先生会送你回家的……"说罢，沃伦采夫就疾驰而去。

"我很乐意！"康斯坦丁·季奥米德奇高声说道，并将胳臂伸给亚历山德拉·巴甫洛芙娜。

她向他伸过自己的胳臂，两人就朝着她的庄园走去。好像挽着胳臂带亚历山德拉·巴甫洛芙娜走路让康斯坦丁·季奥米德奇很愉快：他微笑着迈着小步，他那东方人的眼睛甚至都蒙上了一层潮润，不过，这很常见，康斯坦丁·季奥米德奇经常会感动不已，轻弹眼泪。挽着一个年轻漂亮、体态苗条的女人同行，谁不会感到愉快呢？

关于亚历山德拉·巴甫洛芙娜，整个××省的人都一致认为，她是个非常迷人的美人。××省的人没有错，光是她那笔挺的、微微翘起的小鼻子就能让每一个凡夫俗子神魂颠倒，更别说她那对温柔的深棕色眼睛，她那一头金褐色的头发，圆圆的双颊上的酒窝和别的美貌之处了。但是她身上最美的是她那可爱的脸蛋上的表情：信赖，善良，温和，这表情既动人心魄，又惹人喜欢。亚历山德拉·巴甫洛芙娜看起人来和笑起来就像个孩子，太太们则觉得她有些幼稚……

难道还有什么缺憾吗？

"您说，是达里娅·米哈伊洛夫娜派您到我这里来的？"她问潘达列夫斯基。

"是的，是她派我来的，"他答道，把俄语的 C 这个音发得像英语的 th 音，"她希望并嘱咐，恳请您今天一定到她家吃午饭……她们（在说到第三者，特别是说到女士时，潘达列夫斯基无一例外地用复数，以示尊敬）——她们正等着一位新客人到家里去，定要把他介绍给您。"

"这客人是谁？"

"是个叫穆费尔的男爵，是从彼得堡来的宫廷侍从官。达里娅·米哈伊洛夫娜前不久在加林公爵那里认识他的，她很称赞他，说他是个可爱的有教养的年轻人。男爵先生也对文学有兴趣，或者，最好说……哎哟，多美的蝴蝶！您快看……最好说，是对政治经济学感兴趣。他写了一篇文章谈一个非常有意思的问题——还想把它送给达里娅·米哈伊洛夫娜评论。"

"让她评论政治经济学的文章？"

"是从语言的角度评论，亚历山德拉·巴甫洛芙娜，我想您知道，达里娅·米哈伊洛夫娜在这方面是行家。茹科夫斯基①有时还常向她请教，而我的恩人，住在敖德萨②的德高望重的老人罗克索兰·梅季阿罗维奇·克桑德雷卡……您知道这个人吧？"

"从没听说过。"

"这样的名人您竟然没听说过？真令人惊讶！我想说，连罗克索兰·梅季阿罗维奇对达里娅·米哈伊洛夫娜在俄语方面的知识也总是给予很高的评价。"

"那这个男爵不会是个书呆子吧？"亚历山德拉·巴甫洛芙娜问道。

"绝不是，达里娅·米哈伊洛夫娜说，很快就可以看出他是个有风度的上流社会的人。谈起贝多芬来，他是那样滔滔不绝，连老公爵都感到很满意……坦率地说，我也会听他讲的：这可是我的本行。请允许向您献上这朵美丽的野花。"

亚历山德拉·巴甫洛芙娜拿着小花，走了几步，就把它丢在路上了……

到她的房屋还剩下不过两百步。不久前才造好和粉刷过的房屋，在老菩提树和槭树的浓荫覆盖下，露出一扇扇宽大、明亮的窗户，令人感到很亲切。

"那么，请吩咐怎么向达里娅·米哈伊洛夫娜回报，"潘达列夫斯基说，他为刚才送上的鲜花的命运感到悲哀。"您会去吃中午饭吗？她们也请您弟弟同往。"

"好的，我们一定来。娜塔莉亚最近怎样？"

"非常感谢，娜塔莉亚·阿列克谢耶夫娜身体很好……可是我们已经走过了去达里娅·米哈伊洛夫娜庄园的岔路口了。请容许我告辞。"

亚历山德拉·巴甫洛芙娜停下来，"难道您不顺便到我家去？"她犹豫不决地问。

"虽然很想去，但我怕回去晚了。达里娅·米哈伊洛夫娜想听听塔尔贝格③的新练习曲，这样就得准备好，弹得熟练些。再说，说实话，我也

---

① 茹科夫斯基（1783—1852），俄国著名的诗人，翻译家，评论家。
② 敖德萨，位于俄罗斯境内的一个省的中心城市。
③ 塔尔贝格（1812—1871），奥地利钢琴家和作曲家。

怀疑，我的谈话能否让您得到什么愉快。"

"啊，不……怎么会……"

潘达列夫斯基叹了口气，表情丰富地垂下了眼睛。"再见，亚历山德拉·巴甫洛芙娜！"他沉默了一会儿说，接着便鞠了一躬，开始往回走了。

亚历山德拉·巴甫洛芙娜转身回家去。

康斯坦丁·季奥米德奇也向自己家走去。一切甜蜜愉快的神情立即从他脸上消失了，显露了一种自信的，几乎是严峻的表情。康斯坦丁·季奥米德奇的步态甚至也改变了——如今他步子迈得较大，落地较重。

他走了两俄里左右，随意地舞动着小手杖，突然他又咧嘴笑了：他看到路旁有一个长得很不错的年轻的农家姑娘，她正在将几只小牛从燕麦地里赶出来。康斯坦丁·季奥米德奇像只公猫似的小心谨慎地靠近姑娘，和她说起话来。那姑娘开始默不作声，涨红了脸，微微笑着，最后用衣袖遮住嘴巴，转过身去，低声说道：

"走开吧，老爷，真的……"

康斯坦丁·季奥米德奇伸出一根手指威胁她，要她给他送一束矢车菊来。

"你要矢车菊干吗？要编花环吗？"姑娘反问道，"好了，走吧，真的……"

"听着，我心爱的小美人……"康斯坦丁·季奥米德奇刚刚开始说。

"好了，走吧，"姑娘打断了他说，"瞧，少爷们走来了。"

康斯坦丁·季奥米德奇回过头看了一下。

的确，达里娅·米哈伊洛夫娜的儿子瓦尼亚和彼佳正从路上跑过来。他们后面走着他们的老师巴西斯托夫，这是个二十二岁左右的年轻人，刚完成学业。巴西斯托夫是个魁梧的小伙子，长相一般，大鼻子，厚嘴唇，像猪似的小眼睛，他不漂亮，也不灵巧，可是善良，诚实，直率。他衣着随便，也不理发——倒不是为了时髦，而是因为懒惰，他喜欢吃，喜欢睡，但也喜欢读好书和热烈的谈话，可是心中却憎恶潘达列夫斯基。

达里娅·米哈伊洛夫娜的孩子很喜欢巴西斯托夫，而且丝毫也不怕他，他与家中其他人的关系也很亲密，这一点女主人不太喜欢，尽管她说明，她并无什么成见。

"你们好，我可爱的孩子们！"康斯坦丁·季奥米德奇开口说，"今天你们这会儿才出来散步呀!"他转向巴西斯托夫补充说,"而我,早就出来了,我的爱好是欣赏大自然。"

"我们都看到了,您是怎么欣赏大自然的。"巴西斯托夫小声说着。

"您是实利主义者,天知道刚才您在想什么,我知道您。"

在和巴西斯托夫或者像他这样的人谈话时,潘达列夫斯基很容易激动,此时 C 这个字母的音也发得很标准,甚至还带有轻微的咝声。

"怎么,您不是在向这位姑娘问路吧?"巴西斯托夫说,一边向左右转动着眼睛。他感觉到,潘达列夫斯基此时正直视着他的脸,这让他感到极为不快。

"我再说一次:您是个实利主义者,不过这样。您在一切事情上必然只想看到实际的一面……"

"孩子们!"巴西斯托夫突然发出口令,"你们看到草地上那棵爆竹柳了,我们来看看,谁能最先跑到那里……一!二!三!"

孩子们飞快地向爆竹柳奔去。巴西斯托夫跟在他们后面快速跑去。

"真是个粗人!"潘达列夫斯基想,"他会将这些孩子带坏的……真是个十足的大老粗!"

于是,康斯坦丁·季奥米德奇自鸣得意地向自己那整洁、雅致的身影投上一瞥,伸出手指拍打了两下礼服的衣袖,抖了抖衣领,就朝前走去。回到自己房间后,他穿上一件旧睡衣,带着一副忧心忡忡的神情坐在了钢琴前。

二

达里娅·米哈伊洛夫娜·拉松斯卡娅的房子,在全省几乎是首屈一指的。它是一座用石头砌成的庞然大物,按拉斯特雷利①的图纸修建,属于 18 世纪风格。它庄严地耸立在一座山丘顶端,山脚下则有俄罗斯中部的一条大河滚滚流过。

---

① 拉斯特雷利(1700—1771),俄国建筑师,巴洛克式建筑的代表人物。

达里娅·米哈伊洛夫娜本人是一位声名赫赫并且十分富有的贵妇,一位三级文官的遗孀。尽管潘达列夫斯基四处谈论她,说她熟悉整个欧洲,而整个欧洲也知道她——但欧洲认识她的人并不多,就连在彼得堡,她扮演的也不是重要角色,不过在莫斯科,大家都认识她,也都去拜访她。她属于上流社会,以有些古怪和不那么慈善而闻名,但却绝顶聪明。

在青年时代她非常美丽,诗人给她献诗,年轻人迷恋她,显赫的先生们追求她。但从那时起,二十五年或者三十年过去了,她从前的娇艳已消失殆尽。初次见到她的人都情不自禁地问自己,"难道这个还不算太老的瘦小焦黄的尖鼻子女人曾经是个美人?难道这便是诗人们曾为之吟唱的那个她?"所有人无不从内心为人世间的变幻莫测感到惊讶。诚然,潘达列夫斯基发现,达里娅·米哈伊洛夫娜还非常优美地保留着她那对美不可言的眼睛,但要知道就是这个潘达列夫斯基曾经断言全欧洲的人都认识她。

每年的夏天,达里娅·米哈伊洛夫娜都要带着自己的孩子回到自己的田庄(她有三个孩子:女儿娜塔莉亚,十七岁;两个儿子,一个十岁,一个九岁)开门纳客,也就是说,接待男士,特别是独身男士。她受不了地方上孤陋寡闻的太太。但是,这些太太对她也是这样!用她们的话说,达里娅·米哈伊洛夫娜桀骜不驯,品行不端,是个可怕的女暴君,而更主要的——她敢在谈吐中如此放肆,简直叫人叹为观止!

事实上,达里娅·米哈伊洛夫娜在乡间也的确不拘小节,而在我行我素,无所顾忌的待人态度里,总带着一种京都显贵对待愚昧小人物的轻蔑情调……固然,在跟城里的熟人打交道时她也很随便,甚至冷嘲热讽,但绝无轻视之意。各位读者,顺便说一下,您可曾注意到,一个在下层圈子中很漫不经心的人,在和上司待在一起时是从来也不会漫不经心的?这是为什么呢?不过这类问题也实在说不好什么原因。

康斯坦丁·季奥米德奇终于熟记了塔尔贝格的练习曲,便从自己那整洁而舒适的房间来到客厅。他到时,看见全家人都已聚齐。沙龙开始了。女主人坐在宽阔的卧榻式沙发上,盘着腿,手中转动着一本新出版的法文小册子;窗旁的绣架前,一边坐着达里娅·米哈伊洛夫娜的女儿,另一边是家庭教师庞柯小姐,一位六十岁左右的干瘪老姑娘,在她花花绿绿的包发帽下,露出了乌黑的假发,耳中塞着絮状纸团。

门旁的角落里,巴西斯托夫正坐着看报;他身边的佩佳和瓦尼亚在下跳棋;而一位个子不高,灰白头发蓬乱的先生正背靠炉子站立,他有一张黝黑的脸膛和一对溜溜转的黑眼睛,名叫阿夫里坎·谢梅内奇·皮加索夫。

这皮加索夫先生是个怪人。他愤恨所有事物和所有人,特别是女人,从早到晚大骂特骂,有时骂得很精辟,有时骂得很愚蠢,但骂起来总是那么痛快淋漓。他那一点就着的火爆性子近乎稚气,他的笑,他的嗓音,他整个人都似乎浸染着肝火。

达里娅·米哈伊洛夫娜很乐于接待皮加索夫,他以自己的怪异行为使她快慰。他们也确实很让人开心,而且因他的激情而效果倍增。例如:当着他的面无论向他讲述任何不幸的事情——比如某村遭雷击起火啦,洪水冲了磨房啦,一个庄稼汉拿斧头砍掉自己的一只手啦——他每次总是凶狠地问:"她叫什么名字?"即那个造成这些灾难的女人叫什么名字,因为他一直相信,只要追根究底地去考证一番,女人肯定是一切灾难的祸根。有一次,一位不是很熟的太太留他吃饭,他"扑通"一声跪在这女人面前,涕泪纵横,可脸上却装出怒不可遏的样子,恳求她宽恕他,说他在她面前没有一点儿过错,而且再也不会在她那里露面。还有一次,一匹马驮着达里娅·米哈伊洛夫娜的一个洗衣女仆向山下急奔,将她摔进了山沟,差点儿一命呜呼。此后,皮加索夫再也不用别的来称呼这匹马,而只叫它"好马良驹",并将这座山和这道沟当作风景最好的地方。

皮加索夫的一生很不走运,于是他便故意装疯卖傻。他出身贫寒,父亲做过各种小差使,只认得几个大字,因此也便不关心儿子的教育,只是给饭吃,给衣穿——仅此而已。母亲宠爱他,可不久后,便命归黄泉。皮加索夫自学成才,自己考进了县立小学,随后又进了中学,学会了法语、德语,甚至拉丁语,以优异成绩在中学毕业后,又去了杰尔普特,在那里生活很贫困却坚持修完了三年的课程。

皮加索夫的才能一般,但却以忍耐力和顽强性著称,他的虚荣心特别强烈,决心与命运抗争,总希望挤入上流社会,不甘低人一等。他勤奋好学,而且在虚荣心的促使下考进了杰尔普特大学[①]。贫困让他备受煎熬,

---

① 杰尔普特大学,即爱沙尼亚的塔尔图大学。

但也锻炼了他的观察力和狡猾的伎俩。他的谈吐可以说是独具一格，从青年时代起便养成了一种尖酸刻薄和肝火旺盛的辩论口才。他的思想也很一般，但经他的嘴表述出来，便显得不仅聪慧，而且让人觉得他很高明。得到学士学位之后，皮加索夫决定献身于学术，因为他懂得在所有别的领域里，他怎么也赶不上自己的同龄人（这些上流社会的人，是他想方设法甄选出来的，他善于迎合他们，甚至向他们谄媚，尽管他总是诅咒天地）。然而，不客气地说，做学问他也还不够。

皮加索夫虽说肯下苦功，但对科学并不热爱，甚至知之甚少。在论文答辩中，他败得很惨，而和他同住一室的另一个大学生却大获全胜，尽管后者经常受到他的嘲笑，人也不很聪明，但受过规范和扎实的教育。这次失败让皮加索夫气得发疯，他将自己所有的书籍和笔记本都付之一炬，干脆做官去了。起初，事情还混得不错：他很会做官但不很会办事，然而却非常自信和机灵。可是，他巴不得很快就平步青云，因此误入歧途，遇到了麻烦，被迫辞职。

他自己购置了一个小田庄，在那里他约莫过了三年，突然和一个不通文墨却很有钱的女地主结了婚——他那满不在乎和讥刺嘲讽的"风度"，让这个女人上了他的钩。但皮加索夫的脾气变得越来越火暴和夸张了，他觉得家庭生活是一种累赘……他的妻子和他生活了几年之后，偷偷地去了莫斯科，将自己的地产卖给了一个狡猾的骗子，而皮加索夫刚在这地产上修盖了一座庄园。皮加索夫被这最后的打击彻底地击垮了，他开始和妻子打官司，却一无所获……

他孤独地打发着自己的余生，在邻里间到处游荡。他背后甚至当面咒骂他们，而他们却总是强装笑脸来面对他，不胜紧张，尽管对他并非真正害怕。他再也没有拿过书。他约有一百个农奴，他的农夫们并不受穷。

"啊！康斯坦丁！"潘达列夫斯基刚一走进客厅时，达里娅·米哈伊洛夫娜问，"亚历山德拉来不来？"

"亚历山德拉·巴甫洛芙娜让我谢谢您，认为这是一种特殊的快乐。"康斯坦丁·季奥米德奇答道，一边令人愉快地向周围频繁鞠躬，一边伸出指甲修成三角形的白嫩的手抿了抿梳理得时髦的头发。

"沃伦采夫也来吗？"

"他也来，夫人。"

"这么说，阿夫里坎·谢梅内奇，"达里娅·米哈伊洛夫娜转向皮加索夫，继续说，"照您的意思，所有小姐都是不自然的喽？"

皮加索夫嘴唇撇向一边，胳膊肘儿神经质地抽动着。

"我是说，"他不急不忙地说道（哪怕在他的暴躁脾气达到顶点的时候，他说话也是慢慢吞吞的，一清二楚），"我说，小姐们总是这样——至于在座的各位，我当然保持沉默。"

"但这并不妨碍您对她们的想法呀，"达里娅·米哈伊洛夫娜打断了他的话。

"我对她们保持沉默，"皮加索夫重复道。"所有小姐总是爱装腔作势——在表露自己的感情时也极不自然。例如，一位小姐吃惊也好，高兴也罢，或者忧伤，她一开始肯定让自己的身段显出那样的优美曲线（皮加索夫难看地弯曲了一下自己的身子，张开了双手），然后就叫了一声：'啊！'要么笑，要么哭。但是有一次（此时皮加索夫沾沾自喜地微笑了一下），我从一位非常不自然的小姐那里，领略了一种真挚的、并非做作的表情！"

"这是怎么回事？"

皮加索夫的眼睛闪烁着。

"我拿一根削尖的山杨木棒，猛地拦腰狠狠地捅了她一下。她尖叫起来，而我对她说：真好！真好！这才是自然的声音，这才是自然的喊叫。您往后永远要这样才好。"

客厅里的人都笑了起来。

"您这是胡扯什么呀，阿夫里坎·谢梅内奇！"达里娅·米哈伊洛夫娜高声说，"怎能叫我相信，您会拿起木棒去捅一位少女的腰！"

"真的，是拿起木棒，很粗的木棒，就像保卫城堡时常用的那种。"

"Mais c'est une horreur ce que vous dites là, monsieur."庞柯小姐高声叫着，严厉地瞪着哈哈大笑的孩子们。

"别信他，"达里娅·米哈伊洛夫娜说，"难道你们还不了解他？"

但怒气冲冲的法国女人久久不能平静，还在嘟嘟囔囔地说着。

"你们可以不信我，"皮加索夫用冷静的语调接着说，"可我坚信，我说的话千真万确。这一点还有谁比我自己更清楚呢？这样看来，你们或许同样不信，我们的女邻居叶连娜·安东诺夫娜·切普佐娃曾经亲自，请注意，是亲自对我说，她是如何害死自己的亲侄女的。"

"这又是您编出来的吧！"

"别急！你们听完自然会做出判断。请注意，我不想污蔑她。我甚至很喜爱她，或者说，喜爱到对一个女人所能喜爱的程度。除了历书之外，她家里没有别的书，而且她读起历书来会大声朗诵——她被这苦差弄得满头大汗，随后就抱怨说，她的眼珠都快要爬出来啦……总之，这是一位漂亮女人，她的女仆也一个个长得很胖的，我有什么理由污蔑她呢？"

"瞧！"达里娅·米哈伊洛夫娜说，"阿夫里坎·谢梅内奇最擅长的话题开场了——现在他是不到天黑不停下来啦。"

"我只有一个擅长的话题……而女人们却至少有三个，除非上床睡觉，否则她们是从不停下的。"

"是哪三个话题呢？"

"'埋怨''暗示'和'指责'。"

"阿夫里坎·谢梅内奇，"达里娅·米哈伊洛夫娜说，"您这样怨恨女人不是没有原因的，肯定有个女人让您……"

"您是不是想说，让我受伤害吧？"皮加索夫打断她说。

达里娅·米哈伊洛夫娜有点儿难为情。她想起了皮加索夫的不幸婚姻……只得点了点头。

"是的，有个女人伤害了我，"皮加索夫说，"尽管她善良，很善良……"

"那到底是谁呢？"

"是我的母亲。"皮加索夫小声说。

"您的母亲？她怎么能伤害着您呢？"

"就因为她生下了我……"

达里娅·米哈伊洛夫娜双眉紧锁。"我认为，"她说，"我们的谈话似乎有些让人不快……康斯坦丁，给我们弹一曲塔尔贝格的新练习曲吧……或许，音乐的旋律能让阿夫里坎·谢梅内奇平静下来。俄耳甫斯①曾经把野兽驯得服服帖帖。"

康斯坦丁·季奥米德奇坐在钢琴前，很得意地弹奏着练习曲。一开始，娜塔莉亚·阿列克谢耶夫娜留意地听着，后来便开始忙自己的活计。

---

① 古希腊神话中的诗人和歌手，每当他弹起七彩琴的时候，就会使百兽起舞。

"Merci, c'est charmant,"达里娅·米哈伊洛夫娜说,"我喜欢塔尔贝格的作品。Il est si distigue。阿夫里坎·谢梅内奇,您在想什么呢?"

"我正在想,"皮加索夫慢慢地说,"有三种利己主义者:自己活,让别人也活;自己活,不让别人活;自己不想活,也不让别人活……女人们大都属于第三种。"

"您说得太客气了!我感到惊讶的只有一点,阿夫里坎·谢梅内奇,您在议论时是这样自信,就像您从来也不可能犯错似的。"

"谁说的,我也会犯错,一个男人可以有错误。但您知道我们男人的错误和女人的错误有何不同吗?不知道吧?区别就是:假如说,男人可能说二乘二不等于四,而等于三或三点五,而女人却会说,二乘二等于一支蜡烛。"

"这话我似乎已经听您说过……但请允许我请教一下,您关于三类利己主义者的想法,与您刚才听到的音乐有关系吗?"

"没什么关系,而且我也没有听音乐。"

"噢,老兄,我看你是积习难改了①,这很不好,"达里娅·米哈伊洛夫娜微微改动了一下格里鲍耶陀夫的诗句,不以为然地说。"假如你连音乐都不喜欢,您究竟喜欢什么?是文学吗?是吗?"

"我喜欢文学,不过不是当代文学。"

"为什么?"

"是这样的。不久前我和某位贵族坐渡船横渡奥卡河,渡船停在一处陡峭的岸边,几辆马车要用人力拖。这贵族的马车很笨重,摆渡船工使劲往岸上拖他的马车时,他却站在渡船上煞有介事地用力呼哧,而且呼哧得那样厉害,甚至让人心生怜悯……于是我便想,这就是分工制度的新把戏!当代文学也是这样:别人的搬运在于活,它却在煞有介事地用力呼哧。"

达里娅·米哈伊洛夫娜笑了笑。

"这就叫再现当代生活,"皮加索夫不厌其烦地说,"叫作密切关注社会问题,还有……哎,真受不了这夸夸其谈的漂亮言辞!"

"起码被您骂得狗血喷头的女人们不讲这些漂亮话。"

---

① 此句引自格里鲍耶陀夫的喜剧《智慧的痛苦》,原文为:"你啊,我的老兄,真是病入膏肓。"

皮加索夫耸了耸肩,"不说是因为她们不会。"

达里娅·米哈伊洛夫娜的脸有些微红。

"您开始说失礼的话了,阿夫里坎·谢梅内奇!"她挤出一丝笑容说。

客厅里沉默下来。

"佐洛托诺沙在哪儿?"巴西斯托夫身边的一个孩子突然问道。

"在波尔塔瓦省,我亲爱的孩子,"皮加索夫接着说,"就是乌克兰(他很高兴有了一个转换话题的机会)。我们这就讲文学。"他接着说。"如果我有多余的钱,我就能摇身一变,成为一位小俄罗斯诗人。"

"真是新鲜!好一个小俄罗斯诗人!"达里娅·米哈伊洛夫娜驳斥道,"莫非您懂得小俄罗斯语?"

"一点也不懂,不过也不需要懂。"

"怎么不需要?"

"不用。只要拿一张纸在上面写上《咏怀》,然后这么开头:'啊,你是我的命运,命运!'或者这么写:'身体魁梧的哥萨克纳利瓦伊科①坐在土岗上!'接着写:'在山峦下,在浓荫下,乌鸦叫着,跳着!'或者是随便什么这样的玩意儿。这样一来,事情就成啦。印出来一发行,整个小俄罗斯都会阅读它,就会以手掩面,必哭无疑——真是感情丰富啊!"

"行了吧!"巴西斯托夫高声说。"您这是胡说什么呀?这无论怎样也对不上号。我在小俄罗斯生活过,我热爱它,也懂得它的语言……'乌鸦叫着'——这都是废话。"

"或许是吧,可乌克兰还是会哭的。您说:语言……难道真有小俄罗斯语?有一次我请求某个乌克兰人翻译我想到的第一个句子:'语法是正确的读写的艺术。'您知道他怎样翻译吗?他的译文是:'语法是读得对和写得对的技巧……'怎么样,照您的意思,这是另一种语言?这是独立的语言?我宁愿让自己最好的朋友在研钵中碾成碎粉,也比赞同这一点舒坦……"

巴西斯托夫还想反驳。

"别理他,"达里娅·米哈伊洛夫娜说,"您要知道,除了奇谈怪论,别的他什么也不会说!"

---

① 哥萨克纳利瓦伊科,乌克兰农民起义领袖,于1597年被波兰人杀害。

皮加索夫讥讽地笑了笑。这时，一个仆人走了进来，禀报亚历山德拉·巴甫洛芙娜和她弟弟的到来。

达里娅·米哈伊洛夫娜站起来迎接客人。

"您好，亚历山德拉！"她走到亚历山德拉·巴甫洛芙娜跟前说，"您能来实在是太好了……您好，谢尔盖·帕夫雷奇！"

沃伦采夫握了握达里娅·米哈伊洛夫娜的手，向娜塔莉亚·阿列克谢耶夫娜走去。

"怎么样，您那位新认识的男爵今天会来吗？"皮加索夫问。

"是的。"

"据说他是一位大哲学家，总是说到黑格尔①。"

达里娅·米哈伊洛夫娜什么也没说。她让亚历山德拉·巴甫洛芙娜在卧榻式沙发上坐下，自己就坐在她身边。

"哲学，"皮加索夫继续说，"是最高的观点！这一点又是要命的，这些高高在上的观点能看到什么呢？如果你想买一匹马，你不用到瞭望塔上去瞧的！"

"说是这位男爵要给您带来一篇什么论文？"亚历山德拉·巴甫洛芙娜问道。

"是的，是一篇论文，"达里娅·米哈伊洛夫娜露出一副很夸张的漫不经心的样子，回答说，"论俄国商业与工业的关系……但您别怕，我们不想在这里宣读……我请您来不是为了这个。Le baron est aussi aimable que savant. 而且说得一口流利的俄语！C'est un vrai torrent…il vous entraîne."

"俄语说得流利，"皮加索夫嘟囔着，"竟然值得您用法语称赞。"

"你还在发牢骚，还在唠叨，阿夫里坎·谢梅内奇……这跟您那蓬乱的头发倒十分相配……但是，他究竟为什么迟到呢？Messieurs et mesdames，"达里娅·米哈伊洛夫娜向周围环视了一下，补充说，"咱们到花园里去吧……离午餐还有差不多一个小时，再说天气又这么好……"

大家都站了起来，向花园走去。

达里娅·米哈伊洛夫娜的花园一直通到河边，里面有很多苍劲的椴树夹抱的林荫道，暗黄的树荫散发着芳香，尽头透出绿宝石般的光亮。金合

---

① 黑格尔（1776—1831），十八世纪末十九世纪初德国唯心主义哲学的代表人物。

欢和丁香丛中，掩映着不少凉亭。沃伦采夫陪着娜塔莉亚和庞柯小姐一起走进了花园深处。他与娜塔莉亚并肩而行，沉默不语。庞柯小姐在不远处跟着。

"您今天干什么来着？"沃伦采夫捋着褐色的唇须，终于问道。

他的面貌酷似姐姐，但脸上缺乏生气，而他那双美丽温柔的眼睛，看起来却有点儿忧郁。

"没做什么，"娜塔莉亚说道，"就听皮加索夫发发牢骚，在十字布上绣花，还有读书。"

"您读什么书？"

"我读……读《十字军远征史》。"娜塔莉亚说这句话时微微迟疑了一下。

沃伦采夫瞧了瞧她，"啊！"他终于说道，"这应该很有趣吧。"

他折了一根树枝，开始把它在空中任意转动。他们又走了二十来步，"您母亲认识的那位男爵是什么人？"沃伦采夫又问。

"是位宫廷侍从，妈妈很欣赏他。"

"您母亲很容易对人有好感。"

"这说明她的心还未老。"娜塔莉亚指出。

"是的。我很快就把您的马送来。它几乎已经被驯服了。我想让它一下子就学会跑步，这一点我也能做到的。"

"Merci，让您亲自训练它，我真不好意思……听说这不是件简单的事。"

"您知道，娜塔莉亚·阿列克谢耶夫娜，只要您得到哪怕最小的欢乐，我都愿意……我……这样的小事何足挂齿……"沃伦采夫不知该说什么好。

娜塔莉亚温柔地望了望他，又说了声："Merci！"

"您知道，"沉默了很久以后，谢尔盖·帕夫雷奇接着说，"这算什么啊……可我何必说这呢！要知道，您完全明白的。"

此时，屋内响起了铃声。

"打铃了！我们回去吃饭吧！"庞柯小姐喊道。

"Quel dommage，"法国老小姐一边暗自想着，一边跟在沃伦采夫和娜塔莉亚身后走上露台台阶，"quel dommage que ce charment garcon ait si peu de ressources dans la conuersahon……"这句话用俄语翻译就是：亲爱的，你很可爱，可有点笨拙。

男爵午餐前没有来，人们等了他半个小时。餐桌上的谈话并不热烈。谢尔盖·帕夫雷奇坐在娜塔莉亚旁边，总是含情脉脉地看着她，殷勤地往她的杯子里倒矿泉水。潘达列夫斯基企图讨好自己的邻座亚历山德拉·巴甫洛芙娜，人家却并不领情：他嘴巴像抹了蜜，而她几乎要打哈欠了。

巴西斯托夫用面包包着小球儿玩，什么也不想；就连皮加索夫也沉默不语，而当达里娅·米哈伊洛夫娜向他提出，他今天很不讨人喜欢时，他才忧郁地答道："我这人究竟何时才讨人喜欢呢？这可不是我的事……"他苦笑了一下，补充说，"请尽量忍受点。要知道，我不过是克瓦斯①，duprostoi俄国克瓦斯，您那位宫廷侍从才是……"

"太好了！"达里娅·米哈伊洛夫娜欢呼起来，"皮加索夫终于吃醋了，人家还没到，你就醋意大发了！"

但皮加索夫什么也没说，只是皱着眉头看了看她。

时钟指到七点，大家又回到了客厅。

"显然，他不会来了。"达里娅·米哈伊洛夫娜说。

就在这时，响起了轻便马车的咯吱声，一辆小型四轮马车驶进了庭院。不久便有一个仆人走进客厅，端着银盘向达里娅·米哈伊洛夫娜呈上了一封信。女主人把信从头到尾浏览了一遍，对仆人问道：

"送信的先生在哪儿？"

"在车里等着。要他进来吗？"

"快请。"

仆人出去了。

"你们看，真是让人失望，"达里娅·米哈伊洛夫娜接着说，"男爵接到了彼得堡的命令，必须立刻返回。他送来了自己的论文和自己的一位朋友——罗亭先生。男爵把他介绍给我，对他推崇备至。但这多遗憾啊！我原本希望，男爵能在这里住上一阵子……"

"德米特里·尼古拉耶维奇·罗亭到！"仆人禀报着。

---

① 克瓦斯，俄国的一种饮料。

三

走进来一位三十五岁左右的男子。他身材高大，背微微驼，头发卷曲，肤色微黑。一张脸不算端正，却表情丰富，看起来很聪明。一双灵活的深蓝色眼睛炯炯有神，鼻子宽又直，嘴唇线条分明，非常好看。穿着半旧的衣服，又窄又小，好像是他长得太快，衣服显小了似的。

他快步来到达里娅·米哈伊洛夫娜面前，弯身行礼，对她说，他早就盼着有幸能拜见夫人，又说他的朋友男爵为不能亲自前来辞行而深表遗憾。罗亭那尖细的嗓音，和他高大的身材和宽阔的胸脯很不协调。

"请坐……我很高兴。"达里娅·米哈伊洛夫娜说着，把他介绍给大家后，又问他是否是本地人，或者只是路过此地。

"我的庄园在T省，"罗亭答道，把帽子放在膝上，"我来这里不久。来办点事情，目前暂住在贵县。"

"您住在哪家？"

"一位医生家。他是我大学时候的老同学。"

"哦，住在医生家里……他受人称道。听说他的医术很好。您和男爵也认识很久了吗？"

"我们是去年在莫斯科认识的，最近还在他府上待了将近一周。"

"男爵是个很聪明的人。"

"是的，夫人。"

达里娅·米哈伊洛夫娜闻了闻洒过香水一端打结的手帕。

"您目前供职吗？"她问道。

"您问我吗，夫人？"

"是呀。"

"不……我已经辞职了。"

短暂的沉默后，大家重又交谈起来。

"请问，"皮加索夫对罗亭说道，"您知道男爵先生送来的这篇论文的内容吗？"

"知道。"

"这篇论文谈及商业与……的关系,哦,不对,应该说,谈及我国工业与商业的关系……您好像是这样说的吧,达里娅·米哈伊洛夫娜?"

"是呀,是这样。"达里娅·米哈伊洛夫娜说着,一手按在额头上。

"我,当然,对这些问题无权评论,"皮加索夫继续道,"可是恕我直言,我认为这论文的标题本身……该怎么说呢?……很含混费解。"

"您怎么会有这种看法呢?"

皮加索夫冷冷一笑,瞥了达里娅·米哈伊洛夫娜一眼。

"那么您认为它很清楚吗?"他把那狐狸似的小脸转向罗亭问道。

"我吗?我认为很清楚。"

"噢……您当然要知道得更清楚喽。"

"您怎么了?头痛吗?"亚历山德拉·巴甫洛芙娜问达里娅·米哈伊洛夫娜。

"不,我这是……神经紧张。"

"请问,"皮加索夫带着鼻音又问道,"您的朋友穆费尔男爵……好像是这样称呼吧?"

"是的。"

"这位穆费尔男爵先生,是专门研究政治经济学的呢,还是只是在社交和公务之余来做这门有趣的学问的呢?"

罗亭凝视了皮加索夫一阵。"在这方面男爵只是一名业余爱好者,"他回答时脸稍微有些红,"可在他的论文里有很多公允的见地和有趣的材料。"

"我无法跟您争论,因为还未拜读过这篇论文……但是,恕我冒昧,您的朋友穆费尔男爵的大作,或许是推论多于事实吧?"

"有事实,也有根据事实得出的论证。"

"好,先生,很好。不过我得告诉您,依我看……我呢,必要时我也能谈谈自己的看法。我也曾在杰尔普特大学待过三年哩……所有这些所谓的论证呀,假设呀,体系呀,等等,恕我直言:所有这些全无用处。这些仅仅是抽象的空论,只能用来迷惑人。先生们,拿出事实就够了。"

"不错!"罗亭反驳道,"那么,事实的意义要不要也拿出来呢?"

"毫无根据的论证!"皮加索夫继续道,"这些凭空想象的论证呀,评论呀,结论呀,简直要命!所有这些都以所谓的信念为根据。每个人都大谈自己的信念,还要人人尊重它,尽力宣扬它……唉!"

皮加索夫在空中挥了一拳。潘达列夫斯基哈哈大笑。

"很好!"罗亭说道,"那么,依您看,就没有信念可言喽?"

"是的——根本不存在。"

"您这么肯定吗?"

"是的。"

"您刚才还在说根本不存在信念呢,现在,您的确信又该作何解释呢?"

屋里的人都笑了起来,互相对望了一下。

"对不起,对不起,可是,"皮加索夫正在思考……

就在此时,达里娅·米哈伊洛夫娜拍手高呼:"好极了,皮加索夫被驳倒了,败下阵来了!"一边轻轻地从罗亭手里拿过帽子。

"别高兴得太早了,夫人,不必着急!"皮加索夫生气地说道,"摆出一副高高在上的姿态,说几句俏皮话,这还远远不够,需要论证,反驳……不过,我们已经没有了争论的对象。"

"对不起,"罗亭镇定地说道,"事情很简单。您不相信一般论证的价值,也不相信有什么信念……"

"不相信,我什么都不信。"

"很好。您是个怀疑主义者。"

"我看不必搬弄这种哲学术语吧。不过……"

"让他接着说!"达里娅·米哈伊洛夫娜插口说道。

"去咬吧,咬吧,咬吧!"这会儿潘达列夫斯基心中暗自说道,他情不自禁又笑了起来。

"这个词能表达我的意思,"罗亭继续道,"您也懂得它,那为什么不用呢?既然您什么都不相信……那么,您为什么又相信事实呢?"

"为什么?问得好!事实是大家都知道的,谁都知道事实是什么……我凭经验,凭自己的感觉就能识别它。"

"您的感觉难道就不会欺骗您!您的感觉告诉您,太阳绕着地球转……或者,您可能不同意哥白尼的观点?您连他也不相信吧?"

每个人的脸上再次扬起了微笑,所有的眼睛都注视着罗亭。"他这人可不傻。"大家都这么想。

"您总是玩笑,"皮加索夫开始说道,"当然,这很新鲜,但是毫无用处。"

"我刚才所说的,"罗亭反驳道,"可并不新鲜。这早就是人尽皆知了,都说过不知多少遍了。问题不在这里……"

"那么到底在哪里呢?"皮加索夫咄咄逼人地追问道。

在争论中,他总是先把对方揶揄一番,然后变得蛮不讲理,最后勃然大怒,就沉默不语了。

"问题就在这里,"罗亭继续道,"我,说实话,不能不觉得由衷的遗憾,一些聪明人当面攻击……"

"攻击体系吗?"皮加索夫打断他说道。

"是的,说体系也可以吧。这个词怎么把您吓成这样?所有体系都是建立在对基本规律的认识上,对生活原则的认识上……"

"可它们根本是无从认识,没法发现……"

"当然,并不是谁都能做到这一点,人总是本能地要犯错误。可是,您也许也会同意我的看法,就拿牛顿来说,他至少就发现了几条这样的基本规律。我们可以认为,他是一个天才。但是,天才的发现之所以伟大,就在于这些发现变成了大众的财富。努力在表面现象中发现了普遍的原则,这正是我们人类智慧的根本特征之一,而我们的所有文明……"

"瞧您说到哪儿去了,先生!"皮加索夫拖长了声音打断他的话,"我是一个很实际的人,对所有这些言之无物的玄学一概不感兴趣,而且懒得去想。"

"好吧!这是您的自由。不过请您注意,您要崇尚实际,反对空谈这种愿望本身已经是一种体系,一种理论……"

"文明?您说文明!"皮加索夫抢白道,"这又是您想出来的一种惊人之谈!被您吹上天的这个文明能管什么用?如果您的文明出卖的话,我看都不看一眼!"

"您简直不知在说些什么,阿夫里坎·谢梅内奇!"达里娅·米哈伊洛夫娜指出,心中很赞赏她新交的朋友这种镇定自若、温文尔雅的风度。"这可是一位上流社会的绅士,"她想着,并用很友善的眼光关切地看了罗亭一眼,"该对他热情一些。"最后这句话她是用俄语在心里说的。

"我不想为文明辩护,"罗亭沉默了片刻继续道,"它也无需我来辩护。您讨厌它……人各有好嘛。何况,我们也扯得太远了。请允许我只提醒您一句古语:'朱庇特发火——这准是你自己不是了。'我想说,所有对体系,对一般论证的攻击,让人忧虑的原因是,一些人在否定这些体系的同时,把一般的知识、科学和对科学的信仰也都一并否定了,这样一来,也否定了人们对自己、对自己力量的信心。而人是需要有这种信仰的,人不能单靠感观来生活,他们不该害怕思想,怀疑思想。怀疑主义的特征总是毫无建树和软弱无力……"

"这些都是空话!"皮加索夫小声嘟哝道。

"或许吧。但是请您注意,当我们说'这些都是空话'的时候,我们很想避免说出一些比这更有实在内容的话来。"

"避免什么,先生?"皮加索夫眯着眼睛问道。

"您当然知道我要说什么,"罗亭答道,他的话中显然有不自觉、但又被立即克制住的不耐烦。"我再说一遍,假如一个人没有他坚信不疑的原则,没有坚定的立场,那么他又怎会知道自己人民的需要、作用和未来呢?他又怎会知道他自己该做些什么呢?假如……"

"对不起,失陪了!"皮加索夫一字一顿地喊道,他一鞠躬,退到一边去,谁也不理。

罗亭望了望他,淡淡一笑,也不再说了。

"啊哈!临阵逃脱!"达里娅·米哈伊洛夫娜说道,"您可别介意,德米特里……啊,对不起,"她面带微笑亲切地说:"请问令尊怎么称呼?"

"尼古拉耶维奇。"

"您可别介意,亲爱的德米特里·尼古拉耶维奇!我们谁也不会上他的当。他想装出一副不愿再去争论的样子……实际上他已经知道他无法跟您争论了。您最好坐得离我们近些,我们好好谈谈。"

罗亭把椅子挪近了些。

"我们现在才认识,真是太遗憾了!"达里娅·米哈伊洛夫娜继续道,"这真叫我奇怪……您读过这本书吗? C'est de Tocqueville, vous sauez?"

达里娅·米哈伊洛夫娜递给罗亭一本法文小册子。罗亭接了过来,翻了几页，又放回桌上，回答说他没有看过托克维尔①先生的这部作品，但对他所说的这个问题倒是经常思考的。谈话开始了。罗亭刚开始似乎有所顾忌，不敢随意发表自己的观点，也找不到合适的词句，但后来，他渐渐地放松了，便滔滔不绝地谈论开了。一刻钟后，客厅里便只听见他一个人的声音了。大家在他的身边坐成一圈。

只有皮加索夫一个人待在壁炉旁的屋角。罗亭的谈话机智、热情、令人信服，看得出来，他很有学问，也读过很多书。谁也没想到他竟是一位这么出众的人物……虽说他穿着一般，也几乎无人提起过。大家都觉得诧异，甚至感到奇怪，这样一位聪明人怎么突然在乡间出现了呢？他把在座的都给迷住了，就连达里娅·米哈伊洛夫娜自己也不例外。她为自己的新发现而感到自豪，已经在暗自考虑怎样把罗亭带进上流社会了。在她的最初印象中，有着很多近乎天真的成分，别看她已近不惑之年。

至于亚历山德拉·巴甫洛芙娜，老实说，她对罗亭所说的那些知之甚少，她只是感到吃惊和高兴。她的弟弟同样不胜惊喜。潘达列夫斯基看着达里娅·米哈伊洛夫娜的一举一动，心中不由生出嫉意。皮加索夫在想："我花五百卢布就可以买来一只夜莺，唱得比他更动听！"然而最为震惊的还是巴西斯托夫和娜塔莉亚。巴西斯托夫听得目瞪口呆，好像从小到大没有听过人讲话似的；而娜塔莉亚则是满脸通红，她那双盯着罗亭的眼睛，时而暗淡，时而有神……

"瞧他的眼睛多有魅力！"沃伦采夫悄悄对她说。

"是的，确实很有魅力。"

"只可惜他的手又大又红。"

娜塔莉亚什么也没有回答。

仆人送上了茶。大家随便聊起来，可只要罗亭一开口，大家就立刻静下来，单凭这点就可以判断罗亭给人的印象多么深刻。此时达里娅·米哈伊洛夫娜忽然想捉弄一下皮加索夫。她走到他面前，低声对他说道："您怎么一直沉默啊，就知道一个劲儿冷笑？再试试呀，和他较量一番！"不等他回答，她便招手让罗亭过来。

"您还有所不知呢，"她指着皮加索夫说道，"他很怨恨女人，总对她

---

① 托克维尔（1805—1859），法国政治活动家，史学家。

们横加指责。请您把他拉到正道上来吧。"

罗亭看了看皮加索夫……在无形中造成了这样一种局势：居高临下。他比他高出两头，皮加索夫气得脸色发白。

"您说错了，达里娅·米哈伊洛夫娜，"他用颤抖的声音说道，"我不只攻击女人，我对整个人类都没有好感。"

"您干吗如此仇视人类呢？"罗亭问道。

皮加索夫冷冷地看着罗亭的眼睛。

"或许是我常常研究自己内心的缘故，我发现我的心灵日渐肮脏。我是以己之心度人之腹的。当然这样做是不太公平，或许我比别人要卑鄙得多，可我毫无办法——积习难改啊。"

"我很理解，并很同情您，"罗亭回答道，"哪一位心灵高尚的人不曾体验过自己的渺小呢？然而，人不能总停留在这种毫无出路的境况中。"

"谢谢您说我心灵高尚，"皮加索夫说道，"对我的境况——还可以，不算坏，所以就算这种困境有出路，我也懒得去找它，就这样吧。"

"恕我直言，"罗亭说道："我是否可以这样理解，您宁愿求得自尊心的满足也不愿去追求真理……"

"没错，"皮加索夫喊道，"什么自尊心，你我都能理解，别人也都能理解。然而，什么是真理？谁又能真正理解真理？真理又在哪里？"

"您又来了，我得提醒您。"达里娅·米哈伊洛夫娜说道。

皮加索夫耸了耸肩膀。

"老一套又怎样？我问：真理在哪儿？连哲学家们都不知道真理究竟是什么。康德说，真理是这样的；而黑格尔却说，不对，您错了，真理是那样的。"

"那么，您知道黑格尔是怎么阐述真理的吗？"罗亭平静地问道。

"我再说一遍，"皮加索夫低声吼道，"我是不知道真理究竟是什么。要我看，世界上根本就没什么真理，就是说，有真理这个词，但真理本身却并不存在。"

"越说越不像话！"达里娅·米哈伊洛夫娜扬声叫道，"这话您也说得出来，你这个老家伙！没有真理？要真是这样，活着又有什么意义呢？"

"我说，达里娅·米哈伊洛夫娜，"皮加索夫恼怒地反驳道，"对您来说，没有真理至少总要比没有您那手艺高明的厨子斯捷潘要好过些吧。这个斯捷潘可是个炖肉汤的好手啊！您说说，您要真理有什么用？又不能用它做包发帽！"

"开玩笑可不能算反驳，"达里娅·米哈伊洛夫娜指出，"尤其是信口雌黄，恶意伤人……"

"真理究竟是什么模样我不知道，而真话，显然是逆耳的。"皮加索夫阴沉着脸走到一边去了。

接着罗亭大谈自尊心，他谈得很有道理。他说一个没有自尊心的人是不足道的；自尊心，是可以用来移动地球的阿基米德杠杆。但是同时，只有像骑手驭马那样善于控制自己的自尊心，并牺牲自我来为大众谋福利的人，方可称之为人……

"自私，"他这样结束道，"无异于自杀。一个自私的人好比一棵孤零零的不结果实的树，会一天天枯萎下去；而自尊自爱，作为一种追求完美的积极追求，却是一切伟大事业的源泉……是的！人应该根除自身顽固的私心，好让个性获得充分的发展！"

"您能否借我一支铅笔？"皮加索夫对巴西斯托夫说道。

巴西斯托夫一时不解，皮加索夫问他要什么。

"您要铅笔干什么？"他终于说道。

"我想记下罗亭先生最后这句话。若不记下来，恐怕会忘记的。如果把它罩在垃圾堆上，肯定会是非常漂亮的金丝帽。"

"对有些事情冷嘲热讽是有罪的，阿夫里坎·谢梅内奇！"巴西斯托夫神情激动地说道，他扭过身去，不再理皮加索夫。

这时，罗亭走到娜塔莉亚跟前。她不胜惊惶地站了起来。她身边的沃伦采夫也站了起来。

"我看见这里有架钢琴，"罗亭温和而亲切地说着，好似一位出巡的王子，"是您在弹吗？"

"是的，先生"娜塔莉亚说，"只是弹得不大好。这位康斯坦丁·季奥米德奇弹得比我好多了。"

潘达列夫斯基凑过脸来，脸上露出得意的笑容。

"您可不能这么说，娜塔莉亚·阿列克谢耶夫娜。您弹得并不比我差。"

"舒伯特的 *Erköning* 您会弹吗？"罗亭问道。

"他会的，他会弹！"达里娅·米哈伊洛夫娜抢着说，"坐下吧，康斯坦丁……您也喜欢音乐吗，德米特里·尼古拉耶维奇？"

罗亭略微一点头，用手掠了掠头发，似乎准备洗耳恭听……潘达列夫斯基开始弹了起来。娜塔莉亚站在钢琴旁，对着罗亭。随着第一个音符，他的精神便焕发起来，那双深蓝色的眼睛缓缓移动着，偶尔停在娜塔莉亚身上。潘达列夫斯基弹完了一曲。罗亭默默走到敞开着的窗前。

夜幕似轻纱般笼罩着花园，空中透着芳香；近处的树丛散发着催人入眠的凉意。星星在夜空中闪烁。夏夜是温馨的，它让万物充满了柔情。罗亭默默地看了一会儿昏暗的花园，慢慢转过身来。

"美妙的音乐和清爽宜人的夏夜让我不禁想起了在德国留学的日子，"罗亭说道，"我们的集会，小夜曲……"

"您去过德国？"达里娅·米哈伊洛夫娜问道。

"是的，夫人，我在汉堡待了整整一年，在柏林也有将近一年。"

"您也穿大学生制服吗？据说他们的服装有点特别。"

"在汉堡的时候，我穿带马刺的长筒靴，骑兵制服式样的短上衣，头发一直披到肩上。在柏林，大学生的衣着和普通人一样。"

"讲讲您的大学生活吧，"亚历山德拉·巴甫洛芙娜说道。

于是罗亭开始讲了起来。他谈得不是很引人入胜。他不善于绘声绘色，也不知道打趣逗乐。不过罗亭从自己在国外的经历，很快转到了一般的议论。他谈到教育和科学的意义，讲到大学和大学生活的一般情况。他用豪放而大胆的语言勾勒出一幅恢宏的画面。大家都全神贯注地听着。他滔滔不绝地讲着，使人渐渐沉迷其中，不过不是很清楚……然而，正是这种似懂非懂，使他的语言更具魅力。

罗亭如潮涌般的思想，使他无法用语言清晰而准确地表述。想象丰富，比喻不断——时而大胆得出人意料，时而贴切得令人叹服。他的这种迫不及待的即兴之谈，不是那种训练有素的空谈家扬扬自得的矫揉造作，而是灵感和真情的自然流露。他不必去寻章摘句，它们源源不断地自如地涌到他的唇边，而且每句话都仿佛发自肺腑，燃烧着炽热的信念。罗亭掌握了一种几乎是最高的奥秘——雄辩的音乐。他善于拨动一些人的心弦，而使别人的心弦隐隐共鸣。有的听众或许听不懂他讲的确切含意，但是他们的胸脯却为之高高地起伏，仿佛有什么帷幕在他们眼前揭开，仿佛有什么东西在他们面前大放异彩。罗亭的全部思想似乎都面向未来，他的思想因此而显得热情奔放，朝气蓬勃……

他站在窗前，目光并未望着什么人，他只顾谈着——在众人一致的赞赏和关注的鼓舞之下，在年轻女性的靠近和美丽的夜色的激发之下，他不禁感情洋溢，达到了雄辩的巅峰，诗的极致……单凭他那深沉而平静的声调就增加了他语言的魅力，他犹如神助地放言高论，连他自己也意料不到……罗亭谈及短暂人生的永恒意义。

"曾经有一则斯堪的纳维亚的传说这样说，"最后他说道，"有位国王和他的武士们，在一间黑暗狭长的棚屋里围火而坐。那是一个冬天的夜晚。忽然有一只小鸟飞进敞开的门里，又从另一个门里飞了出去。国王说道，这鸟就像世上的人，从黑暗中飞来，又飞回到黑暗中去，在温暖和光明中只做短暂的停留……'陛下'，最老的一名武士说道，'就是在黑暗中小鸟也不会迷途的，它会找到它的老巢。'的确，我们的生命虽然短暂而渺小，但是一切伟大的事业都是由人来完成的。认识到自己的这种崇高使命，那就是一个人最大的快乐。正是在死亡中，他找到自己的生命和归宿。"

罗亭停了下来，露出了一丝腼腆的微笑，似乎无意地垂下了眼睑。

"您真是一位诗人！"达里娅·米哈伊洛夫娜低声说。

除了皮加索夫，所有的人都从心底里同意她的赞叹。他不等罗亭的长篇大论结束，就悄悄拿起帽子走了，离开时还对站在门旁的潘达列夫斯基轻轻地说了一句：

"不！我坚决不当傻瓜！"

然而，谁也没有挽留他，甚至谁也没有发现他已经离开。

晚餐时间到了。半小时后，大家各自回去了。达里娅·米哈伊洛夫娜恳请罗亭留下过夜。亚历山德拉·巴甫洛芙娜和弟弟一起坐车回家，途中她几次高声赞叹，赞扬罗亭的非同寻常的才智。沃伦采夫也表示同意，不过又指出，罗亭的言谈多少有些晦涩……也就是说，不够浅显易懂，他这样补充了一句，大概想把自己的意思说得更清楚些。但是他的脸色阴沉，目光一直注视着马车的一角，比平时更忧郁。潘达列夫斯基在解下绣花背带准备就寝时，大声骂了一句："这家伙真不简单！"——突然，他脸色一沉，瞪了一眼他的仆人，叫他出去。巴西斯托夫彻夜未眠，连衣服都没有脱，直到天亮，他还在给莫斯科的一个朋友写信。而娜塔莉亚虽然脱了衣服，躺到床上，却毫无睡意，甚至一刻也不曾合眼。她把手插在头下，出神地凝视着黑暗，她的脉搏狂跳不已，沉重的呼吸使她的胸脯起伏不定。

四

次日清晨，罗亭刚穿好衣服，达里娅·米哈伊洛夫娜已经派人来请他到她书房共饮早茶了。罗亭走进书房时见她一个人在那儿。她亲切地跟他道早安，问他夜里睡得可好，亲自为他斟茶，甚至问他茶里的糖够不够，还请他抽烟，再三表示相见恨晚。罗亭本想在离她稍远点的位置坐下，可达里娅·米哈伊洛夫娜指定要他坐到她软椅旁边的小沙发上，还凑过去问起他的家世、他的计划和打算。达里娅·米哈伊洛夫娜说话的口气很随便，听他回答也漫不经心，但罗亭心里明白，她是在向他献殷勤，几乎是在奉承他。她安排这次早晨的见面和她按照列卡米埃夫人①式样打扮得那样雅致，看来都是有原因的！但是达里娅·米哈伊洛夫娜很快就不再问这问那，她开始谈自己，谈她的少女时代，谈她认识的各种人物。

罗亭不动声色地听着她絮絮叨叨的介绍，但是——说也奇怪——不论达里娅·米哈伊洛夫娜谈到什么人，占首位的总是她自己，而别人的面目则变得模糊起来以至完全消失。这样，罗亭就详细了解了达里娅·米哈伊洛夫娜对某某显贵说过什么话，对某某著名诗人产生过什么影响，按照达里娅·米哈伊洛夫娜所说的那些话来看，可以认为，最近二十年来的所有优秀人物都想一睹她的芳容，赢得她的好感。谈起这些名人的时候她语气平淡，并无特别的兴奋和赞扬，好像他们都是她的自己人，有几位还被她称为怪物。结果，他们的名字排列成一圈华丽的边饰，烘托出中间一颗璀璨夺目的明珠——达里娅·米哈伊洛夫娜……

---

① 列卡米埃夫人（1777—1849），法国拿破仑时代著名的贵妇人。

罗亭抽着烟，平静地听着这位贵妇人的话，偶尔插上一两句。他很会说话，而且喜欢说话。虽然他并不善于跟别人对谈，但他善于倾听。任何人，只要开始没有被他吓住，都会信赖地向他吐露自己的心声。他以极大的兴趣和赞赏的态度倾听着别人的谈话。他很宽容，这是一种特殊的，那种自我感觉卓尔不群的人所具有的宽容。在争论的时候，他往往不容对方把话说完，就用自己激情澎湃的雄辩击倒对方。达里娅·米哈伊洛夫娜通常说俄语。她竭力炫耀自己精通母语，却又常常夹杂些高卢成语和法国词汇。她故意使用一些简单的平民化词语，但并不都很贴切。

罗亭听着达里娅·米哈伊洛夫娜的南腔北调并不感到别扭，再说，他也未必能辨别出来。达里娅·米哈伊洛夫娜终于说累了，她把脑袋靠到软椅背上，直勾勾看着罗亭，不再说话。

"我终于明白了，"罗亭慢条斯理地说，"您为什么每年夏天都要到乡间来。这样的休息对您是必要的。在京城住了一段时间以后，乡间的宁静可以让您恢复精神，增进健康。我相信：对大自然的美妙，您肯定是有深切体验的。"

达里娅·米哈伊洛夫娜看了看罗亭。"大自然……是啊……是啊，当然……我真的很喜欢大自然；不过您知道，德米特里·尼古拉耶维奇，在乡间也不能没有交往啊！而这里又几乎没有可以交往的人。皮加索夫算是最聪明的人了。"

"您说的可是昨天那个易怒的老头儿？"罗亭问。

"就是他。不过，这样的人在乡间算是很不错的——至少可以逗大家笑笑。"

"这个人并不笨，"罗亭说，"可惜他没有走上正路。我不知道您是否同意我的意见，达里娅·米哈伊洛夫娜，我觉得，否定——笼统而彻底的否定——并不可取。您否定一切，那就很容易捞个聪明人的名声，这种伎俩人人会用。老实人还会很快得出结论：您比被否定的那个人高明。而这往往是不对的，首先，任何事物都有缺陷，其次，即使您说得有道理，那您就更糟糕了，您的才智只用于否定，您就会渐渐贫乏、枯萎。您在满足自尊心的同时，也失去了观察的真正乐趣。生活——生活的真谛——也会从您狭隘偏激的目光中溜走，最后您只能成为愤世嫉俗的人，充当人们的笑料。只有懂得爱的人才有否定和训斥别人的权利。"

"这样一来，皮加索夫先生就算完了，"达里娅·米哈伊洛夫娜说，"您真是个知人论世的大师啊！但是皮加索夫大概是无法理解您的。他只爱他自己。"

"他责骂自己，也正是为了获得责骂别人的权利。"罗亭接着说。

达里娅·米哈伊洛夫娜笑了起来。"这才叫……叫什么来着……叫诶过于人。顺便问一句，您认为男爵这人怎么样？"

"男爵？他是个好人，心地善良，知识渊博……不过他没有个性……他一辈子也只能当半个学者，半个上流社会的人，也就是半瓶子醋，说白了，就是成不了大器……真可惜！"

"我也深有同感，"达里娅·米哈伊洛夫娜说，"我看过他的论文，咱们私下说吧……文章没有分量。"

"您这儿还有些什么人？"罗亭沉默片刻后问。

达里娅·米哈伊洛夫娜用小手指把烟灰弹去了。

"几乎没有别的什么人了。亚历山德拉·巴甫洛芙娜，就是昨天您见到的那位，她很可爱，不过也只是可爱罢了。她的弟弟也是个很好的人，很正派。加林公爵您认识。就这么几个。还有两三位邻居，那更不值一提了：他们要么自命不凡，要么畏首畏尾，要么大大咧咧。至于有教养的太太，您是知道的，我一个也没有见过。还有一位邻居，听说他受过教育，甚至很有学问，可是脾气却很古怪，是个幻想家。亚历山德拉认识他，好像对他还挺有好感……德米特里·尼古拉耶维奇，她倒是个可爱的人，不过修养方面需要提高，这个忙您可一定要帮！"

"她的确很讨人喜欢的。"罗亭说。

"她完全像个孩子，德米特里·尼古拉耶维奇，名副其实的孩子。她结过婚，不过这没关系。如果我是个男人，我就喜欢这样的女人。"

"是吗？"

"是的，至少这样的女人富有生机，而生机是装不出来的。"

"依您看，别的就能装出来吗？"罗亭朗声笑了起来。这样的笑声在他那儿是十分难得的。他笑的时候脸上会出现老年人的表情：眯着眼睛，皱着鼻子……

"您说的那个脾气古怪，很招亚历山德拉·巴甫洛芙娜太太喜欢的究竟是谁啊？"他问。

"列日涅夫，米哈依洛·米哈伊雷奇，本地的一位地主。"

罗亭抬起了头，面露惊讶之色。

"列日涅夫，米哈依洛·米哈伊雷奇？难道他是您的邻居？"

"是的。难道您认识他？"

罗亭沉默了一会，"我早就认识他……那是很久很久以前了。他似乎很有钱，是吗？"他补充了一句，用手轻揉着椅子的边饰。

"是啊，很有钱，尽管穿得很一般，像管家那样坐一辆竞赛马车。我曾经想请他到我家来：据说他很聪明，我还有事情要向他请教呢……您知道，我自己掌管田产。"

罗亭点了点头。

"是的，我亲自掌管。"达里娅·米哈伊洛夫娜继续说道，"我不想采用任何外国的新花样，我恪守我们俄罗斯的老办法，但是，您看，我的境况似乎还不错！"说着她用手比划着。

"我一直以为，"罗亭彬彬有礼地说，"那些否认妇女有实际办事能力的人是很不公正的。"

达里娅·米哈伊洛夫娜粲然一笑。"多谢夸奖，"她说，"刚才我想说什么来着？我们说到哪儿啦？噢，对了！说到列日涅夫。我跟他的地界还有待划定。我已经几次请他来我家商量，今天还等他来呢，可是不知道是怎么回事，他就是不来……这人真怪！"

门帘轻启，一个高个子、白头发、秃顶的仆人走进来，他身穿黑色长礼服和白坎肩，系着白领带。"你有什么事？"达里娅·米哈伊洛夫娜问，然后又微微转过身，对罗亭低声说："他很像康宁①，是吗？"

"米哈依洛·米哈伊雷奇·列日涅夫先生来了。"仆人报告说。"您要见他吗？"

"啊，我的天哪！"达里娅·米哈伊洛夫娜惊叫道。"刚说到他，他就来了。快请他进来。"

仆人退下。"这怪人终于来了，不过他来得不是时候，打断了我们的谈话。"

---

① 康宁（1770—1827），英国政治家。

罗亭从座位上站起来，达里娅·米哈伊洛夫娜不让他走。"您要去哪儿？您在场没关系的。我希望你也能对他做出评判，就像对皮加索夫那样。您的话一针见血。您就留下吧。"

罗亭本想说些什么，可是想了想，终于留下了。米哈依洛·米哈伊雷奇走进书房。他还是穿着那件灰色大衣，被太阳晒黑的手里依然拿着那顶旧帽子，他镇定自若地向达里娅·米哈伊洛夫娜鞠了个躬，来到茶几面前。

"您终于大驾光临了，列日涅夫先生！"达里娅·米哈伊洛夫娜说。"快请坐，早就听说您二位认识。"她说着指指罗亭。

列日涅夫瞥了罗亭一眼，脸上露出了一丝奇怪的笑容。

"我认识罗亭先生。"他说着微微鞠了个躬。

"我们是大学同学。"罗亭悄声说道，垂下了眼睛。

"后来我们也见过面。"列日涅夫冷冷地说。

达里娅·米哈伊洛夫娜略带惊讶地看着他们，然后请列日涅夫坐下。列日涅夫坐下来。"您找我来是为了划定地界的事吗？"他问。

"是的，不过我本来就很想跟您见面的。我们是近邻。远亲不如近邻嘛！"

"非常感谢您！"列日涅夫说，"至于地界的事么，我和您的管家已经谈妥了：我同意了他的所有提议。"

"这我知道。"

"不过他说，在跟您面谈之前，您不能在协议上签字。"

"是的，这是我的规矩。顺便问一下，您的农民都是交代役租的吗？"

"是的。"

"您也亲自为划地界的事奔波吗？令人钦佩。"

列日涅夫沉默了片刻。"您看，我这不是亲自来跟您面谈了吗？"他说。

达里娅·米哈伊洛夫娜冷冷一笑。"这我知道，不过您的口气……您或许很不情愿到我这儿来。"

"我哪儿也不想去。"列日涅夫懒洋洋地说。

"哪儿也不想去？您不是常到亚历山德拉·巴甫洛芙娜那儿去吗？"

"我和她的弟弟是老朋友。"

"她弟弟！不过么，话又说回来，我从未勉强过任何人……请原谅，米哈依洛·米哈伊雷奇，我比你大几岁，因此可以说您几句：您何必像一头孤狼似的离群索居呢？是您讨厌我的房子呢，还是不喜欢我？"

"我并不了解您，达里娅·米哈伊洛夫娜，更无从谈起喜欢与否。您的房子很漂亮，不过我得向您承认，我不喜欢受拘束，我连一件像样的长礼服也没有，也没有一双手套，再说我和您也不是一类人。"

"无论出身还是教养，您都和我们是一类人，米哈依洛·米哈伊雷奇！您属于我们这个圈子"。

"别提出身和教养，达里娅·米哈伊洛夫娜！问题不在这里。"

"老死不相往来，真是不可思议，米哈依洛·米哈伊雷奇！像狄奥基尼斯①那样坐在木桶里有什么意义呢？"

"首先，他待在那里很舒服；其次，您怎么知道我不和别人交往呢？"

达里娅·米哈伊洛夫娜咬了咬嘴唇。"这不是一回事！您交往的那个圈子我不敢高攀，对此我只能说遗憾了。"

"列日涅夫先生，"罗亭插嘴说，"您好像夸大了那种值得大加赞扬的感情——热爱自由。"

列日涅夫什么也没有回答，只是朝罗亭看了一眼。暂时出现了沉默。

"就这样吧，夫人，"列日涅夫说着就站起身来，"我想我们的事情已经了结，并且可以告诉您的管家，让他把协议书送到我那里去。"

"好吧，恕我直言，虽然您的态度不能让人满意……我本来可以拒绝您。"

"可是这次划定地界，您得到的可比我多得多。"

达里娅·米哈伊洛夫娜耸了耸肩膀。"您难道不能在我这儿用餐吗？"她问。

"感谢您的好意：我从来不用早餐，再说我该回去了。"

达里娅·米哈伊洛夫娜站起身。"那我就不留您了，"她说着走近窗口，"我也不敢留您！"

列日涅夫开始告辞。"再见，列日涅夫先生！让您受累了。"

"没关系。"列日涅夫说着走了出去。

---

① 狄奥基尼斯（前412—前323），希腊哲学家，传说他一直住在木桶里。

"怎样？"达里娅·米哈伊洛夫娜问罗亭，"我早就听说他行为古怪，可这样也未免太让人生气了。"

"他跟皮加索夫犯的是同一种毛病。"罗亭说。"他们都想标新立异，皮加索夫装成靡菲斯特①，而他则充当犬儒主义者。这中间有很多利己的因素，自负的因素，但是缺少真诚，缺乏爱心。这也是一种特殊的策略：给自己戴一副冷漠和懒散的面具，说不定人家还以为他的许多才能都给埋没了呢！可是走近一看，丝毫没有才能。"

"Et de deux！"达里娅·米哈伊洛夫娜说。"您评论别人真是入木三分。在您面前谁也别想掩饰自己。"

"您真的这样认为吗？"罗亭说，"不过，"他继续道，"其实我不该谈论列日涅夫，之前我喜欢过他，像朋友那样喜欢过他……不过后来，由于种种误会……"

"你们闹翻了？"

"没有，但是我们分道扬镳了，好像是永远是这种状态了。"

"难怪我发现，他在的时候，您一直不大自在……但是今天早晨我受益匪浅，非常感谢，这段时光我很愉快。不过咱们的谈话也该结束了。早餐之前我就不再打扰您了，我自己也有事情要处理。我的秘书，您见过的那个——Constntin, c'est lui qui est mon sécrétaire，说不定已经在等我了。我要介绍你俩认识，他是个很出色、殷勤、周到的年轻人，对您佩服得五体投地。再见，亲爱的德米特里·尼古拉耶维奇！真感谢男爵先生，让我认识了您！"

达里娅·米哈伊洛夫娜把手伸给罗亭。他先握了一下，接着又拉过来吻了吻，然后走进客厅，又从客厅走到露台。他在那里遇到了娜塔莉亚。

五

娜塔莉亚·阿列克谢耶夫娜是达里娅·米哈伊洛夫娜的女儿，乍

---

① 靡菲斯特，《浮士德》中的一个恶魔。

一看并不招人喜欢。她还没有完全发育,身材瘦削,肤色黝黑,稍微有些驼背。但是她五官端正,脸庞姣美,虽然对于十七岁的少女来说脸庞是大了点。而她特别好看的是光溜、平整的前额,下面则是中间像要折裂的纤秀的眉毛。她很少说话,听人讲话和看起人来很用心,几乎全神贯注——仿佛要把一切都了解清楚。她常常一动不动地站着,垂着双手,沉思着,这时候她脸上就流露出内心的思想活动……一丝勉强的微笑会突然浮现在唇间,很快又会立即消失;一双又大又黑的眼睛会悄悄地抬起来……"Qu'auez-vous?"庞柯小姐就会询问并向她絮絮叨叨地说,这样一副心不在焉的样子哪像个大家闺秀啊。但是娜塔莉亚并不是心不在焉,相反,她学习勤奋,喜欢看书和干活。她的感情深沉而强烈,但隐藏较深;在童年时她就很少哭,现在甚至很少叹息,遇到使她伤心的什么事时,她也只是脸色微白。母亲认为她是个品行好、明事理的姑娘,开玩笑称她为"我的老好人",但是对她的能力评价却不太高。"我的娜塔莉亚幸好很稳重,"她说,"不像我……这样更好。她会幸福的。"达里娅·米哈伊洛夫娜错了。其实,很少有母亲真正理解自己女儿的。

娜塔莉亚虽然爱达里娅·米哈伊洛夫娜,但不完全信赖她。

"你有什么事不用瞒我,"有一天达里娅·米哈伊洛夫娜对她说,"藏在心里怪难受的,再说,你本来也比较有主见……"

娜塔莉亚望了母亲一眼,暗自想道:"难道不该有主见吗?"

罗亭在露台上遇见她时,她跟庞柯小姐一起正要到房间里去,准备戴上凉帽去花园。她早上的功课已经结束。对娜塔莉亚已经不再像对小姑娘那样管束,庞柯小姐早已不给她上神话和地理课了;可每天早晨娜塔莉亚还得在她跟前读历史书籍,游记和其他有益的著作。这些书是由达里娅·米哈伊洛夫娜选定的,她好像遵循着自己那一套特别的体系。实际上她只不过是把一个法国书商从彼得堡给她寄来的一切书籍转交给娜塔莉亚罢了,当然,除了小仲马的小说和诸如此类的以外。这些小说是达里娅·米哈伊洛夫娜自己读的。娜塔莉亚读历史书的时候,庞柯小姐就特别严厉和不满地不时透过自己的眼镜看她一眼,依照这个法国老女人的理解,整个历史都充满着不能容忍的事情,虽然在古代大丈夫中她自己不知为什么只知道康比兹①一人，而新时代中只知道路易十四和她无法忍受的拿破仑。但是娜塔莉亚也读些庞柯小姐想不到她会有的书，她对普希金的所有作品非常了解……

碰到罗亭时，娜塔莉亚微微红了下脸。

"你们是去散步吗？"他问她。

"是的，我们到花园去。"

"可以和你们一起去吗？"

娜塔莉亚没有回答，只是看了一眼庞柯小姐。

"Mais certainement, monsieur, avec plaisir."老小姐急忙说。

罗亭拿着帽子，和她们一起走了。与罗亭并肩走在一条小路上，娜塔莉亚刚开始感到不自在，后来才稍稍轻松些。他开始问她功课学得怎样，她是否喜欢乡村。她不无怯怕地回答着，但是并不像姑娘们因为难为情而流露和表现出来的那种急促和腼腆。她的心在怦怦地跳动着。

"在乡间您不觉得寂寞吗？"罗亭斜着眼睛问她。

"在乡间怎么会寂寞呢？我在这里过得很高兴。我觉得很幸福。"

"幸福？多么伟大的字眼。不过，完全可以理解，毕竟你很年轻。"

说最后这个词的时候罗亭有点古怪：不知是他羡慕娜塔莉亚，还是替她悲哀。

"是啊！青春！"他接着说，"科学的全部目的就是为保护青春而自觉地探索奥秘。"

娜塔莉亚吃惊地看了罗亭一眼，她并不理解他的话。

"今天早上我和你妈妈谈了一早晨，"他继续说，"她是个非凡的女人。我终于明白了，为什么她的友谊值得我们所有的诗人珍惜。那你喜欢诗歌吗？"沉默一会儿后，他补充问。

"他在考我，"娜塔莉亚想了想，低声说："是的，非常喜欢。"

"诗歌是奇妙的语言。我自己也喜欢诗歌。但是诗并不只存在于诗句中：诗无处不在，它就在我们周围……您瞧，这些树木和天空——处处散发着美和生命的气息，而哪里有美和生命，哪里就有诗。"

"我们坐在这长椅上聊会吧，"他继续说，"就坐这里吧。我有一种感

---

① 康比兹，古代波斯的一位国王。

觉,等您稍微和我相处一段时间后(他温柔地看了一下她的脸),我们会成为好朋友的。您觉得呢?"

"他把我当一个小姑娘看,"娜塔莉亚又想,不知该说什么好,于是就问他是否打算长久待在农村。

"或许整个夏天,秋天,还有冬天都要在乡村过。您知道,我是个穷光蛋,我的境况很糟糕,再说,我对常年的漂泊生活已经感到厌倦了。想休息一下了。"

娜塔莉亚惊讶异常。"难道您认为该休息了?"她怯生生地问。

罗亭把脸转向娜塔莉亚。"您的意思是?"

"我想说,"她惶恐地说,"别的人或许可以休息,而您……您应该继续工作,努力做一个有用的人。除您之外,还能有谁呢……"

"多谢夸奖,"罗亭打断她的话,说,"做个有用的人……说着容易!(他用手抹了一下脸。)做个有用的人!"他重复着说,"即便我有坚定的信念,我如何做个做个有用的人?即便我相信自己的力量,我去哪里找志同道合的人呢?"

罗亭无奈地挥了一下手,那么忧伤地垂下了头,娜塔莉亚不禁自问:怎么回事,昨晚听到的激情洋溢、热血沸腾的话真是他说的吗?

"不过,"他突然甩了一下自己那一头狮鬃般的长发,补充说,"这都是胡乱说说,您是对的。谢谢您,娜塔莉亚·阿列克谢耶夫娜,衷心感谢您。(娜塔莉亚不知他为何要感谢她。)您一句话就提醒我牢记我的职责,给我指出了我的道路……是的,我该行动。我不该埋没自己的才能,假如说我有能力的话,我不该把自己的精力浪费在空谈上,不该只说不做……"

接下来,他侃侃而谈。他的讲话优雅得体,热情洋溢,令人信服——他谈及意志薄弱和怠惰慵懒的可耻,谈及必须要干一番事业。他非常自责,论证说,预先议论想要做的事,是徒劳无益的,那就像是用大头针去刺正在灌浆的果实,不过是白费力气和浪费汁液。他让人相信,每一种高尚的思想都能找到共鸣,只有那些不知道自己需要什么的人或者不值得别人理解的人,才是不被理解的。他说了很久,结束时又一次感谢娜塔莉亚·阿列克谢耶夫娜,而且超出常规地紧握住她的手说道:"您真是个善良高尚的人!"

这种无拘无束使庞柯小姐大为震惊。尽管她在俄国住了四十年，听俄语还很吃力，她只是对罗亭嘴里说出来的优美动听、滔滔不绝、从容不迫的话语感到吃惊。不过，在她心中，罗亭似乎是造诣深湛的音乐家或演员之类的人。而照她的理解，对这种人是不可能要求他们循规蹈矩的。

她站起来，快速地整了整自己的裙子，对娜塔莉亚说，该回去了，而且，Monsieur Volinsoff（她是这么叫沃伦采夫的）早上想过来共进早餐。

"你看，他来了！"她向通往大楼的一条林荫道看了看，说道。

的确，沃伦采夫就在不远处。他缓缓地走着，很远就跟大家点头行礼，脸上带着疲惫的表情，对娜塔莉亚说："啊！您在散步吗？"

"是的，"娜塔莉亚回答说，"我们正准备回屋了。"

"啊！"沃伦采夫说，"好吧，我们一起走。"

大家朝屋子走去。"您姐姐可好吗？"罗亭用很亲切的声音问沃伦采夫。昨天晚上他就对她很客气。

"多谢关心。她很好。或许她今天也会来……我刚才好像看到你们在谈论什么？"

"是的，我在跟娜塔莉亚·阿列克谢耶夫娜聊天。她对我说了一句话，对我很有用……"

沃伦采夫没有问是什么话，大家沉默着回到达里娅·米哈伊洛夫娜的屋子里。午饭前又开始了沙龙。但是，皮加索夫没有来。罗亭情绪不高，他总是要潘达列夫斯基弹贝多芬的曲子。沃伦采夫默不作声，不时看着地板。娜塔莉亚一直在母亲身边，有时沉思默想，有时做做手工活。巴西斯托夫目不转睛地看着罗亭，期待着他说出什么睿智的话来。就这样单调地过了三个多小时。亚历山德拉·巴甫洛芙娜没来用午餐——于是沃伦采夫刚从桌旁站起身，就吩咐套好自己的马车，什么也没说就溜走了。

他心中苦恼。娜塔莉亚是他一直暗恋的对象，总想着向她求婚……她对他很好——但是她的内心依然平静如水，这一点他很明白。他也不奢望得到她更温柔的感情，只等待着她能习惯与他相处了，与他亲近。那他到底为何焦虑不安呢？这两天他察觉到什么不同呢？娜塔莉亚完全像过去一样对他……

是否他觉得自己或许根本不了解她的性格，或许他们两个的距离比他想象中还要远，是他心生妒意吗？是他莫名其妙有了不祥的预感？总之，无论他怎样劝解自己，他还是感到不安。他走进姐姐房间的时候，列日涅夫正坐在她那里。

"怎么这么早就回来了？"亚历山德拉·巴甫洛芙娜问。

"没什么！很无聊。"

"罗亭也在那里吗？"

"是的。"

沃伦采夫坐下来，把帽子扔在一边。亚历山德拉·巴甫洛芙娜兴奋地对他说："谢尔盖，来帮我说服这个固执的人（她指了指列日涅夫），让他相信罗亭是个聪明善言的人。"

沃伦采夫咕哝了一句什么话。

"我可并没跟您争论，"列日涅夫开口说，"我并不怀疑罗亭先生的才智和善辩，只是，我不喜欢他。"

"莫非你见过他？"沃伦采夫问。

"今天早上，在达里娅·米哈伊洛夫娜那儿见过。如今他是她家里的总理大臣。总有一天她也会跟他分手的——她跟潘达列夫斯基永远也不会分手——但是如今是他的天下。我当然见过他！他坐在那里，而她却这样把我介绍给他，您瞧，这就是我们这里很古怪的人。我又不是养马场的马，我可不习惯给人牵着鼻子走。我立马就走了。"

"您去她家有事吗？"

"为划地界的事，其实那纯粹是谎言：她不过是想见见我这个人罢了。贵夫人嘛——我难道还看不出吗！"

"原来如此，这样一来，可让您的自尊心受挫了！"亚历山德拉·巴甫洛芙娜激动地说起来，"这就是您为什么不能原谅他的原因。可我深信，除了聪颖，他的心灵也定是一流的。您看一下他的眼睛，假如……"

"假如他讲到高尚的诚实……①"列日涅夫接口说。

"您如果再和我过不去，我就不理您了。我不去达里娅·米哈伊洛夫娜那儿去，而跟您待在一起，您现在却这样对我，我何必这样呢？""您别和我闹别扭了！"她抱怨地说，"您最好把他的青年时代讲给我听听吧。"

"讲罗亭的青年时代？"

---

① 出自格里鲍耶陀夫的喜剧《智慧的痛苦》。

"是的。您不是说过,您很了解他,并且和他早就相识了吗。"

列日涅夫站起来,在房间里走来走去。"是的,"他开始说,"我很了解他。您想让我对您讲讲他的青年时代?好吧。他出生于 T 省一个贫穷的地主家里。父亲很早就去世了,只剩下他和母亲。母亲是个很善良的女人,很爱儿子:她自己只吃燕麦粉糊口,却把她所有的钱都用在他身上。他先是靠一个叔父的资助在莫斯科受的教育,长大一点后,就靠一位和他意气相投的有钱公爵的帮助,他和这公爵交了朋友。后来他上了大学。我在大学里认识了他,并和他过从甚密。至于那时我们的生活情况,我以后找机会再跟您说。后来,他就去了国外……"

列日涅夫还在房间里踱来踱去,亚历山德拉·巴甫洛芙娜的目光追随着他。"罗亭在国外很少写信给母亲,"他继续说,"只回来探望过她一次,待了十天左右……老太太去世的时候,罗亭并不在身边,一直都是别人在照顾,但是临终时她的目光一直在他的画像上不曾离开。我住在 T 省的时候,常去看她。她是个心地善良的老人,很好客,总是用樱桃酱来招待我。她对自己的家爱得那样深。毕巧林①式的先生们会对您这样说,我们总是爱那些本身从不知道爱人的人,可我认为,天下的母亲都是爱自己的孩子的,特别是爱不在身边的孩子。后来我在国外遇见了罗亭。那时他和一位俄国女士的关系亲密,她是一个女学者,当然就像大多数做学问的女性一样,不再年轻,也不很漂亮。他和她周旋了很长时间,最后把她抛弃了……哦,不对,请原谅,是她抛弃了他。从那时起,我也抛弃了他,大致就是这样吧。"

列日涅夫说完,用手抹了一下脑门,好像累了一样,坐到圈椅上。

"您知道吗,米哈伊洛·米哈伊雷奇,"亚历山德拉·巴甫洛芙娜开始说,"我看,您是个心怀恶意的人,真的,您并不比皮加索夫好。我深信,您说的都是真话,您什么也没有编造,但同时,您又用那么厌恶的观点来介绍这一切呀!什么可怜的老母亲喽,对儿子疼爱备至却在孤独中死去喽,还有那个女士……说这些干什么?您知道吗,竟然可以用这样的腔调来描述一个最优秀的人物的生活——无须添油加醋,您请注意——所有人都会大吃一惊的!要知道,这也是一种诬蔑!"

---

① 俄国诗人莱蒙托夫的小说《当代英雄》中的主人公。

列日涅夫站起身,在房间里踱来踱去。"我根本不想让您大吃一惊,亚历山德拉·巴甫洛芙娜,"他开口说,"我不是诽谤者。不过,"(他稍微想了一下)补充说,"确实,您所说的话中也有一定道理。但我没有污蔑罗亭,不过——谁知道呢——或许,从那时起他就有所转变——或许,我对他成见太深。"

"啊!您听我说……既然这样,您就应该答应和他恢复友谊,更仔细地好好了解他,等您了解清楚了,再告诉我您的新看法。"

"好吧……不过,谢尔盖·帕夫雷奇,你怎么不说话?"

沃伦采夫颤抖了一下,抬起头,好像被人叫醒了似的。"我说什么呢?我不了解他。再说我有点头痛。"

"真的,你今天脸色有点儿苍白,"亚历山德拉·巴甫洛芙娜说,"你不舒服吗?"

"我头痛,"沃伦采夫重复说,接着就走出去了。亚历山德拉·巴甫洛芙娜和列日涅夫目送着他,对望了一下,都没有出声。沃伦采夫的心事,无论是他姐姐还是他的这位朋友都很清楚。

六

时光如梭,转眼间两个月过去了。在这段时间里,罗亭几乎从未离开过达里娅·米哈伊洛夫娜。没有他,她就无法打发时间。和他谈论自己,听他发议论,已成了她的需要。有一次他以钱花光了为借口,想离她而去,她立即给了他五百卢布。他还向沃伦采夫借了二百卢布。皮加索夫拜访达里娅·米哈伊洛夫娜的次数越来越少了。罗亭的存在把他压倒了,当然,抱有这种心态的人远不止皮加索夫一人。

"这个自作聪明的人我并不喜欢,"皮加索夫说,"他说起话来矫揉造作,跟俄国小说里的人物一模一样,他说完'我'字之后,就得意地停顿一下……老是'我''我'个没完,语句永远那样冗长。假如你打个喷嚏,他会马上给你证明,为什么你是打喷嚏而不是咳嗽……他夸奖你,就像他在给你封官……如果他贬斥自己,就把自己骂得体无完肤,让人觉得,这样一来，他就没有颜面立于世人面前了。简直是无中生有！他反而像是喝了白酒一样，更加得意忘形了。"

潘达列夫斯基对罗亭有点害怕，小心翼翼地讨取他的欢心。沃伦采夫跟他处在一种很微妙的关系中。罗亭称他为骑士，人前人后都很推崇他。但沃伦采夫对他怎么也喜欢不起来。当罗亭当着他的面开始分析他的优点时，每次他都有一种按捺不住的烦躁和懊恼。"他是在嘲笑我吧？"他寻思着，心中不禁升起一股敌意。沃伦采夫尽力克制自己，但他忌恨罗亭，因为罗亭喜欢娜塔莉亚。至于罗亭本人，别看他总是热烈欢迎他，称他为骑士并向他借钱，也未必就对他有好感。当他们亲切地彼此握手，互相凝视对方的眼睛时，实在很难分辨他们彼此心里的感受……

巴西斯托夫对罗亭还是那样崇拜，一字不漏地聆听着他的讲话，可罗亭却很少注意他。有一回，罗亭和他消磨了整整一个早晨，对他谈论世界上最重要的问题和任务，激起了他澎湃的激情，但此后，罗亭干脆把他给抛弃了……显然，罗亭对心灵纯洁和品性忠诚的追求，不过是说说而已。

列日涅夫开始常来拜访达里娅·米哈伊洛夫娜，罗亭甚至不跟他争论，似乎在避开他。列日涅夫对待罗亭的态度也很冷淡。不过，他还是没把自己对罗亭的最后看法告诉亚历山德拉·巴甫洛芙娜，这让她纳闷。亚历山德拉·巴甫洛芙娜敬佩罗亭，但也相信列日涅夫。开始，在达里娅·米哈伊洛夫娜家里，对罗亭的任性要求大家都很顺从，他最小的愿望也能如愿。每天的日程由他来决定。任何一次 partie de plaisir 没有他就组织不起来。不过，他对所有意外的出游和娱乐都不大热衷，他的加入，犹如大人们加入儿童的游戏，而且总是带着一种百无聊赖的、亲切的心情来参加。然而，他什么都管：跟达里娅·米哈伊洛夫娜谈田庄的管理，谈孩子的教育，谈家务，总体来说，无所不谈。他也倾听她的打算，甚至不因那些鸡毛蒜皮的细节而厌烦，并且向她提出了种种改革方案和新的措施。达里娅·米哈伊洛夫娜表面上对之倍加赞赏——仅此而已。在经营田庄方面，她支持自己管家的意见。那是个上了年纪的独眼的小俄罗斯人，是个面慈心狠的骗子。"老是老，油不少，新是新，瘦精精。"他常这样说，说话时心安理得地冷笑着，眨巴着一只独眼。

除了达里娅·米哈伊洛夫娜外，跟娜塔莉亚能如此频繁和长久地交谈的人，只有罗亭了。他偷偷借书给她看，信赖地向她倾诉自己的计划，把他打算写作的论文和著作的头几页念给她听。这些东西娜塔莉亚往往听不懂。不过，罗亭似乎也并不在乎她懂不懂，只是听听也便罢了。他对娜塔莉亚的亲近，达里娅·米哈伊洛夫娜不很喜欢。"不过，"她思索着，"就让他们在乡下闲谈一阵子吧。小姑娘么，总会使他觉得有趣。这没关系，再说，她可以从他那里学会很多……到了彼得堡，我会约束她的……"

达里娅·米哈伊洛夫娜想错了。娜塔莉亚并不像小姑娘那样跟罗亭随便聊聊：她很喜欢和他交谈，尽量体味他的话的含意；她把自己的思想，自己的怀疑，都说给他听，请他评判；他是她的路标，她的灯塔。到目前为止，沸腾的还只是她的头脑……

但沸腾的只能是年轻人的头脑而不及其他吗，可能吗？通常在花园里，坐在板凳上，沐浴着白蜡木轻盈、稀疏的树荫，罗亭开始给她读歌德的《浮士德》和霍夫曼①的小说，或者读贝蒂娜②的《书简》和诺瓦利斯③的诗歌，他偶尔地停顿下来，为她解释那些对她说来几乎是难以理解的词句，此时的她是多么甜蜜啊！像所有的俄国贵族小姐那样，她的德语说得不好，但理解得很好，而罗亭，他已完全沉醉在德国诗歌、德国浪漫主义和德国哲学的天地中，而且引领她进入这些隐秘的国度。他们在她聚精会神的双眸前，展现出了很多闻所未闻和无限美好的东西。

从罗亭拿在手里的那本书的篇章里，奇妙的艺术形象，璀璨的新思想，犹如清脆嘹亮的流泉，就这样注入了她的灵魂，她的心田，激起伟大的情怀，崇高的欢乐，而神圣的灵感之火便也油然而生，而且越烧越旺……

有一天，她坐在窗前的绣架旁，对罗亭说道："告诉我，德米特里·尼古拉耶维奇，您冬天要到彼得堡去吗？"

"还不确定，"罗亭把正在翻阅的一本书放在膝盖上，回答说，"如果能筹到钱，我会去的。"他说话无精打采，脸上带着疲倦，从早上到现在无事可做。

"我想，您怎么会找不到钱呢？"

---

① 霍夫曼（1776—1822），德国小说家。
② 贝蒂娜（1785—1854），德国女作家。
③ 诺瓦利斯（1772—1801），德国诗人。

罗亭摇摇头。"这只是您的想法。"于是，他意味深长地把目光转到一边。娜塔莉亚欲言又止。

"您瞧，"罗亭一只手指着窗外，开始说，"您看这株苹果树，结了这么多苹果，却不堪重压被折断了。这就是天才的真实象征……"

"它压折是因为没有依靠。"娜塔莉亚不以为然地说。

"我知道您的意思，娜塔莉亚·阿列克谢耶夫娜，可要找到它，找到这种依靠，并不是那么容易的啊。"

"我觉得，别人的支持……最起码，孤独……"娜塔莉亚的思绪有些乱，她脸红了。"冬天在乡下您干点什么？"她急忙加上了一句。

"我吗？写完我的长篇论文。您知道，是关于生活和艺术中的悲剧的，前天我已向您说过它的写作提纲。完成后我会把它寄给您。"

"打算发表吗？"

"不。"

"为什么？那您又何苦来写？"

"就算是写给您吧。"

娜塔莉亚垂下了眼睑。"我可承受不起，德米特里·尼古拉耶维奇！"

"请问，是关于什么的论文？"坐在远处的巴西斯托夫谦恭地问。

"关于生活和艺术中的悲剧，"罗亭重复说。"巴西斯托夫先生也会读到的。不过，我还没有完全调整好基本思路。到目前为止我甚至自己都还不清楚爱情的悲剧意义。"

罗亭常很有兴致地谈论爱情。起初，一听到"爱情"两个字，庞柯小姐就为之一怔，像一匹老战马听到了号声似的，连耳朵都竖了起来，可后来她习惯了，只是皱着眉头，不时地闻闻鼻烟。

"我认为，"娜塔莉亚羞怯地指出，"所谓爱情中的悲剧——就是不幸的爱情。"

"根本不是这样的！"罗亭反驳说，"还不如说是爱情喜剧性的一面……这个问题不该拘泥于旧的说法……该更深入地发掘……爱情！"他继续说，"它的一切——怎样产生，怎样发展，怎样消逝的——都还是个谜。有时它突然出现，像白昼一样明净和愉快，有时它很久只是隐隐地燃着一点微火，像草木灰下未息的余烬，在所有已经破灭之后，却又在心里冒出火焰；有时它像条蛇似的钻进心中，有时又突然从那里溜走……是的，是的，这是个重要的问题。在我们这个时代，有谁在爱？有谁敢爱？"

罗亭陷入了沉思。"怎么好久见不到谢尔盖·帕夫雷奇？"他突然问。

娜塔莉亚涨红了脸，头垂向绣架。"不知道。"她低声说。

"这是个心灵多么美好、多么崇高的人啊！"罗亭站起身来说，"他堪称当今俄国贵族的优秀典范……"

庞柯小姐斜着她那法兰西式的小眼睛，看了罗亭一眼。

罗亭在房间里来回走动。"您注意到了吗，"他猛然一转身，说："在那棵橡树上发生了什么？橡树是一种坚硬的树木，只有在新叶冒出来的时候，老叶才会飘落。"

"是的，"娜塔莉亚缓慢地说，"我注意到了。"

"旧的爱情在一颗坚强的心里也是这样的：虽然它已经枯萎了，可依旧残留在那里，只有新的爱情才能把它驱散。"

娜塔莉亚什么也没说。"他这话什么意思？"她寻思着。

罗亭站了一会儿，甩了一下头发，离开了。

而娜塔莉亚回到房间后。她困惑莫解地在床上久久地坐着，久久地思索着罗亭说的最后几句话，突然，她握紧双手，痛苦地哭了起来。她哭什么呢——天知道！连她自己都不清楚，泪水怎么就这样突如其来地涌了出来。她擦掉它们，它们又像断了线的珍珠一样扑簌簌掉了下来。与此同时，在亚历山德拉·巴甫洛芙娜与列日涅夫之间，也有一场关于罗亭的谈话。起初他总是回避，但她已决心要弄个清楚。

"我觉得，"她对他说，"您还像从前那样讨厌德米特里·尼古拉耶维奇。直到现在，我若不问您，但您现在已足能确认，在他身上是否发生了变化，我也想知道，您为何讨厌他。"

"好吧，"列日涅夫以习惯的冷淡语调回答说，"既然您如此追问。不过，我提醒您可别生气……"

"好，您尽管说罢。"

"您可要耐着性子听我说。"

"好的。"

"那好，夫人，"列日涅夫慢慢地坐到沙发上，开始说道，"不瞒您说，我确实不喜欢罗亭。他是个聪明人……"

"这我知道！"

"他是个绝顶聪明的人,可实际上也是半瓶子醋……"

"说起来自然不难!"

"实际上是半瓶子醋,"列日涅夫重复说,"这也没什么大不了,我们都是这样的人。我甚至不想责怪他,说他骨子里是个蛮横的人,而且懒惰,不求甚解……"

亚历山德拉·巴甫洛芙娜拍了一下巴掌。"罗亭!不求甚解!"她惊叫着。

"不求甚解,"列日涅夫用同样的声调重复说,"喜欢花别人的钱生活,喜欢做作,如此等等……这些尚可谅解。但他的冷漠让人难以忍受。"

"冷漠?他那么热情的人,您竟然说他冷漠!"亚历山德拉·巴甫洛芙娜打断他说道。

"不错,非常冷漠,他自己也知道这点,却扮作火热心肠的人。让人难以忍受的是,"列日涅夫继续着,渐渐变得激烈起来,"他在冒险——当然不是说对他本人有什么危险,他从不会下注,赌的都是别人的灵魂……"

"您指的是什么人,什么事?我怎么听不明白?"亚历山德拉·巴甫洛芙娜说。

"还有就是他不诚实。他是个聪明人,他该知道他的话的分量,可他说话的那副神态,好像他的话多有价值一样……不可否认,他确实有口才,不过不是俄国式的。是的,对年轻人而言,说漂亮话无可厚非,而以他这个年龄,哗众取宠,自我炫耀,那就太可耻了!"

"我觉得,米哈伊洛·米哈伊雷奇,既然对于听众来说都一样,您炫耀与否都一样……"

"对不起,亚历山德拉·巴甫洛芙娜,不能说都一样。有的人的话,可以让我衷心感动,而另一个人说同样的话,甚至说得还要漂亮,我连耳朵都不动一下。您说这是为何呢?"

"那是您懒得去听,"亚历山德拉·巴甫洛芙娜打断了他的话。

"是的,我不想听。"列日涅夫说,"虽说我有一双灵动的耳朵。问题在于,罗亭的话只说不做,同时,这些话却能让一颗年轻的心无法平静甚至受到伤害。"

"您说的到底是谁啊,米哈伊洛·米哈伊雷奇?"

列日涅夫停顿了一下。"您想知道我谈的是谁吗?您真想知道是谁吗?是娜塔莉亚·阿列克谢耶夫娜。"

亚历山德拉·巴甫洛芙娜有些不安,但她立刻又笑了起来。

"好了吧?"她开始说,"您的想法总是这样奇怪!娜塔莉亚还是个孩子。不过,若真有此事,难道您觉得达里娅·米哈伊洛夫娜……"

"首先,达里娅·米哈伊洛夫娜是个自私的女人,只为自己活;其次,她这么相信自己教育孩子的能力,甚至连想都没想到为他们担心。唉!怎么可能呢!好像她一挥手,一瞪眼,所有都会井然有序。这便是她的想法。她甚至以为自己是学术和文艺的保护神,才女,老天知道还有什么,可实际上她什么也不是,只是上流社会的老太婆而已。而娜塔莉亚也不只是个孩子,请相信,她比起我和您来,对事物的思考和分析更频繁、更深刻。也是应该如此,这样一个诚实、勤奋和热情的姑娘,却偏偏碰上了这么个演戏者,搔首弄姿的娘们儿。不过,这也不是什么大惊小怪的事情。"

"搔首弄姿的娘们儿!您把他叫作搔首弄姿的娘们儿?"

"当然,说的就是他……好吧,亚历山德拉·巴甫洛芙娜,您自己说说,他在达里娅·米哈伊洛夫娜家里扮演什么角色?俨然是这座宅院里的偶像和神灵,插手管理,参与家庭谣言的传播和无谓的争吵……难道这能称为男子汉?"

亚历山德拉·巴甫洛芙娜惊诧地望了望列日涅夫的脸。"这还是您吗,米哈伊洛·米哈伊雷奇,"她说,"您脸都红了,您太激动了。我敢保证,这其中肯定有别的事情……"

"好啦,就是这样。当你按自己的理解向一个女人说什么事情,可她偏要杜撰出一个毫无意义、微不足道的理由来,强迫您必须按照她的意愿往下说,那样她才高兴。"

亚历山德拉·巴甫洛芙娜生气了。"好啊,列日涅夫先生!连您也开始攻击女人了,而且丝毫不亚于皮加索夫先生,但是,由您去吧,不管您洞察力多么强,我还是很难相信,您在短短的时间内能把所有人和事弄清楚,我觉得是您错了。照您的意思,罗亭简直就是个伪君子!"

"关键是,他甚至连伪君子都够不上。伪君子至少知道要达到什么目的,而他,尽管很聪明……"列日涅夫不紧不慢地接着说。

"您到底想说什么啊?您这个人太偏激,太糟糕了!"

列日涅夫站了起来。"请听着，亚历山德拉·巴甫洛芙娜，"他开始说，"偏激的是您，而不是我。为了我对罗亭的尖锐意见，您就抱怨我，可我有尖锐议论他的权利！或许，这权利我是用高昂的代价买来的。我很了解他，我和他长久地生活在一起。还记得吧，我曾答应过找时间对您讲讲我们在莫斯科的生活。看来，现在是时候了。但是，您能耐心听我说完吗？"

"您尽管说吧！"

"好的，您就留心听吧。"

列日涅夫开始在房间里踱步，偶尔停下来，点点头。

"或许您也知道，"他开始说，"或许不知道，我很早就没了父母，十七岁就已没有家长的管教，我住在莫斯科的一位姑母家，做我想做的事情。小时候我无所作为，还很自负，喜欢到处炫耀，也喜欢吹牛。上大学以后，我还像个小学生似的随便，所以不久后就惹出了麻烦。我不想详细叙述这件事，没必要。我撒谎了，很恶劣地撒谎，我露出了真面目，人们告发我，羞辱我……我失魂落魄，像个孩子似的哭了。这事发生在一个熟人的寓所，当着好多同学的面。大家都在嘲笑我，只有一个同学例外，而这个同学，请注意，在我固执地不承认自己撒谎之前，他比别的同学更气愤。可不知为什么，那时只有他对我起了恻隐之心，拉着我的手把我带到了他的家。"

"是罗亭吗？"亚历山德拉·巴甫洛芙娜问。

"不，不是罗亭……这个人……他如今已不在人世……这是个非凡的人。他叫波科尔斯基。我无法用简单的语言来描述他，可只要一谈起他来，我就忍不住了。他有一颗高尚纯洁的心，像他那样聪明的人我后来再也没有遇到。波科尔斯基住在一间低矮的斗室，在一座老木头屋子的顶楼上：他很穷，靠代课勉强糊口。有时候，招待客人连一杯茶也没有。他唯一的一张沙发已经塌成了一条小破船。但是，尽管有诸多不便，来探访他的人却很多。大家都很喜欢他，他深深地打动了他们。您很难想象，坐在他寒酸的斗室里是多么甜蜜和多么愉快啊！我是在他那里和罗亭相识的。他当时与那位小公爵已经不再来往了。"

"这位波科尔斯基到底有什么与众不同呢？"亚历山德拉·巴甫洛芙娜问。

"怎么说呢？诗歌和真理——这便是吸引大家往他那儿跑的原因。他不仅头脑清晰，知识渊博，还像个孩子似的可爱，风趣。至今我耳畔还响着他那爽朗的笑声。另外他——

  仿佛五更时分的长明灯
  把至善至美的圣殿照得亮如白昼……

这是我们一起的一位貌似疯癫、实则可爱的诗人对他的描绘。"

"他的谈吐怎样？"亚历山德拉·巴甫洛芙娜又问。

"在他心情好的时候说得很好，但并非语惊四座。罗亭那时的口才高出他二十倍。"

列日涅夫停了下来，交叉着两手。"波科尔斯基和罗亭完全不是一类人。罗亭的谈吐，绘声绘色的技巧要高得多，而且语汇也更多，或许还有更多的热情。就口才而言，他似乎远远超过了波科尔斯基，而事实上与后者相比，他只是个可怜虫！罗亭善于发挥别人的思想，辩论起来也是个好手，但他的思想不是在他的头脑里产生出来的，而是从别人那里，特别是从波科尔斯基那里窃取得来的。波科尔斯基看起来文静，温柔，甚至懦弱——但他爱女人爱得发疯，也喜欢饮酒作乐，然而决不让任何人欺侮他。罗亭貌似热情、有活力，心却是冷的，几乎是畏缩的，只是在伤害他的自尊时，他才大动肝火。他千方百计地竭力让别人折服，他凭借一般的原理和观念来制服他们，但他确实对很多人有着强烈的影响。真的！谁也不喜欢他，或许只有一个人爱他，人们对他都如释重负……可大家自愿地倾心于波科尔斯基。不过，罗亭从不拒绝与首次遇到的人交谈和辩论……他读书不算太多，但无论如何也比波科尔斯基和我们大家多得多，况且他有个清晰的头脑，又有丰富的积蓄，单凭这一点，他就能对青年人产生影响！青年人要的是结论，即便那是似是而非的东西，只要是总结就行！一个真正认真负责的人是不屑于此的。想想吧——如果您对年轻人说，您不能给他们完美的真理，因为您本人还没有掌握它——年轻人是不会听您讲下去的，但您也不能欺骗他们啊。您应该装着懂，哪怕自己掌握的是半信半疑真理……罗亭正是因此，才能对我们这种人发生如此强烈的影响。您看，我刚才对您说，他读过的书也不多，但他读哲学书，而且他的头脑就是这样构造的——他能很快从读过的著作中把全部要点提炼出来，抓住事物的本质，然后就由此发挥开去，将各种远大的精神前景展示给人们。说实话，那时我们小组的成员都是些毛头小子，而且是一些一知半解的毛头小子。哲学呀，艺术呀，科学呀，就连生活本身，所有对我们来说都只不过是一堆空话，甚至是一堆概念，虽说诱人，美丽，但却零乱，孤立。这些概念的总联系，世界的总规律，我们既无意识，也无觉察，尽管我们糊里糊涂地谈论它们，也努力要弄清它们……听着罗亭的话，我们第一次感觉到，我们终于抓住了它，抓住了这些总的联系，而帷幕也终于升了起来！假如说吧，他说的不是自己的话——可这又有什么关系，我们知道的一切知识变得井然有序了，一切零乱的东西突然有了联系，犹如一座大厦在我们面前建造起来，耸立起来，一切豁然开朗，精神也为之大振……再也没有什么难以捉摸和偶然的东西了：一切都显现出合理的必然性和美，一切都有了明确而又神秘的意义，每一种孤立的生活现象也发出了音乐般的和声，而我们则怀着某种神圣的敬畏之情，心在甜蜜地颤动，感到自己仿佛变成了永恒真理的活的容器，活的工具，负有某种伟大使命……您不觉得这一切荒唐吗？"

"一点儿也不，"亚历山德拉·巴甫洛芙娜不急不忙地反驳说，"您怎么这样想呢？我对您说的话不完全理解，但我并不觉得好笑。"

"当然，从此以后，我们变得聪明了，"列日涅夫继续说，"所有这些我们如今可能觉得幼稚……但是，我还要说，罗亭在很多方面是值得我们感激的。波科尔斯基毫无疑问要高于罗亭，这是毋庸置疑的。波科尔斯基给我们大家的心胸注入热情和力量，但有时他也感到自己萎靡不振，因而沉默不语。他这人有点儿神经质，身体也不好，然而，当他舒展开自己的翅膀时——天哪！他无所不知啊！真可谓直冲深邃的蓝天！而在罗亭身上，在这个体态端正的俊俏小伙子身上，却有着很多小毛病。他甚至拨弄是非，有干预一切的瘾头，事事都要推敲议论。他那忙碌的活动从未停止过……天生像个政客！我说的是我认识他的时候的情况。然而，不幸的是他并无改变。不过，他都三十五岁了，信念也还没有改变！这可不是谁都能炫耀的啊。"

"您坐下来吧，"亚历山德拉·巴甫洛芙娜说，"您像个摆钟一样在屋子里晃来晃去。"

"这样我会舒服些，"列日涅夫回答，"言归正传吧，亚历山德拉·巴甫洛芙娜，我告诉您，加入波科尔斯基的小组后，我完全变成了另外一个人：顺从谦逊、勤学好问、高兴快活，也变得仰慕别人了——总之，就像进入了一座神殿，实际上，真的，其中有多少美好，甚至感人肺腑的回忆啊。您想象一下吧，五六个青年人走到一起，点上一支蜡烛，喝的是劣等茶，啃的是陈面包干，可您看看我们大家的脸，听听我们的话！每个人眼里洋溢着喜悦的光芒，激动得满脸通红，心儿在跳跃，我们谈论着上帝、真理、人类的未来和诗歌——我们有时也随便聊着，也为一些鸡毛蒜皮的事欣喜若狂，但这有什么呢！"

"波科尔斯基坐着，盘着腿，一只手托着苍白的脸，而他的眼睛却闪闪发光；罗亭站在房子中央，谈论着，谈得眉飞色舞，跟站在喧腾大海边的青年德摩斯梯尼①一样；头发蓬乱的诗人苏博京，时而像在梦里一般，发出断断续续的赞叹；四十岁的老学生，一位德国牧师的儿子，在我们之中以最深刻的思想家闻名的舍列尔，多亏了他那永恒的、永远打不破的沉默，他此时的缄口不言在某种程度上更显得特别庄重；最快活的西托夫，我们聚会中的阿里斯托芬②也安静了下来，只是得意地微笑；还有两三个新来的人，都兴高采烈地聆听着……"

"长夜像长了翅膀，不知不觉间晨光已现，直到这时我们才散去，一个个激动、愉悦、正直、清醒，只是心里有一种怡人的倦意……这情景不禁让人觉得，你在沿着空荡的街道行走，所有身心深受感动，不知为什么，就连仰望星星时也怀着信赖的情感，而它们也仿佛变得越来越近，越来越清晰……唉！那是多么美好的时光啊，我甚至不敢相信，它就这样流逝了！它是不会白白逝去的，甚至对于后来变得庸俗低级的那些人来说，也是不会白白逝去的…我有时遇到这些人，这些昔日的同学，不知有多少次了！我觉得，有的已完全变成了禽兽，可只要当着他说到波科尔斯基的名字，他身上那高尚情感剩下的余烬就会全部燃烧起来，就像你在黑漆漆又邋遢的房间里，突然打开了一瓶尘封已久的香水……"

列日涅夫停下来，他那没有血色的脸通红通红的。

---

① 德摩斯梯尼（前384—前322），希腊政治家，以善于辞令而著称。
② 阿里斯托芬（前446—前385），古希腊喜剧家。

"但您和罗亭闹翻是因为什么呢?"亚历山德拉·巴甫洛芙娜惊讶地望着列日涅夫,问道。

"我和他没有闹翻,只是我在国外彻底了解他的底细后跟他分了手。要说闹翻,在莫斯科我就已经这样做了。他那时和我开了一个不怀好意的玩笑。"

"怎么回事?"

"是这样的。我……怎么说呢?这和我这副尊容实在不相称……但我向来是个一见钟情的人。"

"您?"

"我,很奇怪,对吗?事情就是这样。嗯,我那时真的爱上了一个非常可爱的姑娘……您为什么这样看着我?对于我自己,我还有比这奇怪得多的事您不知道呢。"

"能否告诉我到底是怎么回事吗?"

"以这回事为例来说吧。在莫斯科的时候,我每晚都去幽会……您猜跟谁幽会呢?跟我花园尽头的一株小椴树。我拥抱着它那苗条挺直的树干,那时候我觉得,我是在拥抱大自然,我的心在膨胀,在发麻,就仿佛整个大自然涌进了我的心扉……瞧,我那时就是这样的人!这算什么!您或许以为我不会写诗吧?我写过,甚至模仿《曼弗列特》①写了一部完整的悲剧。其中有一个胸前血迹斑斑的幽灵,请注意,那不是他自己的血,而是整个人类的血……是的,是的,请别这么惊讶……不过,我还是接着讲自己的爱情吧。我认识了一位姑娘……"

"不再去和小椴树幽会啦?"亚历山德拉·巴甫洛芙娜问。

"不去了。这姑娘很贤淑,很俊美,长着一对活泼明净的眼睛,有一副银铃般的嗓子。"

"您很会描述嘛。"亚历山德拉·巴甫洛芙娜笑着指出。

"您真是位严厉的批评家。"列日涅夫说。"嗯,这姑娘跟老父亲住在一起……不过,我并不想细说,而只是告诉您,她的心地很善良——当你只求她倒半杯茶的时候,她总是给你斟大半杯!在首次与她会面后的第三天,我已经火烧火燎,而在第七天时,我就禁不住向罗亭透露了这件事。

---

① 拜伦(1788—1824)的一首长诗。

一个热恋中的年轻人，是不能不唠叨的，于是我对罗亭和盘托出。当时我完全处在他的影响下，而这种影响，坦白地说，在很多方面是有益的。他是第一个不嫌弃我的、想把我教育成文人雅士的人。我狂热地爱波科尔斯基，但在他纯洁的心灵前总觉得有点胆怯，而我和罗亭似乎更近。在知道了我的恋情之后，他真有说不出来的高兴。他祝贺我，拥抱我，而且立即开始开导我，对我详细说明我新的处境的全部重要意义。我简直听入迷了……"

"哦，您是知道的，他的口才有多好。他的话对我产生了强烈的影响。我突然对自己产生了一种奇异的敬佩，并且装出一副严肃认真的模样，再也不笑了。我记得，我那时走路都开始谨慎起来，好像抱着一个盛满琼浆玉液的器皿，生怕这琼浆玉液洒出来……我很幸福，尤其是在人们明显地对我好的时候。罗亭想见我的意中人，而我也正想把她介绍给他。"

"啊，我明白了，我终于明白是怎么回事了，"亚历山德拉·巴甫洛芙娜打断了他的话，"罗亭夺走了您的意中人，所以您至今不能原谅他……我敢打赌肯定是这样！"

"那您就错了，亚历山德拉·巴甫洛芙娜，您错了。罗亭没有夺走我的心上人，而且他也无意于此，不过他还是毁了我的幸福。在冷静地做出判断之后，我如今甚至准备为此感激他呢。可是在当时，我差点儿发疯啦。罗亭没有伤害我的意思——相反！可因为他那可恶的习惯，就像用大头针钉蝴蝶标本那样，他喜欢用空话去钉死活生生的感情，无论是自己的还是别人的感情。他开始对我们剖析我们的关系，告诫我俩应当怎样接人待物，还蛮横地干涉我们对自己的感情和思想做出解释。他对我俩时而夸奖，时而责备，甚至还跟我俩通信。您想想看……唉，我俩完全给弄懵了！我当时也未必能跟我那位贵族小姐结婚，但至少能和她像保尔和薇吉妮①那样甜蜜地过上几个月。而现在误会和别扭接踵而来——总之，弄得一团糟。结果是：在一个美好的早晨，罗亭说他已经决定了，作为朋友，他最神圣的义务就是要把这些告诉那位老父亲。他接下来真的这样做了。"

"是吗？"亚历山德拉·巴甫洛芙娜惊叫起来。

---

① 保尔和薇吉妮是《保尔和薇吉妮》中的青年男女主人公。

"是的,而且,请注意,是得到我的同意后做的——妙就妙在这里!我至今还记得,我当时脑子是多么混乱!所有的东西都在旋转,而且就像在摄影机暗箱里似的变换了位置:白的变成了黑的,黑的变成了白的,谎言变成了真理,臆想变成了责任……唉!现在想起来都觉得羞愧!可罗亭没有气馁……这很正常!他总能在各种各样的误会和麻烦中,像池上的飞燕那样一掠而过。"

"您就这样和那个女孩分开了吗?"亚历山德拉·巴甫洛芙娜问,她天真地把头歪向一边,微微皱了皱眉。

"分开了……痛苦地分开了。既觉得受了凌辱,又觉得很委屈,这成了公开的秘密,可有必要公开吗……我哭了,她也哭了,天知道发生了什么……这个难解之结捆得太紧了——要砍开它,可这很痛啊!不过,世上的一切都会安排好的,她嫁了一个好人,如今过得挺幸福。"

"可是您得承认,您是不能原谅罗亭的……"亚历山德拉·巴甫洛芙娜说。

"不是那样!"列日涅夫打断了她的话,"我送他出国时,哭得像个孩子。不过,说实话,也就是在那时我对他开始不满。后来,当我在国外遇到他时……嗯,那时我已经老练些了……也看清了罗亭的真实面目。"

"您到底看清了什么呢?"

"就是我一个小时前对您说到的一切。不过,他的事已经说得够多的了。也许,一切都会好起来的。我只是想向您证明,如果我对他的评判过于苛刻,那不是因为我不了解他。至于娜塔莉亚·阿列克谢耶夫娜,我不想多说什么,不过您得关心一下您弟弟。"

"关心我弟弟?为什么?"

"您仔细观察一下他吧。您难道什么也没觉察到?"

亚历山德拉·巴甫洛芙娜低下了头。"您说得对,"她说,"真的……我弟弟……我最近真有些不懂他了……难道您认为……"

"小声点!他好像朝这边走来了。"列日涅夫轻声说。"请相信我,娜塔莉亚已不是个孩子,尽管她像一个孩子似的没有经验,您瞧着吧,这姑娘会让大家吃惊的。"

"那又怎样呢?"

"又怎样……您知道吗,跳河、服毒之类的事情,正是这种姑娘干出来的！您别看她如此文静，她的热情丝毫不亚于她的性格！"

"啊，我看您也太夸张了。在您看来，像我这样冷漠的人也说不定像是一座火山呢。"

"啊，不！"列日涅夫微笑着说，"说到性格——谢天谢地，您压根儿没有性格。"

"您太过分了！"

"过分？请原谅，这是在赞赏您呢……"

沃伦采夫走了进来，多疑地看看列日涅夫和姐姐。他近来瘦了。他们两个开始和他攀谈，但对于他们的打趣，他只是勉强一笑来应对。看起来，正如皮加索夫有一次谈到他时所说的那样，他像一只忧郁的兔子。然而，哪怕一生只有一次，比沃伦采夫还要忧郁的人，在世界上大概是从来没有的。沃伦采夫感到，娜塔莉亚已离他越来越远，他脚下的土地似乎在顷刻间就要裂出一条缝了。

七

次日是星期天，娜塔莉亚很晚才起床。头天晚上她一直闷闷不乐，暗暗为自己流泪感到羞愧，夜里睡得也很不好。此刻，她披衣坐在她的小钢琴前，时而弹出几声几乎听不见的和音，唯恐吵醒了庞柯小姐，时而把额头贴在冰冷的琴键上，久久地坐在那儿发呆。她一直在想——她想的不是罗亭本人，而是想罗亭说过的某句话——她完全陷入了沉思。有时，沃伦采夫浮上她的心头。她知道他爱她。但她的思维立刻抛开他……她感到一种异样的冲动。

早晨，她匆匆穿好衣服，走到楼下，和母亲问安以后，找了一个机会，独自去了花园……这是一个晴空万里、阳光灿烂的日子，虽说不时下着阵雨。晴空中，慢慢飘过一片片低垂的、如烟似雾的、遮不住太阳的浮云，不时把一阵急骤的大雨洒向田间。那大而闪光的雨点，宛若万颗钻石，带着干燥的响声，倾注而下；阳光透过这闪烁的雨网大放异彩；刚刚还在风中摇曳的小草，此刻静止了，在贪婪地吸着雨水；无数的鸟儿不停地歌唱——那鸟儿的絮絮啁啾和着刚过去的阵雨的潺潺流水,听来令人心旷神怡!

尘土飞扬的道路上似有轻烟缭绕,那急骤的雨点把路面打得斑点不断,水珠四溅。不久,乌云散去,和风轻拂,草地上溢出一片翠绿和金黄……雨洗的树叶都相互粘连,枝叶间变得更为透亮……四处升腾起一股浓烈的潮气……

当娜塔莉亚来到花园时,天空已经清澈如洗了。园中处处散发着清新和宁静的气息——那种温馨而美妙的宁静,会在人的心灵深处激起神秘的怜悯,朦胧的愿望,让人感到一种甜蜜的惆怅。

娜塔莉亚来到花园,沿着一条两边都是白杨树的长长林荫道走去。突然,罗亭好像从地里冒出来似的意外地出现在她的面前。

她有些慌乱。罗亭望着她的脸。"您一个人吗?"

"是的,"娜塔莉亚回答,"不过我只出来一会儿……此刻该回去了。"

"我陪你回去。"

于是他们并肩而行。"您好像有些忧郁?"他说道。

"我……我正想告诉您,我觉得您好像有些心事。"

"或许吧……我经常这样的。比起您来,我这样更可原谅的。"

"那为什么?难道您以为,我就没有什么理由忧郁的吗?"

"在您这样的年龄,正该享受生活的快乐。"

娜塔莉亚默默地走了几步。"德米特里·尼古拉耶维奇,"她终于说道。

"怎么了?"

"您可记得……昨天您打的那个比喻……您记得吗……说那椴树……"

"是的,我记得。怎么了?"

娜塔莉亚偷偷瞥了他一眼。"为什么您……您会打这么个比方?"

罗亭垂下头,眼睛望着远处。"娜塔莉亚·阿列克谢耶芙娜!"他用自己那种特有的镇定自若而又意味深长的语气说道。这种语气始终会让听者认为罗亭说出来的还不到他所想的十分之一。"娜塔莉亚·阿列克谢耶芙娜!您或许发现,我很少谈及自己的过去。有些事情我是不轻易提起的。我的内心……谁会知道我内心的感受呢?大肆宣扬这些感受我总觉得这是亵渎神圣。不过对您我可以坦诚相告:我信任您……我无法向您隐瞒,跟所有人一样，我也曾经恋爱过，有过痛苦。何时？详情如何？这就不必说了，但是我这颗心体验过很多欢乐，也体验过很多痛苦……"

罗亭沉默了片刻。"昨天我对您说的那些话，"他继续说道，"在某种意义上也适用于我自己，适用于我目前的处境。不过这不说也罢。生活的这一面对我来说已经消失了。如今的我只能坐一辆破车，沿着热气蒸腾、尘土飞扬的道路一站又一站地不断颠簸……何时才能到达目的地，或者能不能到达，就只有上帝知道了。咱们还是谈谈您吧。"

"难道您，德米特里·尼古拉耶维奇，"娜塔莉亚打断他说，"对生活就一无所求了吗？"

"啊，不！相反的，我所求的很多，但不是为了自己……行动，从行动中可以获得巨大的乐趣，可是我放弃了享受。我的期望，我的理想，和我的个人幸福毫不相干。爱情（说到这个字眼的时候，他耸了耸肩膀）……爱情与我无关；我……不值得；一个女人爱上了男人，她就有权得到男人的整个身心，而我却已经无法献出自己的一切。再说获得女人的欢心，那是年轻人的事情，我年龄太大了。我哪里还能让人家神魂颠倒呢？上帝保佑，但愿我的头脑能一直清醒！"

"这我理解。"娜塔莉亚说。"一个追求崇高目标的人，是不应该考虑自己的，但是难道女人就不能认识这种人的价值吗？我认为恰恰相反，女人最不愿意理睬自私的人……所有青年，您说的那些年轻人，都是些自私的人，他们只顾自己，即使恋爱的时候也是这样。请您相信，女人不仅能够懂得自我牺牲的价值，她自己也可以牺牲自我。"

娜塔莉亚的双颊微微红了，眼睛放射出光彩。在认识罗亭之前，她还从未说过这样长、这样富有激情的话。

"您已经不止一次地听我关于妇女使命的见解。"罗亭脸带宽厚的微笑说。"您知道，在我看来，只有圣女贞德①才能拯救法兰西……不过问题不在这里。我想谈谈您的情况。您刚刚跨进人生的门槛。谈论您的前途既令人愉快又不无裨益……您听我说：您知道我是您的朋友，我待您如同家人……因此我希望我的问题不会让您觉得唐突，请告诉我，您的心依然很平静吗？"

---

① 贞德（1412—1431），百年战争期间的法国女英雄。

娜塔莉亚满脸通红，一句话也没说。罗亭站住了，她也停下了脚步。"您没有生我的气吧？"他问。

"没有，"她说，"可我怎么也没有料到……"

"当然，"他继续说道，"我的问题您可以不答，您的心思我知道。"

娜塔莉亚几乎是惊恐地看了他一眼。

"是的……是的，我知道您喜欢谁。我该告诉您，这是您的最佳选择。他是个很好的人，他会尊重您的，他还没有被生活压垮——他为人质朴，心地纯洁……他会让您幸福的。"

"您是指谁啊，德米特里·尼古拉耶维奇？"

"难道您不明白我说的是谁吗？当然是沃伦采夫。怎么，难道错了吗？"

娜塔莉亚微微转过脸，避开罗亭。她完全不知所措了。

"难道他不爱您吗？好了吧！他的眼睛一直盯着您，注视着您的一颦一笑，再说爱情是可以隐瞒的吗？难道您自己对他没有好感吗？据我观察，连您母亲也喜欢他……您的选择……"

"德米特里·尼古拉耶维奇！"娜塔莉亚打断了他，不安地把手搭在身边的一丛小树上。"这件事我实在是难以启齿，不过我可以向您保证……您的确错了。"

"我错了？"罗亭反问道，"不会吧……我认识您时间不长，可是我已经很了解您。我在您身上看到，清楚地看到的这种变化意味着什么呢？难道您还是像我在六个星期前看到的那样吗？不，娜塔莉亚·阿列克谢耶夫娜，您的内心已经不平静了。"

"或许是的。"娜塔莉亚回答说，声音轻得勉强才能听到。"不过您最终还是错了。"

"怎么会呢？"罗亭问。

"我要走了，别问我！"娜塔莉亚说着便快步向家里走去。

她内心突然感觉到的种种感情，连她自己也觉得可怕。罗亭追上来拉住她。"娜塔莉亚·阿列克谢耶夫娜，"他说，"这次谈话不能这样结束，它对我来说很重要……我该怎么理解您的意思呢？"

"让我走吧！"娜塔莉亚重复道。

"娜塔莉亚·阿列克谢耶芙娜，看在上帝分儿上。"罗亭神情激动，脸色苍白。

"您能理解一切，您也该理解我！"娜塔莉亚说着挣脱了他的手，头也不回地走了。

"还有最后一句话！"罗亭在她身后喊道。

她站住了，但没有回过头来。

"您问我昨天那个比喻是什么意思，现在我告诉您，我不想瞒您，我说的是自己，自己的过去——也指您。"

"什么？指我？"

"是的，是指您。我再说一遍，我不想骗您……现在您知道了吧，当时我指的是怎样的感情，一种新的感情……在此之前，我是决不敢说的……"

娜塔莉亚突然两手掩面，向家里跑去。

跟罗亭谈话的意外结局使她异常激动，以致她从沃伦采夫身边跑过都未发觉。沃伦采夫靠着一棵树，一动不动地站在那儿。一刻钟之前他到了达里娅·米哈依洛夫娜家，凭着热恋中的人所特有的敏感，他径直闯进花园，恰巧看到娜塔莉亚把手从罗亭手中抽出来。沃伦采夫顿时两眼发黑。他目送着娜塔莉亚渐渐远去，自己也离开那棵树，茫然地向前走了几步，自己也不知道要到哪儿去，去干什么。罗亭走过他身边的时候才发现他。他们彼此看了对方一眼，点点头便各自默默地走开了。

"事情不会这样结束的。"两人都在这样想。

沃伦采夫朝着花园另一端走去。他感到痛苦和难受。心头像铅一样的沉重，浑身的血液不时涌起阵阵波涛。天空又下起淅淅沥沥的细雨。罗亭回到自己的房间。他无法平静，思绪像旋风般在翻滚。无论是谁，假如他怀着一片坦诚，突然触摸到了一颗年轻纯洁的心灵，那么都会难以自持的。餐桌上的气氛一直很沉闷。娜塔莉亚脸色苍白，坐立不安，而且始终低着眼睛。沃伦采夫像往常一样坐在她的身边，偶尔极不自然地跟她搭讪几句。碰巧这一天皮加索夫也在达里娅·米哈伊洛夫娜家里用餐。席间他不住嘴地论证起来：人像狗一样，有的是短尾巴，有的是长尾巴。"短尾巴的人"，他说，"有的天生如此，有的咎由自取。短尾巴的人都很倒霉，他们一事无成——他们不自信。可是有着毛茸茸的长尾巴的人却是幸运儿。他或许比短尾巴的人更坏一些，更无能一些，但他很自信。他把尾巴那么一翘，于是大家就拍手喝彩。这岂不是怪事吗？要知道，尾巴，谁都承认是人体上完全无用的东西，尾巴能有什么用？可是如今大家竟凭尾巴来判断一个人的高低贵贱了。"

"而我，"他叹了一口气又补充道，"是属于短尾巴的，而且最最遗憾的，是我自己把自己的尾巴割掉了。"

"您所说的，"罗亭戏谑地说道，"其实在您之前，拉·罗什福科①早已说过了：要自信，然后别人才会相信你。我不明白这跟尾巴有什么关系。"

"人家想怎么说就怎么说，"沃伦采夫严厉地嚷道，眼睛怒视着罗亭，"这是人家的权利嘛，就说霸道吧……照我看，最讨厌的就是聪明人的所谓蛮横了。让他们见鬼去吧！"

沃伦采夫的失态让大家感到很震惊，谁都没说话。罗亭看了看他，无法忍受他那逼人的目光，就把脸转向一边，微微一笑，一句话都没说。

"啊哈！没想到这小子也是个短尾巴的呀！"皮加索夫心中暗想。由于惊吓，娜塔莉亚的心仿佛停止了跳动。达里娅·米哈伊洛夫娜莫名其妙地看着沃伦采夫，过了好一会，终于最先打破沉默，她开始讲起她的朋友——某位大臣的一条伶俐的狗来了……

饭后，沃伦采夫很快就走了。当他向娜塔莉亚道别的时候，忍不住对她说道："您怎么这样心神不定。好像有什么过错似的？您是不可能伤害别人的！"

娜塔莉亚听得莫名其妙，只是呆呆地望着他远去的背影。在喝茶前，罗亭走到她跟前，身子俯向桌面，像在翻查报纸似的，小声对她说："您难道不觉得这像一场梦么？我必须和您单独见见……哪怕只有一分钟。"他转向庞柯小姐。"喏，"他对她说道，"这就是您要的那篇小品文，"说完又俯身对娜塔莉亚轻轻加了一句："十点钟左右到凉台附近的丁香花亭里来，我在那里等您……"

这天晚间皮加索夫成了主角。罗亭把机会让给他了。他把达里娅·米哈伊洛夫娜逗得很开心。开始他说起他的一个邻居，此人三十年来让老婆管得服服帖帖，变得一身娘娘腔。有一次，皮加索夫也在场，他在跨一个小水坑时，竟把手伸到后面，撩起长礼服的后襟，就像女人撩起裙子一

---

① 拉·罗什福科（1613—1681），法国作家。

样。随后他又说起另一个地主，那人原先是一个共济会会员，后来得了忧郁症，随后又想当一名银行家。

"您怎么成了共济会会员的，菲利普·斯杰潘内奇？"皮加索夫有一次问他道。

"这很简单：我把小拇手指的指甲留长了。"

然而最让达里娅·米哈伊洛夫娜发笑的，还是皮加索夫大谈爱情的时候。他一再强调，为他着迷的女人确实不少。他说有一位热情奔放的德国女人甚至叫他"让人心醉的阿夫里坎"哩。达里娅·米哈伊洛夫娜哈哈大笑，而皮加索夫并未撒谎，他的确有权吹嘘自己在情场上的胜利。他又一再断言，让随便哪个女人爱上你，是最容易不过的事——你只需要十天时间反复对她说，天堂在她的唇上，幸福在她的眼里，别的女人和她相比不过是一堆破烂，那么到了第十一天，她自己就会说，天堂在她的唇上，幸福在她的眼中，于是她便能爱上你啦。世界之大，无奇不有。谁知道呢？或许皮加索夫说得很对。

九点半时，罗亭已到了花亭。在遥远而灰暗的天空深处，几颗小星星刚刚探出头，美丽的晚霞还残留在西天，那里的天空显得更加明亮、纯净。半圆的月亮透过一棵桦树黑网般的枝叶洒下金色的斑点。别的树木，有如阴森的巨怪站在那里，枝叶间千百个透亮的空隙，恍若千百双眼睛；有的则重重叠叠，形成一堆堆浓密的黑影。没有一片树叶在颤动，丁香和刺槐的高枝在温暖的夜空中向上伸展着，仿佛在听着什么。附近的房屋成了一团黑影，只有从长窗里射出暗红的灯光。这是个温馨而寂静的夜晚，但在这寂静中似乎能听到一声压抑而热情的叹息。

罗亭双手交叉抱在胸前地站着，紧张地听着周围的动静。他的心怦怦直跳，他不禁屏住了呼吸。终于，他听到了一阵轻便急促的脚步声。娜塔莉亚终于走到亭子里来了。罗亭急忙跑过去，抓住她那像冰一样的双手。

"娜塔莉亚·阿列克谢耶夫娜！"他轻轻说，声音在颤抖，"我想见你……我甚至等不到天亮。我必须告诉你，我从未想到，甚至今天早晨我都未意识到：我爱你。"

娜塔莉亚的手在他的双手里微微颤抖着。"我爱你，"他又说了一遍，"我怎能骗自己这么久呢，怎么一直没有意识到我爱上了你！你呢？娜塔莉亚·阿列克谢耶夫娜，告诉我，你怎么想？"

娜塔莉亚几乎透不过气来。"你看见了，我来了。"她终于说道。

"不，告诉我，你也爱我吗？"

"我认为……是的……"她小声低语。

罗亭把她的手握得更紧，更想拥抱她……

娜塔莉亚很快向周围看了看。"放开我，我害怕——我觉得有人在偷听我们……看在上帝的分儿上，您得留心。沃伦采夫在猜疑。"

"管他呢，你也看到了，我今天就没有理他……啊，娜塔莉亚·阿列克谢耶夫娜，我真幸福！现在，谁也不能把我们分开了！"

娜塔莉亚望着他的眼睛。"让我走吧，"她低声说道，"我该走了。"

"再等一会儿，"罗亭说道。

"不行，放开我，让我走吧……"

"你是不是怕我？"

"不。我该回去了……"

"那你至少再说一遍……"

"你觉得幸福吗？"娜塔莉亚反问道。

"我？我是世界上最幸福的人了！难道你不信？"

娜塔莉亚抬起头来。她那苍白、高贵、年轻而激动的脸，在花亭神秘的阴影中，在夜幕的清辉中，是多么美丽啊！

"那你可以相信，"她说，"我将是你的。"

"啊，上帝啊！"罗亭大声叫道。

而娜塔莉亚却一转身，跑掉了。罗亭又待了一会儿后缓步走出花亭。月光清晰地照在他的脸上，他微笑着。

"我真幸福，"他低声说道，"是的，我是幸福的。"他又重复了一遍，仿佛让自己放心似的。

他挺直了身子，甩了甩卷曲的头发，然后愉快地挥了挥手臂，飞快地向花园走去。就在此时，潘达列夫斯基从亭子旁的丁香花丛中轻轻地钻了出来。他谨慎地左顾右盼一番，摇摇头，撇撇嘴，意味深长地说道："原来如此啊。此事一定得告诉达里娅·米哈伊洛夫娜。"说完，人就一闪而去。

八

沃伦采夫回到家时,心情沮丧,精神不振,对姐姐的问话也懒得回答,立即把自己关进书房,急得他姐姐决定立马派人去找列日涅夫。遇到困难,她总是向他求助。列日涅夫派人说明天来。

第二天早晨,沃伦采夫还是闷闷不乐。他本想喝过茶就去处理庄园事务,结果还是留在家里,在沙发上一躺,看起书来了。对他来说这可是少有的事。沃伦采夫对文学并无兴趣,对诗歌简直怀着恐惧心理。"这和诗歌一样难以理解",他总是这样说。为了证实自己,他还常用诗人艾布拉特①的诗句:

> 忧伤的日子结束之前,
> 无论是引以为荣的经验,
> 还是高高在上的理智,
> 都不能亲手毁去,
> 毋忘我草——血染的生命。

亚历山德拉·巴甫洛芙娜尽管很担忧,但并未去打扰弟弟。一辆马车驶到了门口。"这下好了!"她想。"谢天谢地,列日涅夫总算来了……"可仆人进来报告的是:罗亭来了。

沃伦采夫把书扔到地上,猛地抬起了头。"谁?"他问。

"罗亭,德米特里·尼古拉耶维奇。"仆人重复道。

沃伦采夫站了起来。"请他进来。"他说。"姐姐,"他转身对亚历山德拉·巴甫洛芙娜说,"我想和他单独谈谈。"

"为什么?"她问。

"我自己心里清楚。"他不耐烦地打断她。"您就答应我吧。"

---

① 艾布拉特,叶·菲·罗申(1800—1860)的笔名。

罗亭进来了，沃伦采夫站在房间中央，冷冷地向他点点头，没有伸出手。

"您没想到我会来吧？"罗亭说着把帽子放到窗台上

他抿紧嘴唇。显得有些尴尬，但竭力掩饰着。"是的，很让我意外。"沃伦采夫说。"昨天发生了那件事以后，我本以为有人会因受您之托来找我的①。"

"我明白您的意思。"罗亭说着坐了下来。"我很高兴您这样坦率，这样事情就好办了。如今我亲自登门拜访，因为我觉得您是品德高尚的人。"

"还是别说这样的恭维话？"沃伦采夫说。

"我想向您解释我来的目的。"

"我们互相认识，您为什么不可以到我这儿来呢？再说您也不是第一次来。"

"我来见您，是一个高尚的人拜访另一个高尚的人。"罗亭重复了一遍。"所以现在我想听听您对我的建议……我完全信任您……"

"究竟什么事？"沃伦采夫说。他依然站在那儿，忧郁地看看罗亭，不时捋着自己漂亮的短胡子。

"请您原谅……我来是要向您解释一下，不过，一下子也难以说清。"

"为什么？"

"因为涉及第三者……"

"谁是第三者？"

"谢尔盖·帕夫雷奇，我想您明白我的意思。"

"德米特里·尼古拉耶维奇，我一点儿也不明白您的意思。"

"您可否……"

"您最好别卖关子！"沃伦采夫接着他的话说。他真的发火了。

罗亭双眉紧皱。"好吧……现在只有我们俩……我该告诉您——不过您大概也猜到了（沃伦采夫不耐烦地耸了耸肩）——我该告诉您：我爱娜塔莉亚·阿列克谢耶夫娜，另外我有资格相信她也爱我。"

沃伦采夫顿时脸色苍白，一句话也没说，他走到窗前，背对着罗亭。"您知道，谢尔盖·帕夫雷奇，"罗亭继续说道，"除非我有把握……"

---

① 指罗亭受到了侮辱，按照常理应该要求与沃伦采夫决斗。

"好了！"沃伦采夫急忙打断他。"我并不怀疑……好吧！您尽管去爱吧！我只是奇怪，您怎么想的，居然亲自来告诉我这个消息……这和我有关系吗？您爱谁，谁爱您，这关我什么事？我真不明白。"

沃伦采夫声音有些嘶哑，依然望着窗外。

罗亭站起来。"您听我说，谢尔盖·帕夫雷奇，我为什么决定来找您，我认为自己不能向您隐瞒我们的……我们的感情。我很尊敬您——这就是我来找您的原因，我不想……我们都不想在您面前演戏。您对娜塔莉亚·阿列克谢耶夫娜的感情我知道……请您相信，我有自知之明，我知道自己没有资格取代您在她心中所占的位置，但是假如注定要发生这样的事情，那么难道耍手腕、搞欺骗、装糊涂才更合人意吗？难道要闹出种种误会，甚至发生昨天席间那样的尴尬才更好吗？谢尔盖·帕夫雷奇，您觉得呢？"

沃伦采夫把手交叉在胸前，似乎在竭力克制自己。

"谢尔盖·帕夫雷奇！"罗亭继续说道。"我伤害了您，这我知道……不过请您谅解……请您原谅，我们无法用别的来向您证明我们对您的尊敬，证明我们珍惜您的坦率和高尚。坦诚、爽快，毫不掩饰的坦诚，对别人或许不合适，但是对您，这却是我的义务。想到我们的秘密被您了解，我们很欣慰……"

沃伦采夫很不自然地放声大笑起来。"多谢您的信任！"他扬声说道。"但是请您注意，我并不想知道您的秘密，也没想向您透露自己的秘密。而您就像使用自己的财产一样来使用这个秘密。不过，您说话的口气好似代表你们两个人。我或许可以这样想：您这次来访，娜塔莉亚·阿列克谢耶夫娜都知道吧？"

罗亭有点难堪了。"不，我并未告诉娜塔莉亚·阿列克谢耶芙娜，但我知道她会赞成我的做法。"

"很好。"停了片刻之后，沃伦采夫说道，一边用手指敲打着窗玻璃。"不过，说实话，如果您对我少几分尊敬，那该多好啊。实际上我根本不需要您的尊敬，您到底想让我怎么做呢？"

"我什么也不要……啊，对了！我只有一个要求：希望您别把我看成阴险狡猾的小人，希望您能理解我……我希望您此刻不再怀疑我的真诚……我希望，谢尔盖·帕夫雷奇，我们能像朋友那样分手……希望您跟从前一样把手伸给我……"说着罗亭走到沃伦采夫面前。

"对不起,先生。"沃伦采夫转身后退了一步。"我可以承认您的动机光明磊落,这很好,甚至称得上高尚,不过我们都是凡夫俗子,吃的是普通的五谷杂粮,我们不像你们这些学问高深的大思想家……您认为是真诚的,我们却觉得是蛮横无理的……您认为是简明的,我们却觉得是复杂莫辨的……您大肆张扬的东西,我们却讳莫如深,我们怎能理解您呢!对不起,我既不能把您当朋友,也无法向您伸手……这样或许很庸俗,不过我本来就是个俗人。"

罗亭从窗台上拿起凉帽。"谢尔盖·帕夫雷奇!"他伤感地说。"告辞了。是我错了。我的拜访确实很唐突,不过我原以为您(沃伦采夫显出不耐烦的样子)……请原谅,今后我再也不提这件事了。回头想想,我看也的确如此。您是对的,您也只能这样做。再见了,起码请允许我再向您说明,最后一次向您说明我是真诚的……对您的宽恕容忍让我毫不怀疑……"

"这太过分了!"沃伦采夫气得浑身发抖,大声嚷道。"我根本不需要您信任,您也没有权利要求我宽恕!"

罗亭还想说些什么,但只是摊开手,鞠了个躬就走了。而沃伦采夫立即扑到沙发上,把脸对着墙壁。

"可以进来吗?"门外响起亚历山德拉·巴甫洛芙娜的声音。

沃伦采夫没有作声,偷偷用手抹了抹脸。"不行,萨沙[①]!"他的声音都有点变了。"再等一会儿。"

半小时后,亚历山德拉·巴甫洛芙娜又来到门口。"米哈依洛·米哈伊雷奇来了。"她说。"你见他吗?"

"好的,"沃伦采夫回答,"你让他来这儿。"

列日涅夫走了进来。"怎么——你不舒服?"说着他坐到沙发边的圈椅上。沃伦采夫欠身撑起一只胳膊,久久地注视着自己的朋友,随后把他和罗亭的谈话一字不落地告诉他。在这以前他还从未向列日涅夫暗示过自己对娜塔莉亚的感情,虽然列日涅夫对此早已知晓。

"老弟啊,你真让我震惊。"沃伦采夫刚讲完,他立即说道。"我想他

[①] 巴甫洛芙娜的小名。

会有些奇怪的举动，可这也未免太……不过，这也像他的风格。"

"好了吧，"沃伦采夫激动地说，"简直是无耻！我差点没把他扔到窗外。他这是向我炫耀还是心怀鬼胎？究竟为什么？他怎敢这样来找我……"

沃伦采夫双手抱头，不再说话了。

"不，老弟，不是那样的。"列日涅夫平静地说。"也许你不会相信，不过，他这样做确是出于好意，真的……你看，这样做高尚又光明磊落，还可以趁此机会发一通高论，卖弄一下文采，这正是我们所追求的，否则我们就没法生活……唉，他的舌头既是他的敌人又是他的奴仆。"

"你简直难以想象，他那一本正经地走来跟我说话的神态！"

"是啊，他不能不这样做。他即使是扣扣子也像在完成一项神圣的义务。我真想把他送到一座荒岛上，暗自观察看他怎么办，看他还说不说朴实！"

"看在上天的分上，老兄，您说这究竟算什么？是哲学吗？"沃伦采夫问。

"怎么说呢？一方面，或许这确实是一种哲学，而另一方面，根本不是那么回事。不能把什么都和哲学扯在一起。"

沃伦采夫看了看他。"你认为他在撒谎吗？"

"没有，我的兄弟，他没有撒谎。不过，我们还是不谈这些了。老弟，咱们抽支烟吧，再请亚历山德拉·巴甫洛芙娜过来……有她在场，说话也开心些，不说话也轻松些。她还会给我们倒茶呢。"

"好吧。"沃伦采夫说。"萨沙，你过来！"他叫道。

亚历山德拉走过来。他拉住她的手，紧紧地贴在自己的嘴上。

罗亭回到家时，烦躁不安，神情怪异。他恨自己，恨自己不能原谅的鲁莽，孩子般的轻率。难怪有人说：没有比发现自己做了蠢事更沮丧的了。罗亭因为悔恨而痛苦不堪。

"真是见鬼！"他咬牙切齿地自语道。"怎么会去见这个地主！真亏我想得出来！真是自讨没趣！"

达里娅·米哈伊洛夫娜的家里也发生了某些异常的变化。女主人整整一上午没有露面，也没有出来吃午饭。据唯一被允许进她房间的潘达列夫斯基说她头疼。至于娜塔莉亚，罗亭也几乎没有见过她，她一直跟庞柯小姐待在自己房间里……只是在餐厅里遇见他的时候,她悲伤地看了他一眼,那神情使他的心都碎了。她的脸也变了样,仿佛刚刚经历了一场灾难似的。一种隐约的预感使罗亭坐立不安,为了排遣这种情绪,他便去见巴西斯托夫,跟他谈了很多,他发现他是个热情洋溢、朝气勃勃的人,满怀着热烈的希望和坚定的信心。傍晚时分,达里娅·米哈伊洛夫娜到客厅里待了一两个小时。她对罗亭很客气,又似乎有些疏远,她时而发笑,时而皱眉,说话带着鼻音,而且闪烁其词……一副宫廷贵妇的腔调。最近她对罗亭有些冷漠了。"真让人捉摸不透!"他从侧面望着她那高昂的脑袋,心里暗想。

不久,这个谜就解开了。晚上十一点多钟的时候,他正沿着漆黑的走廊回自己的房间去,突然有人塞给他一张纸条。他回头一看,见一名女孩子从他身边经过,好像是娜塔莉亚的婢女。他回到自己房里,支走了仆人,打开字条,看到了娜塔莉亚亲笔写的几行字:

　　明天早晨最迟七点,请您务必到阿夫久欣池塘边的橡树林等我,别的时间不行。这将是我们最后一次见面。一切都将结束,如果……请您来吧,一定要拿个主意。
　　又及:假如我无法践约,那说明我们再也不能见面了。到时我会设法通知您……

罗亭陷入了沉思,翻来覆去摆弄着纸条,陷入了沉思,然后塞到枕头下面,脱了衣服,躺到床上,但久久无法入眠,刚迷迷糊糊睡了一会儿就醒了,时间还不到五点。

九

娜塔莉亚约罗亭会面的阿夫久欣池塘,早已不是池塘了,三十年前它决了口,从那时起就被废弃了。只是靠曾经蒙着一层肥沃淤泥的平整、浅坦的池底和残缺的堤岸,才能让人猜到,这里曾经是个池塘。这里也曾有过一个庄园,很久前它就消失了。两棵巨大的松树说明它过去曾经存在过,风永远在那高大而稀疏的绿色枝叶间喧嚣和凄凉地呼啸……民间流传着一些神秘的传说,好像说在这两棵树的树根旁发生过可怕的罪行;也有人说,不害死一个人,它们哪一棵都不会倒下来;说什么这里曾经矗立着第三棵松树,在一次风暴中压死了一个女孩。老池塘周围所有的地方都被认为会闹鬼;这里空旷光秃,阴森荒凉,甚至在阳光明媚的白天,也因为附近有一片早就死绝枯萎、朽败不堪的橡树林,而显得更加阴森和荒凉。

一些大树稀疏的灰色躯干犹如凄凉落寞的幽灵在低矮幼小的灌木丛上方耸立。它们让人望而生畏,好似一伙凶狠的歹徒聚集在一起,策划着什么阴谋勾当似的。旁边一条狭窄的、勉强可以通行的小径蜿蜒曲折。没有特别的需要谁也不会从阿夫久欣池塘边经过。娜塔莉亚特意选择了这么僻静的地方。从达里娅·米哈伊洛夫娜家到这儿不超过半俄里。

当罗亭来到阿夫久欣池塘边时,太阳早已升起了,但是早晨并不让人愉快。乳白色密密的云层覆盖了整个天空,风呼呼吹着快速地驱赶着它们。在长满会粘人的牛蒡草和黑乎乎的野荨麻的堤岸上,罗亭来回踱着步。他心中很不平静。这次约会,这些新的感受让他陶醉,但也让他不安,特别是在收到昨天的字条后更令他不宁。他知道,快要结束了,因此心里暗暗焦虑,尽管看着他胸前交叉着双手,眼睛扫视着四周,表现出一种执着的决心,谁也没想到他是这种心态。难怪有一次皮加索夫说起他时,说他像一个中国的木偶——脑袋总要大许多。但是只有一个大脑袋,无论它多有能耐,一个人甚至难以弄清楚,他自己的内心究竟发生了什么……

罗亭很聪明,他也很有洞察力,却不能肯定,他是否爱娜塔莉亚,他是否因为要和她分手而痛苦,或将会痛苦。既然连假装洛夫拉斯都装不像,该为他说这句公道话,又何必要让可怜的姑娘神魂颠倒呢?为什么他要怀着暗暗的激动等她呢?答案只有一个:谁也不会像恬淡冷静的人那样容易动情。

他在堤岸上踱着步,而娜塔莉亚径直穿过田野,踩着潮湿的野草,急匆匆向他走来。

"小姐!小姐!您的脚会湿的。"女仆玛莎对她说道,她几乎赶不上她了。

娜塔莉亚并不理会，头也不回地跑着。

"啊，希望没人跟踪我们！"玛莎反复说，"真是奇怪，我们怎么能从屋里溜出来呢。好像法国女教师还没有睡醒……幸好不远……嗬，他已经在等了，"她突然看到罗亭姿势优美地站在堤岸上又补充说，"不过他何必站那么高呢，站在洼地里岂不更好。"

娜塔莉亚停下了。"玛莎，在这里等我，就在松树边。"她说着，便向池塘走去。

罗亭走近她，感到很惊讶。他从没看到过她现在的表情。她双眉紧锁，双唇紧闭，眼睛严肃地逼视着。

"德米特里·尼古拉耶维奇，"她开口说，"我们没有多少时间，我来五分钟。我该告诉您，妈妈全都知道了。潘达列夫斯基先生前天窥视到了我们，就把我们约会的事告诉了妈妈。他一直是妈妈的密探。昨天她把我叫去了。"

"天哪！"罗亭喊了起来，"这可糟了……她说什么了？"

"她没有生气，也没有骂我，只是责怪我太鲁莽。"

"只有这些吗？"

"是的，她还对我说，她宁愿我死，也不愿看到我和您成婚。"

"她真这么说？"

"是的，她还说，您根本就没有和我结婚的想法，说您不过是因为无聊寂寞才来追求我，说她没有想到您会这样；她又说，她自己也有错：为什么要允许我经常和您见面……说她相信我，而我却让她大吃一惊……我记不清她说的所有话了。"

娜塔莉亚用平和、轻微的语调讲述这一切。

"那你呢，娜塔莉亚·阿列克谢耶夫娜，你怎么回答的？"罗亭问。

"我怎么回答她？"娜塔莉亚重复说，"您现在怎么打算？"

"天哪！天哪！"罗亭说道，"这太残酷！这么快！这样突如其来的打击！您妈妈如此愤怒？"

"是的……是的，她不想听到说您。"

"真糟糕！如此说来，一点希望都没有了？"

"一点都没有。"

"我们怎么这么不幸？这个潘达列夫斯基太可恶！您问我，娜塔莉亚·阿列克谢耶夫娜，我打算怎么做？我都晕了——什么也想不出来……我只觉得自己不幸……让我惊讶的是，您竟能这么冷静……"

"您觉得我不难过吗？"娜塔莉亚说。

罗亭开始在堤岸上走来走去。娜塔莉亚的眼睛一直跟随着他。

"你妈妈没有盘问你吗？"他终于低声问道。

"她问我是否爱您。"

"嗯……你怎么说？"

娜塔莉亚沉默了一会儿。"我说了实话。"

罗亭握住了她的手。"您在所有方面始终是高尚的、豁达的！啊，纯金般少女的心啊！但是，难道您妈妈就这么坚决地反对，不许我们结婚？"

"是的，很坚决。我已经告诉您了，她确信，您并不想与我结婚。"

"看来，她觉得我是个骗子！凭什么这样评价我呢？"罗亭捧住了自己的脑袋。

"德米特里·尼古拉耶维奇！"娜塔莉亚低声说，"我们在白费时间。您想一下，这是我们最后一次见面。我来这里既不是为了哭泣，也不是为了抱怨——您看，我并没有哭——我来是让您拿个主意的。"

"我又有什么主意呢，娜塔莉亚·阿列克谢耶夫娜？"

"什么主意？您是男人啊。我一直很信任您，我也会始终相信您。请告诉我，您会怎么做？"

"我的想法？您妈妈大概不会再接待我了。"

"或许吧。她昨天已经说了。她该和您绝交……但是，您还没回答我呢。"

"什么？"

"我们现在该怎么办，您怎么想的？"

"我们怎么办？"罗亭说，"只能屈服。"

"屈服，"娜塔莉亚慢慢地重复说，她的双唇变白了。

"向命运屈服，"罗亭继续说，"能怎么办呢！这有多痛苦，多么难以忍受，我太清楚了，但是，娜塔莉亚·阿列克谢耶夫娜，您自己想想，我很穷……确实，我可以工作，但是，即使我是个有钱人，您能受得了与自己家庭脱离关系，能受得了您母亲的愤怒……不，娜塔莉亚·阿列克谢耶夫娜，这件事就这样吧。看来，命中注定我们不能在一起，我曾经朝思暮想的幸福，与我无缘的！"

娜塔莉亚突然双手掩面，哭了起来。罗亭走到她跟前。"娜塔莉亚·阿列克谢耶夫娜！亲爱的娜塔莉亚！"他激动地说，"别哭，看在上帝的分儿上，别折磨我了，别难过了……"

娜塔莉亚抬起头来。"您现在对我说，让我别难过了，"她开始说，她的眼睛闪着泪花，"我哭并不是您所想的……我伤心的不是那回事，我伤心的是，我看错了您……怎么不是呢！我来这里是来求主意的，而且在这样的时刻，您第一个词就是屈服……屈服！原来您就是这样把您对自由、牺牲的高谈阔论用到实际中去的……"她的声音中断了。

"但是，娜塔莉亚·阿列克谢耶夫娜，"尴尬的罗亭说道，"您想想……我并不是言不由衷……只是……"

"您刚才问我，"她又变得坚强了，"当我母亲向我宣称，她宁愿我死，也不愿见到我和您结婚时，知道我是怎么回答的么？我说我宁愿死也不愿嫁给另一个人……可是此刻您却说屈服！看来，母亲说对了：您真是因为无聊和我开了一个玩笑……"

"我向您发誓，娜塔莉亚·阿列克谢耶夫娜……请您相信……"罗亭反复说。但她并没有听他的。

"您为什么没有阻止我？为什么您自己……难道您没有想到会有障碍？我真不好意思说这些……幸好，一切都已经结束了。"

"您该平静下来，娜塔莉亚·阿列克谢耶夫娜，"罗亭开始说，"我们该想想，有什么办法……"

"您常说自我牺牲，"她打断他说，"但是，你知道吗，假如刚刚，您要是对我说：'我爱你，但我不能结婚，我无法对未来负责，把手给我，跟我走'——知道吗，我定会跟您走，知道吗，我定会下定决心！但是，或许从语言到行动还有很大的距离，您现在胆怯了，就像前天吃午饭时在沃伦采夫面前胆怯一样！"

罗亭顿时涨红了脸。娜塔莉亚出乎意料的激昂让他大吃一惊，但是他的自尊心被她最后几句话刺伤了。

"你太激动了，娜塔莉亚·阿列克谢耶夫娜，"他开始说，"你不明白，您真的伤害了我。我希望，随着时间的推移，您会公正地评价我；您会明白，为什么我必须放弃幸福，而这幸福，正如您自己说的，并不会给我任何责任。对我来说您的安宁比世界上的一切都更宝贵。如果我借机……我就成了最卑鄙的小人。"

"或许吧，"娜塔莉亚打断他说，"或许，您是对的，我不知道为什么自己会这样说。但是，直到现在我一直信赖您，信赖您说的每一句话……以后，请谨言慎行，别说空话。当我对您说我爱您时，我知道这话意味着什么：我已准备好去承担一切……如今我要感谢您给我上了一课并和您道别。"

"等等，看在上帝分儿上，娜塔莉亚·阿列克谢耶夫娜，求您了。我不该受到您的蔑视，我向您起誓。您也该为我想想。我是对您负责，也对自己负责。如果我不是用最忠诚的爱来爱你——天哪！我会立刻向您提出与我一起逃走……你妈妈迟早会原谅我们的……到那时……然而，在想到自己的幸福前……"

他停住了话。娜塔莉亚逼视他的目光使他感到窘迫。

"您在努力向我证明，您是个正人君子，德米特里·尼古拉耶维奇，"她低声说，"对此我并不怀疑。您不会心怀不轨，但是难道我就想确认这一点吗，难道我就是为此才来这儿的吗……"

"真没想到，娜塔莉亚·阿列克谢耶夫娜……"

"啊！您终于说出来了！是的，您没有料到这些——您并不了解我。您别担心……您不爱我，我也不会缠着您的。"

"我爱您！"罗亭高声喊着。

娜塔莉亚挺直身子。"或许是，但是您是怎么爱我的呢？我记住了您说过的所有话，德米特里·尼古拉耶维奇。您还记得吗，您对我说过，没有平等就没有爱情……对我来说您太高大了，我配不上您……我该受惩罚。在您面前有更值得您去做的事业。我会记得今天的……再见……"

"娜塔莉亚·阿列克谢耶夫娜，您要走吗？难道我们就这样分手吗？"他向她递过手去。她停住了。他那恳求的声音快要让她动摇了。

"不，"她最后低声说，"我感觉心里有某种东西碎裂了……我来这里，和您说话，就像害着热病，现在清醒了。这本就不该发生，您自己说过，这不可能。天哪，当我到这里时，我心里在和我的家、和我过去的一切告别，结果呢？我在这里见到的是谁呢？是个胆小鬼……凭什么说我不能承受与家庭分离的痛苦？'您妈妈不同意……这真糟糕！'这就是我从您这里听到的所有话。这还是您吗，罗亭？不！再见……噢！如果您真的爱我，我此刻会感觉到这一点，但是现在……不，不，再见……"她很快地转过身，向早就着急并向她打手势的玛莎跑去。

"胆怯的是你不是我！"罗亭朝娜塔莉亚的背影喊道。

她已不再回头，急忙穿过田野跑回家去。她顺利地回到了自己的卧房；但是刚跨过门槛，她就没了力气，倒在玛莎的胳膊上，失去了知觉。

而罗亭依旧在堤岸上徘徊。最后他猛地一抖，迈着缓慢的步子艰难地走到那条小径，慢慢地向前走去。他感到很惭愧……同时很伤心。"她是个怎样的姑娘？"他想，"才十七岁呀！不，我不了解她……她是个好姑娘。她的意志多么坚强啊！她是对的：我对她的那种爱情根本配不上她……我感觉到了吗？"他问自己，"难道我再也得不到爱情了吗？所以这些也该结束了！在她面前我就像个可怜虫！"

一辆轻便马车的吱嘎声使罗亭抬起了眼睛。迎面过来的是列日涅夫，他坐的总是那辆小马车，罗亭默默地和他点头致意，随后仿佛被某个突如其来的念头所震惊，便从路上转过头，快速向达里娅·米哈伊洛夫娜家走去。

列日涅夫看了看他的背影，思索了一会，也掉转自己的马头——向沃伦采夫家驶去，昨天他在那里过了一夜。他见沃伦采夫睡得正熟，就没有让人叫醒他，他自己坐到露台上，抽着烟，等着喝茶。

十

沃伦采夫大概十点钟才起床，当他得知列日涅夫正坐在阳台上等他时，感到很惊讶，便吩咐下人把他请到自己房间来。

"怎么啦？"他问道。"你不是回家了吗？"

"是的，正要回家，可我碰上了罗亭……他独自在田野上走着，好一副失魂落魄的样子。所以我马上就回来了。"

"你碰上了罗亭，所以回来了？"

"实话说，我自己也不知道我为什么回来，大概是因为我想起了你，很想和你坐坐，回家嘛，总有的是时间。"

沃伦采夫苦笑了一下。"是啊，如今是想到罗亭就不能不想到我了……来人！"他高喊了一句，"上茶。"

两位好友开始喝茶。列日涅夫谈起了庄园的经营，谈起了用硬纸板栓盖粮囤的新方法……突然沃伦采夫从软椅上一跃而起，猛击了一下茶桌，把茶杯震得叮当直响。

"不，"他叫起来，"这件事我实在受不了了！我要向这个聪明的家伙挑战，要么让他一枪打死我，要么让我把子弹射进他那有学问的脑门。"

"你这是怎么了，好了吧！"列日涅夫低声说。"怎能这样大喊大叫！把我的烟斗都震掉了……你到底怎么了？"

"就是这回事，我听到他的名字不能平静，我的满腔热血都快要出来了。"

"行啦，老弟，行啦！你怎么不觉得惭愧啊！"列日涅夫说着，从地上拾起了烟斗。"用不着！随他去吧……"

"他侮辱了我，"沃伦采夫接着说，在房间里走来走去……"是的！他侮辱了我。你也该有同感啊。刚开始我还没明白过来，他让我措手不及，而且，谁能想到这一招呢？但是，我会向他证明，我可不是随便可以耍弄的……我会把这该死的哲学家一枪打死，轻而易举地打死他。"

"即便您得手了，那又怎样！我暂不提你那位姐姐。谁都知道，你此刻感情冲动，烈火中烧……怎会想到你的姐姐！至于那一位——你觉得杀死了这个哲学家，你就能顺利解决自己的事情吗？"

沃伦采夫在软椅上一躺。"这么说我只能远走高飞了！否则，在这里我会被痛苦击垮的，我找不到立锥之地。"

"远走高飞……这就另当别论啦！我倒是同意这样做。可你知道吗，我会给你什么建议？咱们一起走——到高加索去，或者干脆到小俄罗斯去，去吃面疙瘩，老弟，那可是件美事啊！"

"是的。可我们怎能丢下姐姐不管呢？"

"为什么不能让亚历山德拉·巴甫洛芙娜跟咱们一起去呢？天哪，这可太好了，我负责照顾她！肯定很完美，只要她愿意，我会每晚在她的窗下安排一首小夜曲，我会把香水洒在马夫的身上，沿途插满鲜花。老弟，我和你会脱胎换骨，咱们就这样享受一下，等咱们回来时，已是大腹便便，任什么样的爱情也打动不了我们了！"

"你总爱开玩笑，米沙。"

"我可不是开玩笑。这是你想出来的妙招。"

"不！胡说！"沃伦采夫又喊叫起来，"我现在只想跟他决斗，决斗……"

"又来了！你呀，老弟，你今天好像得了癫狂病……"

一个仆人手里拿着一封信走了进来，"谁的信？"列日涅夫问。

"德米特里·尼古拉耶维奇·罗亭。是拉松斯卡娅家的仆人送来的。"

"罗亭？"沃伦采夫重复说。"给谁的？"

"给您的，老爷。"

"我的？拿来。"

沃伦采夫抓过信，快速打开，看了起来。列日涅夫注视着他：在沃伦采夫脸上，出现了一种奇异的，几乎是欢悦的惊讶表情。他垂下了手。

"什么事？"列日涅夫问。

"你看吧。"沃伦采夫低声说着，把信递给他。

列日涅夫开始看信。罗亭是这样写的：

亲爱的谢尔盖·帕夫雷奇先生：

今天我就要离开达里娅·米哈伊洛夫娜家，而且是永远离开。这大概会让您感到惊奇，尤其是在发生了昨天的事情以后。我不能向您解释，我究竟为什么要那样做，但不知怎么回事，我总觉得我该把我离开的事告诉您。您不喜欢我，甚至把我当成坏人。我并不想为自己申辩：时间会解释清楚我是无辜的。向一个有偏见的人证明他的偏见不公平，不但毫无益处，而且是一个男人所不屑做的。谁愿意理解我，谁就会原谅我，谁不愿意理解或不能理解，他们的责难也无法触动我。我看错了您。在我眼中，您一如从前，还是一个高尚和正直的人，但是，我原以为，您会高于您生长的环境……我错了。怎么办呢？！这种事对我而言不是第一次，也不是最后一次。再向您重复一遍：我离开了。祝您幸福。您会明白这种祝愿完全是无私的，而且我希望您此刻就会幸福。也许，随着时间的推移，您会改变对我的看法。我们能否在别的什么时候见面，我不得而知，但是，无论在何种情况下，我依然真诚地尊敬您。

德·罗

附言：我回到T省乡村自己的庄园后，会即刻把欠您的二百卢布奉上。希望您不要对达里娅·米哈伊洛夫娜谈及这封信。

再附言：还有最后一个重要的请求：既然我如今已离开，那么，我希望您不要在娜塔莉亚·阿列克谢耶夫娜面前提起我对您的拜访……

"喂，你感觉怎样？"列日涅夫刚一看完信，沃伦采夫就问。

"没什么好说的！"列日涅夫说，"无非像东方人那样高喊：'真主啊！真主啊！'——然后把一根手指伸进嘴里，表示惊讶。这就是能做的所有事情了。他走了……好！祝他一路顺风。不过这倒挺有意思的：要知道，就连写这封信他也觉得是一种义务，而他来找你也是出于义务感……这些先生们总把义务挂在嘴边，说得多了，便成了债务①。"列日涅夫补充上最后一句，冷笑着指了指"附言"，露出鄙夷之色。

"看他说的什么话！"沃伦采夫高声说。"他看错了我：他期待我高于什么环境……上帝啊，胡说八道些什么！比我最讨厌的诗还要糟糕！"

列日涅夫什么也没说，双眼里却浮着微笑。沃伦采夫站了起来。

"我想去达里娅·米哈伊洛夫娜家一趟，"他说，"我想知道这到底是怎么回事……"

"老弟，等等。让他收拾一下。你何必再跟他发生冲突呢？要知道，他就要走了——你还想怎样？最好是躺下睡觉去。我想，你失眠一整夜了吧？现在事情正在好转……"

"你为什么会这么说呢？"

"我有种感觉。真的，睡去吧，我到你姐姐那里去，跟她坐坐。"

"我本不想睡觉，又何必睡觉呢！我还是到田地里去看看，"沃伦采夫说罢，扯了扯外衣襟。

"那样也好。去吧，老弟，去地里转转……"

---

① 在俄语的发音中"义务"与"债务"同音异义。

于是，列日涅夫向亚历山德拉·巴甫洛芙娜居住的那半边房屋走去。他在客厅里碰到她。她亲切地迎接他。他的到来总让她高兴。但她依然愁眉不展，罗亭昨天的来访让她忐忑不安。

　　"您是从我弟弟那里来？"她问列日涅夫，"他今天怎样？"

　　"没什么，他去地里看看。"

　　亚历山德拉·巴甫洛芙娜沉默了一会儿。"请您告诉我，"她开始说，眼睛注视着手帕的花边，"您知道吗，到底为什么……"

　　"为什么罗亭会来这里，是吗？"列日涅夫接住话茬说，"我知道：他是来告别的。"

　　亚历山德拉·巴甫洛芙娜抬起了头。"什么——来告别？"

　　"是的。难道您没听说？他要离开达里娅·米哈伊洛夫娜家了。"

　　"离开？"

　　"永远离开。起码他是这样说的。"

　　"行了吧，在发生了这么多事以后，这叫人怎么理解呢……"

　　"这不是一回事！的确不能理解，可这是事实。估计在他们那里惹了什么麻烦。弦若是绷得太紧，难免要断。"

　　"米哈伊洛·米哈伊雷奇！"亚历山德拉·巴甫洛芙娜开始说，"我听不明白，我觉得，您是在讥笑我……"

　　"一点也没……不瞒您说，他真的要离开，而且写信把这件事告诉了自己的熟人。他的做法，从某种意义上来看，倒不失为一件好事。不过，他这一走，我刚和您弟弟谈到的一项最惊人的计划估计要泡汤了。"

　　"此话怎讲？什么计划？"

　　"是这样的。我向您弟弟提出建议，出去旅游散心，也带着您，我负责照顾您……"

　　"这可太好啦！"亚历山德拉·巴甫洛芙娜欢呼起来，"我来想想，您会怎样照顾我呢，说不定我会被您饿死。"

　　"您这样说，亚历山德拉·巴甫洛芙娜，是因为您不了解我。您觉得我是笨蛋，彻底的笨蛋，一块木头，可是您知道吗，我也会像糖一样地溶化，我也会整日整日地为您长跪不起？"

　　"真的吗，我倒真想看看您这副模样！"

　　列日涅夫突然站起身来。"那就嫁给我吧，亚历山德拉·巴甫洛芙娜，这样您就能瞧个够。"

亚历山德拉·巴甫洛芙娜的脸刷得一下红到了耳根。"您怎么说这种话呢，米哈伊洛·米哈伊雷奇？"她慌乱地把这句话说了两遍。

"我说的话，"列日涅夫回答说，"是我很早以前就想说的，而且，它已在我心里说了无数遍。现在终于说了出来，您可以照着您的心意去办。为了不让您难为情，我现在就出去。假如您不愿意成为我的妻子……我立马就走。您若是不反对，只要打发人来叫我，我就会明白的。"

亚历山德拉·巴甫洛芙娜本想留住列日涅夫，但是他急匆匆走了，没戴帽子就往花园里去了。他靠在篱笆门上，不知在眺望什么。

"米哈伊洛·米哈伊雷奇！"女仆的声音在他身后响起。"请到太太那里去。她叫我来叫您。"

米哈伊洛·米哈伊雷奇扭过身来，双手抱住女仆的头，在她的额头上吻了一下，把她吓了一大跳。然后，他匆匆跑去见亚历山德拉·巴甫洛芙娜。

罗亭遇到列日涅夫后，立即返回，把自己反锁在房间里，写了两封信：给沃伦采夫的一封读者已经看到了，另一封给娜塔莉亚。这第二封信让他很费工夫，许多地方他多次涂改，随后，认真把它抄在一张精美的信纸上，把信折得尽量小，放进了衣袋里。他面带哀伤在室内来回踱了几趟，后来坐在窗前的一张圈椅上，一手托着下颚。眼睛渐渐地湿润了……他站了起来，系好了扣，唤来仆人，让他去问一声达里娅·米哈伊洛夫娜，他可否去见她。

仆人很快回来了，说达里娅·米哈伊洛夫娜请他过去。于是罗亭就去见她了。她在自己的书房里接待他，这就是两个月前她初次接待他的地方。但如今却不是她独自一人了：她身边坐着潘达列夫斯基，他总是那么谦恭、容光焕发、衣着整洁、感情充沛。

达里娅·米哈伊洛夫娜客气地迎接罗亭，罗亭也彬彬有礼地向她鞠躬，但只消看一眼两人的表情，即使没有经验的人，也会明白，他们之间虽然没有说明，但绝对发生了什么不愉快的事情。罗亭知道达里娅·米哈伊洛夫娜在生他的气。达里娅·米哈伊洛夫娜也料到他已经清楚一切了。

潘达列夫斯基的密告的确让她大为恼火。贵族的傲慢在她心中激荡着。罗亭这个既无财产、又无官职的无名小卒，竟敢和她的女儿——达里娅·米哈伊洛夫娜·拉松斯卡娅的千金小姐偷偷约会！

"即便他聪明，是个天才！"她说道，"那又怎么样？如果这样，那随便什么人都可以指望做我的女婿啦？"

"当时我很久都不敢相信自己的眼睛，"潘达列夫斯基附和着说，"真奇怪，他竟没有自知之明！"

达里娅·米哈伊洛夫娜非常激动，而娜塔莉亚却受够了她的气。她请罗亭坐下。他坐了下来，但已经不是昔日那个几乎是一家之主的罗亭了，甚至不是一位好友，而是一个客人，还是并不亲近的客人。这一切都是在瞬间发生的……如同水变成冰一样突然。

"我来见您，达里娅·米哈伊洛夫娜，"罗亭说道，"是要感谢您的盛情款待。今天我收到我的田庄来信，请我务必今天赶回去。"

达里娅·米哈伊洛夫娜留心观察罗亭的神色。"他这是先声夺人啊，想必他已心中有数，"她想道，"这样也好，免得我来一番难堪的解释。聪明人果然不同凡响！"

"是吗？"她大声说道，"啊！这真叫人扫兴呀！不过那也没有办法啊！希望今年冬天还能在莫斯科见到您。过段日子我们也要离开这里了。"

"我不能确定，达里娅·米哈伊洛夫娜，我能否去莫斯科，假如我能筹到钱，我会去拜见您。"

"哈，老兄！"潘达列夫斯基不禁暗想，"曾经你在这里像个大老爷似的发号施令，此刻也不得不低声下气了吧！"

"莫非您是从田庄那里收到什么不愉快的消息了？"潘达列夫斯基用他那常见的慢声调缓缓地说。

"是的。"罗亭冷冷地答道。

"或许是收成不大好？"

"不……是别的事……请您相信，达里娅·米哈伊洛夫娜，"罗亭又说，"在您府上度过的这段时光，我将永记在心。"

"我也一样，德米特里·尼古拉耶维奇，我会时常愉快地想起我们的相识……您何时动身？"

"今天，午饭以后。"

"好快呀！也好，祝您一路平安。当然，假如那些事务不会让您耽搁太久，您或许还能在这儿和我们见面。"

"估计来不了了，"罗亭说着站了起来，"请原谅，"他又补充一句："我此刻还不能归还欠您的款子，等我回到田庄……"

"说哪里话，德米特里·尼古拉耶维奇！"达里娅·米哈伊洛夫娜打断他说，"您怎么好这样说呢！现在几点了？"她问道。

潘达列夫斯基把一只镶珐琅的小金表从背心口袋里掏出，将他那红润的面颊小心翼翼地压在雪白的硬领上。看了看表。"两点三十三分。"他说。

"我该去换装了，"达里娅·米哈伊洛夫娜说道，"再见了，德米特里·尼古拉耶维奇！"

罗亭站了起来。他和达里娅·米哈伊洛夫娜的所有谈话带有一种特殊的意味。演员排练时便是这样对台词的，外交官们在会议上也是这样交换他们事先准备好的语言……

罗亭出来了。如今他总算有了切身的体会：这些上流社会的男女，对他们不再需要的人，不是简单的抛弃，而是随手一扔，就像随手扔掉舞会后的手套，扔掉糖果的包装纸或者废掉的彩票一样。

罗亭匆忙收拾好行装，急切地等着动身的时刻。知道他的打算后，这一家人无不感到吃惊，连仆人们都莫名其妙地望着他。巴西斯托夫并不掩饰自己的伤悲。娜塔莉亚显然在回避罗亭。她极力避开他的目光，但他还是设法把信塞到了她的手里。

午饭时，达里娅·米哈伊洛夫娜再次说起，她希望在去莫斯科前还能再见到他，但罗亭什么也没说。潘达列夫斯基显得很热情，和他说个不停。罗亭恨不得扑上去，在他那张红光满面的小白脸上打几个耳光。庞柯小姐不时用一种狡黠而奇怪的眼神瞟他几眼，在异常机灵的老猎狗的眼睛里或许就可以看到这种表情。"啊哈！"她好像暗自在说，"这次可够你受的了！"

六点的钟声终于响起。罗亭的远程四轮马车来到门前。他开始和大家匆匆告别。他的心情很恶劣。他没有想到会是这样离开这座房子，他像是被驱逐出去的……"怎么会这样！来去匆匆又为何？不过怎么都是一样。"当他强作笑脸向四方行礼道别的时候，心中便这样想道。他最后一次看了娜塔莉亚一眼,他的心碎了:她正望着他,那道别的目光里饱含着哀怨和谴责。

他快步走下台阶,跳进了马车。巴西斯托夫自告奋勇要送他到邻近的驿站,在他的身边坐下了。

"您还记得吗,"当马车驶出院子,在两旁植着云杉的大道上奔跑时,罗亭开始说道,"您可记得唐·吉诃德在离开公爵夫人的宫殿时对他的随从说了什么吗?'自由',他说,'我的朋友桑丘,自由是一个人最宝贵的财富,能有上帝赐给的一块面包,而不必为此对别人感激的人,是幸福的!'我现在真正体会到唐·吉诃德在那时的感受……愿上帝保佑,善良的巴西斯托夫,总有一天您也能体验到这种感受!"

巴西斯托夫紧握着罗亭的手,这个正直的年轻人的心,在他深受感动的胸膛里剧烈地跳动着。在到达驿站前,罗亭一直说个不停,他谈到人的尊严,真正自由的意义——他的话充满了热情、崇高和真诚。到了分手的那一刻,巴西斯托夫再也忍不住,他扑过去搂着罗亭的脖子号啕大哭。罗亭自己也落泪了。但他的落泪,不是因为即将和巴西斯托夫分别,他是为自尊而哭。

娜塔莉亚回到自己房里,读着罗亭的信:

亲爱的娜塔莉亚·阿列克谢耶夫娜:

我决定离开这里。我只能这样了。我决定在主人下逐客令之前自己离开。我一走,所有误会都将冰释。估计没人会同情我。还等什么呢?一切都结束了,可我为什么还要给您写信呢?

或许我就要和您分手了,这也许就是永别了。本不该给您留下一个如此的恶劣印象,这是最让我痛苦的了。这也是我要给您写信的原因。我既不想为自己辩护,也不想怪罪任何人,我只怪我自己。我想尽可能做一些解释……最近几天发生的事情太让人意外,太突然了……

今天的约会对我而言是一个终生难忘的教训。是的。您是对的。其实我并不了解您,却自以为很了解您!我这一生中,接触过各种人,包括不少妇人和小姐,在遇到您之后,我才首次接触到一颗正直而纯洁的完美的心灵。我有些不习惯,因而我没能珍视您的品格。在我们初次见面后,我就被您吸引住了——这点您可能有所觉察。我经常跟您相处，但却未能了解您，甚至没有想过去了解您……可我却自以为爱上了您！我如今正是为此付出了如此的代价。

　　我曾经和一个女人深深相爱过，我们彼此的感情都很复杂。但正因为她本人并不单纯，所以这样相处倒也合适。那时我不懂什么是真情，直到现在，当这份真情呈现在我面前时，我依然不能看清它，等我终于认清这份真情时，已经太晚了……失去的永远无法挽回……我们本来是可以在一起的——如今却永远不可能了。我又怎能向您证明，我是用真正的爱情——发自内心的爱，而不是想象的爱——来爱您呢？因为连我自己也不知道，我究竟能不能这样去爱！

　　上天赐予我很多，这一点我知道，我也绝不会在您面前故作谦逊，尤其在此时，在我倍感痛苦、蒙受羞辱的时刻……是的，我的天赋较高，但我将碌碌无为而死，做不成任何一件力所能及的事情，在我身后不会留下任何值得称道的痕迹。我的所有财富将白白浪费；我不会看到我播种收到的果实。我缺乏……我自己也不知道究竟缺少什么……或许我缺少的是那样一种品格，少了它既不能打动人们的心，也不能得到女人的爱。而只控制人们的头脑，是既不牢固，也无益处的。我的命运多么奇怪，而且近乎滑稽：我愿意迫不及待地、毫无保留地献出整个身心——但我又做不到。我最终定是为了自己都不相信的无稽之谈而牺牲自己……天哪！已过了而立之年，还想着要去干一番事业！

　　我从未对任何人这样披露心迹——这是我的内心独白。

　　关于我自己已说得够多了。现在我想说说您。给您一些忠告：我能做的只有这些了，您还年轻；但是不管您生活得多久，您该永远听从您心灵的提示，而不要屈从于您自己的或他人的理智。请您相信，人生经历的那个圈子越简单越好，越狭窄越好。问题不在于去探寻种种生活的新方面，而在于让生命的各个阶段都能如愿实现。"年轻时就朝气勃勃的人是幸福的①……"

---

①　出自普希金的《叶甫盖尼·奥涅金》。

可我发现，这些劝告或许对我比对您更为适用。说实话，娜塔莉亚·阿列克谢耶夫娜，此刻我的心情很沉重。对于我在达里娅·米哈伊洛夫娜心中所唤起的感情的性质，我从来不抱什么幻想，但我曾庆幸我找到了一个哪怕是暂时的栖身之所……如今我只好又浪迹天涯了。今后对我而言，还有什么可以代替您的谈话，您的亲近，您那关注而智慧的目光呢？这都是我自己不好。不过您也会同意，命运似乎在故意捉弄我们。一星期前，我已隐约意识到我在爱您。前天晚上，在花园里，我第一次听到您说……不过何必重提呢？既然我今天就要走了，蒙羞而走，在和您残酷无情的解释之后，没带走一丝希望……您不会知道我对您是多么愧疚……我有一种愚不可及的坦诚和空谈的毛病……不过说这些有什么用呢！既然我就要永远离开了。

（说到这里，罗亭本来告诉娜塔莉亚他去拜访沃伦采夫的事，但转念一想又把这一段涂掉了，而在给沃伦采夫的信上添上了那个"又及"。）

今后我又将独自一人活在世上——就像您今天早晨无情地讽刺我的那样——去做一些更适合我的崇高事业。唉，如果我真能献身于这些事业，如果我真能克服我的惰性……可是不行！我将永远是一个碌碌无为的人，正如从前和现在……只要碰到困难——我就彻底垮了，我和您之间的事已经证明了这一点。如果我是为了未来的事业，为了我的使命而牺牲爱情，那也好啊；但我只是害怕担负落到我肩上的责任，因此我确实配不上您。我不值得让您为我而离开您的环境……不过这一切或许会带来好处。经过这次考验我或许会变得纯洁些、坚强些。

我祝您美满幸福。永别了！希望您能想起我。希望您还能听到我的消息。

娜塔莉亚把罗亭的信随手放在膝上，久久地坐在那里一动也不动，眼睛望着地板。这封信比所有可能设想的理由更清楚地向她证明：当今天早晨她跟罗亭分手的时候，她不禁地喊出了他不爱她——她这话没错。但她并不因此而轻松些。她呆呆地坐着，她仿佛感到，无声的黑浪向她涌来，淹没了她的头顶，而她正沉向海底，四肢僵直，喊不出声来。初恋的幻灭对谁都是痛苦的；但对于一颗真诚的、不想欺骗自己的、毫不轻率和矫饰的心灵来说，这几乎是不能忍受的。娜塔莉亚想起了自己的童年，记得在傍晚散步时分，她总是朝着天边还燃烧着晚霞的那一面光明的地方走去，不愿走向黑暗的一面。而如今，她此刻的生活漆黑一团，她是背对着阳光了……

泪水涌上娜塔莉亚的眼眶。但眼泪并不总能让人宽慰。当眼泪久久地憋在胸中，一旦夺眶而出，开始泪如泉涌，后来流得越来越快，越来越甜蜜，这种眼泪是令人舒畅、有益健康的，难言的隐痛会因此得以消除……但也有一种冰凉的苦涩的眼泪，它们郁结在心头、在无法排遣的痛苦的重压下，才一滴滴淌下来，这种眼泪是不会带来宽慰，不会让人轻松的。只有心碎的人才流这种眼泪。没有流过这种眼泪的人，他还称不上是真正不幸的人。娜塔莉亚在这一天尝到了这种滋味。

两个小时过去了。娜塔莉亚重新打起精神，站了起来。她擦干眼泪，点起蜡烛，把罗亭的信付之一炬，随手把纸灰抛到窗外。随后她信手翻开一本普希金的诗集，读了最先映入眼帘的几行诗句（她常用普希金的诗来占卜）。诗中写道：

> 曾经动过情的人，
> 唯恐那往事的幽灵……
> 他已不再迷恋，
> 回忆像毒蛇般让他不得安宁，悔恨在撕裂他的心……①

她站了片刻，面带冷峻的微笑照了照镜子。微微点头，便下楼进了客厅。达里娅·米哈伊洛夫娜一见到她，立即带她到书房里，让她坐在自己身边，亲切地拍拍她的脸，同时几乎是好奇地留心注视着她的眼睛。达里娅·米哈伊洛夫娜暗自困惑：她第一次觉得她其实不了解自己的女儿。当她从潘达列夫斯基那里听到娜塔莉亚和罗亭约会的时候，与其说她是生

---

① 出自普希金的《叶甫盖尼·奥涅金》。

气，不如说她是吃惊，她那懂事的女儿竟会做出这种事来。但是当她把女儿叫来，开始责骂她的时候——那远非我们想象中的一位欧洲贵妇人的骂法，而是声嘶力竭，大喊大叫——娜塔莉亚坚决地回答，和她目光与举动中所表示出的决心，让达里娅·米哈伊洛夫娜感到无措，她甚至被吓坏了。

罗亭的突然而令人费解的离开，达里娅·米哈伊洛夫娜的心终于放下来。但她等待看到女儿的眼泪，或者是疯狂的发作……而此刻，娜塔莉亚的平静又让她费解。

"哦，怎么样，孩子，"达里娅·米哈伊洛夫娜开始说道，"你今天还好吗？"

娜塔莉亚看了看自己的母亲。"看，他总算离开了……你的那个意中人。你可知道，他为何走得这么匆忙？"

"妈妈！"娜塔莉亚轻声说，"我向您保证，如果您不再提起他，您就永远不会听到我提他。"

"你是承认你对不起我啦？"

娜塔莉亚低下头又说一遍："您永远不会听到我提他。"

"好吧，随便你，"达里娅·米哈伊洛夫娜微笑着答道，"我相信你。可是前天，你还记得么……噢，我不说了。一切都结束了，埋葬了。不是吗？如今我又认出你来了，否则，你真把我弄糊涂了。好吧，过来吻吻我，我亲爱的孩子……"

娜塔莉亚把达里娅·米哈伊洛夫娜的手举到唇边，而达里娅·米哈伊洛夫娜则吻了吻女儿低下的头。"你要一直听话。别忘了，你是拉松斯卡娅的女儿，是我的女儿，"她又说道。"你会幸福的。好吧，你去吧。"

娜塔莉亚默默地走了。达里娅·米哈伊洛夫娜望着她的背影，想道："她像我一样容易动情的，只是她比我能克制。"于是·达里娅·米哈伊洛夫娜陷入了对往事的回忆中……想起了那久远的过去岁月……

后来她让人把庞柯小姐请来，两人关起门来谈了很久。庞柯小姐走后。她又叫来了潘达列夫斯基。她一定要知道罗亭离去的真实原因……最后潘达列夫斯基让她完全安下心来，这让他去调查。

第二天，沃伦采夫和他的姐姐一起来用午餐。达里娅·米哈伊洛夫娜对他一向很客气，这一次更是亲热异常。娜塔莉亚感到很痛苦，但沃伦采夫对她很敬重，和她说话显得有点胆怯，这让她不能不由衷地感激他。

这一天过得很平静，甚至很乏味，但在分别的时候，大家都感到又回到了原来的轨道，而这很重要。是的，所有的人又回到了原来的轨道……除了娜塔莉亚。当众人离去，终于只剩下她独自一人的时候，她挣扎着来到床边，身心交瘁地躺下，把头埋进枕头里。她感到活着是那样痛苦，那样可憎而又庸俗，她为自己，为她的爱情，为她的哀伤感到羞愧万分，以至于在一瞬间，她也许真愿意一死了之……今后对她来说将是无数痛苦的白昼，不眠的黑夜，令人不安的焦虑。但她还年轻——生活对她而言，才刚刚开始，而生活，迟早会战胜一切的。人不管受到怎样沉重的打击，他在当天，最迟到第二天——恕我直言——要吞下许多苦果，而这已是值得欣慰的事了……

娜塔莉亚痛苦不堪，这是她有生以来最痛苦的一次……然而正如初恋一样，第一次的痛苦不会重来——真该感谢上帝！

十二

大约两年过去了。五月初的头几天来临了。亚历山德拉·巴甫洛芙娜坐在自家的阳台上，她不再姓李比娜，而改姓列日涅夫了。一年前，她嫁给米哈依洛·米哈伊雷奇了。她仍是那么妩媚，只是近来有点发胖。在那个跨过几级台阶就能进入花园的阳台前面，奶妈抱着婴儿在来回踱步。那孩子的脸蛋红扑扑的，身上披着白色的小斗篷，帽檐上缀着白色小绒球。亚历山德拉·巴甫洛芙娜不时看看孩子。孩子不哭不闹，乖巧地吮吸着自己的手指，不时朝周围张望。米哈依洛·米哈伊雷奇的特征在儿子身上开始显露出来。阳台上，亚历山德拉·巴甫洛芙娜身边，坐着我们早就熟悉的皮加索夫。自从我们和他分手以来，他的头发明显地白了，背也驼了，人也瘦了，说话时牙齿漏风：他掉了一颗门牙。牙齿漏风让他说起话来又多了几分刻薄……

他上了年纪了，但满腔的怨恨并未减少，不过那些刻薄话已经失去了锋芒。他比从前更喜欢重复老话了。米哈依洛·米哈伊雷奇不在家，大家都在等他回来喝茶。太阳已经偏西，在日落的那个方向，沿着地平线一道淡黄色的光带绵亘着。同时还有两道晚霞，蔚蓝色的一道在下面，上面那道呈紫红色。高空中的几朵浮云在慢慢融化。这一切都预示着明天会是一个正常的好天气。

　　突然，皮加索夫放声大笑起来。"您笑什么，阿夫里坎·谢梅内奇？"亚历山德拉·巴甫洛芙娜问。

　　"噢，是这样的……昨天，我听到一位农夫对他老婆说：'别唠唠叨叨！'他老婆当时正说得起劲。我很喜欢这句话：'别唠唠叨叨！'的确，女人又能说出什么道理来呢？你们知道，我不是指在座各位。我们的祖先比我们聪明。他们的神话里总有一位美女，额头上缀着一颗星星，坐在窗前，沉默不语。女人嘛，就该这样。可是前天，我们贵族长的老婆就像对着我开了一枪。她对我说，她不喜欢我的偏见！还偏见呢！假如造物主开恩让她突然丧失说话能力，那对她还是对大家岂不是更好吗？"

　　"您还是这样，阿夫里坎·谢梅内奇，总在诋毁我们这些弱女子……您知道吗？这本身就是一种不幸，真的，我真为您感到遗憾。"

　　"不幸？您怎能这样说呢！首先，我看世界上只有三种不幸：冬天住冰凉的房子，夏天穿挤脚的鞋子，还有就是和婴儿同住一个屋子，婴儿哭闹不止，但又不能让他吃除虫粉。其次，我如今成了最最安分守己的人，简直可以当模范。我的行为多么符合道德规范。"

　　"您品行端正，无可挑剔！不过，昨天叶莲娜·安东诺芙娜还和我说您的不是呢。"

　　"竟有这样的事！她跟您说什么，能告诉我吗？"

　　"她说您整整一个上午对她的所有问话只用两个字回答：'什么？''什么？'还故意尖着嗓子做怪腔。"皮加索夫笑了起来。

　　"那可真是个好主意啊，亚历山德拉·巴甫洛芙娜……您说是吗？"

　　"真是妙不可言！难道对女人可以这样不礼貌吗，阿夫里坎·谢梅内奇？"

　　"怎么？您觉得叶莲娜·安东诺芙娜是女人吗？"

　　"那您觉得她是什么？"

　　"是一面鼓，是一面最普通的可以让任何人用棒槌敲打的鼓……"

　　"噢，对了！"亚历山德拉·巴甫洛芙娜想改变话题，便打断他说。"据说，要向您祝贺呢。"

"祝贺什么？"

"祝贺您打赢了官司。格林诺夫斯基牧场如今归您了……"

"是的，归我了。"皮加索夫阴郁地说。

"多少年了，您一直在争这片牧场，现在终于成功了，怎么反而不高兴了？"

"告诉您吧，亚历山德拉·巴甫洛芙娜，"皮加索夫慢条斯理地说，"迟到的幸福是最糟糕、最气人了。这样的幸福不可能给您带来满足，反而剥夺了您的权利——骂人和诅咒命运的宝贵权利。真的，夫人，迟到的幸福是一种痛苦和让人恼火的东西。"

亚历山德拉·巴甫洛芙娜只是耸了耸肩膀。"奶妈，"她叫道，"米沙该睡觉了，把他抱过来。"

亚历山德拉·巴甫洛芙娜开始忙活自己的孩子，而皮加索夫则嘟囔着走到阳台的另一头去了。

突然，在不远处花园边的路上，米哈依洛·米哈伊雷奇坐着他那辆竞赛马车过来了。两条硕大的看门狗，一黄一灰，跑在马的前面。这两条狗是他不久前才开始豢养的。它们不停地咬来咬去，但又亲密得难舍难分。一条老猎狗冲出大门去迎接两条看门狗，它张大了嘴，好像要叫的样子，结果只打了个呵欠，友好地摇着尾巴回来了。

"你看，萨莎！"列日涅夫很远就向妻子喊道。"看我带谁来了……"

亚历山德拉·巴甫洛芙娜没有立刻认出坐在丈夫背后的那个人。

"啊，巴西斯托夫先生！"她终于喊了起来。

"是他，真是他，"列日涅夫回答说，"等会你就知道，他给我们带来了多好的消息！"

他的马车驶进了院子。眨眼工夫他和巴西斯托夫就来到了阳台上。

"乌拉！"他喊叫着拥抱妻子。"谢尔盖①要结婚啦！"

"跟谁结婚？"亚历山德拉·巴甫洛芙娜激动地问。

"当然跟娜塔莉亚咯……这是咱们这位朋友从莫斯科带来的消息，还有一封给你的信……你听见了吗，小米沙？"他接过儿子，又说了一句。"你舅舅要结婚啦！瞧你这小家伙，只会眨巴眼睛！"

---

① 也就是沃伦采夫。

"他想睡了。"奶妈说。

"是的，夫人。"巴西斯托夫走到亚历山德拉·巴甫洛芙娜面前说。"我今天从莫斯科回来，达里娅·米哈依洛夫娜托我来检查一下庄园的账目。这是给您的信。"

亚历山德拉·巴甫洛芙娜连忙拆开弟弟的来信。信里只有几行字。他在狂喜中告诉姐姐，他已向娜塔莉亚求婚并且得到了她本人和达里娅·米哈依洛夫娜的同意；他答应下次写信一定写得更详细些。还说他要拥抱和亲吻大家。显然，他是在极度兴奋的状态中写的这封信。仆人送上茶。大家请巴西斯托夫坐下，接着向他提出了各种各样的问题。所有人，包括皮加索夫在内，听了他带来的消息都很高兴。

"我们听说这中间还有一位科尔察金先生。"列日涅夫随便说道。"请问，这或许是谣言吧？"

（科尔察金是位英俊的年轻人——社交界的一头雄狮，他盛气凌人，不可一世，他的举止傲慢得好像他不是一个活生生的人，而是由公众集资为他树立的一尊雕像。）

"不，不完全是谣言。"巴西斯托夫微笑着说。"达里娅·米哈依洛夫娜倒是很赏识他，可娜塔莉亚·阿列克谢耶夫娜连他的名字都不想听。"

"我认识他，"皮加索夫插嘴说，"他是个双料的混蛋，烦透了……真是这样！要是大家都像他那个德性，除非可以得到一大笔赏金，否则你就别想活了。真是这样！"

"或许是吧，"巴西斯托夫说，"不过他在社交界可是个举足轻重的大人物。"

"也没什么大不了！"亚历山德拉·巴甫洛芙娜大声说。"别管他！啊，我真为弟弟高兴啊！娜塔莉亚也快乐吗？很幸福吗？"

"是的，夫人。她和往常一样，很平静——您了解她的——不过看样子也很满意。"

黄昏在愉快而活跃的谈话中过去了。大家坐下来吃晚饭。

"顺便问一下，"列日涅夫给巴西斯托夫斟拉菲特葡萄酒①时问道，"您知道罗亭如今在哪儿吗？"

---

① 法国拉菲特产的红葡萄酒。

"我也不太清楚。去年冬天他到莫斯科住了一段时间，很快便随某个家庭到西比尔斯克去了。我和他曾通过信，他在最后一次来信中告诉我，他要离开西比尔斯克，不过没说去哪儿——后来我就再也没有他的任何消息了。"

"他不会消失的！"皮加索夫插嘴说，"或许正坐在什么地方宣扬他那一套理论呢。这位先生总能找到两三个崇拜者。他们会心甘情愿地张大嘴巴听他胡说，还肯借钱给他。你们看着吧，他的结局就是在查列沃科克沙依斯克或者丘赫拉姆的某个地方，死在一位老处女的怀里，那戴着假发的老处女会把他当作世界上最伟大的天才呢……"

"您说话太刻薄了！"巴西斯托夫不满地轻声说。

"一点也不刻薄！"皮加索夫说。"很公正的。照我看，他充其量也不过是厚颜无耻的寄生虫罢了。我忘了告诉您，"他转身对列日涅夫继续说道，"我认识那个杰尔拉霍夫，他和罗亭一起到国外去的。肯定知道他的底细！你们无法想象，他是怎么说罗亭的——简直笑死人！幸好罗亭的所有朋友和崇拜者最后都成了他的敌人。"

"除了我之外——他的朋友！"巴西斯托夫激动地说。

"您自然另当别论。我不是说您。"

"杰尔拉霍夫跟您说了些什么？"亚历山德拉·巴甫洛芙娜问。

"他说了很多，没法记全。不过最精彩的是罗亭的一件趣事。由于他在不断发展，这些先生总是在发展；比方说别人只是吃饭和睡觉，而他们在吃饭睡觉的时候也在发展，是这样吧，巴西斯托夫？（巴西斯托夫什么也没说）……由于罗亭始终处在发展中，他通过哲学得出了一个结论：他应该恋爱了。于是他开始找恋爱对象，而且这个对象一定要符合他那惊人的结论。很幸运，他认识了一个法国女人，一个非常漂亮的做时装的女裁缝。事情发生在德国的某个城市里，请注意，是在莱茵河畔。他开始去找她，给她送去各种各样的书籍，和她大谈自然和黑格尔。你们能想象那位女裁缝的反应吗？她还以为他是天文学家呢。当然，你们知道，罗亭长得还不错，又是个外国人，俄国人——于是她便看上了罗亭。罗亭最后要跟她约会，那是一次富有诗意的约会：坐船游览莱茵河。那法国女人答应了。她换上了漂亮衣服，和他坐上小船出发了。他们玩了两个多小时。你们觉得他在这段时间里干什么呢？他摸着法国女人的头，若有所思地望着天空，再三说他对她怀有父亲般的慈爱。法国女人气昏了，后来就亲口将这件事告诉了杰尔拉霍夫。这位先生可真有趣……"

皮加索夫说完笑了起来。

"您怎么总是诋毁别人！"亚历山德拉·巴甫洛芙娜恼怒地说。"我可是越来越相信，即使那些诬蔑罗亭的人，也说不出他有多坏。"

"说不出他有多坏？行了吧！他一向都靠别人生活，四处借钱……米哈依洛·米哈伊雷奇！他大概也向您借过钱吧？"

"听我说，阿夫里坎·谢梅内奇！"列日涅夫说道，脸上露出严肃的表情。"您知道，我妻子也知道，近年来我对罗亭并无好感，甚至经常指责他。尽管这样（列日涅夫给大家的酒杯里斟上香槟），我还是提议：刚刚我们举杯祝贺了我们亲爱的兄弟和他的未婚妻，此刻我提议你们为德米特里·罗亭的健康干杯！"

亚历山德拉·巴甫洛芙娜和皮加索夫惊讶地望着列日涅夫，而巴西斯托夫一听便兴奋得涨红了脸，眼睛睁得大大的。

"我很了解他，"列日涅夫说，"他的缺点我也清楚。这些缺点之所以暴露出来，是因为他并不是个龌龊小人。"

"罗亭具有天才的性格！"巴西斯托夫附和说。

"天才么，他或许是有的，"列日涅夫说，"至于性格……他的所有不幸实际上就在于他根本没有性格……不过问题不在这里。我想说他身上难能可贵的方面。他热情，而这一点，请你们相信我这个懒散的人，是我们这个时代最宝贵的品质。我们大家都变得难以容忍的谨慎、冷漠和萎靡，我们都沉沦了，麻木了，谁能唤醒我们，给我们哪怕一分钟的温暖，那就得对他说声谢谢。是时候啦！你还记得吧，萨莎，有一次，我和你说到他的时候，还责备过他冷漠。当初我说得既对又不对。冷漠存在于他的血液之中——这不是他的错——而不在他的头脑中。他不是那种矫揉造作的演员，像我之前说的那样，也不是骗子，更不是无赖。他要靠别人养活并不是因为他狡猾，而是因为他像个孩子……"

"是的，他的确会在穷困潦倒中死去，难道因此就要对他落井下石吗？他之所以一事无成，恰恰是因为他没有性格，缺乏激情。不过谁有权利说他从未做过，也不能做一件好事呢！谁有权利说他的言论没在年轻人的心中播下很多优良的种子呢？对那些年轻人，造物主并没有像对罗亭那样，拒绝给他们行动的力量和实现愿望的能力。是的，我自己首先就有过亲身体会……萨莎知道，我年轻时对罗亭是多么崇拜。记得我还曾经说过，罗亭的话不可能在人们心中产生影响。不过我当时指的是像我这样的人，像我现在这样年纪、有过很多阅历并且受过挫折的人。他说话只要有一个音走了调，那么我们总认为他所有的话都失去了和谐。幸好年轻人的听觉没有那么发达，那么挑剔。假如年轻人认为自己听到的那些话的本质是美的，那么音调准不准对他们又有什么关系呢！他可以在自己的内心找到和谐的音调。"

"说得好！说得好！"巴西斯托夫说。"说得太好了！至于罗亭的影响，我敢向你们发誓，他不仅善于使你深受感动，还能推动你前进，且不让你停顿，他让你彻底改变，让你燃烧！"

"您听到了吗？"列日涅夫转身对皮加索夫说。"您还要什么证据吗？您总是攻击哲学，说到哲学您就竭尽讽刺挖苦之能事。我本人对哲学并没太大的兴趣，也不在行，不过我们的种种弊端并不是哲学造成的！故弄玄虚的哲学理论和梦呓决不会和俄国人沾边，他们有足够的理智。但是决不允许在攻击哲学的旗帜下攻击任何对真理和觉醒的真诚向往。罗亭的不幸在于他不了解俄国，这的确是很大的不幸。俄国可以没有我们中的任何一位，可是我们中的任何人都不能没有俄国。谁要是觉得没有俄国也行，那他就会倒霉；谁要在行动上真的这样做了，那他就会倒大霉！所谓世界主义纯粹是胡说，信奉世界主义的人什么也不是，甚至比这更糟。没有民族性，就没有艺术，没有真理，没有生活，什么也没有。没有个性就不可能有一张理想的脸，只有那种庸俗的脸才可以没有个性。"

"我要再说一遍，这不是罗亭的错，这是他的命运，痛苦而艰难的命运，我们决不能因此而责备他。假如我们要探究罗亭这类人在我国出现的原因，那就离题太远了。只要罗亭有优点，我们就要感谢他。这比不公正地对待他要容易些。而我们对他一直都是不公正的。惩罚他不是我们的事，也没这个必要：他已经严厉地惩罚过自己了，甚至远远地超出了应得的惩罚……上帝保佑，但愿不幸能克服他所有的缺点，只留下他的优点！我为罗亭的优点而干杯！为自己最美好的岁月中的同志的健康，为青春，和青春的希望、憧憬、轻信和真诚，为二十岁时我们的心曾为之激烈跳动的、我们在生活中曾领略过的最美好的东西而干杯！我为你，黄金时代，干杯！为罗亭的健康干杯！"

列日涅夫和所有人碰杯。巴西斯托夫激动得差点儿把酒杯碰碎，他把酒一饮而尽，亚历山德拉·巴甫洛芙娜紧紧握住列日涅夫的手。

"米哈依洛·米哈伊雷奇，我真没有想到您的口才这么好，"皮加索夫说，"简直和罗亭先生不相上下。连我都被感动了。"

"我没什么口才，"列日涅夫不无恼怒地说，"要感动您，可没那么容易。不过，别说罗亭了，让我们说点别的……那个人……他叫什么来着？潘达列夫斯基还住在达里娅·米哈依洛夫娜家吗？"他转身问巴西斯托夫。

"当然，还住在她那儿！她还设法给他找了个肥缺。"

列日涅夫冷笑了一下。"这人是决不会因贫穷而死的，这一点我可以保证。"

晚餐结束后，客人们陆续离开。只剩下夫妇俩的时候，亚历山德拉·巴甫洛芙娜笑容满面地望着丈夫的脸。"你今天真漂亮，米沙！"她摸着丈夫的额头说。"你的话那么通情达理，宽宏大量！不过你该意识到，今天你太袒护罗亭了，就像从前过分责备他一样……"

"不打落水狗嘛……当初我是怕你被他迷惑。"

"不会的，"亚历山德拉·巴甫洛芙娜天真地说，"我一直以为他学问太渊博了，我有点怕他，在他面前不知该说什么好。今天皮加索夫嘲弄他也够狠的，你说呢？"

"皮加索夫？"列日涅夫说。"就是因为他在场，我才这样激烈地为罗亭辩护。他竟敢说罗亭是个寄生虫。照我看，他扮演的角色，比罗亭恶劣一百倍。他有独立的财产，对什么都横加嘲讽，可是对富贵的人却溜须拍马！你知道吗，这个愤世嫉俗、攻击哲学、诽谤妇女的皮加索夫，他做官的时候贪污受贿，做了许多见不得人的勾当呢！唉！你看就是这样！"

"是吗？"亚历山德拉·巴甫洛芙娜大声说。"真没想到还有这种事！我说，米沙，"她停顿了一下，继续说道，"我想问你……"

"什么？"

"你说我弟弟跟娜塔莉亚在一起会幸福吗？"

"怎么说呢……可能性还是有的……当然，今后发号施令的是娜塔莉亚，咱们之间没必要隐瞒这一点，她比他聪明。不过你弟弟是个好人，真心诚意地爱娜塔莉亚。还要什么呢？就说咱们俩吧，彼此相爱，不是很幸福吗？"

亚历山德拉·巴甫洛芙娜微微一笑，紧紧握住了米哈依洛·米哈伊雷奇的手。就在达里娅·米哈依洛夫娜家里发生上述这些事情的那天，在俄罗斯一个偏僻的省份，一辆套着三匹耕马、遮着芦席、破破烂烂的马车，冒着酷暑，艰难地缓缓行进在大路上。驭手是一位头发花白、衣衫褴褛的农民。他叉开双脚，斜蹬着车辕的横木，一只手紧紧拽着缰绳，另一只手挥着鞭子。马车里，一位高个子男人坐在一只空箱子上，他头戴一顶宽边帽，身穿一件沾满尘土的外套。这便是罗亭。他低着脑袋，帽舌压到眼际，马车左右摇晃，他的身体也跟着摇晃，但他好像丝毫没有感觉到，好似在打盹。终于，他直起了身子。

"我们何时才能到那？"他问充当驭手的农民。

"快了，老爷，"农民回答说，更用劲地拉紧缰绳，"过了前面那个小山坡，就剩四里路，不会再多了……你啊！在想心事……我让你好好想。"他用尖细的声音补充道，说着用鞭子抽打在右面驾辕的那匹马。

"我看你不太会赶车，"罗亭说，"我们清早就出发，磨磨蹭蹭的怎么也到不了。你最好还是唱支歌吧。"

"没办法啊，老爷！这几匹马，您也看到了，走得太累了……又是这么个大热天，咱们都不会唱歌，咱们都不是车夫……喂，小羊羔，听见没有，小羊羔！"农民突然对一位穿棕色外衣和一双破草鞋的过路人喊道。"闪开，小羊羔。"

"马车夫！了不起……"过路人在他后面嘟哝着停住了。"好一副莫斯科派头！"他又补充了一句，语气里充满了责备，接着摇了摇头，一瘸一拐地继续赶路了。

"你这是要去哪里啊！"农民拖长了音调说，一面拉紧辕马的缰绳。"你啊，真调皮！真是个调皮鬼……"

三匹筋疲力尽的马好不容易把马车拉进了驿站的院子里。罗亭下了马车，付过钱（那农民没给他鞠躬道谢，只是把钱放在手掌上掂了好久——明显是酒钱给少了），自己动手将箱子搬进驿站的房间里。

我有个熟人，他一生中走遍了大半个俄国。他觉得，如果驿站房间里的墙上挂着描绘《高加索俘虏》①情节的图画或俄国将军的画像,那就证明可以很快得到马匹。但是,假如画上画着赌徒乔治·戴·日尔马尼②的生平,那么旅客就别指望能很快离开,他可以有充足的时间去尽情欣赏这位赌徒年轻时卷曲而前伸的额发,白色的开襟坎肩和窄小的裤子,欣赏他晚年在一间尖顶农舍里,举起椅子砸死亲生儿子时吓得目瞪口呆的面部表情。罗亭走进去的那个房间正好挂着反映《三十年,又名赌徒的一生》的几张图画。听到罗亭的喊声,进来一位睡眼惺忪的驿站长,(顺便说一下,谁见过不是睡眼惺忪的驿站长呢!)不等罗亭问他,他便懒洋洋地宣布说:没马。

"您连我去哪都不知道,怎能说没马呢?我是借了耕马来的。"

"不管去哪,都没有马。"驿站长说。"那您去哪?"

"到××斯克。"

"没马。"驿站长说完,便走了出去。

罗亭气愤地走近窗口,把帽子扔在桌子上。他变化不大,只是近两年来显得老了些,头发中已经出现了几缕银丝,眼睛依然很美,但眼神似乎黯淡了,条条细小的皱纹,嘴角、双颊和两鬓已经爬上了痛苦和烦恼留下的痕迹。

他身上的衣服破烂不堪,连衬衣都没有穿。他的黄金时代已经逝去,他进入了园丁们所说的结子时期。他开始看墙上的题词——旅客在无聊时常用的消遣方式——门突然吱呀一声,驿站长进来了……

"到××斯克的马没有,很久都不会有。"他说。"不过回××奥夫的马还有。"

"到××奥夫?"罗亭说。"好了吧!和我的方向完全不同。我是到奔萨去,而××奥夫似乎是去唐波夫的那个方向吧。"

"那又怎样?到唐波夫再转奔萨,要不从××奥夫直接转。"

罗亭想了想。"也好。"他最后说道。"您去吩咐套马吧。对我来说都一样,先到唐波夫。"

不一会儿马便套好了。罗亭提着自己的小箱子爬上马车坐下,然后又

---

① 俄国诗人普希金的一首长诗。
② 法国《三十年,又名赌徒的一生》中的主人公。

像开始那样垂下了脑袋。他那耷拉着脑袋的姿态流露出无奈、屈服和悲伤……三驾马车不慌不忙地小跑起来，断续响起叮当的铃声。

尾　声

　　转眼又是几年过去了。
　　那是个凉爽的秋日。一辆旅行马车在省城 C 最大的一家旅馆门口停下。一位先生微伸着懒腰，呼哧呼哧地下了马车。他年龄不算太大，可是身体已经发福到了足以令人起敬的地步。他沿着楼梯上到二楼，在一条宽阔的走廊入口处停下来。他看见前面没人，便大声说要开个房间。不知哪扇门砰的一声，从低矮的屏风后闪出一名细高个侍者。他侧着身子跑过来，他那发亮的后背和卷起的袖子在昏暗的走廊里不断闪动。旅客走进房间，立马脱去外套，解下围巾，坐到沙发上。他两手握拳撑在膝盖上，好似刚睡醒一样向周围看了一眼，然后叫人把他的仆人叫来。
　　侍者领命下去了。这位旅客不是别人，正是列日涅夫。他是为了招募新兵从乡间到省府 C 城来的。列日涅夫的仆人进了房间，这是一个头发卷曲、面颊红润、身穿灰外套、腰束蓝腰带、脚蹬软靴的小伙子。
　　"你看，伙计，我们终于到了。"列日涅夫说。"你还一直担心轮箍会脱落呢。"
　　"到了！"仆人说，他的脸被外套的高领夹着，努力地想要挤出笑容来。"真没想到轮箍竟然没掉下来……"
　　"有人吗？"走廊里有人在问。
　　列日涅夫怔了一下，仔细听着外面的动静。
　　"喂！那边是谁呀？"那声音又问道。
　　列日涅夫站起来，走到门口，很快开了门。面前站着的是一位高个儿男子，头发几乎全白了，腰背佝偻着，穿一件破旧的、缀着铜纽扣的长礼服，列日涅夫马上认出了他。
　　"罗亭！"他兴奋得大声喊道。
　　罗亭转过身。他没法辨认背光站着的列日涅夫的面貌，只是莫名其妙地望着他。

"您不认识我了吗?"列日涅夫问。

"米哈依洛·米哈伊雷奇!"罗亭高喊着伸出了手,可是又尴尬地想缩回去。

列日涅夫赶快伸出双手紧紧抓住。

"请进,快到我的房间来!"说着他把罗亭带进了自己的房间。

"您变化太大了!"列日涅夫沉默了一会,禁不住压低了声音说道。

"是啊,大家都这么说。"罗亭一边说一边打量着房间。"岁月不饶人啊……可您还是老样子。亚历山德拉……您夫人好吗?"

"谢谢,她很好。您怎么来这里了?"

"我?一言难尽。其实,我来这里完全是偶然。我在找一位熟人。当然,我很高兴……"

"您在哪儿吃饭?"

"我?不知道。随便找个小饭馆就行。我今天还要离开这儿。"

"非走不可?"

罗亭意味深长地苦笑了一下。

"是的,先生,非走不可。我是被遣送回原籍的。"

"请您跟我一起用午饭吧。"

罗亭第一次直视着列日涅夫。

"和我共进午餐吧?"他说。"是的,罗亭,像以前那样,同志般地畅饮一番好吗?我没想到会遇见您,天知道今后何时才能再见啊。咱们总不能就这样道别吧!"

"好吧,我同意。"

列日涅夫握了握罗亭的手,吩咐仆人去点几个菜,还要了瓶冰镇香槟酒。午餐中,列日涅夫和罗亭不约而同地一直在谈论大学期间的生活,回忆了很多去世的和健在的人和事。开始,罗亭不大愿意多说,可是几杯酒下肚,浑身的血液就沸腾起来了。终于,仆人拿走了最后一只盆子。列日涅夫站起来,关上门,又回到桌子边,对着罗亭坐下来,双手轻轻托着下巴。

"那么如今,"列日涅夫说,"请您详细谈谈我们分别以后的情况。"

罗亭看了列日涅夫一眼。"天哪!"列日涅夫不禁又一次想道。"他的变化太大了，可怜的人！"

　　罗亭的容貌变化不大，特别是跟我们在驿站看到他的时候相比几乎没什么差别，尽管已近老年，脸上也留下了痕迹。但他的神情却很不同，他的眼神变了。他浑身上下，那时缓时急的动作，那无精打采、断断续续的话语，无不透露出一种极度疲倦和难言的苦衷，这和他从前多半是故意装出来的忧郁大不相同，那是雄心勃勃、自以为是的年轻人常用来炫耀自己的。

　　"告诉您我的经历？"罗亭说。"不可能全告诉您了，也没有必要……我到处漂泊，历尽艰辛，肉体和精神上都是。天哪，有多少人和事让我失望！什么样的人我没有见过啊！是的，各种各样的人！"他发现列日涅夫怀着一种特殊的同情望着他，便又重复了一句。"我不止一次地觉得我自己的话那么讨厌——这不仅指我自己说的，即使观点和我一致的那些人的言语也是！我不止一次地从孩子般的急躁冲动变得跟一匹老马似的麻木迟钝，挨了鞭子连尾巴都不动一动……有多少次我的快乐和理想成为泡影，我到处树敌或者忍气吞声！有多少次我像雄鹰般展翅飞翔，最终却像一只碎了壳的蜗牛爬回原地……什么样的地方我没有去过！什么样的路我没有走过……路总是泥泞不堪……"罗亭补充了一句，身体稍微侧过去一点"您知道……"他继续说。

　　"我说，"列日涅夫打断他，"从前我们彼此以你相称……咱们还是老习惯，怎样？来，咱们为你干杯！"

　　罗亭怔了一下，稍稍挺起身，可他的目光中掠过一丝难以用语言表达的神色。"干杯。"他说。"谢谢你，老兄，干杯！"

　　列日涅夫和罗亭一饮而尽。

　　"你知道吗？"罗亭接着说，特别强调你字，脸上也露出了笑容。"我心中有一条虫，它不停地咬我，吞噬我，永远不叫我太平。它使我接触形形色色的人——他们起初受到我的影响，但是后来……"

　　罗亭把手一挥。

　　"自从跟您……跟你分手以后，我经历了很多事情，遍尝甜酸苦辣……我一次次重新开始生活，换了二十几项工作，结果呢，你看！"

　　"你缺的是毅力。"列日涅夫似乎是自言自语地说。

　　"没错，我缺的是毅力！我什么都建立不起来，再说，假如你脚下没有地基,假如你必须亲手给自己开辟一块立足之地,那么,老兄,要进行建设又谈何容易!我的所有经历,实际上便是我的所有挫折,我不打算向你详细描述。我只能告诉你两三件事情……我一生中遇到过这么几件事情,那时似乎已经接近成功了,啊,不,应该说我已经开始奢望得到成功——这是两码事……"

罗亭将稀疏的灰白头发往后一捋,那动作就像当初他捋那头浓密的黑发一样。"好,你听我说,"他开始道。"我在莫斯科遇到一位很古怪的先生。他很有钱,有几处大庄园,但没有去当官。他唯一的爱好便是科学,一般的科学。直到现在我也不明白,他为什么会有这种爱好!这完全不适合他。就好像往母牛身上套马鞍。他自己竭力装出高明的样子,可几乎连话都不会说,只会富有表情地转动眼珠,意味深长地晃脑袋。老兄,我还从未见过比他更平庸更愚笨的人……"

"就像斯摩棱斯克省的沙漠,除了偶尔有几棵连动物都不吃的草外,一无所有。事情一到他那里,定会变得一团糟。他还热衷于把简单的事情复杂化。如果大家都听他的指挥,那真的只能用脚吃饭了。他不知疲倦地干啊,写呀,读哇,用一种坚韧不拔、不屈不挠的精神研究科学。他的自尊心很强,意志像钢铁一样坚强。他孤身一人,是个出了名的怪物。我认识他以后……他对我产生了好感。说实话,我很快就把他看透了,可是他那股热情让我感动。再说他拥有巨资,可以利用他办很多好事,为大家谋利益……我便住在他那儿,最后还一起到他的庄园去。我的计划,老兄,很宏伟:我想推行各种改良和革新……"

"就像当年在拉松斯卡娅家一样,还记得么?"列日涅夫说,脸上露出善意的微笑。

"完全不同!那时我知道,我清楚我的话绝不会有任何结果。可是这次……展现在我面前的完全是另一番场景……我带了很多农业方面的书籍……虽然我一本书也没有从头到尾读完过……就这样我开始干了起来。果然,起初并不顺利,后来似乎有了头绪。我那位新朋友总是沉默地在旁边看着,并不妨碍我,或者说,在一定程度上没有妨碍我。他接受了我的建议,开始贯彻,不过他很固执,心中并不相信我,总想把事情纳进他的轨道。他把自己的每一个想法都看得非常宝贵。一旦有了什么主意,就要坚持到底,就像瓢虫爬上了青草的顶端,非要展翅飞翔不可——即便掉下来也会重新爬上去……我这样比喻请你别奇怪,当初我心里就是这样想的。就这样我苦苦奋斗了两年,可是进展并不顺利,尽管我使出了浑身解数。"

"我开始感到累了,我的朋友也让我讨厌。我挖苦他,他也像羽毛那样压得我喘不过气来。他的不信任演变为无言的怨恨,我们彼此仇视,什么事都谈不到一起。他默默地但又不断地竭力向我证明,他决不会受我的影响。我的计划要么被他篡改了,要么完全取消了……我终于发现自己在地主老爷家中无非是一名寄人篱下的食客而已,我为自己白白浪费的时间和精力而痛苦。我明白,假如离开他,我会前功尽弃,但我无法控制自己。有一天,在目睹了一个痛苦而令人气愤、让我那位朋友暴露出真面目的场面以后,我终于和他大吵一场并且离开了他,甩掉了这位用俄国面粉和德国蜜糖捏成的书呆子老爷……"

"可以说你丢掉了那块赖以生存的面包。"列日涅夫说着把双手搭在罗亭的肩上。

"是的,我再次落得一身轻松,无牵无挂,可以随心所欲了……来,咱们干一杯!"

"祝你健康!"罗亭探身吻了吻他的额头。"为了你的健康,也为了纪念波科尔斯基……他也是个安贫乐道的人。"

"这就是我遇到的最大奇迹。"罗亭稍停片刻后说道。"怎么样,还要讲下去吗?"

"往下说吧。"

"唉!我没有心思说了。我已经懒得说了,老兄……不过,说就说吧。后来,我继续四处闯荡……顺便说一句,我本来可以告诉你,我怎样差点儿当上了一位大人物的秘书和后来的结果,但这就说远了……我继续四处闯荡……最后下决心要做一个……你别见笑,做一个认真办实事的人。这样的机会终于来了,我认识了一个人……这人或许你听说过,认识了库尔别耶夫……听说过吗?"

"没有,可是,罗亭,像你这样聪明的人怎么没意识到你的事业不在于去当什么——请原谅我开个玩笑——实业家?"

"老兄,我知道这一点,可话又说回来,我的事业究竟在哪儿呢?你要是能见到库尔别耶夫就好了!你可别把他想象成一位空谈家。人们说我从前也是个能言善辩的人,可是和他相比,我简直是小巫见大巫。这个人学问高深，知识渊博，有头脑，老兄，他在工商企业方面尤其能干。他脑子里总有种种异想天开、出人意料的计划，我和他合作，打算用我们的力量办公益事业……"

"办什么事业？"

罗亭垂下眼睛。"你肯定会笑话的。"

"怎么会呢？我决不笑话。"

"我们打算疏浚K省的一条河，让它能通航。"罗亭不好意思地笑着说。

"好家伙！这么说来库尔别耶夫是个大资本家啊？"

"他比我还穷。"罗亭说，黯然地垂下了灰白的脑袋。

列日涅夫笑了起来，可是突然又忍住笑，握住了罗亭的手。"对不起，老兄，"他说。"这太让我意外了。那么，你们这件事不就是空谈吗？"

"不完全是。开了个头。我们雇了一批工人……就干了起来。但很快遇到了各种麻烦。首先，那些磨坊老板根本不理解我们的好意；其次，没有机器，我们只能望水兴叹。而买机器的钱我们又没有。整整六个月我们都住在土屋里，库尔别耶夫只能啃面包，我也常常饿肚子。不过，对此我并无怨言：那儿大自然的景色美极啦。我们尽了最大的努力，想了所有办法，千方百计地说服商人，四处写信，散发传单，最后我为这项计划花完了我自己最后一笔钱。"

"不过，我想，"列日涅夫说，"花光你的钱并不困难。"

"确实不难。"

罗亭望着窗外。"说实话，这计划确实不错，可以产生很大的效益。"

"库尔别耶夫后来去了哪里？"

"他？他如今在西伯利亚，当了一名淘金者，你看吧，他肯定会发财，决不会潦倒的。"

"或许吧。但我敢打赌你肯定发不了财。"

"我？那有什么办法！不过我知道，在你眼里我一直是个废物。"

"你？得了吧，老兄！有一段时间我确实只看见你的弱点；可现在，请你相信我，我学会了尊重你。你是发不了财……但我也因此而爱你……真的！"

罗亭淡然一笑。"果真如此？"

"我正是因此而尊敬你!"列日涅夫重复了一遍。"你能明白我的意思吗?"

两人都沉默了。"怎么样,还说第三件事吗?"过了一会儿罗亭问道。

"说吧。"

"好吧。第三件也是最后一件。这件事我刚摆脱不久,你不嫌我啰唆吗?"

"说吧,说吧。"

"是这样的,"罗亭说,"有一次我闲来无事……空闲时间我有的是……我觉得,我有丰富的知识,有美好的愿望……你该不会否认我有美好的愿望吧?"

"当然不会!"

"我在别的方面没有什么成就……我何不去当一名教育家呢,或者说,当一名教师呢……"

罗亭停下来叹了口气。

"与其虚度年华,不如把我的知识教给别人,或许他们会从我的知识中汲取某些有用的东西……我的能力并不弱,再说我也有口才……所以我决心献身于这新的事业。为找教职我的确忙碌了一番,我不想给私人授课!教小学我又嫌不合适。最后终于在这里的一所中学里谋到了教员的位置。"

"教什么?"列日涅夫问。

"教俄国语文。不瞒你说。我还从未像这一次这样热衷于自己的工作。想到自己能影响年轻的一代,我就备受鼓舞。为了写一篇导论,我花了足足三个星期。"

"这篇讲稿还在吗?"列日涅夫打断他。

"不在了,不知丢在哪儿去了。"导论写得不错,很受欢迎。学生们的脸至今还历历在目——一张张善良、青春勃发、专心致志,充满了同情甚至惊讶的脸。我登上讲台,匆忙念完了讲稿,我本以为是够讲一个多小时的,可是二十分钟我便念完了。学监就坐在教室里——一个戴银丝眼镜、套着短假发的干瘪老头——他不时地对我点头。等到我上完课离开座位的时候,他对我说:"很好,先生,就是讲得太深奥了,不够简明,对学科本身说得过于简略。"但是学生们怀着尊敬的心情目送着我走下讲台……

— 105 —

真的,这便是青年的可贵之处。第二次上课我也带了讲稿,第三次也一样……后来讲课我便开始即兴发挥了。

"效果怎样?"列日涅夫问。

"效果很好。学生们争着来听课。我把心中所知的一切都传授给他们。他们中有三四个男孩确实很优秀,其余的听得似懂非懂。不过应该承认,即使那些听懂了的学生有时也会提些令我哭笑不得的问题。不过我并不气馁。大家都还喜欢我。考试的时候我给大家都打满分。于是出现了一场针对我的阴谋……其实也不是什么阴谋,只不过是我自己不守本分罢了。我妨碍了别人,别人就挤对我。我给中学生讲课的方法即便是给大学生上课也未必经常采用。学生们听我上课受益不多……我举的那些事实,我自己也不甚清楚。再说,我不满足于给我指定的那个活动范围……你知道,这是我的弱点,我想要来一次彻底改革,我敢向你发誓,这样的改革既合情合理又简便易行。我希望通过校长来实行,他是个善良而正直的人。"

"起初我对他很有影响,他的夫人也肯帮助我,老兄,像她那样的女人我这一生都没遇见过几个。她年近四十,可依然像十五岁的少女那样相信善,热爱一切美的东西,不管在什么场合都敢说出自己的观点。我永远也不会忘记她那高尚的热情和纯洁。我听了她的劝告,草拟了一份计划……可是马上有人给我拆台,在她面前诋毁我。特别可恶的是那位数学教师,他是个个子矮小,说话尖刻,爱动肝火的家伙,对什么都不相信,就像皮加索夫,不过比皮加索夫能干得多……顺便说一句,皮加索夫怎样?还健在吗?"

"还健在。你想象一下,他还和一位小市民结了婚,听说,老婆经常打他。"

"活该!噢,对了,娜塔莉亚·阿列克谢耶夫娜好吗?"

"好。"

"她幸福吗?"

"幸福。"

罗亭沉默了片刻。"刚才我说到哪儿啦?对了,说到那位数学教师,他恨我,把我的讲课比作烟火,抓住我表达得不太清楚的每一句话大做文章。有一次我讲到十六世纪的一件古迹时,他弄得我很难堪……他主要是怀疑我居心不良。我最后的一个肥皂泡撞到了他身上,就像碰上了针尖,立即破灭了，我和那位学监一开始就没搞好关系，他唆使校长和我作对，结果闹得不可开交，我不肯让步，发了一顿脾气，最后事情传到了上级机关。我被迫辞职了。我不肯善罢甘休，我想证明，他们不该这样对我……可是他们的态度就是这样，随意摆布我……如今我非离开此地不可了。"

接下来是一阵沉默。两位朋友低着头坐在那里。罗亭首先打破沉默。"是的，老兄，"他说。"我如今可以借用科尔卓夫的诗句来说明我的处境：'啊，我的青春，你逼得我无路可走，寸步难行……'但是，难道我真的一无是处，难道世界上真没有我的事业了吗？我经常这样问自己，可是无论我怎样贬低自己，我还是不能不感到，我身上有一种并非人人皆有的才能！为什么我的才能始终没法开花结果？还有：你记得吗？我们在国外的时候，我自命不凡，装腔作势……确实，那时候我并未清楚地意识到自己究竟要干什么，只是陶醉于高谈阔论，相信虚幻的东西。"

"可是如今，我敢向你发誓，我可以大声地向所有人说出我所有的愿望。我根本无须隐瞒：我彻头彻尾是个好心人。我顺从，我想适应环境，我所求不多，我只求达到最近的目标，为大家做一点哪怕是微不足道的好事。这也不行！办不到！这意味着什么呢？到底什么东西妨碍我像别人那样生活和活动？我如今就剩这么点儿理想了。可我刚找到一个固定位置，刚有一个落脚点，命运马上来捉弄我……我开始害怕它——我的命运……这到底是怎么回事？请你帮我解开这个谜！"

"谜！"列日涅夫重复道。"是的，确实是个谜。对我而言，你永远是个谜。即使在年轻时代做了一件小小的荒唐事之后，你会突然说出一大套让人心惊肉跳的话，然后你又照样去……你知道我的意思……当初我就无法理解你，因此我不再喜欢你了……你很有才华，追求理想，不屈不挠……"

"空话，都是些空话！什么实事也没干过！"罗亭打断他。

"没有干过实事！你要干什么实事……"

"什么实事？用自己的劳动来养活瞎眼老婆子和她的全家。你记得吗？就像普里亚任采夫那样……这就是实事。"

"是的。不过精辟的言论难道不是实事么。"

罗亭默默地看了看列日涅夫，轻轻地摇了摇头。

列日涅夫还想说些什么，用手抹了抹脸。

"那么，你是回乡下去吗？"他终于问道。

"回乡下去。"

"难道你乡下还有田庄吗？"

"还留下那么一点儿。两个半农奴。总算还有个葬身之地。或许这会儿你心里在想：'到了这般地步还要说漂亮话！'的确，漂亮话毁了我的一切，毁了我的一生，我至死也摆脱不了它。不过我刚才所说的却不是漂亮话，我这一头白发，这一脸皱纹，老兄，可不是漂亮话。这破烂的衣袖，也不是漂亮话。你对我向来非常严厉，你这样做是对的。如今一切都已结束，灯油已干，油灯已碎，灯草将尽……因此也无须严厉了。老兄，死神，最后总会让大家和解的。"

列日涅夫跳了起来。"罗亭！"他大声说道。"你为什么要和我说这些？你凭什么这样说我？假如看到你那深陷的双颊和满脸的皱纹，我还以为你是在说漂亮话，那我还谈什么知人论世，我还算什么人呢！你想知道我如今对你的看法吗？好吧，那我来告诉你！我在想：你这人，只要自己愿意，凭你的能力……什么样的愿望不能实现，什么样的好处不能捞到手，而如今，你却衣食无着……漂泊无依……"

"我引起了你的同情。"罗亭闷声闷气地说。

"不，你错了。你让我尊敬——就是这样。有谁妨碍你在那位地主朋友家里日复一日地住下去呢？我完全相信，如果你肯巴结他，他一定不会让你为吃穿发愁。为什么你在中学里无法和别人友好相处？你这个怪人为何每次做好事总要牺牲自己的个人利益，无法在肥沃却险恶的土地上扎根呢？"

"我天生就是无根的浮萍。"罗亭苦笑着说。"我停不下来。"

"这是实话，不过你没法停下来，并不是因为像你刚开始说的你心里有一条虫……盘踞在你心里的不是一条虫，也不是一颗因无所事事而焦躁不安的灵魂——那是热爱真理的烈火在你心中熊熊燃烧。显然，尽管你遇到了种种挫折，但你内心的这团火，比起很多不觉得自己自私、反而把你称为阴谋家的人，燃烧得更加炽烈。如果我处在你的位置上，我早就强迫内心的这条虫安静下来，早就和一切妥协了。可你却毫无怨言。我坚信，即便在今天，就在此刻，你也准备像年轻小伙子那样再次开始新的工作。"

"不，老兄，如今我累了。"罗亭说。"我受够了。"

"累了！换了别人早就没命了。你说人死了一切也就和解了，你觉得活着就不能和解吗？一个人上了年纪还不能宽容别人，那他自己也不值得别人宽容，谁又能说他不需要宽容呢？你做了能做的一切，奋斗了一辈子……还要怎样呢？我们走的不是一条路……"

"你，老兄，完全是另一种人，和我不同。"罗亭打断他，又叹了口气。

"我们走的不是一条路，"列日涅夫接着说，"或许恰恰是因为我的处境，我冷静的性格和其他幸运的因素，所以任何东西都无法妨碍我安安稳稳坐在家里袖手旁观，而你却要去闯荡天下，卷起袖子劳动和工作。我们走的路不同……但是你看，咱们彼此多么相似，我们几乎使用同样的语言，稍作暗示彼此就能够心领神会。我们的感情是相通的。现在像我们这样的人已经寥寥无几，老兄，你我成了最后的莫希干人①！从前，我们认为生活之路还很漫长的时候，我们可以各行其是，甚至可以互相憎恨。可是如今，我们这个圈子的人日益减少。一代代新人从我们身边走过，走向与我们不同的目标，我们该紧紧携起手来。咱们来碰杯吧，老兄，让我们和从前一样唱支欢乐之歌！"

两位朋友相互碰杯，又满怀深情地，带着纯粹的俄罗斯韵味，音调不准地唱了一首大学时代的歌曲。

"如今你要回乡下去了。"列日涅夫又提起这件事。"我并不觉得你会在那儿停留很久。我也没法想象，你将在哪里，用什么方式来结束自己的生命……但是请你记住，不管遇到什么情况，你总有一个安身之处，藏身之地，那就是我家……你听见了没有，老朋友？思想也会有自己的残兵败将，他们也该有一个安身之处。"

罗亭站起来。"谢谢你，老兄，"他说。"谢谢！我永远不会忘记你的好意，不过我不配享有这样一个安身之处。我毁了自己的一生，也没有好好地为思想服务……"

"别说了！"列日涅夫说道。"每个人只能尽其所能，不该向他提出更多的要求！你自称为'漂泊一生的犹太人②'……可你怎么知道，或许你

---

① 莫希干人，为北美土著民族，后被殖民者灭绝。
② 中世纪神话中的人物。

命里该终身漂泊，或许你因此而在完成一项崇高的使命，而自己还不知道。有道是：上帝主宰我们的一切。这话没错。"看到罗亭伸手去拿帽子，列日涅夫接着说，"你不留下来过夜吗？"

"我该走了！再见了。谢谢……我不会有什么好下场的。"

"只有上帝知道了……你非走不可吗？"

"我必须走了。再见。过去有什么对不起你的地方请多包涵了。"

"好吧，我有什么不是，也请你原谅……记住我给你说的话。再见了……"

两位朋友紧紧拥抱。罗亭很快就走了。

列日涅夫不停地在房间里来回踱步，很久才在窗前站定，沉思了片刻，自言自语道："可怜的人！"于是就坐在桌前，开始给妻子写信。

外面刮起了大风，它咆哮着，恶狠狠地将玻璃窗震得哐啷直响。漫长的秋夜来临了。在这样的夜晚，谁能得到居室的庇护，有一个温暖的小窝，谁才会觉得舒适。愿上帝帮助那些无家可归的流浪者吧！

一八四八年六月二十六日酷热的中午，在巴黎，"国民工场"的起义几乎被镇压下去的时候，在圣安东尼区的一条狭窄的胡同里，正规军的一个营正在攻占一座街垒。几发炮弹已经将街垒摧毁；一些幸存的街垒保卫者正在纷纷撤退，他们一心想着逃命。突然，在街垒的顶部，在一辆翻倒的公共马车的残架上，冒出了一位身材高大的人，他身穿一件旧衣服，腰间束一条红围巾，灰白蓬乱的头上戴一顶草帽。他一手举着红旗，另一手握着弯弯的钝马刀，用尖细的嗓子在拼命叫喊，一边向上爬，一边挥舞着红旗和马刀。一名步兵学校的学员正用枪瞄准他——扣动了扳机……只见红旗从那个身材高大的男子手中掉下来，他自己也脸朝下直挺挺地倒下来，好像在向什么人行跪拜礼……子弹刺透了他的心脏。

"你看！"一位逃跑的起义者对另一位说。"波兰人被打死了。"

"见鬼去吧！"另一位答道。接着两人飞一般向一幢房子的地下室跑去。这间屋子的所有窗户都关着，墙壁上满是子弹留下的斑驳痕迹。

这位"波兰人"就是——德米特里·罗亭。

父与子

一

一八五九年五月二十日那天,某条马路边的驿站里走出来一个四十多岁的老爷。他穿着格子裤,身上裹一件大衣遮挡路边的尘土,而头上却没有戴帽子:"怎么样,彼得,还看不见吗?"他站在低矮的台阶上问他的仆人。

仆人是个两腮圆圆的小伙子,下巴上长着嫩白的茸毛,一双小眼睛目光呆滞。大大的脸庞露出习惯顺从的表情,恭敬地回答他的老爷:"是的,还没看见呢!"

他身上的一切:耳朵上戴的绿松石耳环,颜色深浅不匀地抹了油的头发,和他那文质彬彬的举动,无不显示着他是经过改造的、最时髦的一代。

"还没来吗?"老爷又问。

"没有。"小伙子又答道。

老爷叹了口气,在露椅上坐下。趁他弯腿坐在那里,不时打量周围的时候,不妨让我对他稍作介绍。

他叫尼古拉·彼得罗维奇·基尔萨诺夫。父亲是一个将军,曾经参加过1812年的战争①。他驰骋沙场,戎马倥偬,从旅长晋升为师长,长年驻扎在外省,在当地小有名气。虽是个举止粗鲁的武将,但却略通文墨,与那些狠毒的俄罗斯人大不相同。

他的母亲阿加特,原是科里亚津家的小姐,嫁给将军后改称为阿加福

---

① 指拿破仑入侵俄罗斯并火烧莫斯科的战争。

克利娅·库兹米什娜·基尔萨诺娃。这位"将军夫人"说话粗声粗气，总是喋喋不休，在做弥撒时就算戴着精致的帽子、穿着笔挺的锦缎也总是抢在众人前去亲吻十字架。每天早上，孩子们都必须到她跟前来吻手问安，睡觉前又去向孩子祝福道别，总之，过着安逸的日子。他的哥哥叫帕维尔（后文将详细介绍）。尼古拉·彼得罗维奇就生长在这样一个俄罗斯南方的家庭里。他和哥哥从小就在家中接受一个平庸家庭教师的启蒙教育，教师对他们总是讨好巴结，这种教育状况一直持续到他们十四岁。同时，还有一群军人捧着他们，父亲手下那些行为放荡的副官和别的属僚深谙迎合奉承之道，都把他们当作是和他们父亲一样的奉承对象。本来尼古拉·彼得罗维奇贵为将门之子，就该浑身是胆，和他哥哥一样入伍从军，没想到他在报到的第一天就摔伤了腿，在床上躺了足足两个月，最终在原来"胆小鬼"的绰号上又多了一个"跛脚"的别称。父亲看他从军不行，就让他走仕途，在他十八岁时就送他到彼得堡上大学。当时他的哥哥正好在那里是近卫团军官，于是兄弟俩合租了一套房。父亲托一位贵族堂舅伊利亚·科里亚津照料他们，而后便回到了驻地和夫人身边。他们父子之间很少书信往来，儿子们偶尔收到的家书，不过是一张四开大的灰报纸，上面是秘书代写的一些斗大的文字，只有在信的末尾才有"彼奥得·基尔萨诺夫少将"的亲笔签名，并在四周以"蔓叶花笔"作了些修饰。一八三五年，这位基尔萨诺夫少将因为他的部队阅兵成绩不佳被解职，于是带家眷移居彼得堡，就在这一年，尼古拉·彼得罗维奇获得学士学位，从大学毕业。可就在他父亲计划到塔夫里斯基花园附近租房并打算加入英国俱乐部时，却突然中风去世。母亲阿加福克利娅·库兹米什娜不堪忍受丧夫之痛和守丧寡居的寂寞，不久也离开人世。

　　丧期刚满，尼古拉·彼得罗维奇就和一位漂亮姑娘玛丽娅举办了婚礼。她是房东——公务员普列波洛温斯基的女儿，她总喜欢看一些杂志里的科普文章，也算是见多识广。尼古拉·彼得罗维奇当初是冒着父母的反对去追求这位姑娘的。婚后，他放弃了父亲为他安排的一份御产司的职务，开始过上平淡温馨的小日子。他们起初住在林学院附近的一幢别墅里，后来又在市内租了一套房，房子小巧舒适，里边客厅清凉，楼梯洁净。再后来，他们搬到乡下定居，日子过得幸福美满。男人务农、打猎，女人种花、养禽，他们夫唱妇随，经常一起唱歌，一起弹钢琴。他们的儿子阿尔卡季就在这种温馨宁静的氛围中诞生并成长起来。时光飞逝，他们全家就这样幸福地生活了十年，直到一八四七年他的妻子玛丽娅过世，短短几周内，基尔萨诺夫不能忍受丧妻之痛，头发也变得花白了。然而，当他打算出国散心的时候，又不幸遇上一八四八年的出国禁令。他只能无奈地返回乡下，在那里过了很久闲闷的日子。无聊时，他便倾心于农业，在离这个驿站十五俄里的地方开了一个两千俄亩大的庄园，那里有两百个农奴，但据称，他已将土地分租给农民，所以他办的是"农场"而不是"庄园"。一八五五年，他送儿子去彼得堡读书，每年冬天都会去陪儿子，他从不外出，除了和儿子的那些朋友打交道。一连三年都是这样，但今年冬天他没去彼得堡，而是在等和他一样取得学士学位的儿子归来，正是我们此刻看到的这幅情景，他此时已是个身体发福、弯腰驼背的银发老人了。

外面阳光灿烂，尼古拉·彼得罗维奇还在椅子上耷拉着脑袋，两眼盯着那几级破旧的台阶出神。不知是出于礼节，还是不愿在主人面前晃来晃去，仆人早就躲在门口大口抽烟了。一股烤面包的麦香味从驿站幽暗的过道直扑过来，台阶扶手上，一只脏猫死盯着一只胖嘟嘟的花斑雏鸡，等待机会，而雏鸡还在台阶用它嫩黄的爪子神气地走来走去。尼古拉·彼得罗维奇还在发呆，愈发想得入神，"阿尔卡季""好儿子""学士"这些词不断在他脑海里交错出现。他想着甩掉它们，但思念之情怎能轻易抛开，这又让他想起了妻子，又生哀伤。他喃喃自语："她要是能看到这一天该多好！"一只灰白色的胖鸽子扑落在大路上，又匆忙晃到水井边的一洼水塘里喝水。就在尼古拉·彼得罗维奇看它的时候，远处隐约传来了车轮声……

仆人赶快跑过来说："准是少爷来了。"

尼古拉·彼得罗维奇腾地一下站起来，朝远处望去，果然看到一辆由三匹驿站马拉的四轮马车和车窗边那顶大学生制服帽檐下的一张熟悉的面孔。

"阿尔卡季！好儿子！"基尔萨诺夫一边喊一边挥动双手狂奔上前，一会儿，他就抱着取得学士学位的儿子，在那张晒得黑黝黝的满是灰尘的脸亲吻了。

二

"让我先拍下灰尘吧,爸爸。"阿尔卡季抱着父亲兴奋地说。他说话声音洪亮,尽管长途跋涉让他有些沙哑。

"没关系,"尼古拉·彼得罗维奇伸手拍拍儿子的制服和自己大衣上的尘土,笑着说。"让我好好看看,我的孩子。"他放开儿子端详了一会儿,突然又扭头大步走向驿站。

"快把马牵过来,快!把马牵过来。"他显得有点急促,父子相见的激动让他一时不知该做什么。

阿尔卡季见父亲这样无措,便安慰他说:

"爸爸,还是先给你介绍一下我的好朋友吧,就是我在信里常说的那位巴扎罗夫。他答应来我家做客,我真高兴。"

尼古拉·彼得罗维奇急忙回到马车前,客人刚下车:高个子,宽大的长袍上系着穗子。他刚迟疑地伸出晒得通红的手臂,就被尼古拉·彼得罗维奇紧紧地握住。

"欢迎您的到来,深感荣幸,我能……请问您贵姓?"

"叶夫根尼·瓦西里伊奇。"巴扎罗夫神态自若,从容地回答,随后翻下了大衣领子,对着朋友的父亲露出从容自信的微笑。尼古拉·彼得罗维奇这才看清了客人的面貌:长脸虽然消瘦,却前庭饱满,一头浓密的深黄色头发,鼻梁平整鼻尖却上翘,两鬓有淡棕色的胡子,大眼睛里闪着绿光,也闪烁着智慧。

"亲爱的叶夫根尼·瓦西里伊奇,希望您像在自己家一样不会寂寞。"尼古拉·彼得罗维奇又说道。

巴扎罗夫动了动嘴唇却没说话,只抬了下帽子。

"怎样?阿尔卡季,你们先歇会呢,还是这就赶路?"父亲征求儿子的意见。

"还是赶路吧,爸爸,回去再好好休息。"

"好的,那就尽快回去。"尼古拉·彼得罗维奇连声说完,扭头对仆人大声吆喝:"喂,伙计,听见没?动作快点,快去准备。"

远处的彼得听完并没来吻少爷的手,而是受新法教育的影响只轻轻一鞠躬,就进了门里。

驿站女主人提来一壶水,阿尔卡季拿过来就喝。巴扎罗夫点了烟斗,走到卸辕的车夫那里:"我有轻便马车,不过还是给你们准备了三匹马拉的四轮马车。"尼古拉在儿子身边详细地说着,"可我的马车只有两个座位,你的朋友坐哪里呢?"

"他可以坐四轮马车,"阿尔卡季压低声音说,"不用对他太客气了。他是个好人,以后你会了解的,他为人淳朴。"

"喂,大胡子,到这来!"巴扎罗夫对走过来的赶车人说。

"米秋哈,叫你呢!"另一个赶车人说道,双手插在羊皮袄的口袋里。"老爷说得不错,你还真是个大胡子。"

米秋哈挥了挥帽子算是回答,随后马嚼子从大汗淋漓的辕马嘴里取下来。

"伙计们,快点,帮帮忙,"尼古拉·彼得罗维奇大声说道,"会有酒给你们喝的!"

很快马车就套好了,父子俩坐进了小马车,彼得开始驾车。巴扎罗夫则上了四轮马车,头舒适地靠到皮枕上,两辆车出发了。

三

"你终于毕业回家了,"尼古拉·彼得罗维奇突然拍拍儿子的肩膀,又拍拍他膝盖,"盼这一天盼了很久了。"

"伯父呢?他身体好吗?"阿尔卡季转换了话题,聊起了家常,想压制他那单纯的激动。

"很好。他本来要一起来接你的,后来不知怎么又改变主意了。"

"等了很久吧?"阿尔卡季问。

"有五个小时吧。"

"啊,我的好爸爸!"

阿尔卡季说完就在父亲的脸上响亮地亲吻了一下，这让尼古拉·彼得罗维奇开心地笑了。

"我准备了一匹很好的马给你，你等会就能看到它。我还把你房间的墙也重新粉刷了。"父亲一件件交代着。

"有房间给巴扎罗夫住吗？"

"我会安排好的。"

"爸爸，你要好好对他，我很在乎这份友情，只是没表达出来。"

"你们认识时间长吗？"

"不长。"

"怪不得我去年冬天在彼得堡没见过他。他学什么专业？"

"主要研究自然科学。他懂的很多，明年还要考医生执照呢。"

"哦，他是医学系的。"尼古拉·彼得罗维奇说。沉默片刻之后，他突然伸手指着远处的几辆车问彼得："伙计，那些车上的人都是我们农场的吗？"

彼得顺着老爷的手指望过去，只见几匹没套笼头的马拉着几辆小车轻快地走着，每辆车上都有一两个敞着羊皮大袄的农民。

"是的，老爷。"彼得回答。

"他们要去城里么？"

"看起来好像进城。"彼得说，接着补了一句，"肯定是去酒馆！"语带轻蔑。说完他向前倾倾身子，仿佛还要指给赶车人看，可赶车的老人根本不明白新一代的生活，还是一动不动地坐着。

"今年我真犯愁，"尼古拉·彼得罗维奇对儿子说，"真没办法，农民们不肯交租！"

"那雇工呢？他们您还满意吗？"

"还好。"尼古拉·彼得罗维奇勉强说道。"他们肯下力，地也耕得不错。不过，他们受了当地人的教唆，把马具弄坏了。哎呀，好事多磨。怎么，你现在对农事有兴趣吗？"

阿尔卡季把话题转到了别的方面："可惜我们家没有一个凉快的地方。"

"我在北边的走廊上加了一个大篷，现在有太阳也能在外面吃饭了。"尼古拉·彼得罗维奇说。

"这样我们家不就像别墅了吗？也好。这里的空气真清新！哪里的空气也比不上咱们这里！你瞧这……"

阿尔卡季突然停住，往后看了一眼，不说了。

"当然啦，这是你生长的地方……"尼古拉·彼得罗维奇应道。

"不，爸爸，出生在哪里都一样的。"

"那也……"

"无论如何，反正都一样。"

尼古拉·彼得罗维奇斜眼看了儿子一眼，沉默了。车又继续走了半俄里，尼古拉·彼得罗维奇才开始打破沉默：

"我不知道写信告诉你没，你的奶妈叶戈罗芙娜过世了。"

"是吗？可怜的奶妈！那普罗科菲伊奇还健在吧？"

"他啊，还健在，还是原来的样子，爱唠叨。总之，玛丽伊诺村和以前没什么两样。"

"管家还是那个吗？"

"不，换了。我不会再用自由的家仆，至少不会给他们重要的职务——这可算是一个变化吧。（此时阿尔卡季朝向前面努了努嘴：彼得在那里坐着哩。）"尼古拉·彼得罗维奇会意后马上压低了声音，"他如今不过是个跟班，现在的管家是个市民，看上去是个正派人。我每年给他二百五十卢布的报酬，"另外，尼古拉·彼得罗维奇停下来，犹豫了一下，又习惯性地用手拂了一下额头和眉毛，才说道："我说玛丽伊诺村没有什么变化……其实也不全对。我觉得有必要告诉你一件事，或许……"

他突然停住，一会儿用法语继续说道：

"作为父亲，你知道我一向是怎么对你的，当然，你可以责怪我，也许严厉的道学家此时也会指责我不该坦言，但毕竟纸是包不住火的，像我这把年纪……哎，总之，那个……那个姑娘的事，你听说了吧……"

"您说费多西娅吗？"阿尔卡季淡淡地问。

尼古托·彼得罗维奇的脸刷的红了。"别那么大声……是的……她现在搬到我那里住了……我给她安排了两个小房。这是我的主意，不过，事情也没有最终定下来。"

"有必要吗，爸爸？"

"你的朋友在我们家做客……恐怕不好……"

"你担心巴扎罗夫吗？尽管放心，他才不会那么世俗呢。"

"嗯，我也给你安排好住处了，不过剩下给客人住的有些寒碜了。"尼古拉·彼得罗维奇说。

"爸，说什么话呢？"阿尔卡季忙打断他，"您怎么像忏悔一样，别这样！"

"我是真的很惭愧。"尼古拉·彼得罗维奇说，脸愈发涨得通红。

"好啦，爸爸，吻您了，别再说了！"阿尔卡季亲切地笑着，连忙安慰父亲，心里却想着："惭愧什么呢。"

心底突然升起一股柔情，那几乎是对软弱父爱的同情。"好啦，别再说了。"他又重复了一遍。这柔情中似乎夹杂着自以为开明的自负。这时，尼古拉·彼得罗维奇又在拂捋额头，恰好从指缝间偷看到儿子的表情，心被突然揪了一下……但又马上自责起来。

"这一路走去，都是我们的土地。"沉默了很久后，他又开始说话。

"看，前面那片是我们的树林吧？"阿尔卡季问。

"是的，不过现在已经卖了，今年准备伐掉。"

"为什么？"

"要用钱。而且也要把这些地分给农民。"

"给那些不交租的农民吗？"

"他们交不交都无所谓，那都是迟早的事。"

"那些树林砍了真可惜。"阿尔卡季看着四周的美景说道。

这一片平原很漂亮，土地连绵起伏绵延到天边，偶尔可见一些小树林和长着稀疏低矮的灌木丛的曲折沟壑，就像老地图册上描绘的叶卡捷琳娜时代的风景一样。但阿尔卡季却感觉满眼悲凉：在这个平原上的小村庄里，处处是低矮半破的房舍、荆条围成的篱墙；倾斜的磨坊边的空谷仓上，打开的大门就像是一张裂开的嘴，不大的池塘上，年久失修的闸门裸露着；泥灰剥落的教堂，墓地里，木十字架歪歪斜斜，一派荒凉；而一路上，处处可见衣裳褴褛的农民，还有他们胯下那瘦弱不堪的驽马，这都像是要故意刺痛阿尔卡季的心。小河里水流稀少，河岸塌落；路边的柳枝都掉了树皮，像蓬头垢面的乞丐站立着。饥饿的母牛在啃着沟边的草茬，那肮脏不堪、营养不良、贪婪啃食的模样好像刚从魔鬼那里逃出来似的，在这美好的春季里这些疲惫的牲口显得格外凄凉，让人仿佛回到了风雪弥漫、孤寂难熬的冬天……

"真是个穷地方,"阿尔卡季思忖道,"因为懒,才生活得如此贫困,不,不能再这样了,必须改变它……可怎么改呢,从哪开始呢?"

阿尔卡季陷入了沉思,尽管受过改革思想的教育,但盎然的春色还是映入了他的眼帘。每一棵树、每一丛灌木、每一根青草都带着和煦的春风款款舞动,尽情舒展。百灵鸟在空中歌唱,田凫在草坡上盘旋、吟唱。白嘴鸦在绿色的麦田里昂首阔步走着,时而隐匿在白色的麦田之中,时而又出现在绿雾茫茫的麦浪里。看着这一切,阿尔卡季的心暖洋洋的,愁绪也逐渐消退。他脱下大衣,转头看看他的父亲,脸上带着孩子般的神情……父亲又拥抱了他。

"马上就到了,"父亲说道,"过了这个山冈,就能看到我们的家了。我们以后要安稳地过日子,如果你愿意,可以帮我管理农场。我们此刻更要相互了解,互相体谅,你说对吗?"

"当然啦,"阿尔卡季答道,"今天天气真好!"

"好儿子,那是因为你回家了嘛。"对,现在正是最好的仲春时节,还记得普希金的《叶甫盖尼·奥涅金》吗?我觉得现在正是他写的那样——

你姗姗而来,带给我无尽哀愁!
春天,春天,恋爱的季节!
是多么……

"阿尔卡季。"巴扎罗夫在四轮马车里叫了一声,打断了尼古拉·彼得罗维奇的吟诵。"给我根火柴好吗,我想抽支烟。"

阿尔卡季正沉浸在和父亲的谈话中,听到巴扎罗夫的呼唤,立刻从口袋里掏出一个银火柴盒,让彼得送过去给他。

"你要来一支雪茄吗?"巴扎罗夫问。

"也好。"阿尔卡季答道。

彼得回来时,将火柴盒和一支粗大的雪茄一并递过来,阿尔卡季很快点好抽了起来,从不抽烟的尼古拉·彼得罗维奇被呛得受不了,但只是悄悄把脸转到别处,为的是不让儿子感到难堪。

过了大概一刻钟，两辆马车在一幢红砖瓦、灰木墙新宅的台阶前停下。这便是玛丽伊诺，又称新村，农民们则叫它"穷庄"。

四

并没有人在外迎接，最先从里边出来的是个大约十二岁的小女孩，接着门后又出来一个酷似彼得的年轻小伙，他是巴维尔·彼得罗维奇·基尔萨诺夫的随身仆人，制服上的纽扣都标着族徽。他先打开老爷的简易马车门，又去解四轮马车的挡帘扣子，他默默地做完了这一切。尼古拉·彼得罗维奇三人下车后，走过一条昏暗的、几乎没有任何陈设的过道（一张年轻女子的脸此时在门后闪了一下），便来到了布置得很时髦的客厅。

"总算到家了，"尼古拉·彼得罗维奇边摘下帽子边说，理了理头发。"现在最重要的就是好好吃一顿，然后睡个好觉！"

"是啊，该饱餐一顿。"巴扎罗夫伸着懒腰说，跟着在沙发上坐下来。

"对，对，马上开饭，快点晚饭。"尼古拉·彼得罗维奇跺跺脚，虽然没有什么值得跺脚。"噢，普罗科菲伊奇，你来得正好。"

走进来一个黑瘦的老人，约六十来岁，头发全白了。穿着一件缝着铜纽扣的棕色礼服，颈部系条粉色领巾。看到阿尔卡季便咧嘴一笑，走到面前吻手致礼，并对客人鞠了一躬，随后退到门边等候吩咐。

"你看，普罗科菲伊奇，他总算回来了……"尼古托·彼得罗维奇说，"你看他有什么不同？"

"他看起来很精神，老爷。"老人说完又咧嘴笑了。然后又皱紧眉头，正色问道："现在就上菜吗？"

"是的，越快越好，快吩咐下去。"尼古拉·彼得罗维奇又侧过来问巴扎罗夫："您要不要先去看看您的房间？"

"不必了，谢谢。您安排把我的箱子放到房里就行了，还有这件大衣。"巴扎罗夫说着脱下了外套。

"好的，普罗科菲伊奇，接着先生的大衣。"

普罗科菲伊奇走过去，双手谨慎地接过巴扎罗夫的大衣，把它举过头顶，小步退了出去。

"你呢，阿尔卡季，要不要回房间？"

"好的，可以先梳洗一下。"阿尔卡季正要向门口走去，伯父巴维尔·彼得罗维奇·基尔萨诺夫进来了，阿尔卡季感到一种超凡脱俗的气势扑面而来。这个中等身高的男人有着一张棱角分明的脸，黑色的瞳孔在椭圆形眼眶里闪着光，脸色虽然发黄，但皮肤干净平滑，没有一丝皱纹，好像刚经过一番精雕细琢，理得很短的白发也像新的银锭光彩照人。他身穿一件英国面料的深色西服，打着时髦的低领结，穿一双漆皮短靴，整体形象很雅致，也不失年轻时的健美。一般来说，三十岁后，年轻时的风度和气质都会减退很多，而阿尔卡季的伯父却依旧和年轻时一样，英俊、潇洒，虽然他已经四十五岁了。

巴维尔·彼得罗维奇从裤袋里抽出手来，这是一双红润的、保养得很好的手，指甲修长，雪白的有着猫眼宝石装饰的袖口衬得手更加出众。他按照欧洲礼节和侄子"握手"，接着又按俄罗斯礼节，在侄子脸上轻吻了三下，最后说道：

"欢迎回家。"

尼古拉·彼得罗维奇给他介绍了客人巴扎罗夫，巴维尔·彼得罗维奇只是微笑着欠了欠灵活的身子，并没和他握手，而是把手插回了裤袋。

"真没想到你们今天就可以到。"巴维尔·彼得罗维奇嗓音悦耳，露出了白净的牙齿，他晃了晃身子，耸了耸肩膀，接着说，"路上还顺利吧？"

"很顺利，"阿尔卡季说，"就是半路上耽误了点时间，所以我们都饿坏了。爸爸，你叫普罗科菲伊奇快点儿，我去去就来。"

"等等，我和你同去。"巴扎罗夫说着从沙发上站起来。两个朋友相伴离开了。

"他是谁？"巴维尔·彼得罗维奇问。

"阿尔卡季的朋友。听说是个才子。"

"他要在我们家住吗？"

"是的。"

"是那个络腮胡子？"

"当然。"

"阿尔卡季这次回来，我感到他已经不再拘谨，不害羞了，我真为他高兴。"巴维尔·彼得罗维奇漫不经心地用手指弹着桌子。

晚饭时，大家都很沉默，特别是巴扎罗夫，几乎一言不发，只埋头大吃。尼古拉·彼得罗维奇又讲起他那所谓"农场"里的各种杂事和当前的政事，什么选代表哇、委员会呀、进口农业设施的必要性啊等。巴维尔·彼得罗维奇则在一边"哦！""嗯！""哎呀！"几声罢了，偶尔插一两句话。他从不用晚餐，此刻正在他们旁边走来走去，偶尔抿一口杯中的红葡萄酒。阿尔卡季一回到家就像个孩子，一副孩子身上常见的那种腼腆样子。他羞涩地说了几件彼得堡的新闻，但每句话结束时又都特意拉长尾音，证明自己不再是个孩子了。他尽量不用"爸爸"这个词，而改称"父亲"，有一次当他真要这么说时，却只是从齿缝中挤出来，说得含糊不清。他并不想喝太多酒，却故意给自己倒满并一饮而尽。普罗科菲伊奇一直在旁边留意着他，他多次欲言又止。晚餐后，大家便散了。

"你伯父真怪。"巴扎罗夫说，他换上了睡衣，坐在阿尔卡季的床边吸着短杆烟袋。"他那身打扮和这农村真不协调！特别是他的指甲——啊，真像是展览品！"

"呵，你还不知道呢。"阿尔卡季说，"他年轻时可是一头雄狮，一个美男子，不知迷倒了多少女人。随后我再给你讲他的往事。"

"嘿！他还想回到过去的风流吗？可惜在这种地方，他的风流无人欣赏了。我刚才一直在观察：他的下巴刮得光光的，衣领硬得像石头。阿尔卡季·尼古拉耶维奇，你不觉得滑稽吗？"

"或许吧，但他是个好人。"

"一个老古董而已！你父亲倒真是个好人。虽然不太懂农业，吟诵那些春天的诗也很一般，但他这样的好人并不多见。"

"我父亲可是难得一见的好人！"

"你没感到他有些紧张吗？"

阿尔卡季摇了摇头，似乎在否定自己的懦弱。

"太绝了！"巴扎罗夫继续说，"真是一对老浪漫主义者！想象和现实在他们身上完全找不到。好了，晚安吧！虽然我的房门没锁，但房里还有个不错的英国式盥洗盆，那是进步的象征。"

巴扎罗夫走了。阿尔卡季在自己的房里，想到能舒适地睡一觉，他心里美滋滋的。这是他的家，这张床再熟悉不过的，被子也是奶妈亲手缝的，阿尔卡季不禁忆起了叶戈罗芙娜和她那双曾经爱抚过他的、慈祥的、不知疲倦的手，他叹了口气，在心中祈祷她在天堂里幸福快乐——他并未为自己祈祷。

两个长途跋涉的人很快进入了梦乡。但深夜里，别的人各怀心事。尼古拉·彼得罗维奇躺在床上，亮着灯；儿子回来了，他很开心，一只手枕在脑袋下想着心事。他的哥哥巴维尔·彼得罗维奇还坐在书房里的那张甘姆勃斯圈椅上①，手里拿着最新一期的《加里聂安尼报》②，对着壁炉里闪烁不定的微弱的火苗出神。他没有换衣服，只换了双没有后跟的中国式的红拖鞋。他神色专注，或许正沉浸在往日的风光中，但从那带着忧愁的表情来看，他又不是在纯粹地回忆。此刻另一个年轻妇人，身穿暖背心，头扎白头巾，在窄小的后房里，她便是费多西娅。她正坐在一个大木箱上，打着盹，又向开着的大门望一眼，或者侧耳倾听，透过大门可以看到屋里的婴儿床，也能听到孩子均匀的呼吸声。

五

第二天早上，巴扎罗夫最先醒过来，一大早就来到了房子外面。"啊，"他四处望望，心中想，"这个小地方并没什么特别的。"在尼古拉·彼得罗维奇把土地分给农民以后，他必须划出四俄亩③很平坦的荒地来修建一座崭新的庄园。他建成了一幢住宅，还修建了办公室和一个农场的辅助用房，开辟了一座果园，挖了一口池塘和两眼井。但新种下的幼树长势不好，池塘里也没什么水，井水带点盐味。只有架成凉亭的丁香花和紫罗兰还能让人欣慰。有时，他们就在里面喝茶、吃饭。巴扎罗夫没几分钟就跑遍了果园所有的幽径，而且顺便来到牲口院，看了马厩，找到了两个仆人的男孩子，很快就同他们混熟了，然后和他们一起，到离庄园大约一俄

---

① 甘姆勃斯在彼得堡开办的家具行出售的椅子。
② 是由意大利人在1814年在巴黎创办的报纸。
③ 俄制地积单位，1俄亩≈1.09公顷，合16.35市亩。

里远的一个小水塘里捉青蛙去了。

"老爷,你要青蛙干什么?"其中的一个男孩问他。

"我来告诉你做什么。"巴扎罗夫说。他有一种特殊的能力,能很快得到穷人的信任,当然他对他们是随便而有分寸的,"我要把青蛙剖开,看看它体内是什么构造,因为我们和青蛙是一样的,区别只在于我们是用两条腿走路的,这样我就知道咱们人的内部是什么样子了。"

"知道了又怎样呢?"

"为了有一天,你不小心生病了,我给你治病时不犯错啊。"

"难道你是医生?"

"是的。"

"瓦西卡,你听见没有,老爷说我们和青蛙是一样的呢。真奇怪!"

"青蛙吗?我怕它们。"瓦西卡说道。他是一个七八岁的孩子,穿一件灰色的领子硬硬的粗布上衣,头发是亚麻色的,脚上没有鞋。

"怕什么?它们会咬人吗?"

"好啦,小思想家们,我们去抓吧!"巴扎罗夫说道。

此时,尼古拉·彼得罗维奇也起来了。他来到阿尔卡季房里,看到他已经穿好衣服,于是父子二人便来到阳台的凉棚底下,站在栏杆边。在一大簇紫丁香之间的桌上,茶炊里的水已经沸腾。昨天晚上最先迎接他们的那个小女孩来了,她轻声说道:

"费多西娅·尼古拉耶夫娜身体不舒服,她自己不能来,命我来问问,您是自己斟茶呢还是叫杜尼亚莎来?"

"我自己来斟,自己来,"尼古拉·彼得罗维奇急忙接口道,"阿尔卡季,你是喝奶油茶还是柠檬茶?"

"奶油茶,"阿尔卡季答道,过了一会,他试探性地叫了一声:"爸爸?"

尼古拉·彼得罗维奇紧张地看着儿子。"什么事?"他说道。

阿尔卡季垂下了两眼。"爸爸,如果我的问题有些唐突,还请你原谅我,"他说道,"正因为你昨天对我坦白了这件事,所以我才……希望你不要生气"

"说吧。"

"你,我斗胆问一句……莫非……她不来这里斟茶,莫非是我在这里不方便?"

尼古拉·彼得罗维奇把脸侧到一边。"可能吧,"他终于说了出来,"她觉得……她很害羞……"

阿尔卡季快速地瞟了父亲一眼。"她没必要这样。首先,我的想法你知道(阿尔卡季说出来感到很轻松);其次,我对你的生活和习惯丝毫不会干涉的!而且我相信你看中的人不会有错的。既然你愿意和她在一起,那也就是说,她和你很般配。做儿子的总不该审问父亲的,我更不会了,你从来都不干涉我的所作所为。"

阿尔卡季的声音开始还有些颤抖,他觉得自己如此宽容,但从口气上又似乎带着某种教训的口吻,然而这个声音控制了他,以至于说到后来,声音越来越富有表现力,而且更能应付自如了。

"谢谢,阿尔卡季,"尼古拉·彼得罗维奇低声说道,他又摸起他的眉毛和前额来了,"你想得对。当然,这个姑娘要是不好……我并不是一时冲动和你说起此事,我的心情并不轻松,但是你知道,你在这里她很不好意思到这儿来,尤其是你回来后的第一天。"

"要是这样,我先去看她,"阿尔卡季又一次宽容地说着,从椅子上跳起来大声叫道,"我去和她好好谈谈,让她不必在我面前害羞。"

尼古拉·彼得罗维奇也站起身来。

"阿尔卡季,"他说道,"算了……那怎么好……那……我还有事没告诉你……"

但是,阿尔卡季并没听他说完,已经从凉台上跑下去了。尼古拉·彼得罗维奇望着他的背影,尴尬地坐在椅子上。他的心开始怦怦直跳……此刻他想以后和儿子的关系会不会变化呢?如果不说这事,儿子会不会更敬重他,是不是该责备自己的过去呢?实在很难说清楚。他内心很复杂,怎么也理不出头绪。脸开始变得越来越红,心跳也越来越快。

一阵急匆匆的脚步声近了,阿尔卡季回到凉台上来了。

"我们已经认识了,父亲,"他大声叫道,脸上露出某种亲切而又很得意的神情。"费多西娅·尼古拉耶夫娜今天是有些不舒服,她晚一点会来的。你怎么不早告诉我,我已经有了一个小弟弟呢?那样我就可以昨晚就去吻他了,而不至于拖到现在。"

尼古拉·彼得罗维奇还想说点什么,他站起身来,正准备伸出胳膊……但阿尔卡季已经扑过来搂住了他的脖子。

"怎么回事？这样搂搂抱抱的？"身后响起了巴维尔·彼得罗维奇的声音。

他在此刻出现，父子俩都感到高兴。这样动情的时刻，越早结束越好。

"这有什么奇怪的？"尼古拉·彼得罗维奇高兴地说了起来，"我等这一天已经等了多少年了……昨天我都没来得及好好看看他呢。"

"我当然不奇怪，"巴维尔·彼得罗维奇说道，"我自己也想和他拥抱呢。"

阿尔卡季赶紧来到伯父跟前，亲了一下，他闻到了伯父胡子上的香水味。巴维尔·彼得罗维奇坐到桌旁。他穿着一套英国风格的、做工精巧的晨服，头上戴一顶小小的菲斯卡帽子。从帽子和随意的领带看，是很休闲的，适合乡间的无拘无束；但是他那衬衫，因为配晨服的缘故，换了一条有条纹的，领子硬硬的，很威严的衬着那个光滑的下巴。

"你的新朋友到哪儿去了？"他问阿尔卡季。

"他出去了。他总是早起去散步。我们不必太在意他，他也不喜欢这样。"

"是的，看得出来，"巴维尔·彼得罗维奇开始从容地往面包上放牛油，"他在我们这儿会待多久？"

"不知道。他准备去看他的父亲，正好经过我们这里。"

"他父亲住哪儿？"

"就在我们省，离这里大约八十俄里。他在那里有一份小小的田产，从前他在步兵团里当过军医。"

"哦，我想起来了，怪不得我觉得耳熟。巴扎罗夫这个姓我好像在哪儿听说过呢？尼古拉，还记得吧，父亲的步兵师里不是有个医生姓巴扎罗夫吗？"

"好像是有一个。"

"对，没错。那就是他父亲了。嗯！"巴维尔·彼得罗维奇摸了摸他的胡子。"好了，那么现在的小巴扎罗夫先生是个什么人呢？"他从容地问道。

"巴扎罗夫的为人吗？"阿尔卡季淡淡一笑，"伯父，您是想知道这个问题吗？"

"好侄儿，快说吧。"

"他是一个无政府主义者。"

"什么？"尼古拉·彼得罗维奇吃惊地问道，而巴维尔·彼得罗维奇正用刀切下一块牛油，也停了下来。

"他是无政府主义者。"阿尔卡季重说了一遍。

"无政府主义者，"尼古拉·彼得罗维奇说道，"我看，这个词是从拉丁文 nihil 一词译过来的，意思是什么也没有。就是说，无政府主义者是……什么都不认可，不遵从？"

"还不如说是对什么都不崇敬的人。"巴维尔·彼得罗维奇接口说道，又开始涂抹牛油。

"这种人是用批判的眼光审视一切。"阿尔卡季说道。

"还不是一回事吗？"巴维尔·彼得罗维奇问道。

"不，这是有区别的。无政府主义者就是无视权威，反对传统意识，与大众的原则不同，不管这个原则多么神圣，多么不可侵犯。"

"你觉得这样好吗？"巴维尔·彼得罗维奇打断了他的话。

"这得看对谁啦，伯父。对有的人很好，对有些人就不好了。"

"原来如此。依我看，我们和你们已经相差太远了。我们老一辈的人，认为没有你说的那个原则（巴维尔·彼得罗维奇按法语的发音，把'原则'这个词念得重音在后，而阿尔卡季则把重音放在前面)，没像你说的那样，一个人奉行准则，他就会寸步难行，连呼吸都困难的。Vous avez changé tout cela，愿上帝保佑你们身体健康，赐你们将军头衔，将来就看你们这些先生了……叫什么来着？"

"无政府主义者。"阿尔卡季一字一句地说道。

"没错。之前是黑格尔主义者，如今叫无政府主义者。我们倒要看看，在真空中，你们如何生存，在没有空气的地方，你们怎么活。弟弟，拜托你按按铃，我喝咖啡的时间到了。"

尼古拉·彼得罗维奇按了一下铃，大声叫道："杜尼亚莎"！但走来的不是杜尼亚莎，而是费多西娅。她今年只有二十三岁，皮肤白嫩，头发和眼珠乌黑，红嘴唇像孩子般嘟着，小手细嫩。她穿着一件碎花布衣服，滚圆的肩上随意披着一条浅蓝色披肩。她在巴维尔·彼得罗维奇的面前放了一大碗咖啡，满脸羞得通红。粉嫩的面颊上泛起一片红晕。她垂着眼，站立在桌边，手指轻触桌面。似乎觉得自己不该来这里，但又不得不来。

巴维尔·彼得罗维奇皱了皱眉，而尼古拉·彼得罗维奇则显得很尴尬。"你好，费多西娅。"他生硬地挤出这句话来。

"您好，老爷，"她随口答道，声音不大，却相当响亮。她斜着眼睛看看朝她友好地微笑的阿尔卡季，便悄悄地走了出去。她走起路来，身子有些摇摆，但在她身上还是很协调。

凉台上沉默了一段时间。巴维尔·彼得罗维奇埋头品起咖啡，忽然抬起头来，小声说："无政府主义者来啦。"

果然，巴扎罗夫从花园那边走来。他的亚麻布裤子上沾满了污泥，一根水藻挂在他的帽顶上。他提着一个不大的口袋，袋里有东西在动弹。他快速走近凉台，对大家点点头说道："早上好，先生们！很抱歉，我来迟了。等我把这些战利品安顿好，就马上过来。"

"袋子里是什么？蚂蟥吗？"巴维尔·彼得罗维奇问道。

"不，是青蛙。"

"抓它们干什么？吃？还是养？"

"做实验用。"巴扎罗夫随口说了一句，就进屋了。

"这么说是要用来解剖了，"巴维尔·彼得罗维奇说道，"他相信青蛙，却不相信原则。"

阿尔卡季用同情的眼神看了看自己的伯父，尼古拉·彼得罗维奇则下意识地耸了一下肩膀。巴维尔·彼得罗维奇见自己的玩笑并未起作用，便又谈起了家务事和新来的管家。昨天，那个总管来抱怨，说一个叫福马的工人行为"放荡"，他接着说，"他就是个伊索型人物，总说自己是个坏人，过段时间，他就会变得正常的。"

六

巴扎罗夫很快回来了，刚在桌边坐下，便开始匆忙喝茶。尼古拉兄弟默默地望着他，而阿尔卡季则时而望望父亲，时而看看伯父。

"您去哪里了?"尼古拉·彼得罗维奇终于开口问道。

"我去了一个沼泽地,附近有很多山杨树。我轰走五个田鹬。阿尔卡季,如果是你,你肯定能把它打下来。"

"你不会打猎吗?"

"不会。"

"您是学习物理学的吧?"巴维尔·彼得罗维奇问道。

"对,物理学,但总而言之,我也喜欢自然科学。"

"听说,日耳曼人最近在这个领域里取得了很大的成绩。"

"是的,在这一方面德国人是我们的老师。"巴扎罗夫随口说道。

巴维尔·彼得罗维奇故意不说德国人,而说日耳曼人,他这么说表示嘲讽,而谁也没有察觉到这一点。

"您对德国人的评价很高啊!"巴维尔·彼得罗维奇佯装尊敬的样子说道。他已经在心里生气了。巴扎罗夫随意的放肆态度已经激起了他贵族性格的愤怒。这个小小军医的儿子不仅没胆怯,甚至对别人的问题爱理不理,心不在焉,简直是傲慢无礼。

"德国的学者都是实干家。"

"是啊,原来您对德国的研究者是这样评价的。"

"或许吧。"

"这种谦让精神,还是值得提倡的,"巴维尔·彼得罗维奇直起身子,头往后一仰,说道。"但是,阿尔卡季·尼古拉伊奇刚才告诉我们,说您不承认一切权威,这不是很矛盾吗?这又怎么理解呢?"

"为什么我要承认所谓权威?为什么要被他们牵着鼻子走呢?当然,如果说得有理,我自然会赞同,这不是很容易理解吗。"

"德国人说的就有理吗?"巴维尔·彼得罗维奇说完,脸上露出超脱的表情,好像他已站在九霄云外的高处去了。

"不是都对。"巴扎罗夫并不想争辩这个问题,回答时打了个哈欠。

巴维尔·彼得罗维奇看了阿尔卡季一眼,意思是:"嗯,你的朋友还算有礼貌的。"

"而我,"他仍然保持超然的态度说,"我对德国人并不感兴趣。无论是俄国境内的德国人,还是德国境内的德国人都一样。他们以前还有席勒、歌德可以夸奖……我弟弟对他们很崇拜……可如今就只有化学家和唯物主义者……"

"一个好的化学家比最好的诗人要有用得多。"巴扎罗夫打断他的话。

"哦，原来如此，"巴维尔·彼得罗维奇说完，好像要打盹似的，眉毛扬了扬，"如此说来，您是否认艺术了？"

"艺术没有别的作用，除了挣钱，就是无病呻吟！"巴扎罗夫轻蔑地说，脸上冷冷地笑着。

"是这样的，先生，总之，你对什么都是否定的，除了科学，它是独一无二的。"

"我已经说过了，我什么也不信。您说的科学——一般的科学吗？要知道科学是分类的，就像一门门手艺，不存在一般的科学。"

"先生真是有见识，那么别的东西呢，比如说世人遵守的规范原则，您也否认吗？"

"您是在审问我吗？"巴扎罗夫急急地问道。

巴维尔·彼得罗维奇脸色苍白……尼古拉·彼得罗维奇赶紧在一旁解围。"这个问题，我们找别的时间讨论吧，亲爱的叶夫根尼·瓦西里伊奇，您的高见我们回头再领教。从我这方面来说，您从事自然科学研究，我很高兴。听说李比黑①在农业肥料方面有惊人的发现。您如果能用您了解的有关知识，在庄稼的培育方面多帮帮我，提些好的建议，我就太感谢了。"

"很高兴为您效劳，尼古拉·彼得罗维奇，但是李比黑的理论很高深，在了解他之前，还得看一些入门书啊！可惜的是，我们如今连最基本的都没弄清楚！"

"嗯，真是个十足的无政府主义者。"尼古拉·彼得罗维奇心中暗想。"不管怎样，还请您能随时给予帮助，"尼古拉·彼得罗维奇大声说道，"啊，哥哥，是该去和管家谈话了。"

巴维尔·彼得罗维奇从椅子上站起身来。"是的，"他口里说话，眼睛却谁也没看，好像自言自语地说着，"远离伟大的绝顶聪明的人物，生活在穷乡僻壤四五年，是啊，在农村一住就是四五年，早已脱离了聪明人的圈子，真是糟糕透顶！很快就要变成大傻瓜了。死守着之前学到的知识，可一转眼，别人告诉你，原来那些东西都已经过时了，早就没用了，所以

---

① 李比黑（1803—1873），德国化学家，写过农业理论及实践方面的一系列著作。

把你当老顽固，有什么法子呢！看来，如今的年轻人确实比我们聪明。"

巴维尔·彼得罗维奇慢慢地转身，缓缓地走在前面，尼古拉·彼得罗维奇则紧随其后。

"你伯父平时都这样么？"两兄弟一走，巴扎罗夫就不满地问阿尔卡季。

"叶夫根尼，我得说是你对他太不敬了，"阿尔卡季指出，"你已经得罪他了。"

"那些乡村贵族总是狂妄自大，难道让我去捧着他们吗？真要我这样，我还不如待在彼得堡上流社会呢……好了，愿上帝保佑他吧！对了，我找到了一种珍稀的水生甲虫，叫 Dytiscus marginatus，等会拿给你看。"

"我曾经说过要把他的历史讲给你听的。"阿尔卡季说道。

"甲虫的历史？"

"别开玩笑，叶夫根尼。是我伯父的历史。等你了解了他，你会改变对他的看法的，实际上，他是该被同情的人。"

"我不想和你争辩，不过你为什么对他这么感兴趣？"

"为人应当公正，叶夫根尼。"

"你想要什么结论呢？"

"不，你还是听我先说吧……"

于是阿尔卡季开始给巴扎罗夫讲他伯父的历史。这，读者可以在下一章中读到。

七

巴维尔·彼得罗维奇·基尔萨诺夫在进贵族士官学校之前，也像他的弟弟尼古拉一样，在家里受教育。他从小就英俊而自信，有些调皮，还有些小脾气，大家都很喜欢他。当上军官以后，他交友广泛，处处受欢迎。这助长了他的放任不羁，几乎可以说是放荡了，但这反而更使他有魅力，女人们为他着迷，男人们则称他为花花公子，但又暗自嫉妒他。前面已经说过，他和弟弟住在一起。他很爱弟弟，虽然他们一点都不像。弟弟尼古拉腿有点跛，他的面庞窄小、令人愉快，但常会有一点忧愁的神情，一对乌黑的小眼睛，柔软稀疏的头发。他生性疏懒，却很爱读书，不善社交。

而巴维尔·彼得罗维奇几乎夜夜外出。他以大胆和灵活著称，曾经在贵族圈子里推行体操，一时蔚然成风。而且他懂法语，读了五六本法文书。二十七岁那年，他已经当上了上尉。等待他的是美好的未来，然而突然间，一切都改变了。

那时在彼得堡上流社会的交际场所，偶尔可以见到一位P公爵夫人，如今或许还有人记得她。她丈夫有教养，懂礼节，却有些蠢笨，他们没有儿女。她行踪不定，国内外到处游荡。总之，她被人们认为是轻浮、爱卖弄的女人，因为她喜欢和年轻人嬉闹，接待他们的时间总是午饭之前，而地点几乎都是在她那没有亮光的客厅里，几乎每一种娱乐她都参加，而且直到筋疲力尽才会回家，所以她常常跳舞到昏天黑地。于是，夜深人静，她常常失眠，或者痛哭流涕，跪地祷告，哪里也找不到安宁，常常在房间里来回走动，直到天明。她寂寞地绞着手，或者苍白着脸，在黑夜中读赞美诗。白天一到，她又变成了一位贵夫人，又乘车访客，谈笑风生，凡能让她得到一点小小的快乐的事，她都投入的去干。她身材匀称。一条金色的辫子，一直垂到膝盖下，但她并不是美人。在她整个面部，只有一点是好看的，就是她那双不大的灰色眼睛，当然不是漂亮，而是一种眼神，它深不可测，敏锐，深沉，或者是咄咄逼人，谁也说不清楚，像谜一样。即使她的嘴里说的是最最空洞无聊的废话，她的目光中也闪烁着异样的光辉。她的穿着很典雅。巴维尔·彼得罗维奇在一次舞会上遇到她，和她跳了一回玛祖尔卡舞。虽然在整个跳舞期间她没说一句正经话，但巴维尔·彼得罗维奇却无可救药地爱上了她。他是情场老手，这次他也很快成功。但轻易取得的胜利并未使他的热情冷却下来。恰恰相反，他被这个女人深深吸引住了，甚至就在他们亲昵的时候，她也是藏而不露，难以捉摸。

她究竟是怎样的人？只有上帝知道！一种神秘的力量控制了她，连她自己都不知道怎么回事。她反复无常，她有限的智慧不足以控制它们。她的所作所为，完全是一系列矛盾的混合体。唯一的让她丈夫产生疑心的是几封她写给一个不太熟悉的男人的信。她的爱情是忧郁的。她与喜欢的情人一起时，既不疯，也不闹，而是默不作声地听他说话，莫名其妙地望着他。有时，突然间，恐怖会代替吃惊，她的面部神情可怕而阴冷，她把自己关在卧室里，她的女仆将耳朵贴在锁孔上，可以隐约听到她的啜泣声。在情意绵绵的幽会后，回到家来，基尔萨诺夫都伤心欲绝，痛苦而烦恼，尤其是在感到一切都无法挽回的失落后，"我到底还期待什么呢？"他不断地问自己，但心里却已万念俱灰。一次，他送给她一枚戒指，钻石上面刻着一个斯芬克斯的像。

"这是什么？"她问道，"是斯芬克斯吗？"

"是，"他回答道，"您就是斯芬克斯！"

"我？"她缓缓抬起头，用谜一样的眼光看着他说，"你这是恭维我吗！"她淡淡一笑，一种奇异的光辉在她眼里闪烁。

P公爵夫人爱着他的时候，巴维尔·彼得罗维奇也感到痛苦，而当她对他冷淡的时候，他几乎发疯了。他感到很痛苦，而且妒火中烧，不让她有一刻安宁，时时跟在她的后面。她对他的纠缠感到很厌烦，于是出国去了。他不顾朋友的恳求，上级长官的挽留，竟辞去军职，追随公爵夫人而去。他在异国他乡一过就是四个春秋，有时候紧紧盯着她，有时又让她躲开，他为自己的懦弱感到羞愧，恨自己没志气……但没办法。她的形象、身影已深深扎根在他的心里。在巴登他们又和好如初了，她似乎比以前爱得更深。但是一个月不到，一切就全完了。仿佛火焰最后的光亮，接着便永远熄灭了。他料到分手的结局，也想退一步做她的朋友，他觉得或许可以行得通……她悄悄地离开巴登，永远避开了他。

他回到了俄国，想重新恢复往日的生活，但已经不可能了。他灰心丧气，四处飘荡，他还是广交友，保留着上流社会的一切习惯。他可以夸耀他的新恋爱，但他对自己、对他人都不抱什么指望了，整日无所事事。他老了，头发白了。每晚坐在俱乐部里，消磨时光，懒洋洋地参加辩论——这成了他唯一可做的事。谁都知道，这不是好事。当然，关于结婚，他也没有考虑过。十年很快就过去了，很可怕地迅速过去了。哪里也没有像在俄罗斯这里过得快。有人说，时间在监狱里过得更快。

有一天在俱乐部吃饭的时候，巴维尔·彼得罗维奇听到了P公爵夫人在巴黎的死讯。她是病死的，处于半疯狂状态。他从桌旁站了起来，在俱乐部的各个房间里来回走动，走了好久，在玩牌的人们近旁停下脚步，就像被钉在那里一样，但并没想着回家。过了一段时间，他收到一个寄给他的包裹，里面是他赠送给P公爵夫人的戒指。她在斯芬克斯的像上划了一个十字架，并托人告诉他：谜语的答案就是十字架。

　　这事发生在一八四八年初，当时尼古拉·彼得罗维奇丧妻后刚来到彼得堡。自从尼古拉·彼得罗维奇定居乡下以来，巴维尔·彼得罗维奇几乎就没有见过弟弟。尼古拉·彼得罗维奇结婚之日，正是巴维尔·彼得罗维奇与公爵夫人结识之时。从国外回来以后，巴维尔·彼得罗维奇虽打算到弟弟的住处做客，分享弟弟的幸福生活，但在那里他只住了一周。两兄弟的处境，差别太大了。到一八四八年，这个差别减少了：尼古拉·彼得罗维奇失去了爱妻，巴维尔·彼得罗维奇则失去了自己的回忆。公爵夫人死后，他想方设法不去想她。但尼古拉却仍有个安慰，他亲眼看到自己的儿子长大成人。巴维尔则相反，孤零零一人，而且已到了暮年，无所谓追悔，也无所谓希望，青春已经逝去了，老年还没有临近。这个时期对于巴维尔·彼得罗维奇来说，比别人更困难：因为对他来说，失去了过去，也就失去了一切。

　　"我现在不请你去玛丽伊诺了（为了纪念妻子，他给农庄起了这么个名字），"尼古拉·彼得罗维奇有一天对他说，"我妻子还健在的时候，你在那里都感到寂寞无聊，现在要你到那里，你会更加无聊的。"

　　"那时的我不安分，傻乎乎的。"巴维尔·彼得罗维奇说道，"但是，经过那么多事后，我虽然没有变得聪明一点，但却安静多了。现在的情况刚好相反，如果你允许，我准备永远和你住在那里。"

　　尼古拉·彼得罗维奇用拥抱作为回答。但这次谈话过后又过了足有一年半，巴维尔·彼得罗维奇才下决心实现自己的心愿。但是一旦在乡下定居下来，他就没再离开，即使尼古拉·彼得罗维奇和儿子在彼得堡度过的那三年里，也是这样。他开始读英文书。总的说来，他一生都是过的英国式的生活。很少与邻居见面，除非是参加选举，也很少出门拜客，选举时，他也总是沉默，只偶尔发表几句自由主义的言论，惹得那些旧式地主担惊受怕，与新一代的代表们也不接近。所以新旧两方面的人都认为他是个极端狂妄自大的人，同时这两方面的人又都对他很尊重，因为他有着最好的贵族风度；又有谣言说他在情场上频频得手，稳操胜券；还因为他穿着很讲究，而且总是在最好的旅馆、最好的房间里下榻；还因为一向吃得很讲究，甚至有一次在路易·菲利浦①的皇宫中与威灵顿②同桌吃过饭；因为他走到哪里都随身带着一套真正的银质化妆用具和一个旅行用的洗澡盆；他身上总是散发着一种高雅的香水味；玩维斯特时，次次都是赢家；另外，他的诚实也是大家尊敬他的主要原因。贵妇们看他是一位忧郁病人，但他却从不与她们来往……

"现在你明白了吧，叶夫根尼，"阿尔卡季说完他伯父的历史后说道，"你对我伯父的看法多不公平！你不知道我父亲靠他摆脱了多少困境呢，他把自己所有的钱都给了我父亲，直到现在，他们也没有分家。他对任何人都乐于帮助，并且常为农民说话，虽然每次和他们说话的时候，他不得不皱着眉头闻香水……"

"他肯定有些神经过敏。"巴扎罗夫说道。

"也许吧，不过他很善良。而且他给过我很多有益的忠告……特别是……特别是在和女人交往方面……"

"哈！被热牛奶烫了嘴，见了冷水也要吹三吹。谁都知道这谚语！"

"好啦，总之，"阿尔卡季继续说道，"他是很不幸的，请你相信我！谁看低他，真是罪过！"

"谁看低他？"巴扎罗夫反驳他说，"不过我认为，把自己一生赌在一个女人的爱情上面，一旦输了就心灰意冷，自甘堕落，这种人算不得男子汉，顶多不过是个雄性动物而已。你因为知道他的过去，所以认为他很不幸，但他至今仍保留许多荒唐的想法。我相信，他认为自己很能干，除了经常看加里纳尼办的那种无聊的报纸，而且还每月为农民讲一次情，让他们少挨一顿打。"

"你别忘了他所受的教育和他过去生活的时代。"阿尔卡季说道。

"教育？"巴扎罗夫接口说道，"每一个人都该自我教育，就拿我来说吧，比如……说到时代，我为什么要受它的限制？还不如反过来好！不，老弟，这都是浅薄的，无聊的！再说男女之间的神秘关系到底是什么？生理学家大概知道。你去读读解剖学中眼睛的构造吧！所谓谜一样的目光简直就是浪漫主义荒唐的无稽之谈。还不如去仔细地观察一下甲虫呢。"

---

① 路易·菲利浦（1830—1848），法国最后一位君主。
② 威灵顿（1869—1852），英国统帅和国务家，保守党人。

于是两个人一起朝巴扎罗夫的房间走去，那间屋子里已经有了一种外科药物的气味，还夹杂着一股廉价烟草的味道。

八

巴维尔·彼得罗维奇在他弟弟和总管谈话时，只待了很短一段时间，便离开了。总管又高又瘦，有一双狡黠的眼睛，讲话时嗓音轻得像个痨病患者，对尼古拉·彼得罗维奇的一切指示，都回答："是，老爷，知道了，老爷。"他认为农民们不是小偷就是醉鬼。前不久田产的运营用了新方法，但实行起来很费劲，就像没上油的车轱辘，总在嘎吱作响，又好似湿木头制成的家具，不断发出震裂声。尼古拉·彼得罗维奇虽不灰心，却也常常叹气、发愁。没钱就什么也做不了，对此他深有感触，但如今他又捉襟见肘了。阿尔卡季说得不错，巴维尔·彼得罗维奇不止一次地帮助弟弟；以往巴维尔见到弟弟绞尽脑汁不知所措时，就缓缓走到窗前，把手插进口袋，悄悄说道："不过我可以给你一些钱"，于是便掏出钱来给他。可这天巴维尔自己的口袋也瘪了，他觉得自己还是避开为好。他对田产的经营管理这种事感到厌烦；总觉得无论尼古拉·彼得罗维奇多么热情勤快，都不怎么成功，尽管他不知道尼古拉究竟错在哪儿。他想是因为弟弟不够精明能干，所以总是上当受骗。而尼古拉·彼得罗维奇却对哥哥的办事能力过高估计，所以事无巨细都找巴维尔商量。"我自己向来没主意，又总住在穷乡僻壤，"他说道，"你见多识广，和各种人都打过交道，熟识人心，察言观色。"巴维尔转过身去，什么也不说。

这天巴维尔·彼得罗维奇把弟弟留在书房，自己沿着那条隔开前后院的走廊漫步，来到一个低矮的房门前，摸了摸胡子，略一迟疑，便敲了门。

"谁呀？请进。"里面是费多西娅的声音。

"是我。"巴维尔·彼得罗维奇应声推门进去。

费多西娅正抱着孩子坐在椅子上，见状马上站了起来，把孩子交给一个姑娘抱了出去，她赶紧整了整头巾。

"对不起，打扰您了，"巴维尔·彼得罗维奇说，眼睛并没有看她，"听说今天要派人进城去……我想……能否叫他们给我买点绿茶回来。"

"好的，老爷，您要多少？"费多西娅问。

"半磅就够了。我看，您这儿好像变样了，"他在环顾四周的时候，目光从费多西娅的脸上掠过，"看这窗帘。"见她有些茫然，他又重复了一遍。

"喔，是的，老爷，这窗帘是尼古拉·彼得罗维奇给的，不过已经挂了好久了。"

"哦，我也很久没来了，现在您这收拾得真不错啊。"

"多亏了尼古拉·彼得罗维奇照顾我们。"费多西娅轻声说。

"比您原来住的厢房好多了吧？"巴维尔·彼得罗维奇礼貌地问，脸上却很严肃。

"是的，老爷，好多了。"

"现在谁住那儿？"

"洗衣女工。"

"哦！"

巴维尔·彼得罗维奇又沉默了。"现在他该走了吧。"费多西娅心想。而他却并没有要走的意思，她只好不动声色地站着，轻轻掰着手指。

"您怎么吩咐把孩子抱走呢？"巴维尔·彼得罗维奇打破沉默道，"我很喜欢小孩子的，能抱来让我看看吗？"

听了这话，费多西娅既羞怯又欣慰，满脸通红。平时巴维尔·彼得罗维奇几乎从不和她说话，她也有些怕他。

"杜尼亚莎，"她唤道，"请您把米佳抱来，哦不，等一下，先给他套件外衣吧。"费多西娅说着朝门口走去。

"没关系。"巴维尔·彼得罗维奇说。

"我很快回来。"费多西娅说罢，便匆匆而去。

只剩下巴维尔·彼得罗维奇一人了，他开始仔细地打量四周。这间低矮的房间被收拾得干净、舒适，散发着一种新漆的地板、甘菊和蜜蜂花混合在一起的味道。沿墙放着一排竖琴式的靠背椅，还是那位过世的将军当年在征战波兰时买的；一张小床放在房间的一角，上面挂了顶薄纱帐子，床边是一个圆盖铁皮箱。对面墙上是一张很大的，颜色暗淡的奇迹创造者尼古拉的圣像，像前点着一盏长明灯；一枚小瓷蛋由红带系着，从圣像头顶的光环直垂到他的胸口；窗台上一瓶瓶陈年果酱封得严严实实的，放在窗台上，碧绿可爱；瓶盖上有费多西娅亲笔写的大字："醋果酱"；这是专门为尼古拉·彼得罗维奇准备的。一只鸟笼吊在半空，绳子一直系到天花板上，一只短尾黄雀在里面不停地又叫又跳，笼子也跟着来回晃悠。一些大麻籽落到了地上，发出一点儿响声。在窗户之间，有一个衣柜，上面挂了几张尼古拉·彼得罗维奇的不同姿势的照片，这些是一个外来的摄影师拍的，效果都不太好；还有一张费多西娅本人的照片，效果更糟糕：又暗又黑的相框里有张笑脸，没有眼睛，神情紧张，而别的都很模糊；费多西娅的相片上面是叶尔莫洛夫①将军的画像，他身披大氅，板着面孔威严地注视着远处的高加索山脉，一个丝质的小针垫从墙上垂吊在画像上，正好遮住了将军的前额。

过了一会，邻屋传来窸窸窣窣的衣服声和呢喃的细语。巴维尔·彼得罗维奇顺手从柜子上拿起一本油迹斑斑的书，是马萨利斯基的《狙击手们》，已残缺不全，他翻了几页……费多西娅抱着米佳进来了。她给孩子穿了件领子镶了金边的红衬衫，孩子的头发也梳得整整齐齐，小脸洗得很干净：米佳和正常的孩子一样，他呼吸急促，身子乱动，小手也舞个不停，似乎对这件漂亮衬衫很满意。费多西娅也理了理自己的头发，把围巾拉得更方正，她即使不这样也很迷人了，的确，还有什么比年轻漂亮的母亲抱着健康的孩子更美的呢？

"真是个胖小子！"巴维尔·彼得罗维奇和蔼地说，一边用食指的长指甲轻轻地挠米佳胖胖的双下巴；孩子盯着黄雀，一下子笑了。

"这是伯父。"费多西娅亲着孩子的脸说。杜尼亚莎在窗台上放了一支点燃的熏蜡，烛底垫了一枚小硬币。

"他多大了？"巴维尔·彼得罗维奇问。

"六个月，到十一号就七个月了。"

"快八个月了吧，费多西娅·尼古拉耶夫娜？"杜尼亚莎怯生生地说道。

"怎么会呢？是七个月。"孩子又笑了，他盯着铁皮箱看了会儿，蓦地

---

① 叶尔莫洛夫（1772—1861），是尼古拉一世在位时的一位将军。

用五个小指头抓住妈妈的嘴和鼻子。"这小淘气。"费多西娅说着,却并不躲避。

"真像我弟弟。"巴维尔·彼得罗维奇说。

"还能像谁啊?"费多西娅心想。

"是啊,"巴维尔·彼得罗维奇像是自言自语,"真是像极了。"说这话时,他神色黯淡地看着费多西娅。

"这是伯父。"她又对孩子低声说了一遍。

"啊,巴维尔!原来你在这儿!"后面突然传来尼古拉·彼得罗维奇的声音。

巴维尔急忙转身,皱着眉头;看到尼古拉一副既高兴又感激的模样,也只好报以一笑。

"这孩子真可爱,"他说着,又看看手表,"我过来,说一下买茶叶的事儿……"

巴维尔又恢复了他平时的冷漠,转眼间离开了房间。

"他自己来的?"尼古拉·彼得罗维奇问费多西娅。

"是的,老爷;他敲了敲门便进来了。"

"哦,阿尔卡季再没来过?"

"没有。尼古拉·彼得罗维奇,或许我还是回原来的房间住好?"

"为什么?"

"我想,这段时间还是回避一下好。"

"不……没必要,"尼古拉·彼得罗维奇略一停顿,摸着额头说,"如果事先……你好啊,胖小子。"说着他凑上前亲切地亲了亲孩子的小脸蛋;他又稍微俯身吻了吻费多西娅的手,这手在米佳的红衬衫的映衬下,越发显得白皙。

"您怎么了?尼古拉·彼得罗维奇!"费多西娅柔声说着便垂下眼帘,随后又亲切又迷蒙地望着他……那眼睛美得无法形容。

尼古拉·彼得罗维奇和费多西娅是这样相识的:那是在三年前,他在远方一个小县城的旅店里住过一宿。他见房间收拾得很干净,被褥也很干净,感到既惬意又惊奇,心想:"难道女主人是德国人?"可她却是个地道的俄罗斯人,五十岁左右,衣着整洁,看上去很精明,谈吐不俗。他只在喝茶时和她聊了回天,就喜欢上了她。那时,尼古拉·彼得罗维奇刚刚搬到新庄园，又不想把农奴留在院里使唤，正想找一个女管家；而女主人也向他抱怨人烟稀少，生意难做；于是他提议请她到家里做管家，她答应了。她丈夫已过世多年，只有一个女儿——费多西娅。两周后，阿林娜·莎维什娜（大家都这么叫她）便带着女儿来到玛丽伊诺。尼古拉·彼得罗维奇没有看错，很快阿林娜就把家里上上下下管理得井井有条。费多西娅那时才十七岁了，文文静静，很少在别人面前出现，很少有人注意她，只有在教堂做礼拜时，尼古拉·彼得罗维奇才偶尔能看到她白皙面庞的侧影。

　　转眼一年多了，一天早晨，阿林娜来到他的书房，照例深鞠一躬，问他能否给女儿治眼，原来炉子里的一粒火星迸进了她的眼睛。尼古拉·彼得罗维奇很少出门，平时爱钻研一点医术，家里也备有常用药箱。他吩咐阿林娜立刻把女儿带来。费多西娅听说是老爷叫她，吓得直往后躲，最后总算跟在母亲后面来了。尼古拉·彼得罗维奇把她领到窗前，双手把她的头捧起来。仔细察看了她红肿的眼睛，紧接着亲手配制了药水，又撕开一条手帕，告诉她怎样湿敷。听完她拔腿就想走。"傻丫头，你还没吻老爷的手呢。"母亲叫住了她。她垂着头。有些难为情，尼古拉·彼得罗维奇也觉得有些不好意思，并没把手递给她，却吻了吻她的秀发。费多西娅的眼睛很快就好了，可尼古拉·彼得罗维奇却很难忘记那张脸。纯净、可爱，有几分羞涩；那柔软的头发，圆润的嘴唇和白净的牙齿。从那时起，他开始留意费多西娅，在教堂里参加礼拜时，总是找机会和她聊聊。起初她总是尽量躲着他，有一次黄昏时分，她在黑麦地里的一条人行道上和他不期而遇，她马上钻进了茂密的长满了矢车菊和蒿草的黑麦丛里躲起来了，可他还是看见了她的脑袋，还有那双像小动物一样窥探的眼睛。于是他亲切地喊道："你好啊，费多西娅！我又不吃人！"

　　"您好！"她低声应道，可还是躲在麦田里没出来。

　　渐渐地他们熟了，可在他面前她总有点儿腼腆，她母亲因霍乱突然病故了。费多西娅怎么办？她继承了她母亲的所有秉性：爱干净、处事谨慎、态度端庄，可她孤苦伶仃，又那么年轻。善良朴实的尼古拉·彼得罗维奇……后来的事儿就顺理成章了……

　　"这么说，是哥哥自己来看你的？"尼古拉·彼得罗维奇问，"他敲敲门就进来了？"

"是啊，老爷。"

"好吧。我把孩子抛着玩一会吧。"

尼古拉·彼得罗维奇把米佳抛得几乎碰到天花板，孩子乐了，妈妈的心却提了起来，每次孩子被抛起来，她都忍不住伸手去接他那光溜溜的小腿。

巴维尔·彼得罗维奇回到了自己那间雅致的书房，墙壁上贴满了暗灰色漂亮的壁纸，五彩缤纷的波斯挂毯上悬挂着武器；屋里还有一套胡桃木制成的家具，上面蒙了层深绿的仿天鹅绒的垫子；文艺复兴时期的书架是用黑橡木做的；华贵的书桌上放着小的青铜雕像，壁炉……巴维尔倒在沙发上，双手抱头，一动也不动，眼睛绝望地盯着天花板。不知是为了掩饰此刻的心情，不让墙壁发现，还是另有原因呢？他起身放下了厚厚的窗帘，又倒进了沙发。

九

就在同一天，巴扎罗夫也认识了费多西娅。当时他和阿尔卡季在花园里散步，边走边给阿尔卡季讲为什么有些树的根总也长不好，特别是小橡树。

"这可以多种些白杨和枞树，椴树也行，再多施些黑土。凉亭那边的就长得很好，"他说，"那些是洋槐和丁香，它们的生命力很旺盛，不用特别照料。咿，那边有人！"

费多西娅和杜尼亚莎正带着米佳坐在凉亭里。巴扎罗夫停下脚步，阿尔卡季朝费多西娅点点头，像老朋友似的。

"她是谁？"刚走过去，巴扎罗夫便问，"真漂亮啊！"

"你说谁？"

"别装傻，漂亮的只有她。"

阿尔卡季有些窘，他简单向巴扎罗夫介绍了费多西娅的来历。

"哈哈！"巴扎罗夫说，"你父亲真有眼力。我喜欢你父亲，他可真行。但我该和她认识一下。"说罢便转身向凉亭走去。

"叶夫根尼！小心啊！千万记住！"阿尔卡季在后面紧张地叫着。

"放心吧，"巴扎罗夫说，"我又不是乡下人，知道该怎么做。"

巴扎罗夫来到费多西娅面前，脱帽鞠了个躬："请允许我自我介绍一下，我是阿尔卡季·尼古拉耶维奇的朋友，是个性情温和的人。"

费多西娅只欠了欠身子，默默看着他算是回答。

"这孩子真可爱！"巴扎罗夫搭讪道，"别紧张，我的目光可从没给人带来过厄运。他的脸怎么这么红？在长牙吧？"

"是啊，先生，"费多西娅说，"已出了四颗了，如今他的牙龈又有些发肿。"

"让我看看，别怕，我是医生。"说着他便接过孩子，米佳竟毫不认生，没有挣扎，这倒让费多西娅和杜尼亚莎有些惊讶。

"哦，我看到了……没事，一切都正常：他会长出一排好牙！以后有什么事，您尽管叫我了。您自己还好吧？"

"上帝保佑，很好。"

"上帝保佑——这很重要！那么，您呢？"巴扎罗夫又转身问杜尼亚莎。

杜尼亚莎在老爷的院子里很拘谨，出了门就很活泼，她吃吃地笑着，没有说话。

"好吧，把这'大力士'还您。"

费多西娅接过了孩子。"在您手里，他多乖啊。"她低声道。

"小孩子在我手里都很乖，"巴扎罗夫答，"我知道该怎么逗他们玩。"

"孩子也能感觉到谁真爱他们。"杜尼亚莎插话道。

"真的，"费多西娅赞同地说，"他不是谁都让抱的。"

"那他让我抱吗？"阿尔卡季大声问道，他本就远远地望着，此刻正大步向凉亭走来。

他把米佳哄到怀里，可突然婴儿把头朝后一仰，咧开嘴大哭起来。这让费多西娅很尴尬。

"等下次吧，熟了再抱他。"阿尔卡季体谅地说，两个朋友便离开了。

"她叫什么？"巴扎罗夫问。

"费多西娅……费多西娅。"阿尔卡季回答。

"那姓什么呢？我想知道。"

"尼古拉耶夫娜。"

"好,她落落大方,不扭捏作态,这一点我很欣赏。或许有人认为这是缺点。真是胡扯!她根本不用害羞,她已是母亲——有这个权利。"

"她是没错,"阿尔卡季说,"可我父亲……"

"他也没错呀。"巴扎罗夫打断了他。

"不,我不这样认为。"

"哈,你不会是因为多了个遗产继承人吧?"

"你怎能这样说我?"阿尔卡季生气了,"我不是为这个抱怨父亲,而是觉得他应该娶她。"

"嘿嘿!"巴扎罗夫平静地说,"你真是宽容!你还挺注重婚姻的,以前倒没看出来。"

两人又默默地走了几步。

"你父亲的产业我看遍了,"巴扎罗夫又道,"牲口不好,马也不好。房屋摇摇欲坠,雇工也很懒散;那个管家嘛,不知道是傻还是坏,目前还没看出来。"

"今天你净说些难听话,叶夫根尼·瓦西里伊奇。"

"那些所谓好心的农民在骗你父亲。你知道吗,有句俗话叫:'俄罗斯的农民连上帝都敢骗。'"

"我现在觉得伯父的看法没错了,"阿尔卡季说,"你真的看不起俄国人。"

"那又怎样!俄国人唯一的优点就是看不起自己。只要二乘二得四,别的都不重要。"

"连大自然也不重要吗?"阿尔卡季问,他若有所思地望着远方五彩缤纷的原野,美丽的落日余晖柔和地洒在他脸上。

"你所理解的大自然的确也没什么。大自然是一个工厂,我们都是里面的工人,它可不是神庙。"

这时,院子里传出悠扬的大提琴声,是舒伯特的《期待曲》,技法虽不娴熟,曲调却十分悦耳。

"是谁?"巴扎罗夫惊讶地问。

"我父亲。"

"你父亲会拉大提琴?"

"是的。"

"他多大年纪了？"

"今年四十四。"

巴扎罗夫突然大笑起来。

"你笑什么？"

"老天！一个四十四岁的家长，在这么偏僻的乡村——拉大提琴！"

巴扎罗夫笑个不停，而阿尔卡季却没笑，尽管他从来都把他当老师那样来崇拜。

十

接下来的两周，玛丽伊诺的生活一如既往。阿尔卡季整天无所事事，享受生活，巴扎罗夫则忙着工作。宅子里的人都跟巴扎罗夫熟了，对他那随意的作风和深奥而不流畅的谈话方式已习以为常。从那之后，费多西娅和他更是熟识，有天晚上，米佳浑身抽搐，她立即让人叫醒巴扎罗夫，他打着哈欠跑来了，仍和平时一样开玩笑，在那儿待了两个小时，给孩子治好了病。可巴维尔·彼得罗维奇却很厌恶巴扎罗夫，认为巴扎罗夫是个无赖、恬不知耻而又傲慢的贱民。他认为巴扎罗夫不尊敬他，甚至还鄙视他——巴维尔·基尔萨诺夫！尼古拉·彼得罗维奇也有点怕这个"无政府主义者"，还怕阿尔卡季受他的影响；不过很爱听他聊天，喜欢看他做物理、化学实验。巴扎罗夫拿来了一部显微镜，他总是趴在那儿一看就是几个小时。下人们也很愿意亲近他，尽管他常拿他们开心解闷，他们还是把他当作自己人，而不是一个老爷。

杜尼亚莎总是对他笑嘻嘻的，每当她看到他侧身走过时，还深情地看他一眼，像个"雌鹌鹑"。彼得很笨，又自以为是，总是愁眉苦脸的样子；他所有的优点就是看上去总是彬彬有礼，念书按一个个音节拼读，总爱刷自己的礼服——但只要巴扎罗夫看到他，他就很快堆出一副笑脸来。佣人们的孩子就更别提了，他们像群小狗似的跟在这位"大夫"的屁股后面。普罗科菲伊奇老人却不喜欢巴扎罗夫，每次给他上菜时总是阴沉着脸，老人总称他是"屠夫"和"滑头",还让人相信他的络腮胡子就像灌木丛里的野猪一样。按贵族的特性来看,普罗科菲伊奇可一点也不比巴维尔·彼得罗维奇差。

六月初是一年中最好的时候了,天气不冷不热;离这里不远的地方正流行霍乱,但本地居民却毫不见怪。每天早上,巴扎罗夫起来便出去,当然不是散步——他不喜欢毫无目的地闲逛——而是一路上采集些花草昆虫的标本。有时也带上阿尔卡季。这样归途中就总会有一番争论,尽管阿尔卡季话更多,可总是败下阵来。

有一次,他们在外面很长时间,尼古拉·彼得罗维奇便出门迎接他们,进了花园,来到凉亭时突然传来匆匆的脚步声和谈话声。他们正在凉亭的另一边,没发现他。"你对我父亲还不太了解。"阿尔卡季说道。尼古拉·彼得罗维奇赶紧藏了起来。

"你父亲是好人,"巴扎罗夫道,"不过,他如今落伍了,他的辉煌已一去不返了。"

尼古拉·彼得罗维奇赶快竖起耳朵⋯⋯阿尔卡季没说话。

他这"落伍者"呆立了两分钟,最后怏怏而回。

"前天,我见他捧着普希金的诗,"巴扎罗夫接着说,"你不妨告诉他,那是毫无用处的。他又不是孩子,早该把那种没用的废物扔掉了。如今是什么年代了,居然还天真地想做浪漫派!让他读点儿有用的东西吧!"

"读什么呢?"阿尔卡季问。

"开始不妨读读比赫纳①的《物质与力》吧。"

"和我想到一起了,"阿尔卡季赞同道,"这书写得通俗易懂。"

那天午饭后,尼古拉·彼得罗维奇坐在他哥哥的书房里说:"看来我们都落伍了,咱们的辉煌已经过去了。唉,或许巴扎罗夫是对的。我承认,有件事真叫我伤心,我如今一心想和阿尔卡季亲密相处,可他走到了我前面,我落后了,甚至连彼此沟通都很难。"

"怎么说他走到前面了?到底在哪方面远远超过我们了?"巴维尔·彼得罗维奇不耐烦地反驳道,"这都怪那个无政府主义者给他灌输的。我讨厌那个医生。我觉得他不过是个骗子,我确信他即便捉再多的青蛙,对物

---

① 比赫纳(1824—1899),德国物理学兼生物学家,著有《物质与力》。

理学的理解也好不到哪儿去。"

"不，哥哥，别这么说，巴扎罗夫的确很聪明，又博学多才。"

"他狂妄自大，令人讨厌。"巴维尔·彼得罗维奇打断话头。

"是的，"尼古拉·彼得罗维奇道，"他是很自大。不过这也没什么，只有一点我不明白：以前我觉得我是竭尽全力与时俱进的，安顿了农民，建立了农庄，结果全省的人都说我是个红色分子。我读书，学习，尽力与时代同步——可他们还是说我过时了。哥哥，连我自己也这么认为。"

"你怎么想这些？"

"听我给你解释。今天我在那里正读普希金……记得是读的《茨冈》……阿尔卡季突然走过来，什么也不说，脸上露出同情和惋惜，轻轻地就像是从一个孩子手中一样，把我的书夺走，塞给我另外一本德文书……他带着那本普希金，笑笑走开了。"

"竟有这回事！他给你什么书？"

"就这本。"尼古拉·彼得罗维奇从礼服的后面掏出那本第九版的比赫纳的名著。

巴维尔·彼得罗维奇把书拿在手中翻了翻。"哼！"他哼了一声，"阿尔卡季·尼古拉耶维奇还关心你读什么书。怎么，你读了吗？"

"我试着读了一些。"

"感觉怎样？"

"要么是我笨，要么这本书在胡说八道。我想或许还是我笨吧。"

"你不至于忘了德文吧？"巴维尔·彼得罗维奇问。

"我懂德文。"

巴维尔·彼得罗维奇又翻了翻书，看着弟弟皱了皱眉。兄弟俩都默不作声。

"哦，还有，"尼古拉·彼得罗维奇转换话题道，"我收到科里亚津的信了。"

"马特维·伊里奇写来的？"

"是。他现在可是贵人了，他是来本省视察的。信上请我们和阿尔卡季一起进城去和他见见面。"

"你去吗？"巴维尔·彼得罗维奇问。

"不去，你呢？"

"我也不去。跑五十里去喝口粥不值得。马特维想在我们面前显摆，见他的鬼吧！省里有人巴结他，用不着我们。枢密顾问官有什么大不了的！要是我一直在军界服务，一直做这种又呆又傻的差使，我如今也是侍从将军了？我们如今倒成了落后的人了。"

"是的，哥哥，看来我们都快老朽了。"尼古拉·彼得罗维奇叹着气说。

"不，我不会轻易认输的，"他哥哥喃喃地说，"我有个预感，我迟早要和那个江湖郎中干上一场的。"果然这天晚茶时就爆发了战争。巴维尔·彼得罗维奇进客厅时就做好了战斗准备，他早就憋了一肚子火。正找机会向敌人进攻，可半天都没找到。每当"基尔萨诺夫家的老头儿们"（他这么称这俩兄弟）在场时，巴扎罗夫就很少说话，加上这天晚上心情不好，于是坐在那儿一杯杯地喝着闷茶。巴维尔·彼得罗维奇等得有些着急，终于机会来了。话题是谈论邻近的一个地主时，"坏蛋，下流贵族。"巴扎罗夫冷冷地说，他在彼得堡曾和此人有过接触。

"请问，"巴维尔·彼得罗维奇颤抖着嘴唇问，"您认为，'坏蛋'和'贵族'是一个意思吗？"

"我说的是'下流贵族'。"巴扎罗夫懒懒地咽了口茶说。

"是的，先生。不过在我听来，您对贵族和所谓下流贵族的看法没什么不同。我有义务告诉您，我反对您的观点。我敢说我是自由派，而且拥护进步，正因为如此，我尊敬贵族——真正的贵族。请您记着，亲爱的先生（听到这儿，巴扎罗夫抬眼看着巴维尔·彼得罗维奇），请您记着，"他咬牙切齿地重复道，"对于自己的权利，英国贵族们丝毫不让，同时他们也尊重别人的权利；他们在要求别人履行义务的同时，也履行自己该尽的义务。英国的自由是贵族赋予和维持的。"

"这种陈词滥调我已经听得不耐烦了，"巴扎罗夫反驳道，"您究竟想说明什么呢？"

"我想用这么个说明（巴维尔·彼得罗维奇生气时，有意在'这个'中间添加一个音，变成'这么个'，虽然明知这样构词不合语法，但这是亚历山大朝代遗留下来的怪癖，那时的名流偶尔才说母语，并且随意拼字，不是说'这么个'，就是说'这儿个'用此表明：我们是地道的俄国人。但我们毕竟是上等人，可以不受语法习惯的限制），亲爱的先生，我是用这么个来证明：假如没有个人尊严的意识，不自重——这些意识都可以在贵族身上找到——就不会有社会的……社会福利……社会结构的基石了。个性，我亲爱的先生——那才是最重要的。一个人的个性该坚如磐石，因为别的东西都建于其上。譬如，我心中明白，您肯定感到我的习惯、装束和整洁都很可笑，可这些都是一种自尊和责任感，是的，责任感，先生，我虽住在穷乡僻壤，但我并没有降低自己的身份，我珍视自己的人格。"

"好，巴维尔·彼得罗维奇，"巴扎罗夫说，"您自尊心很强，可您整日闲坐着，无所事事，请问这对 bien public 有什么帮助？如果您不那么自尊，或许还能为社会谋点福利呢。"

巴维尔·彼得罗维奇的脸色变了。

"那是另一码事。我看用不着此刻给您解释，我为什么整日闲坐着，就像您说的那样。我只想说明，贵族制度是一种原则，在我们这个时代，只有那些没有道德或心灵空虚的人才不要原则，浑浑噩噩地生活。阿尔卡季回来的第二天我就警告过他，此刻再对您讲一遍，尼古拉，对吧？"

尼古拉·彼得罗维奇点了点头。

"听听，贵族制度、自由主义，还有什么进步、准则，"巴扎罗夫说，"想想吧，这些满嘴的外来词儿对俄国人有什么价值！"

"哈，那您觉得什么才对俄国人有用呢？像您讲的，不要人类法则，莫非让我们不食人间烟火？算了吧，历史的逻辑要求……"

"逻辑又有什么用？没它我们照样活。"

"怎能这样？"

"当然可以，您想想，当您肚子饿了，总不会用逻辑来帮您往嘴里塞面包吧。那么，这些抽象的字眼有什么用！"

巴维尔·彼得罗维奇两手一摇说："您这话叫我不明白。您侮辱了俄国人民。我不理解，不相信原则、法则，您凭什么来指导您的行动？"

"我给您说过，伯父，我们否认所有权威。"阿尔卡季插话道。

"只要我们认为有用的东西，我们就行动，"巴扎罗夫说，"现在最有用的是否定，那么我们就否定。"

"否定一切？"

"是的，一切。"

"什么？不仅艺术和诗歌……而且……听起来太可怕了……"

"否定一切。"巴扎罗夫又一次坚定地说。

巴维尔·彼得罗维奇死死地盯着他，这话太出乎他的意料。而阿尔卡季此刻却兴奋得脸都红了。

"不过，"尼古拉·彼得罗维奇插口说，"您否定一切，或者说，是破坏一切……同时，也该有所建立吧。"

"那不是我们的事儿了……要紧的是打扫干净地面。"

"这是人民如今最需要的，"阿尔卡季高傲地说，"我们该顺应民意，而不是只满足于一己之私。"后一句话，巴扎罗夫显然不同意，它听起来太有哲理了，也就是说有浪漫主义的味道。因为在巴扎罗夫看来，哲学和浪漫主义是一回事。不过他认为没必要纠正他这个年轻的弟子。

"不，不，"巴维尔·彼得罗维奇突然冲动起来，"我不信，你们这些先生了解俄罗斯人民吗？知道他们的所需所盼吗？不！俄国人民不是你们想象的那样。他们在乎传统，视为神圣！他们恪守古风，他们的生活离不开信仰……"

"我不想争辩，"巴扎罗夫打断说，"而且，我甚至同意您说的。"

"那好，既然我是对的……"

"可还是说明不了问题啊。"

"什么也说明不了。"阿尔卡季重复道，他像个有经验的棋手，信心十足，早就看到对手会走这看似凶狠的一步，因此镇定自若。

"什么也证明不了？怎么会呢？"巴维尔·彼得罗维奇吃了一惊，"那您是要反对自己的人民啰？"

"就算是又如何？"巴扎罗夫嚷道，"人民认为打雷就是因为先知伊雷亚乘马车从天上驶过，这难道也该支持他们？他们是俄罗斯人，我就不是了吗？"

"不，您既然这样说，就不是个俄罗斯人！我不会承认您是。"

"我爷爷种过地，"巴扎罗夫傲然作答，"您不妨去问问这儿任何一个农夫，看我们——我和您之间，他更愿意承认谁是他的同胞。您连和他们交谈都困难。"

"您和他们交谈却又鄙视他们。"

"那有什么，如果他们有该鄙视的地方！您干吗老是指责我的观点，虽说它只是心血来潮得出的，而不是您所赞成的民族精神的产物？"

"当然了，人民很需要无政府主义者！"

"要不要，不是我说了算的。就像您，不是也不承认您是无所事事吗？"

"先生们，先生们，可别人身攻击！"尼古拉·彼得罗维奇站起来嚷道。巴维尔·彼得罗维奇笑了笑，将手按住弟弟的肩头，让他坐下。

"别担心，"他说，"我还有自尊，这是……医生先生一直取笑的自尊心。"他又转过身对巴扎罗夫说，"也许您觉得您倡导了一门新学说，那就大错特错了。您所鼓吹的唯物主义，之前也流行过，可总是站不住脚跟……"

"又是外来词！"巴扎罗夫打断道。他开始动怒了，脸也变成了紫铜色。"首先，我们什么也没鼓吹，这不是我们的习惯……"

"那你们想做什么？"

"好，我就说说要做的事。之前我们常常谴责贪官污吏，国家没有公路、没有商业，也没有公正的法庭……"

"哦，看来你们是揭露者——是这么说吧！你们揭露的很多我也赞同，可……"

"后来我们明白了：空发议论无济于事，只会带来庸俗和教条主义；我们发现我们中的聪明人，那些被称为先进分子或揭露者的人没用；我们发现我们总做些无用的事，空谈艺术，什么无意识创作、议会制度、律师制度，还有鬼才知道的什么东西；可此时要解决的是我们每日糊口的面包；此时愚昧和迷信让我们窒息；此时我们所有的股份公司都倒了，就因为没那么多老实人；此时政府张罗的解放一点作用也没有，我们的农民情愿把自己的血汗钱全扔到酒馆里。"

"所以，"巴维尔·彼得罗维奇抢白道，"你们看清了，便打定主意什么正事也不干？"

"决定什么正事也不干！"巴扎罗夫抛出一句冰冷的话。他忽然觉得懊恼起来，值得与这位老爷多费口舌吗？

"只是谩骂？"

"只是谩骂。"

"这就叫无政府主义？"

"这就叫无政府主义。"巴扎罗夫顶了他一句。

巴维尔·彼得罗维奇略微眯起眼睛。"是这样的！"他以少有的平静口气说道，"无政府主义者应当帮助解决一切痛苦，你们是我们的英雄和救星。可为何对别人，甚至对'揭露者'也要谩骂呢？你们和他们一样不也只会高谈阔论吗？"

"我们是有很多不足，但不做傻事。"巴扎罗夫咬牙切齿地说。

"是的，你们有行动吗？还是在准备行动呢？"

巴扎罗夫什么也没说。巴维尔·彼得罗维奇身子抖了一下，马上就控制住了。"哼……行动，破坏……"他接着说，"可如果还不知为什么，你们怎么破坏？"

"我们就是去破坏，因为我们有摧枯拉朽的力量。"阿尔卡季说。

巴维尔望着侄儿冷冷一笑。

"是的，力量并不承担什么责任。"阿尔卡季腰板一挺说。

"可怜的人！"巴维尔·彼得罗维奇大叫起来，他再也忍不住了，"你好好想想吧，你们的这些庸俗的教条在俄国支持的是什么东西！不，就连天使也无法忍受！力量！野蛮的加尔梅克人有力量，野蛮的蒙古人也有力量——而我们要力量干吗？我们所珍惜的是文明，是的，先生，确实，亲爱的先生，文明之果对我们来说是极其宝贵的。别给我说什么这些果实一文不值，就连最拙劣的画匠，或一晚上只赚五戈比的舞会乐师，也比你们更有价值。因为他们代表了文明而不是粗暴的蒙古力量！你们觉得自己是先进分子，可你们只配待在加尔梅克人的帐篷里！力量！最后你们给我记着，你们这些有力量的先生，你们总共只有四个半人，而那些——却有千百万人，他们不会让你们去作践他们最神圣的信仰，他们会把你们踏得粉碎！"

"踏死了活该，"巴扎罗夫说，"但是结果出来前，一切都很难说，再说，我们也并不像您想象得那么少。"

"怎么？难道你们要和全体人民作对吗？"

"您知道，莫斯科就是被价值——戈比的蜡烛烧毁的。"巴扎罗夫答道。

"是，是的。开始是魔鬼般的高傲，接着是讥讽。就靠这来吸引年轻人，来征服不谙世事的毛孩子！现在就有这么一个坐在您边上，您看看吧，他对您简直佩服得五体投地了！（阿尔卡季皱起眉头转向一边）这真是弥漫的传染病！我听说，我们的画家在罗马从不去梵蒂冈。几乎认为拉斐尔是个白痴，据说就因为他是个权威，可他们自己又不中用，什么也画不出来。他们的想象总超不出《泉边少女》！就连少女也画得很糟。而您认为他们是好样的，对吗？"

"我看，"巴扎罗夫反驳道，"拉斐尔一文不值，他们也同样。"

"好！很好！阿尔卡季，听着……现代年轻人该有这种口气！想想，他们怎能不跟着您跑呢！过去的年轻人必须念书，他们不能让别人觉得他们不学无术，所以必须好好学习。可现在他们只需说一声：'一切都是胡说八道！'就万事大吉了，年轻人自然乐不可支。事实上，过去他们是空谈家，如今摇身一变，成了无政府主义者了。"

"您自夸的自尊已经变样了，"巴扎罗夫冷漠地说，而阿尔卡季却气得两眼发红"我们离题太远了……还是停住吧。我认为，"他站起来，又说，"只要您在现实中——家庭或社会生活中，找出一种不至于被无情的全面否定的制度，我就同意您的看法。"

"这样的例子很多，"巴维尔·彼得罗维奇嚷道，"成千上万！比如农庄。"

巴扎罗夫嘴一撇，冷笑了一声。

"好！说起农庄，"他说道，"您最好还是和您弟弟来谈吧，他大概见得多了，什么环保、戒酒等等诸如此类的东西。"

"或者家庭——我们农民的家庭来说吧！"巴维尔·彼得罗维奇嚷道。

"这事儿，您还是别了解得太细为好。爬灰佬您总听过吧？听我说，巴维尔·彼得罗维奇，好好想两天吧，一下子您或许什么例子也找不出。您好好分析一下我们的阶层，好好研究一下吧，我和阿尔卡季现在要……"

"要嘲讽一切。"巴维尔·彼得罗维奇抢着替他回答。

"不！是要去解剖青蛙。走吧，阿尔卡季，再见，先生们。"

两个伙伴走了。留下的这哥俩面面相觑。

"嗐，"巴维尔·彼得罗维奇先开了腔，"看到了吧？这就是现在的青年！这就是咱们的继承人！"

"继承人，"尼古拉·彼得罗维奇叹了口气。在这个辩论中他一直都如坐针毡，只是痛苦地偷偷望着阿尔卡季，"你知道我想起什么了，哥哥？

我想起了咱们有一次和过世的母亲争吵,她嚷着,不听我讲……我最后说:'您当然理解不了我,我们不是一个时代的人。'她很生气,当时我想:这没办法,她得吞下这苦口良药。可今天轮到咱们了,我们的下一代可以对我们称:我们不是一代人了,吞下这苦药吧!"

"你太忠厚了,"巴维尔·彼得罗维奇反驳道,"我正好相反,相信咱们比这群黄口小子们更正确,虽然话可能有些过时,老了。没有狂妄的自信……看他们的神气样!你随便问哪个:'要喝哪种葡萄酒,红的还是白的?'他肯定会煞有介事粗声答道:'我一向喝红的!'那口气仿佛什么重大决定天下人都等着他一样……"

"您还要茶吗?"费多西娅在门口探头探脑,客厅里传来的争吵声,让她正犹豫是否进来。

"不了,叫人把茶壶拿走吧,"尼古拉·彼得罗维奇答道,并起身迎上前去。巴维尔·彼得罗维奇突然说了句:"晚安。"便朝自己的书房走去。

十一

半小时后,尼古拉·彼得罗维奇来到他最喜欢的凉亭。他满腹心事。今天是头一回意识到和儿子有代沟,进而预料这代沟还会慢慢扩大。冬天他在彼得堡苦苦研读的那些最新著作,竖起耳朵聆听年轻人的高谈阔论,有时还能在他们的热烈讨论中插几句话,如今看来这都是无用功,自己只是空欢喜了一场。他思忖:"哥哥说我们是对的,先把自尊心抛开不论,我认为我们比他们更加靠近真理,但在他们身上也能感受到某种我们所没有的东西,在某些地方比我们更有优势……这优势难道是青春吗?不,不全是。他们的优势是否就是没有我们这些贵族做派呢?"

尼古拉·彼得罗维奇垂下了头,又摸了摸脸。他又在想:"否定诗歌的价值,而面对人类艺术和美丽的大自然又无动于衷……"

他望望四周,想要找到这个问题的答案。此刻已是黄昏,落日静静地躺在离花园半里开外的山杨树丛后,树影在寂静的原野上绵延,一望无际。一匹白马正载着农夫沿着幽暗的小道漫步而过,在树丛中马蹄时时闪现，农夫的全身依然能透过树叶的摇影，连同他肩头的补丁清晰可见。落日的余晖罩住了山杨树林，透过繁茂的枝叶，给树干涂上了一层暖暖的霞光，让它们看上去更像是松树，颤动的树叶闪出阵阵蓝光，酡红的晚霞与这片淡蓝的天空相互辉映。燕子在高高地飞翔；风儿却仿佛在睡觉；迟到的蜜蜂睁着惺忪的睡眼，伴随着嗡嗡的飞鸣声，慵懒地穿梭在丁香丛中；一群小蚊子聚集成柱状，在一处孤枝上高低盘旋。"老天，多美呀！"尼古拉·彼得罗维奇感叹着，平日喜爱的诗句就到了嘴边，可一想起阿尔卡季和那本《物质与力》便沉默了，继续沉浸在悲喜交加的冥想之中。他爱幻想，而乡村的生活更让他富有想象力。不久前，当他在客栈里等儿子时，就曾这么幻想过，可短短的时间里发生了多大的变化呀——那时他们父子间的关系还很模糊，而如今已很分明了，结局怎会是这样呢！

他又想起了亡妻，不是朝夕相处的伴侣模样，也不是善于持家的主妇形象，而是那个苗条挺秀的少女。她有双天真无邪的大眼睛，好像在发问，一条编得紧紧的辫子垂在柔嫩的脖子上。他想起他们的第一次邂逅。那时他还是个大学生，在租来的住宅楼梯上碰见她，无意中撞了她一下，转身向她道歉，可因紧张只含糊地说了句"对不起，先生"，她低头笑了笑，忽然像受惊的小鹿似的跑了，在楼梯拐弯处慌忙瞥了他一眼，红红的脸蛋带着一副严肃的神情。紧接着他们便有了最初的羞怯探访、吞吞吐吐的交谈、矜持的微笑和疑惑不安，然后便是愁思、冲动，最后是让人透不过气的兴奋……可这些转瞬即逝，成了过眼云烟。她成了他妻子，让他享受了世上少有的幸福……"可是，"他想，"那些最初的一个个幸福瞬间，怎么不能永恒呢？"

他并不想理出什么头绪，但他意识到他想用比回忆更有力的东西去挽住那些温馨的幸福时光。他多想和玛丽娅重温旧梦，去感受她那热情的呼吸，他已感到仿佛……"尼古拉·彼得罗维奇，"附近响起费多西娅的声音，"您在哪儿？"他不禁打了个颤，他并没觉得痛苦和惭愧……他从来不曾把妻子和费多西娅做比较，甚至连这样的念头都不曾有过，但他觉得遗憾，她怎么想起这时来找他来了？她的声音让他马上想到了自己的白发、衰老和现实……

他已经走入的幻境，从如烟往事中凸显出来的幻境，微微颤动着，消失了。"我在这儿,"他答,"一会就回去,你先回吧。"他脑中闪过这样一个念头,"怀旧是贵族阶级的印记。"费多西娅默默地伸头向凉亭看了他一眼,便走开了。他惊讶地发现,在他梦幻神游的时候,夜幕已悄然降临了。一切景致都变得暗淡,一切喧哗也都沉寂下来,费多西娅的脸在他面前滑过,那么苍白小巧。他起身准备回家,可他那颗柔弱的心还未平静下来,他便在花园中漫步,边走边看,时而沉思地望着脚下,时而抬眼望着星星点点的夜空。

走了很久,有些累了,可内心的忧思,一种怯怯的、模糊而郁闷的忧思仍然挥之不去。如果巴扎罗夫知道他现在的心思,肯定会讥笑他!就连阿尔卡季也会责备他。他,一个四十四岁的农业改良者,一家之主,居然莫名地流泪,这比拉大提琴要坏上一百倍。尼古拉·彼得罗维奇继续踱着步子,正在犹豫进不进家门,回不回那个宁静温馨的小家,它每扇灯光明亮的窗户都在殷勤地凝视着他;他依然无法走出黑暗,走出这花园,还有这迎面而来的清凉的夜风⋯⋯几多哀愁。

在小路的拐弯处,他碰到了巴维尔·彼得罗维奇。

"你怎么了?"巴维尔问,"脸色苍白得像个幽灵一样,不舒服吗?怎么还不睡?"

尼古拉·彼得罗维奇简单对他讲了讲自己的心境便离开了。巴维尔·彼得罗维奇走到花园的尽头,抬头望着夜空,也陷入沉思。可他那双漂亮的黑眼眸里只空洞地闪着星光。他并不是天生的浪漫主义者,相反带点法国的厌世主义,他的内心冷漠、孤傲,并不善于幻想⋯⋯

"你知道吗?"那天晚上巴扎罗夫对阿尔卡季说,"你父亲说他今天收到了一个阔亲戚的邀请,他不想去。我倒有个想法,不如咱们去。那位先生还请了你,我们正好坐车走走,逛逛城里。有个五六天就够了!现在的天气也正好合适。"

"你还回来吗?"

"不,我要去父亲那儿,你知道,那儿离我们玩的地方只有三十里。我很久没见到父母了,应该宽慰宽慰老人家。他们都是好人,尤其是父亲:他很幽默。他们只有我一个孩子。"

"在家待很久吗?"

"我想不会。时间长了会很枯燥的。"

"回来时再到我家吧!"

"不一定……再说吧。哦,怎样?去吧。"

"好吧。"阿尔卡季漫不经心地答道。实际上他对朋友的提议很高兴,可又觉得应该把这种感觉藏起来。他可是个无政府主义者啊!

第二天他们就出发了。玛丽伊诺的年轻人都感到很失落,杜尼亚莎甚至还哭了……可老人们却大松了一口气。

十二

他们要去的那座城市是一个年轻的省长管辖的地方,他是个思想激进的专制官僚,这样的人在俄国处处可见。他上任不到一年,就和本省的首席贵族——一个退伍的近卫军骑兵上尉、养马场主、热情好客的人闹僵了,而且还和自己的属下争吵。后来甚至彼得堡部里也觉得必须派个人下来调查一下。当局选派了马特维·伊里奇·科里亚津,基尔萨诺夫两兄弟从前在彼得堡时,他父亲曾受托照应过这哥俩。马特维还算是"年轻有为之人",也就是说他刚过四十岁,不过已想做大政治家了,胸前各挂一颗星,实际上其中的一颗是拙劣的外国货。和那个被调查的省长一样,他也算是进步人士,虽然他已是个大人物了,却和大多数达官显贵有所不同。他自视甚高,虚荣心很强,可从表面看去他举止朴实,总用赞许的目光打量人,用宽容的姿态听人讲话,而且笑起来那么和蔼可亲,让初见面的人都会认为他是个"很好的小伙子"。可是每当在重要场合,他也像俗话说的那样"精力是必需的,"他那时常说,"精力是政治家的首要素质";可尽管这样,他还总是被人愚弄,略有阅历的官员就能把他玩弄于股掌之上,马特维·伊里奇满怀敬意地提起吉佐①,他力图向所有人证明他不是个墨守成规的落后官僚,而且他很在意社会生活中的每一重要现象……这类话他说得滚瓜烂熟。甚至他还关注现代文学发展,只不过带着一种随意的傲慢,就好像一个成年人在街上碰到一群小孩,有时也会加入其中一

---

① 吉佐(1787—1874),法国历史学家。

样。实际上，马特维·伊里奇和亚历山大时代的政客也没什么两样，那些人在出席斯韦钦娜①（当时她住在彼得堡）的晚会之前，先念熟一页孔季利亚克②的书；不过和他们的手段不同，马特维·伊里奇更现代。他是个八面玲珑的朝臣，很狡猾，除此之外，别无所长；他对事务既不在行，又没有才智，可他能把自己的事儿办得很顺利，在这一点上无人能及，而这才是最主要的。

马特维·伊里奇带着开明的高官显贵所特有的和善接待阿尔卡季，更准确地讲，带了点插科打诨。不过当他知道被邀请的两位表兄没来时，有些惊讶。"你爸爸向来很怪，"他说着，一边摇着他那华贵的天鹅绒睡衣上的流苏，忽然又转向一个穿文官制服、扣得严整的年轻下属，关心地大声说："什么？"那个年轻人已经沉默好久了，双唇都粘在一起了，他只是欠了欠身，迷茫地望着长官。马特维·伊里奇把他的下属戏弄了一番后，就不再理会他了。我们的高官都喜欢叫下属难堪，用各种方法。下面这种方法是他们经常用的，照英国人的说法是最乐意用的：一位高官忽然不懂如此简单的话，故作耳聋。比如，他会问："今天礼拜几？"

下属毕恭毕敬地回禀："今天星期五，大……大……大人。"

"啊？什么？你刚才说什么？"高官神情专注地又问。

"今天是星期五，大……大……大人。"

"怎么？什么？星期五是什么？什么星期五？"

"星期五，大……大……大人，就是一周中的一天。"

"哼，怎么，用你来教我吗？"

马特维·伊里奇虽然自诩为自由主义者，可他毕竟是位高官。

"我的朋友，我建议你去见一下省长，"他对阿尔卡季说，"你知道，我要你去并非因为该尊重当权者，我并没这种旧思想，只是因为省长是个正派人；并且你大概也愿意认识一下这里的社交界吧……我想，你不会是只熊吧？后天，他会举办一个盛大舞会。"

"您也参加吗？"阿尔卡季问。

"那是为我办的，"马特维·伊里奇几乎同情地问道，"会跳舞吗？"

---

① 斯韦钦娜（1782—1859），俄罗斯韦钦将军的夫人，作家。
② 孔季利亚克（1715—1780），法国哲学家，天主教神父。

"会，可跳得不好。"

"那真可惜！这儿有漂亮女人，而且一个年轻人不会跳舞是很丢人的。我这么说并不是有旧观念；我并不是说一个人的才华必须体现在脚上，不过拜伦主义也有些可笑，他已过时了。"

"但是，舅舅，我不是因为拜伦主义才……"

"我会把你介绍给这里的太太小姐的，我会把你藏在自己的羽翼下，"马特维·伊里奇打断阿尔卡季的话头说道，他自得地笑了起来，"你会觉得温暖，嗯？"

听差进来报告说省税务局局长到了，这是一个目光和煦，嘴边堆满皱纹的老人，他热爱大自然，尤其是夏日的大自然，照他的话说这时"每只忙碌的小蜜蜂从每朵花蕊里收取一点小小的贿赂"……阿尔卡季便告辞了。

回到小旅馆见到巴扎罗夫，他千方百计说服朋友答应和他一块去见省长。"只能这样了！"巴扎罗夫最后道，"既来之则安之，我们就是想来见识见识这里的地主老爷，去就去。"

省长谦逊地接待了这两位年轻人，只是没让他们落座，自己也站着。他总是忙碌的；一大早就穿上了又瘦又紧的文官制服，领结系得很紧，总是一副没工夫吃饱喝足的样子，一直在张罗、吩咐个不停。省里都叫他"布尔达卢"，这个绰号不是来自那个著名的法国传教士，而是来自"布尔达"这个词。他邀请这两位年轻人来参加舞会，几分钟后，他又邀了一遍，他以为他们是兄弟俩，就一起称作凯萨罗夫了。

从省长那里出来，在路上，一辆出租的敞篷车从身边经过，忽然一个穿着斯拉夫派喜爱的仿匈牙利骠骑兵制服式样的上衣的矮个子男子，从车上跳下来叫着："叶夫根尼·瓦西里伊奇！"便直奔巴扎罗夫。

"啊，是您，西特尼科夫先生，"巴扎罗夫边说边往前走，"您怎么来这里了？"

"说来也巧，"他答道，向马车那边挥了几下手，喊道："跟上，跟着我们！"他跨过一条小沟，对巴扎罗夫接着说："我父亲在这里有点生意，他要我来……我今天听说您来了，已经去过您那儿了……（果然，当这两个朋友回到旅馆后，看到一张折了角的名片，一面是法文，另一面是斯拉夫花体字，具名西特尼科夫）但愿您不是打省长那儿出来的！"

"不，我们正是从那儿回来的。"

"哦！那么我也得去一下……叶夫根尼·瓦西里伊奇，请把我介绍给您……互相认识一下……"

"西特尼科夫，基尔萨诺夫。"巴扎罗夫含糊地边说边朝前走。

"很荣幸，"西特尼科夫先说道，侧着身走着，满脸堆笑，连忙把自己那双精致的手套取了下来。"久闻您的大名……我是叶夫根尼·瓦西里伊奇的老朋友了，也可以说是他的学生。多亏了他，我才获得新生……"

阿尔卡季看着巴扎罗夫的这位学生。那张小而可爱的脸刮得干干净净，露出一种惶恐不安而又愚钝的表情；他那双小眼睛好像给压得凹了进去，总是全神贯注而且不安地看着别人，连笑声也很紧张——短促，硬邦邦的。

"您信不信，"他继续说，"当叶夫根尼·瓦西里伊奇首次在我面前说起不该承认权威时，我真是欣喜异常……好像盲人重见光明一样！我想我终于找对人了！顺便说说，叶夫根尼·瓦西里伊奇，您一定得去见一位女士，她很了解您，您去拜访她，她肯定会引以为荣的，我想，您听说过她吧？"

"谁？"巴扎罗夫问得很勉强。

"库克申娜，叶夫多克西娅·库克申娜。她很了不起，真正称得上是没有偏见的解放女性，一个先进女性。您知道我在想什么吗？我们现在一起上她那儿吧。离这里只有两步路。就在她那儿吃早点。我想你们还没吃早饭吧？"

"没有。"

"那太好了。您知道吗，她和丈夫分居了，不靠任何人。"

"漂亮吗？"巴扎罗夫插了一句。

"嗯……不，谈不上。"

"那我们去干吗？"

"嗯，您真幽默……她会请我们喝香槟的。"

"原来如此！看得出您很实际。哦，你父亲还在包税？"

"是的，"西特尼科夫马上答道，尖声笑了起来，"怎么样？去吧？"

"我真不知该不该去。"

"你是来看人的，还是去吧。"阿尔卡季小声劝说。

"您看呢，基尔萨诺夫先生？"西特尼科夫又说，"一块去吧，少您可不成。"

"我们三个都突然跑到她那儿，不好吧？"

"没关系，库克申娜是个很好的人。"

"真有一瓶香槟？"巴扎罗夫问。

"三瓶！"西特尼科夫嚷道，"我可以保证！"

"凭什么？"

"我的脑袋。"

"还是用你父亲的钱包来作保吧，那我们走。"

十三

在一条新近被火烧过的街上，众所周知，有些城市每隔五年就要用火烧一次，有一间小小的莫斯科式的公馆，这就是叶夫多克西娅·库克申娜的住处。门上的名片钉得歪歪斜斜的，上方有个拉铃的把手。一个女人在穿堂里迎客，戴着一顶包发帽，这样的打扮让她看上去既不像女佣也不像陪护小姐，但至少看得出她的主人有进步思想。西特尼科夫上前问叶夫多克西娅·库克申娜是否在家。

"是维克多①吗，请进来吧。"一个尖尖的声音从隔壁房里传来。迎客的女人听到他们的话后便离开了。

"今天不止我一人。"西特尼科夫边说边熟练地脱下匈牙利骠骑兵制服款式的外衣。里面露出一件四不像的短衫，他向巴扎罗夫和阿尔卡季俏皮地眨了眨眼睛。

"都一样，"隔壁房里的声音说，"请进。"

他们进了客厅，他们看到的与其说是客厅，不如说是办公室。桌子上都积满了灰尘，上面一片凌乱，废纸、信件、多半没裁页的俄文厚杂志肆意地躺在那里。一个年轻女人斜躺在皮沙发上，花边头巾下是松散的发

---

① 西特尼科夫的法文名字。

髻。身上的真丝裙压得皱巴巴的，短短的手腕上戴了一个又大又粗的手镯。她站起来，并把肩上已旧得发黄的银鼠皮里的天鹅绒外套拉正，慵懒地开口道：

"您好，维克多。"说完握了握西特尼科夫的手。

"巴扎罗夫，基尔萨诺夫。"他像巴扎罗夫那样简单地介绍来客。

"请。"库克申娜边说边盯着巴扎罗夫，在她两眼之间，是只小翘鼻子，红红的。她又补充道："我知道您。"随后也握了握他的手。

巴扎罗夫皱了皱眉，他并不是讨厌这个外表矮小又不性感的独身女人，而是看了她脸上的神色感到不舒服。他很想问问："怎么啦？是饿了，还是闷了？你的神色不安，在害怕什么吗？"这个女人和西特尼科夫一样，言行举止都很随便，一副丢了魂的样子，或许她认为自己是个仁慈纯朴的人。但无论她做什么，或者说什么，总是不情愿，像孩子们说的那样，都是"假装的"，都很不自然。

"是的，没错，我知道您，巴扎罗夫。"她重复了一遍。她和很多外省的或莫斯科的太太、小姐一样，对于一个刚认识的男性便直呼姓氏。"要不要来支雪茄？"

"只是雪茄吗？"西特尼科夫坐在扶手椅里，跷着二郎腿说，"现在我们都饿了，弄点儿吃的吧，最好叫人给我们开瓶香槟。"

"您就爱享受！"叶夫多克西娅说完一笑，露出了上牙龈。"是吗，巴扎罗夫？他就爱享受。"

"我喜欢享受生活，"西特尼科夫满脸严肃地说，"可我照旧是个自由主义者。"

"不，会有影响，会有妨碍！"叶夫多克西娅大声说，但是，她还是吩咐下人去开香槟，安排早餐，"您怎么看？"她转向巴扎罗夫，"您肯定同意我的看法，我相信一定是。"

"哦，不，"巴扎罗夫表示反对，"即便从化学角度来看，肉也是比面包好的。"

"您对化学有研究？我刚好也喜欢。而且我还发明了一种粘胶。"

"粘胶？您？"

"对，是我。知道用来干什么吗？粘玩具娃娃的头，这样就不至于那么容易坏，我是讲实用主义的人。但是还是要进一步完善，改进这项发明，我还应当读利比赫的书，顺便问一句，您读过基斯利亚科夫刊登在《莫斯科新闻》上的关于妇女问题的文章吗？您该看看，我相信您会对这个问题感兴趣的。您对学校感兴趣吗？您朋友做什么工作？该如何称呼？"

像天女散花似的，库克申娜女士一口气抛下这么一大串问题，也不管人家能否应付过来。通常被娇宠的孩子就是这样问他的保姆的。

"我名叫阿尔卡季·尼古拉伊奇·基尔萨诺夫，"阿尔卡季自我介绍说，"我没有工作。"

叶夫多克西娅哈哈大笑。

"这倒逍遥！怎么，您不抽烟？维克多，我正在为您生气呢！"

"为什么？"

"听说您还在赞赏乔治·桑①。她有什么好的，早落后于时代了。不能将她与爱默生②相提并论。她懂什么？无论是教育学，还是生理学，她都不懂，我相信她完全没有听说过胚胎学，可是如今的时代却不能没有（说到这儿，她摊了摊双手）。哎呀！叶尼谢维奇的文章写得真不错！他是一个很有才华的先生（她喜欢用"先生"代替"人"字），来沙发上坐，巴扎罗夫，坐近一点儿！您也许不知道我很怕您呢！"

"为什么，请原谅我的不解？"

"您这个先生批评人是很严厉的，让人害怕！哎呀，上帝，我怎么像个乡下地主一样说话呢？太可笑了。但是，我的确是个地主，亲手管理着自己的农庄。想一想我的经纪人叶罗费，您简直不能想象到他的怪异程度，完全是库珀笔下的拓荒者脱胎而来的。终于我在这儿定居下来。这城市让人无法忍受，是吗？但是没有办法！"

"这个城市与其他城市是一样的。"巴扎罗夫冷冷地说。

"最可怕的是看待一切事情时没有远见。过去我一般在莫斯科过冬……然而我丈夫麦歇库克希住在那儿。就说莫斯科，如今……我想该怎么说——也不像从前了。我打算出国，去年我都做好了一切准备。"

"一定是到巴黎吗？"巴扎罗夫问。

"巴黎和海得尔堡。"

---

① 乔治·桑（1804—1867），法国作家。
② 爱默生（1803—1882），美国作家。

"为什么要去海得尔堡?"

"朋孙在那里。"

这回巴扎罗夫没什么好说了。

"皮埃尔·萨波日尼科夫……您知道吗?"

"不,不知道。"

"很遗憾,皮埃尔·萨波日尼科夫也经常去利季娅·霍斯塔托娃家做客。"

"我也不了解这个人。"

"就是他,准备陪我出国。真感谢上帝,没有儿女我才这么自由自在的……哎呀,我说什么呢?不过,也没关系了。"

叶夫多克西娅用她那熏得焦黄的指头卷了一支烟,在纸角蘸了唾沫,先吸着试了试,才把它点燃。正好女佣捧着托盘进来了,上面盛着早点和香槟。

"早餐来了。维克多,要吃点吗?把瓶塞打开,那总是您的差事。"

"是的,我的差事。"西特尼科夫连忙回答并怪声怪气地笑着。"这里有漂亮女人吗?"酒喝到第三杯的时候,巴扎罗夫问。

"当然。"叶夫多克西娅回答,"不过她们的头脑都很简单。比如我的密友奥金左娃,长得倒不错,可惜名声不好……但这不重要,重要的是她没广度,您别想能和她谈谈什么自由思想和观点,诸如刚才的学说就更谈不上了。我们妇女所受的教育真是糟透了,真该好好地改革我们的教育体制,我想了很多这方面的事情。"

"那些人,您简直没办法,"西特尼科夫在一旁附和道,"那样的人就该受到鄙视。她们没人能理解我们所谈论的事,更没人值得我们这些严肃认真的男人提起!因此我鄙视她们,完全彻底!(西特尼科夫最喜欢这样可以鄙视某人又能明确表示鄙视的场合,尤其是对女性。可他没想到几个月后他就拜倒在妻子的裙下了,就因为妻子娘家杜尔多列奥索夫公爵的姓。)"

"不过,她们并不用理解我们的谈话。"巴扎罗夫说。

"您是说谁?"叶夫多克西娅问。

"漂亮女人。"

"哦?您同意普鲁东的意见?"

"谁的意见我都不同意,我有自己的观点。"巴扎罗夫挺起胸,傲慢地说。

"打倒权威!"西特尼科夫这一喊几乎用尽了全力,他当然不会放过在自己的偶像面前展示的机会。

"但麦考莱①,他……"库克申娜还是不甘心。

"打倒麦考莱!"西特尼科夫的呐喊惊天动地,"您维护那样的女人?"

"才不是。我是在捍卫女权,我曾发誓为此献身。"

"打倒……"西特尼科夫刚说了两个字就停住了。"我并不否定女权。"他说。

"不!我早就看出您是个斯拉夫派了。"

"不,才不是呢,当然……尽管……"

"不,不!您就是斯拉夫派,总想用鞭子,谨遵《家训》的训条。"

"鞭子倒是个好东西,"巴扎罗夫说,"不过,我们如今已是最后一滴……"

"什么?"叶夫多克西娅忙问。

"香槟酒,亲爱的叶夫多克西娅·库克申娜,是最后一滴香槟酒,可不是您的血。"

"很抱歉,别人抨击妇女的时候,我无法保持冷静,"叶夫多克西娅继续说,"真是太可怕了,太可怕了!与其攻击妇女,还不如看看米什莱②的《爱神》,那真是本好书。先生们,我们来谈谈爱情吧。"她懒散的把手搭到压皱的沙发小垫子上。

一时间大家沉默了。

"不,讨论什么爱情啊?"巴扎罗夫说,"您刚才说的那位太太……奥金左娃……是这么称呼的吧?她是谁?"

"绝代佳人!绝代佳人!"西特尼科夫的破嗓又喊了起来,"我告诉您,她是个富有的寡妇,人很聪明,可思想不太进步,她真得向我们的叶夫多克西娅学习学习。来,为您的健康,叮!干一杯!叮……叮……"

"维克多,您真调皮。"

---

① 麦考莱(1800—1859),英国历史学家。
② 米什莱(1798—1874),法国历史学家,著有《爱情篇》。

早餐持续了很久,香槟一瓶瓶地喝,甚至有第三瓶、第四瓶……叶夫多克西娅喝得脸蛋通红,一直唠叨个不停,大谈人出世时是不是一样的,个性到底表现在哪里,结婚究竟是偏见还是罪过。折腾到后来,还唱起了歌,她边用光溜溜的指头敲击走调的钢琴键,边沙哑地唱起茨冈人的民歌。西特尼科夫一直和她一唱一和,当叶夫多克西娅唱到塞穆尔·希夫的抒情曲《睡眼惺忪的格拉纳达又睡了》里的"你和我的嘴唇,凑成一个热烈的吻"时,他还把一条围巾包在脑袋上假扮情人,做出如痴如醉的姿态。巴扎罗夫却只是偶尔插几句嘲讽的话,自顾喝着香槟,并不受打扰。

阿尔卡季却忍无可忍,终于大声喝道:"各位!各位!这可不是伦敦的精神病院!"

此时,巴扎罗夫打了个哈欠,站起来就和阿尔卡季走出大门,根本没向女主人告别。西特尼科夫见状,也急忙窜了出去,跟在他们后面。

"怎样?不错吧?"他巴结地问道,在他们身边转来转去,"我早就说过她是位好太太!有种崇高的情操,假如这个社会多几个这样的女人就好了。"

"那你父亲开铺子不是更有情操了?"巴扎罗夫指着刚才经过的一片酒店说。

西特尼科夫的尖笑声又来了。他常为自己低微的出身感到惭愧,如今听了巴扎罗夫这句话,不知是荣幸还是委屈。

十四

省长府邸的舞会在几天后举行。舞会的中心人物是马特维·伊里奇,这位大忙人甚至在舞会上也不断地指手画脚,发号施令。省长也大驾光临,但他对所有来宾表示,他是出于对"舞会主角"的尊敬才应邀前来。舞会很热闹,众多的男宾形成两大类,文官被挤得靠墙边,武官们则起劲儿跳舞。有一位武官,在巴黎待了六周多,会用标准的巴黎腔说些表示激情的感叹词,比如"讨厌""真见鬼""嘘,嘘,我的宝贝",但也会把"如果我有"说成"Sij'aurais",把"毫无疑问"当作"肯定"——总之,如果法国人听见他满口的俄式法语,如果不是笑笑并恭维说他们讲的像天使一样动听:"Comme des anges",他们定会笑破肚皮的。

马特维·伊里奇在宴会上的表现和他的身份很相配,他态度随和,对所有人都表示欢迎,他拍着阿尔卡季的背,大声叫他"亲爱的外甥"!他对身着旧礼服的巴扎罗夫随意表示欢迎,带着宽容的目光扫过他的脸,含糊的话里只听清两个"我"和"很"字;他只用一个指头来跟西特尼科夫握手并且微微一笑,但他笑的时候已掉头旁顾;他甚至还用法语对库克申娜说了声"万分荣幸",尽管她戴着脏手套,没穿舞会上正规的服装,而是穿着钟形硬衬裙,头饰是鸟的羽毛。当然,他也善于应变,对某些人说话时隐含一丝厌恶,对另一些人则明显增一份尊敬,而在太太小姐们面前他则像地道的法国骑士,他还发出爽朗、响亮而孤傲的笑,只有达官贵人才能三项合一,一举一动都显示着他的高贵。

阿尔卡季和巴扎罗夫坐在角落里,他们一个是舞跳得不好,一个是根本不会跳。西特尼科夫也和他们在一块,脸带嘲笑,鄙视地看着这一切,嘴里不停地批判,话语尖酸又刻薄。正说到兴头上,突然表情发生了变化,他羞怯地回头对阿尔卡季说:"奥金左娃来了。"

阿尔卡季回头,向大门口看去,一下就被那里站着的一个女人吸引住了——他从未见过这样雍容端庄的美人。那位女人身材修长,穿着一袭黑色无袖衫裙,裸露的双臂垂在身体两侧,秀发上装饰的是倒挂的几支金钟花,一直坠到削肩上。白净的、稍微前突的额下是一双明亮而聪慧的双眸。她双目凝视,是安详而非沉思地凝视,嘴角上有一丝隐约的微笑。一种安静而从容的气质从她面部透出来。

"您认识她?"阿尔卡季问西特尼科夫。

"我们很熟。要我给你们介绍吗?"

"好,等这场卡德里尔舞结束吧。"

奥金左娃同样吸引了巴扎罗夫的目光。

"那是谁?"他问,"看起来很与众不同。"

卡德里尔舞一结束,西特尼科夫就带着阿尔卡季去见奥金左娃,可他在这位"熟人"面前却说不出话来。奥金左娃吃惊地看着西特尼科夫,但一听到阿尔卡季的姓氏,立刻显出高兴的神色,询问他的父亲是不是尼古拉·彼得罗维奇。

"正是家父。"

"我见过他老人家,也多次听人谈起他。"她说,"很高兴认识您。"

一个副官这时走过来邀请她跳一曲卡德里尔舞,她答应了。

"您也跳舞吗?"阿尔卡季礼貌地问。

"是啊。为什么不呢?是不是您觉得我年纪太大了?"

"哦,怎么会呢……您会跳舞就最好了,请允许我下次邀您跳一组玛祖卡舞,好吗?"

奥金左娃温柔地笑了,说:"当然可以。"同时看了阿尔卡季一眼,眼神里并无傲慢,反倒像已出阁的姐姐看她的小弟弟。

其实奥金左娃也才二十八岁,比阿尔卡季大不了多少,不过阿尔卡季却觉得他们差很多,他在她面前就像个幼稚的学生。这时马特维·伊里奇来了,摆着一副骄傲的神色,却又说了几句殷勤的话。阿尔卡季退到了一边,目光却没离开过她,哪怕是她去跳卡德里尔舞时也紧紧追随,她从容的举动都在阿尔卡季眼里。他看着她边跳边和舞伴谈话,头和目光都微微抬起,偶尔露出微笑,就像和一个官员谈话一样从容自如;她衣服的每一丝皱褶,贴在她身上都恰到好处,谁也没有像她这样体现出女性的美。阿尔卡季从来没见过这样婀娜多姿的女子,尽管她的鼻子长得几乎和所有俄罗斯人的一样,有点肥大,肤色也算不上洁白。

玛祖卡舞曲响起来了,阿尔卡季挨着奥金左娃坐下,他很想和她尽情地聊聊,却又压不住心里的担忧,只好不断用手拨弄头发,闭着嘴说不出话来。但不一会,他就被奥金左娃从容的神色感染了,他开始从容地谈起了他在彼得堡的日子和乡间的生活,还有家里的父亲和伯父。奥金左娃客气而关切地听他说话,时不时将手里的折扇展开又合拢。阿尔卡季说得滔滔不绝,但被前来邀请奥金左娃跳舞的男士们打断了几次,光是西特尼科夫一人就邀了两次。她每次跳完都回到座位,她重新拿起折扇,胸部只是轻微地起伏。而阿尔卡季又开始继续叙说。能这样幸运地和她坐在一起说话,这样近距离地看着她美丽的前额和妩媚、端庄、带着智慧的脸庞,他感到幸福极了。从她简短的话里流露出她不凡的生活见解。阿尔卡季从她的话中得出结论:这是位见过世面、有独特思想的太太。

"您被西特尼科夫先生介绍给我之前,和你站在一起的是谁?"她问。

"您看到他了吗?"阿尔卡季反问道,"他是我的朋友,姓巴扎罗夫。"

长得一表人才！"阿尔卡季开始尽情地谈起他的朋友。奥金左娃看他说得那么起劲，不禁转头朝巴扎罗夫仔细地打量一番。玛祖卡舞就快要结束了，阿尔卡季真希望时间过得慢点，在这一个小时里，他有点儿舍不得离开她，因为和她度过了这样美妙的一段时间！当然，他始终感到她这是对他迁就，他原本该感激她那份宽容……但年轻的他并不会因此而难受。

舞曲结束了。

"谢谢，"奥金左娃说完站了起来。"既然您愿意到我那里做客，不妨把您的朋友也带上，我想见识一下一个什么都不相信的人。"

省长走到奥金左娃面前，告诉她说晚宴就要开始，说罢便煞有介事地伸出膀子让她挽住。她走了几步，又回头向阿尔卡季一笑并点头作别。阿尔卡季对她深深一躬，盯着她的背影（那是多么迷人的身材啊！）暗自想道："她此时已经把我抛在脑后了。"不由得萌生了一种自卑。

阿尔卡季刚回到待过的角落里，巴扎罗夫便问他："怎么样，感觉还好吧？刚才有位先生向我提起这位太太，说她"怎么怎么"！我看他倒像个傻瓜。你呢，你觉得她真的是怎么怎么吗？"

"我不懂这是什么意思。奥金左娃长得很美丽，可有些矜持，有些冷淡……"

"冷若冰霜的外表下……你知道！"巴扎罗夫打断他说，"她那么冷淡，不是更有韵味吗？你不是最喜欢吃冰淇淋吗？"

"也许吧，我也不确定。"阿尔卡季说，"她倒想认识你，还让我带你去见她。"

"我可以想象得出，你在她面前是怎么介绍我的？不过，做得好，我会跟你去见她，管她是外省名媛，还是像库克申娜那样的'新女性'，反正我也想看看久违的美人肩了。"

阿尔卡季对巴扎罗夫粗鲁的话感到不快，但事实往往这样，通常你责怪朋友的地方，并不代表你不喜欢他这样……

"难道你不喜欢有独立思想的女性吗？"他压低了声音。

"兄弟，你想想看，那些爱思想的女人总是不漂亮的？"

阿尔卡季没再作声。晚宴结束后，两个朋友就走了。库克申娜望着他们离去的背影又气又恨——这两人竟然没一个注意她，她无奈地干笑了两声。她久久不愿离场，直到深夜四点舞会结束时她还在和西特尼科夫跳法国风格的波兰玛祖卡舞。省长家的舞会就在这样的奇观中结束了。

十五

两个朋友第二天便去旅馆拜访了奥金左娃。"我倒要见识一下她是哪类哺乳动物？"巴扎罗夫对阿尔卡季说，"嗅觉提示我事情不妙。"他们边上楼梯边说了起来。"真没想到你会说这样的话，"阿尔卡季说，"巴扎罗夫，你怎么会有这种世俗的道德观……"

"真是个外行！"巴扎罗夫打断他，淡淡地说，"你没听说过'不妙'就是'妙不可言'的意思吗？今天你说她嫁给一个有钱的老头很奇怪，而我却觉得她妙极了，她肯定是个有远见的女人。我不爱听信别人的闲话，那位远见卓识的省长说得对，这是合情合理的婚姻。"

阿尔卡季没说话，开始敲门，一个穿制服的年轻仆人带他们进了旅馆的房间。这是一个大套间，里面的陈设和别的俄罗斯旅馆一样老旧和单调，幸好这里还摆了很多鲜花。不一会儿，奥金左娃出来了，她穿着件普通的晨衣，在阳光的衬托下显得更青春动人。她像昨天一样，静静地听着阿尔卡季向她介绍巴扎罗夫，而巴扎罗夫却看起来有些紧张，阿尔卡季很少看到他这样，不禁暗自诧异。其实巴扎罗夫也发现了这一点，并暗骂自己："怎么怕起女人来了？真窝囊！"他重重地坐在椅子上，那样子简直像西特尼科夫，随后无视奥金左娃锐利的目光，故作轻松地谈起话来。

安娜·谢尔盖耶芙娜·奥金左娃的父亲，就是当年在彼得堡和莫斯科都很有名的美男子谢尔盖·尼古拉耶维奇·洛克捷夫。这个人好赌，专做投机倒把的事，十五年后钱财耗尽，只好带着两个女儿移居乡下（他妻子在他得意的时候就死在了彼得堡，她是×××公爵家族的人，不过她出生时家族已败落）。不久，谢尔盖就去世了，两个可怜的孤女只凭父亲留下的少得可怜的家产艰难度日。二十岁的大姐安娜开始当家，她既要照顾十二岁的妹妹卡捷琳娜，保证她能按部就班地接受教育，又要解决种种农事、家事和蛰居乡下所要解决的生活问题，而她在彼得堡受过的高等教育在这些现实问题中并不起作用；他父亲生前在乡下从不与他人交往，他和那些方圆百十里内的人都各持己见，谁也瞧不起谁，因此安娜在关键时刻也没人可以依靠，尽管这样，她还是很镇定，很快就请来了姨妈阿芙多西娅·斯捷潘诺芙娜·×××公爵小姐。她姨妈可是个强悍又高傲的女人，一来到外甥女家，就占了最好的房间；她怪癖很多，哪怕到花园散步也要带上唯一的农奴，同时还要另一个仆人陪伴，而这个仆人又是那么可笑——头戴一顶三角帽，身穿天蓝色镶边号衣，永远是沮丧的表情。姨妈一天到晚都唠叨个不停，挑三拣四，所有这些，安娜都忍受了……

冬去春来，眼看安娜就要在这荒僻的乡村度过一生了，但等待她的是另一种命中注定的生活，一次偶然的机会，一个四十六岁的大富翁奥金佐夫看上了她，并向她求婚。这个胖子很有钱，举止装扮都酸溜溜的；他患有忧郁症，不过人倒很和气，也不算笨。安娜答应了他的求婚。两人结婚才六年奥金左夫就过世了，安娜继承了他的全部财产。接下来的一年里，安娜·谢尔盖耶芙娜就一直住在乡村，哪儿也不去——她也曾带妹妹去了德国，但因寂寞又回到了她喜欢的尼科里村，在已故奥金佐夫的宅院里住了下来。这个宅院漂亮整洁，有个带暖房的花园，可见奥金佐夫生前在居住方面挺舍得花费。尼科里村距离××市四十俄里，一般情况下，没有要事安娜是不会上城里去的，即使去，也只待几天。城里人向来对她颇有微词，什么闲言碎语都有，说她以前帮父亲在赌场作弊，她与奥金佐夫结婚并不是那么简单，她出国是迫于无奈，目的是掩盖不幸的后果……"您还不知道吗？"一个喜欢到处散播谣言的人说，"她啊，世情中什么没尝过？"另一个胡说八道的人又添了一句："甚至连风霜也尝尽了。"安娜对这些流言蜚语并不在意，她知道城里的人不喜欢她，何况她性格开朗，有独立的人格。

刚开始，巴扎罗夫很不自然，这让奥金左娃感到很不高兴，就像闻到一股怪味或是听到刺耳的声音，但很快，她看出这并非真相，只是他太紧张了，这让她反而暗中得意起来。她靠着软椅背，双手叠放在腿上，认真地听巴扎罗夫说话。这个女人向来鄙视庸俗，而巴扎罗夫也没让她失望，和她滔滔不绝地讨论起医学、同种疗法和植物学。这让阿尔卡季惊呆了，他既没有像往常一样，别人问一句答一句，也没有像和一位聪明才女般对她大谈自己的观点。巴扎罗夫不停地说着，显然是要吸引奥金左娃的注意，但她脸上一直是关切的神情，一双美丽的眼睛始终在仔细地看着对方,并无激动。"从她的脸上看不出什么来,不知巴扎罗夫的目的达到没。"阿尔卡季不禁暗中猜测。

谈话很愉快,大家无所不谈。奥金左娃原本是想"见识一个对什么都不相信的人",这时也说着一口地道的俄语跟巴扎罗夫聊起了科学,她读过很多优秀著作,在乡下全靠它们打发时间。她曾试着把话题转到音乐,但发现他否定艺术,就又放弃,继续和他聊植物学。不过,这倒激起了阿尔卡季的兴趣,他很想和他们谈谈民间音乐,便再次跃跃欲试,但奥金左娃偏不配合,在她眼中,他就像个小弟弟,只是善良和单纯而已。三个小时过去了,两个朋友起身作别。安娜·谢尔盖耶芙娜伸出纤手,带着迷人的微笑亲切地看他们一眼,略带犹豫地说:"两位若不嫌弃的话,请到尼科里村做客吧。"

"谢谢,安娜·谢尔盖耶芙娜,"阿尔卡季愉快地说,"那真是我的荣幸……"

"您意下如何,巴扎罗夫先生?"

巴扎罗夫弯腰示谢,起身时脸居然红了,这又令阿尔卡季吃惊不已。"嘿,你还像以前那样认为她'怎么怎么'吗?"两个朋友走在马路上,阿尔卡季问巴扎罗夫。

"很难说,你没看她冷冰冰的样子吗?"过了一会儿,他又补充说,"像她这样一个大公爵的美少妇,若穿上一条曳地长裙,再给她一顶皇冠,她就是女王了。"

"我们这里的公爵小姐可说不了那么流利的俄语。"阿尔卡季叹了一声。

"兄弟,她吃的可是我们的面包,是改造过的。"

"不管怎样,她很招人喜欢。"

"不错,那么好的身材用来当解剖标本是最好不过的。"

"太不像话了,叶夫根尼!看在上帝的面上,别说了。"

"哦,别生气,你这孩子!我是说她的身材是一流的。我们一定要去她家。"

"什么时候去呢?"

"越快越好。反正我们在这里也没有事,总不能光和库克申娜喝香槟或者听你那当大官的亲戚——自由主义者唱高调……我们后天就去,那里正好离我父亲的小田庄不远,在我回家的半路上。"

"那好。"

"好极了,只有傻瓜或者聪明人才会犹豫。啊,她那身材真是标致极了!"

三天后,他俩租了辆三套马车往尼科里村出发了。马儿吃得饱饱的,在和煦的阳光下欢快地甩着它们编成辫子的尾巴,迈着整齐的步子。阿尔卡季看着大路,独自偷笑。

"祝贺我吧,"巴扎罗夫突然说,"今天是我守护天使的日子——六月二十日,我倒想看看天使是怎么关心我的。家人肯定在等我回去,"他说着压低了嗓门,"不过,让他们再等两天好了,也没什么要紧的!"

十六

两座亚历山大时期风格的建筑物坐落在一片开阔的山坡上,它们绿瓦黄墙,支撑着白色的廊柱,一座是教堂,一座是安娜·谢尔盖耶芙娜庄园里的宅第,两座建筑相依而建,非常和谐。教堂门前廊柱成排,绘着意大利风格的壁画《耶稣复活》,有个小球的黑武士画得圆鼓鼓的,活灵活现,在上面的一个帽盔尖顶上。教堂后是两排农舍,有的房子还带着烟囱。庄园主的宅第大门上则缀着族徽,窗子上方都用三角形图案装饰,一条两边都栽着修剪整齐的枞树的道路,从住宅前直通向正门,同时将古典式的花园和浓密的树林隔开两边。这里的前任主人奥金佐夫不喜欢花哨的装饰,当年省里的建筑师就按照他的实用原则设计了这两幢房子,得到了他的赞许。

两个穿制服的高个子仆人在前厅迎接客人,其中一位看到客人来了便立刻跑去告知管家。很快,身着黑礼服的胖管家出来了,两个朋友跟着他,走上铺着地毯的楼梯,来到二楼一个早已收拾好的客房里,这里有两张铺好的床和所有必需的洗漱用品。和楼下一样,楼上所有的东西都很干净整洁,有条不紊,房子里有一股皇家大臣会客厅特有的香味。

"安娜·谢尔盖耶芙娜希望在半小时后与两位见面。"管家说,"请问,现在有什么需要吩咐的吗?"

"没什么了,"巴扎罗夫回答,"但如果允许的话,请为我上一杯伏特加。"

"是,先生。"管家带着诧异的腔调答道,然后踩着皮靴咯吱咯吱地退了出去。

"真气派!"巴扎罗夫不禁评价起来,"像你们说的?一句话,标准的公爵贵妇!"

"我们这两个大贵族,很荣幸和公爵夫人第一次见面就被邀请了。"阿尔卡季顺着他的话说:

"特别是我——一个军医的儿子,或者说未来的医生,你或许还不知道吧,我爷爷是个教堂执事,我就和斯佩兰斯基①一样,是教堂执事的孙子……"他停了一下,抿了抿嘴巴。又说:"怎么说,她也是位养尊处优的阔太太!我们是否要换上一套礼服?"

阿尔卡季耸了耸肩膀没说话……其实,他也是诚惶诚恐。

半小时后,两个朋友准时来到楼下的客厅。这个客厅宽敞又豪华,却不高雅。墙壁上糊着金花棕底壁纸,家具是奥金佐夫生前托他一个做专卖酒商的朋友从莫斯科订购回来的,都是上等木材制作,但主人却按过时的摆法把这些笨重的家伙并排靠在墙边。沙发背后的那面墙上挂着一个男人的像,他皮肉松弛,发色淡黄,瞪着他们,神色看起来并不友好。

"应该就是他了。"巴扎罗夫悄声对阿尔卡季说:"我看我们还是走吧!"接着他又皱起鼻梁补充道。

女主人这时进来了。她穿着一件薄纱衣,秀发披肩,垂在身后,脸上是纯洁而有朝气的少女风韵。

"感谢两位如约而至,"她说,"这里其实很不错。我会把我的妹妹介绍给你们认识,她的钢琴弹得不错。当然了,巴扎罗夫先生,我知道您对这些没兴趣,不过我看基尔萨诺夫倒是喜欢音乐的人。除了我妹妹,还有一个老姨妈,偶尔会有一个邻居来打牌,你看,我们的圈子就这么小。现在请坐,我们谈谈。"

奥金左娃这番开场白说得清晰流畅,像是事先准备好的一样,接着,

---

① 斯佩兰斯基(1772—1839),是俄国亚历山大一世时的政治家。

她和阿尔卡季聊了起来。原来，她的母亲和阿尔卡季的母亲还曾经是很亲密的关系，阿尔卡季父母二人恋爱时，她母亲就是阿尔卡季母亲的闺蜜。阿尔卡季热情地谈着他的父母，巴扎罗夫则拿着一本画册，在旁边静静地翻阅。"我也变得文雅了。"他暗暗想道。

一条漂亮的猎狗跑了进来，四只爪子不停地抓着地板。随后进来一位拎着满篮鲜花的少女，大约十八九岁，生着一张黧黑可爱的小圆脸，一双不大的黑眼睛，头发乌黑亮丽。

"这就是我妹妹卡捷琳娜。"奥金左娃抬起头对两人说道。

卡捷琳娜屈膝行礼，然后坐到姐姐身边动手拣花。那条名叫菲菲的漂亮猎狗系着天蓝色的项圈，摇着尾巴走到客人面前，冷鼻子依次在他们手上嗅。

"这都是你自己采的吗？"奥金左娃问她妹妹。

"是的。"

"姨妈来喝茶吗？"

"很快就来。"

卡捷琳娜说话时面带微笑，又有几分腼腆。她说完低下头，却又抬起眼皮看看大家，俏皮中带着点严肃。她是那么年轻，她的声音和急促的呼吸，她脸上的茸毛和羞红的脸蛋，她粉嫩的小手和润白的掌心，还有微微伛偻的双肩……无不显示着青春气息。

"叶夫根尼·瓦西里伊奇，放下那些画册吧，我知道您只是出于礼貌而不是兴趣。您还是过来一点，我们来交流一点看法吧。"奥金左娃扭头对巴扎罗夫说。

"您觉得该说些什么好呢？"巴扎罗夫向她挪近。

"您想说什么就说什么。不过您要有心理准备，我可是个爱争论的人。"

"哦，是吗？"

"对。怎么？你感到很奇怪吗？"

"我看您是一位沉稳镇静的人，不像有争论的激情。"

"您这么快就了解我了。不过，您问卡捷琳娜就知道了，我没耐性，而且很固执，另外我很容易执着于某件事。"

"或许吧，只有自己最了解自己。"巴扎罗夫看了她一眼说道，"既然你爱争论，我们说说这画册吧。我刚才看了所有瑞士萨克逊群山的画片，您说我不感兴趣，也未必。如果是从艺术角度上看，它对我没有任何现实价值，不过若从地理角度来看，像地貌的形成，我倒是觉得很有意思。"

"对不起，我觉得一个地理工作者，看专著要比看画册重要得多。"

"可对我而言，形象鲜明的一张画片远比十几页的长篇大论更生动。"

奥金左娃沉思了一会儿。"难道您的压根儿不考虑它的艺术价值吗？"她把双肘撑到桌上，脸靠近巴扎罗夫问道。

"能否请教您，您觉得它到底有什么用？"

"至少能帮助了解人、研究人。"

巴扎罗夫嘿地笑了一声。"如果只是这样，有生活经验就够了。如果是研究个体，那就用不着费劲，因为每个人都有大脑和脾脏，心、肺结构也完全一样。至于外表也没多少差别，不同的气质并不能说明具体的东西。每个人都像森林里的一棵树，只要知道其中一个的构造，就能知道所有的人，您见哪位植物学家会一棵棵地研究白桦树？"

卡捷琳娜一直在分理鲜花，此时抬眼疑惑地看着巴扎罗夫，但遇到他的目光，脸刷的红了。

安娜·谢尔盖耶芙娜摇摇头，"森林中的一棵树，"她重复说道，"那您认为人就不用分成聪明和愚蠢，善良和邪恶了？"

"不，这是精神上的区别，就像我们需要断定一个人的身体是否健康。一个人的肺在患病前和普通人的一样，但生病后结构就变了。幸好我们能医治身体上大多数的病，但精神上的病却是因教养不好和各种充斥头脑的谵妄造成的，总之，源于不良的社会，当社会被改造好的时候，病根就彻底消除了。"

巴扎罗夫眼睛看着墙角，一边用手指慢慢地摸着胡子一边说道，那样子似乎是说："信不信由你，反正我是这么想的！"

"您是说，假如社会改造好了，就没有坏人和笨蛋了？"安娜·谢尔盖耶芙娜问。

"合理的社会里人人平等，无论聪明愚蠢、友善敌视。"

"是啊，我知道，每个人的脾脏都一样。"

"不错，夫人。"

奥金左娃又问阿尔卡季："阿尔卡季·尼古拉伊奇，您怎么看？"

"我和叶夫根尼看法相同。"他说。

卡捷琳娜抬眼望了他一下。

"先生们,你们的观点真让我震惊。"奥金左娃说道,"不过,今天就到这里吧,我听见姨妈来了,喝茶的时间到了,对她的听力不要见怪。"

走进来一个瘦小的女人。安娜·谢尔盖耶芙娜的姨妈原来是这样的:满脸皱纹,披着假发,一双凶狠的眼睛木然地挂在脸上。这个×××公爵小姐对两位客人稍稍欠身算是行礼,随后就坐进只有她才能占有的天鹅绒大靠椅。卡捷琳娜给她拿了张小凳子垫脚,她不道谢,甚至连看都没看卡捷琳娜一眼,只是手在黄披巾底下微微动了动。她虚弱的身体几乎都在黄披巾下了。老公爵小姐的包发帽带子也是鹅黄色的,黄色看来是她钟爱的颜色。

"姨妈,您休息得好吧?"奥金左娃大声问道。

菲菲刚迟疑地向老小姐走了两步,就被她看到了,"这条狗怎么又在这,"老小姐没有回答,而是嗔怪了一句,马上嚷道,"去!去!"卡捷琳娜打开门,叫着菲菲。菲菲本以为又要散步了,欢快地跑到门外,可当它被孤零零地关在门外时,就用爪子抓门,一边吠叫着。老公爵小姐皱起了眉头,卡捷琳娜正要开门,这时奥金左娃说话了:"茶该准备好了,姨妈,去用茶吧,请,先生们!"

老公爵小姐吃力地从椅子里站起来,然后带头走出客厅,大家紧跟其后来到餐室:一个穿制服的小仆人拉开神圣的扶手椅,老公爵小姐便坐在软垫上。卡捷琳娜给大家倒茶,她从一个刻有族徽的茶杯倒起,并捧给了姨妈。老太太往茶杯里拌了些蜂蜜(她认为把糖放在茶里是罪过,也是浪费,虽然从不用她掏钱买糖),突然嘶哑着声音问道:"伊凡公爵在信里怎么说的?"

没人回答。巴扎罗夫和阿尔卡季都很明白,她们根本不把她当回事,只是表面上对她恭敬。"不过是仗着公爵的名号。"巴扎罗夫暗想。外面下起了零星小雨,安娜·谢尔盖耶芙娜茶后散步的计划只好取消,一行人又回到客厅,除了老公爵小姐。这时,那位喜欢玩牌,名叫波尔菲里·普拉托内奇的邻居来了。他胖胖的,头发花白,一双矮腿像是在刨床上刨出来的;他很有礼貌,聊天时常说些逗人的话。安娜·谢尔盖耶芙娜问巴扎罗夫是否愿意一起玩老式的普列费兰斯纸牌游戏(所有人中只有她对他说的话最多），巴扎罗夫同意了，"我以后是县里的医生，也该事先多学点本领。"

"那你可要留神我和波尔菲里·普拉托内奇，否则您会输得很惨。"安娜·谢尔盖耶芙娜提醒他，接着对妹妹说："卡捷琳娜，你去弹首曲子给阿尔卡季·尼古拉伊奇听吧，他喜欢音乐，我们也顺便听听。"

卡捷琳娜不太情愿地走去弹钢琴。阿尔卡季跟在她后面，也一副不太情愿的样子，尽管音乐是他的爱好，但此时好像成了奥金左娃故意支开他的理由。不过在他心中，一股朦胧的情感开始激荡，像是在期待着什么。这种感觉正是爱情的嫩芽，是所有在他这个年龄的人都会有的体验。卡捷琳娜打开琴盖，低着头小声地问客人："您想听什么曲子呢？"

"您随便弹什么都好。"阿尔卡季淡淡地说。

"您喜欢哪类音乐？"她仍低着头问。

"古典。"阿尔卡季还是淡淡的语气。

"那您喜欢莫扎特吗？"

"喜欢。"

卡捷琳娜拿出莫扎特 C 小调奏鸣曲乐谱，翻到幻想曲一章，她两眼直视，很认真地弹奏着，乐曲弹得很流畅，不过有些枯燥和严肃，但和她弹琴的样子又很协调。她一直规矩地弹着，在乐曲尾声的时候，一小绺卷发突然垂到乌黑的眉毛上，她脸腾地红了。

本来是无限欢娱迷人的曲调，可结尾却突然跟上来一种让人心碎的哀伤……这让阿尔卡季感到惊讶。不过这是莫扎特乐曲的悲情遐想，与卡捷琳娜无关。他看着卡捷琳娜，暗想道："她弹得不错，人也长得好看"。

一曲弹完了，卡捷琳娜双手仍放在琴键上问道："还想听什么？"阿尔卡季不想再麻烦她，便婉言谢绝，他试着和她聊莫扎特，可不管他说什么，像问她是自己选的这首曲子还是别人的推荐，卡捷琳娜都只说是或不是，脸色也变得近乎固执。阿尔卡季感到她在防备，她缩进自己的壳里，不会很快出来；其实她并不是个胆小的人，只是摄于教育她的姐姐的威严，对什么都不信任——这种情况她姐姐却没有想到。阿尔卡季为了缓和僵硬的气氛，便把菲菲唤过来。笑着抚弄它的脑袋。卡捷琳娜又继续整理她的鲜花。

那边打牌的三人中，安娜·谢尔盖耶芙娜打得最好，波尔菲里·普拉托内奇刚刚保本,而巴扎罗夫总是拿不到什么分,输赢自见。巴扎罗夫虽然输得不多,可心里总有些不悦。晚餐时,安娜·谢尔盖耶芙娜又聊起了植物学。

"我们明早去散步吧,"她对巴扎罗夫说,"我想向您请教一些植物的拉丁名和特性。"

"有必要知道拉丁名吗?"巴扎罗夫问。

"一切都该有条理。"她说。

两个朋友回到他们的客房。

"安娜·谢尔盖耶芙娜真是个了不起的女人!"阿尔卡季忍不住称赞起来。

"是啊,"巴扎罗夫也说,"这么有主见的女人,想必见识不少。"

"你说的是什么意思,叶夫根尼·瓦西里伊奇?"

"我说的可都是好话,阿尔卡季·尼古拉伊奇,我的少爷!我想,她的田庄在她的管理下定是井井有条。不过,最最出色的应该是她妹妹。"

"什么?你是说那个皮肤有些黑的姑娘吗?"

"是的,就是她,她纯真而稚嫩,文静又腼腆,一切都是那样美。你可以按照你的想法去塑造。她才值得去关注,而另一个却是饱经沧桑了。"

阿尔卡季没有说话。两人躺下后都没有睡,各自想着心事。

当晚,安娜·谢尔盖耶芙娜也满怀心事,在想她的客人。她欣赏巴扎罗夫的率性自然,明辨是非,对他身上那种新的、从未接触过的东西感到很好奇。安娜·谢尔盖耶芙娜与一般女人不同,她永远都清醒地知道自己在做什么。面对任何事物,她都能看得很清楚,既不会有偏见,也不会执着于某种观念,因此她绝不会临阵退缩,更不会随波逐流。她有一颗很好奇的心,想了解世上的一切,但没有什么能满足她的认知欲,而她也不强求,既不会因欲望平息而将其搁浅,也不会被搅得波涛汹涌,她永远心如止水,偶尔会有微波,好似她悠闲的生活一样。

她每天从容地过着日子,难得会心潮激动,甚至有时还很无聊,要不是她有些财产,又这样独立自由,也许她会决定成为一个战士,如今已在战场上感受着战斗的激情了。其实她的生活中也不是没有绚丽的彩虹,不过都是昙花一现,随后她又重新享受眼下的悠闲,并不会对其念念不忘。她喜欢想象,尽管有时想得超越了道德范围,但她迷人的体内的血液并不会因此而加速流动。有时,当她刚出浴,裹好温香酥软的身体时,又突然想到这样渺小的生命竟包藏了那么多的苦涩和丑恶,不由渴望起美好的生活来,心中充满了追求的力量。可是,当一阵寒风吹得她打寒颤时,她的勇气也颤抖着消散了,只剩下懊恼和抱怨,心里只求这该死的过堂风不要吹到她。过去,她由于某些利害关系嫁给了奥金佐夫,无奈地忍受着与他共处的生活。

渐渐地,她有了排斥男人的心理,就像厌恶肮脏的东西一样,他们邋遢、懒惰、笨拙、萎靡不振。幸好前夫还不算坏,否则她真的不会嫁给他。可厌恶归厌恶,对于爱情,她还有着朦胧的憧憬,正如那些从未体验过爱情的女人一样。她并不清楚自己期望得到什么,也许一切都想要吧,但实际上她也没什么需要的。她至今还记得在国外遇到的那个年轻的瑞典人,他宽宽的额头,眼里的蓝光真诚而热烈,像一个骑士,可她还是回到了俄罗斯。

她喜欢富贵生活,这一点像她的父亲,却又比他有分寸。她很爱父亲,尽管他游手好闲,但很和善,他是那么宠爱她,那么信赖她,把她当成朋友,和她有说有笑,有商有量。相反,她对母亲却没多少印象。此刻,她就枕着镶花边的枕头,盖着柔软的绸被,舒适地躺在床上想着巴扎罗夫的独特。"这是个少见的医生!"她自言自语,说罢伸了个懒腰,笑笑,在洁净而芬芳的被子里,看几页庸俗的法国小说,她渐渐睡着了,手里的小说也滑落到地上。

第二天吃完早餐,安娜·谢尔盖耶芙娜就和巴扎罗夫一起采集植物标本了,直到中午才回来。阿尔卡季一直待在家里,有一小时是和卡捷琳娜在一块,她这次主动弹了一次昨天的奏鸣曲。本来阿尔卡季和她一起时心情也很平静,但一看到奥金左娃拖着疲乏的步子穿过花园回来,巴扎罗夫跟在后面,他的心就突然一紧。巴扎罗夫还是一副平时的随便模样,不过,今天他自信的脸上多出的那份高兴和亲切,却让阿尔卡季很不舒服。巴扎罗夫淡淡地说了一句"你好"就回房里去了。奥金左娃回来时,手上拈着一根野花的小茎,脸红扑扑的,眼睛比平时更亮,圆草帽的灰色宽帽带松落到了胸前,薄薄的短披肩也滑落到手肘上。她也随意地握了握阿尔卡季的手后就走了过去。

"你好……"阿尔卡季心想,"难道这是我们今天第一次见面吗?"

十七

时间有时飞逝而过，像鸟一样，有时又像蛆虫一样慢慢爬行，这是世人皆知的。但是如果有人察觉不到时间的快慢的话，那他真是幸福。阿尔卡季和巴扎罗夫在奥金左娃家里度过的十五天，就是如此。这部分原因是因为奥金左娃在家里和生活上定下了一套严格的规则。她本人严格遵守，也强迫别人遵守这规定。一天之中，一切的事情都要在一定的时间进行。上午八点整，所有的人集合起来喝茶；从喝完茶到吃早餐这段时间，谁想干什么就干什么，女主人则与总管（田产是采用收取地租的方式经营的）、男女管家商量工作。午饭前大家又分开活动，或闲谈，或读书看报；晚上散步、打牌、欣赏音乐；十点半，安娜·谢尔盖耶芙娜便回自己的房间，安排第二天的工作，然后上床睡觉。

巴扎罗夫不喜欢把每天的时间做这样有规律的安排，显得有点机械。他总觉得这是让"沿着轨道滚动"。那些身穿仆人服装的仆人、讲究礼节的管家伤害了他的民主感情。他认为，既然一切都这样，还不如像英国人那样，吃饭的时候务必穿燕尾服，打上白领带。他有一次和安娜·谢尔盖耶芙娜当面提过这个问题。她的态度是那么平易，让每个人在她面前都敢于发表自己的意见。她听完他的话以后解释说道："依您看，您说出的意见是正确的，或许，我的贵妇的派头太足了，不过，在乡下生活不能不讲规矩，否则您会感到寂寞无聊的。"于是她还是照旧。

巴扎罗夫虽表示不满，但是，他和阿尔卡季，却因此在奥金左娃这里生活得很轻松，而奥金左娃家里的一切"都像在沿着轨道滚动"。所有这一切让这两位年轻人从他们来到尼科里斯科耶的头几天起，身上就发生了巨大的变化。安娜·谢尔盖耶芙娜显然对巴扎罗夫有了好感，虽然他们的观点很少相同，而巴扎罗夫也开始出现与以往不同的惊慌状态：他易怒，不愿说话，见人就生气，而且老是坐立不安，好像有个东西在推动他似的。而阿尔卡季，则自以为他已经爱上了奥金左娃，开始慢慢地忧郁起来。

不过，这种忧郁并没妨碍他与卡捷琳娜接近，甚至反而促使他与卡捷琳娜建立亲切的朋友关系。"她看不起我！让她看不起吧！可是这儿却有一个好人并不讨厌我。"他这么想着，他的心又尝到了宽容感情的甜蜜滋味。卡捷琳娜隐约感到他在与她的交往中，是在寻找某种安慰，可是她并不阻止他或者她自己去享受那种羞涩又轻信的友谊带来的纯真的欢乐。安娜·谢尔盖耶芙娜在场的时候，他们并不交谈，在姐姐锐利的目光注视之下，卡捷琳娜总是隐藏自己。而阿尔卡季则像所有热恋中的人一样，在自己的恋爱对象身边，无法注意别的事情；可是他与卡捷琳娜独处的时候，则感到心情很愉快。他觉得他不能引起奥金左娃的注意；当他与奥金左娃单独相处时他就感到羞怯，手足失措；她也不知道该对他说什么好：对她来说，他太年轻了。恰恰相反，阿尔卡季同卡捷琳娜在一起却感到很自然，就像在家里一样；他对卡捷琳娜很迁就，并不妨碍她说出音乐，阅读小说、诗歌和其他一些鸡毛蒜皮的琐事在她心里所激起的印象和感想，他自己可能没有意识到，正是这些鸡毛蒜皮的琐事，让他感兴趣。从他自己来说，卡捷琳娜也不妨碍他发愁。阿尔卡季同卡捷琳娜在一起，感到心情舒畅，奥金左娃同巴扎罗夫在一起，也有同感。因此经常是这样的：四个人在一起散步没多久，便分成两对，各走一方，分散走开了。

卡捷琳娜酷爱大自然，阿尔卡季也爱好大自然，虽然他并不承认这一点；奥金左娃对大自然是很冷漠的，几乎与巴扎罗夫一样。我们的朋友几乎总是分开走，结果就成了这样：他们的关系开始发生变化了。巴扎罗夫不再和阿尔卡季谈论奥金左娃，甚至不再指责她的"贵族派头"了。的确，他还是夸奖卡捷琳娜，不过劝他抑制她身上的伤感主义的倾向，但他的赞扬常常是匆忙说出的，他的劝告总是干干巴巴的，总而言之，他与阿尔卡季谈话比过去少多了……他好像在回避阿尔卡季，好像有愧于他……

所有这些，阿尔卡季都看在眼里，但他却总是深深地隐藏在自己的内心深处，从不说出来。发生这些"新现象"的真正原因是奥金左娃在巴扎罗夫心上唤起了一种感情。这种感情让他感到痛苦，感到愤怒。若有人哪怕是隐约地暗示他心上已经可能产生了这种感情的话，他肯定会立刻否认，而且还会带着轻蔑的神情，要么大笑，要么破口大骂。

巴扎罗夫对女性的美是很喜欢的。但他的这种爱是理想主义的，或者说，是浪漫主义的，他认为这种爱是乱七八糟的东西，不可饶恕的糊涂思想。在他看来,骑士的感情是一种好似畸形和疾病的东西,所以他总是表示自己的惊讶:为什么不把托更堡①、所有的骑士抒情诗人和游吟抒情诗人都送进黄色屋子中关起来呢?"你喜欢一个女人,你就想办法去弄明白,究竟能不能在一起,"他常这么说道,"如果不行,好,那就别去追求了,转身走开就是,天底下大得很,不会走投无路的。"

他喜欢奥金左娃:包括散播出来的她的谣言、她思想的自由和独立,她对他一贯的好感——似乎,一切都对他有利。但是他很快就明白了,他对她"无法弄明白",可是要转身,他自己都很惊讶,他无法做到。只要一想起她来,他全身的血液就要沸腾。让他的血液平复下来倒也不难,但又有东西钻进他的心里,而这个东西他是从不容忍的,对这个东西他总要讥讽的,而且会伤害他的自豪感的。在与安娜·谢尔盖耶芙娜谈话的时候,他更多地表露出对浪漫主义的冷漠与蔑视;但一旦他独处的时候,他就愤怒地意识到他自己心中也有这种浪漫主义。

这时他向树林里走去,在那里快步走来走去,把碰到的树枝踩得稀烂,并且低声骂她和他自己;或者爬到柴草棚里的干草堆上,执拗地闭上两眼,强迫自己睡觉,当然,他总不成功。他会突然看到这双手在某个时候紧紧抱住过他的颈脖子,这两片高傲的嘴唇吻着他,这双聪明的眼睛缠绵地——是的,是缠绵地盯过他两眼,于是他的脑袋开始发晕,他就忘记了自己,直到愤怒又一次升起。他又发现自己的脑中出现了各种各样的"可耻"的想法,好像有一个魔鬼在戏弄他。他有时认为奥金左娃身上也在发生巨大的变化,她的面部表情有了某种特殊的东西,也许……但此时他通常是不停地跺脚,或者咬牙切齿地攥紧拳头威胁自己。

而此时巴扎罗夫并没弄错。奥金左娃的芳心被他打动了,他占据她的心,引起了她的兴趣,她时常想他。他不在的时候,她不感到寂寞,不会等他,但一旦他出现,她就马上活跃起来。她喜欢同他面对面地待在一起,乐意同他交谈,即使他怒气冲冲,或者伤害她的情趣,批评她的高雅习惯也是如此。她好似在考验他,也在了解自己。

有一天,他们在花园里散步的时候,他突然低沉地说他想回去见他父亲……她面色顿时苍白,好像有个东西刺痛了她的心,而且这一刺痛让她

---

① 库勒的长诗《骑士托更堡》中的主人公,死于所爱的女人的窗下。

感到大为惊讶，后来她还思考了好久，这到底意味着什么。巴扎罗夫告诉她要离开，并不是想考验她，看看会有什么结果；因为他是从不"撒谎"的。那天早晨，他见到了父亲的总管，过去照看他的季莫费伊奇。这个历经风霜、动作灵敏的小老头，黄头发已经变了色，一张红脸饱经沧桑，一双眯起来的眼睛里有几颗小小的泪珠。他突然出现在巴扎罗夫面前，身穿一件粗呢做的短外衣，颜色深蓝，系一根破皮带在腰上，脚上穿的是焦油味十足的靴子。

"啊，老人家，你好呀！"巴扎罗夫惊叫道。

"您好，叶夫根尼·瓦西里伊奇少爷，"小老头说完，就高兴地笑了，此刻，皱纹把整张脸都盖住了。

"你怎么来了？是家里派你来找我的吗？"

"怎么会！少爷，哪能呢？"季莫费伊奇紧张地说着（他想起了临走时老爷的嘱咐），"我是进城给老爷办事，听说您在这里，就顺便来，也就是——来看看您……不然，怎么放心呢？"

"好啦，别装啦！"巴扎罗夫打断小老头的话，"这哪是进城的路？"

季莫费伊奇站在原地犹豫了一下，什么也没说。

"父亲身体好吗？"

"上帝保佑，很好，少爷！"

"母亲呢？"

"阿林娜·弗拉西耶夫娜也好，谢谢主！"

"都在等我回去吧？"

小老头把脑袋一偏。"哎呀，叶夫根尼·瓦西里伊奇，怎能不等呢？看在上帝的分儿上，看着他们，真叫人心痛啊！"

"嗯，好啦，好啦！别说了。回去告诉他们我很快就回去。"

"是，少爷。"季莫费伊奇叹了一口气答道。

小老头走出房门，把帽子深深地罩在头上，一直戴到了耳朵边，然后爬上一辆破旧的赛跑用的敞篷马车（这是他停在大门口的），慢慢地走了，不过并不是向进城的方向走去的。

当晚，奥金左娃和巴扎罗夫都在自己房里，阿尔卡季则在大厅来回踱步，听卡捷琳娜的演奏。老公爵小姐到楼上自己的房间去了；她讨厌客人，特别是她称为"新无赖"的这两个人。在客厅、饭厅那些正房里她只是嘟哝着嘴巴；然而到了自己房里，在她的女仆面前，她就破口大骂，骂得她头上戴着的帽子都蹦跳起来。所有这些，奥金左娃都看在眼里。

"您打算走吗？"她说道，"您答应过的事怎么兑现呢？"

巴扎罗夫身子抖了一下。"答应过什么？"

"您不记得啦？您曾经说过教我化学的。"

"我有什么办法呢，夫人！父亲在等我；我不能再耽搁下去。不过，您可以自己看书。贝鲁兹与弗列米合著的《化学概论》是一本好书，通俗易懂。那里有您想了解的一切。"

"您还记得吧，您曾经对我说，一本书不能代替……我忘了您的原话了，但是您知道，我想说……您还记得吗？"

"我有什么办法呢，夫人！"巴扎罗夫又重说了一遍。

"非要走吗？"奥金左娃降低声音说道。

他看了她一眼。她仰起头，靠在扶手椅的椅背上，她的两只裸露的手，交叉在胸前。在孤零零的一盏纸灯罩罩着的暗淡的灯光照射下，她的脸色苍白。一件宽大的白色连衣裙用自己柔软的褶纹遮住了她的全身，只是交叉着的两只脚隐约露出一点脚尖来。

"可为什么要留下来呢？"巴扎罗夫说。

奥金左娃轻轻动了一下头。"怎么？难道您在我这里不快乐吗？难道您觉得您走以后没有人想念您吗？"

"或许吧。"

奥金左娃沉默了一下。"您大可不必这么想。不过，我不信您的话。您说这话不是认真的。"巴扎罗夫继续一动不动地坐着。

"叶夫根尼·瓦西里伊奇，您怎么不说话？"

"我说什么呢？普通人都是不值得想念的，我就更不值了。"

"为什么？"

"我是个很实际又没情趣的人，连话也不会说。"

"您这是在让人说恭维话吗，叶夫根尼·瓦西里伊奇！"

"那不符合我的习惯。难道您不知道，您那么看重的生活的美好方向，和我完全没有关系吗？"

奥金左娃咬着她的手绢的一角。"您怎么想都行，不过，您走了，我会感到寂寞的。"

"阿尔卡季还在。"巴扎罗夫说道。

奥金左娃轻轻耸了耸肩膀。"我会感到寂寞的。"她重复了一遍。

"是吗？不过您不会寂寞很久。"

"您怎么这么说呢？"

"因为您自己说过，只有您的秩序遭到破坏时您才会感到寂寞。您把生活安排得那么有规律，叫人无可挑剔，那里既没有给寂寞留下空间，也没有给烦恼留下位置……不会让任何郁闷的情感渗入的。"

"您觉得我就没有错过吗……也就是说我的生活安排得很正确吗？"

"还用说吗！比方说，再过一会就是十点了，那时您就会赶我走了。"

"不，我不赶您走，叶夫根尼·瓦西里伊奇。您可以多留一会。请您把窗户打开……我觉得闷。"

巴扎罗夫站起来，推了一下窗户。那窗户马上就"嘭"的一下打开了。他没想到那窗户那么容易打开，而且他的两手在不停地颤动。柔和的黑夜和它那几乎是漆黑的天空在向窗内偷窥，轻轻摇曳的树木和清凉、洁净、自由的新鲜空气的香味，马上钻到屋子里来了。

"把窗帘放下来，再坐一会儿，"奥金左娃说道，"我想在您临走前同您聊一聊，请您说说您自己，您从来不谈自己的。"

"我想和您说些有用的东西，安娜·谢尔盖耶芙娜。"

"您太谦虚了……但是，我真的希望了解一点您，您的家庭、您父亲的情况，您真是为这要走的。"

"这些事没什么意思，"他大声说道，"特别是对您来说，我们只是平头百姓……"

"依您看，我是贵族？"

巴扎罗夫抬起头来，两眼直望着奥金左娃。"是的。"他故作激烈地说道。

她淡然一笑。"我看，您对我并不了解，虽然您总是让人相信所有的人彼此都是很相似的，不值得去对他们进行研究。将来我会找时间和您谈谈我的生活……不过，您还是先讲讲您吧。"

"我并不了解您，"巴扎罗夫重复奥金左娃的话，"也许，您是对的，也许谁都像是一个猜不透的谜。拿您来说吧：您回避交际，您觉得与人交往是一种负担，可是却把两个大学生请到自己家里来。凭您的智慧，凭您的美丽,您怎么非要住在乡下呢?"

"什么?您怎么说?"奥金左娃赶紧接住话头,"凭我的……美丽吗?"

巴扎罗夫皱起了眉头。"这没什么不同。"他嘟囔地说,"我想说的是我不明白为什么您要住在乡下?"

"您不明白……但是您可以按自己的想法来解释。"

"或许……我觉得您经常待在一个地方不动是因为您宠坏了自己,因为您很爱舒适,爱方便,而对别的东西都很冷漠。"

奥金左娃又是淡然一笑。"您不相信我也会动情吗?"

巴扎罗夫皱起眉头望了她一眼。"那或许是好奇吧。但是,为别的事动情是不会的。"

"真的吗?好啦,现在我知道我们为什么能谈得来了,因为您和我是一样的人。"

"我们谈得来……"巴扎罗夫低声地说道。

"是的……不过我忘了您是要走的。"

巴扎罗夫站起身来。灯光在这间幽暗、芳香、孤寂的房间的中间朦胧地亮着,透过间或摇动的窗帘,吹进来一阵阵沁人心肺的、清凉的夜风,带来了黑夜神秘的悄悄私语。奥金左娃坐在那里一动不动,但是内心的激动却悄悄地控制了她……这种激动的心情也传给了巴扎罗夫。他突然意识到待在自己身边的是一位年轻漂亮的女人……

"您去哪里?"她缓慢地说道。

他并不回答,却坐在椅子上。

"这么说,您觉得我是一个平静、温柔、宠坏了的女人了,"她继续用同样的声音说道,两眼直盯着窗户,"我认为我自己很不幸,只有我自己知道。"

"您不幸福!为什么?难道您对那些流言蜚语很在乎?"

奥金左娃皱起了眉头。她感到生气的是他竟然这样想。

"那些闲话,我一点儿也不在乎,叶夫根尼·瓦西里伊奇。我太骄傲了,不会让这些来打扰我。我的不幸是因为……我对生活,没有希望,也缺乏热情……您这样不信任地望着我,您觉得,这是一位穿着花边衣服、坐在天鹅绒扶手椅上的'女贵族'在说话。我不否认,我喜欢您所说的舒适,同时我又对生活没有希望。您知道怎样调和这一矛盾。但是在您看来这都是浪漫主义。"

　　巴扎罗夫摇了摇头。"您身体健康，思想独立，家财富有，您还缺什么呢？您还要什么呢？"

　　"我要什么？"奥金左娃重复一遍后，又叹了口气。"我累了，我也老了，我觉得我活得够久了。是的，我老了，"她补充说了一声，悄悄地将纱巾的一端盖住她裸露的两手。她的目光和巴扎罗夫的目光碰在一起，于是她的脸红了起来。"我的回忆很多：彼得堡的生活，财富，后来是贫困，父亲的死，出嫁，随后是出国旅行……可以回忆的事很多，但值得回忆的事却没有，所以摆在我面前的是一条漫长的道路，可没有目标……我真想停下来，不走了。"

　　"您真的这么悲观吗？"

　　"不，"奥金左娃一字一顿地说道，"但是，我觉得缺少什么。如果能有什么能激发我的强烈兴趣……"

　　"您要爱情，"巴扎罗夫打断她的话，"可您又无法去爱，这就是您觉得不幸福的原因。"

　　奥金左娃仔细看着她的短大衣袖子。"难道我不能爱吗？"她说道。

　　"很难说！不过我认为那是悲哀。恰恰相反，碰到这种事的人，才真是可怜呢。"

　　"碰到什么事？"

　　"恋爱嘛。"

　　"您怎么知道的？"

　　"听说的。"巴扎罗夫有些生气地回答。

　　"你卖弄风骚，"他心里想，"你闲着没事，觉得无聊，便来挑逗我，我可……"实际上，他的心也快要碎了。

　　"不过，您抱的希望太大了。"他全身向前倾去，同时摆弄扶手椅的穗子，说道。

　　"或许吧。在我看来，宁为玉碎不为瓦全。一命换一命。我的你拿去，您的交出来，那时就没有遗憾，不能回头。否则，不如不要。"

　　"哦？"巴扎罗夫说道，"这个条件倒也公平的，我感到惊讶的是，您现在还……还没有找到您想要的东西。"

　　"您以为把自己完全交出去那么容易吗？"

"如果你开始这样想，而且在等待，给自己一定的价值也就是珍惜自己了。那完全交出自己确实不容易，如果不假思索就把自己交出去，那倒是轻而易举的。"

"怎么能不珍惜自己呢？如果我一点价值也没有，那我的忠诚还有什么用呢？"

"那与我无关。我值多少，那是别人去定的事情。最重要的是可以付出自己。"

奥金左娃把背离开椅背。"听您这么说，"她开始说道，"好像这些您都亲自经历过似的。"

"我就是随便说说，安娜·谢尔盖耶芙娜，您知道，那不是我熟悉的事。"

"但是您可以付出自己吗？"

"不知道，我不想自诩。"

奥金左娃沉默了，于是巴扎罗夫也不说话。钢琴的演奏声从客厅里传进了他们的耳中。"卡捷琳娜怎么还在弹琴？"奥金左娃说道。

巴扎罗夫站起身来。"对，确实已经很晚了，您也该睡觉了。"

"您等等，您要到哪儿去呢……我要和您说一句话。"

"什么话？"

"您等会儿。"奥金左娃悄声说道。

她的目光停在巴扎罗夫身上，好像她在仔细观察他似的。他在房里来回踱步，然后突然走近她，紧紧地握了一下她的手，握得她差点痛得叫出声来，匆忙说一声"再见"，就走了出去。她把被捏痛了的手指送到嘴边，对着吹了吹气，然后突然从扶手椅上站起身来，迅速地走到房门口，好像要把巴扎罗夫拉回来似的。一个使女端着一个银盘，托着一个玻璃瓶从外面走进来。奥金左娃停了下来，吩咐她出去，然后坐下来，又开始沉思。她的一条辫子散放开来，像一条黑蛇似的，落到她的肩膀上。安娜·谢尔盖耶芙娜房里的灯光亮了好久，她默默地那样待了很久，只是偶尔用自己的手指摸摸自己的臂膀，夜晚寒气逼人，她感到刺骨的冷。

两个小时以后，巴扎罗夫回到房中，露水打湿了他的靴子，他蓬头散发，面色忧郁。他见阿尔卡季正坐在写字台前，双手捧着一本书，上衣的扣子一直扣到脖子那里。

"还没睡吗?"他口气中带着懊恼。

"今晚你与安娜·谢尔盖耶芙娜坐了很久。"阿尔卡季答非所问地说道。

"是的,当你和卡捷琳娜弹钢琴的时候,我一直和她在一起。"

"我没弹……"阿尔卡季本想说下去,却沉默下来了。他觉得有泪涌出,在他这个好讥讽人的朋友面前,他不愿意哭出声来。

十八

奥金左娃第二天出来喝茶的时候,巴扎罗夫低头对着茶碗坐了好久,他突然抬起头来,看着她……她扭过头来对着他,好像他推了她一下似的,他马上感到,她的面容在一夜之间变得苍白了一点。她急忙回到自己的房里,直到吃早饭时才出来。从早晨起,天气就变得多雨了,因此没法出去散步。所有人都汇集在客厅里。阿尔卡季掏出一份最新的杂志,开始阅读。老公爵小姐像往常一样,先是脸上露出惊讶的神情,好像他做出了什么不体面的事情,然后凶狠地瞪了他一眼,但他对她视而不见。

"叶夫根尼·瓦西里伊奇,"安娜·谢尔盖耶芙娜说道,"到我房里去吧……我想问问您……您昨天提到的一本参考书……"她站起身来,向门口走去。老公爵小姐看了看四周,那神态似乎说:"看吧,看吧,我有多吃惊呀!"随后她又把眼睛盯住阿尔卡季,但阿尔卡季却提高声音,还和身边的卡捷琳娜交换一下眼色,继续阅读。

奥金左娃急匆匆走到了自己的书房前。巴扎罗夫紧跟其后,头没抬,只是听到她那丝绸衣服轻轻地从他面前的地面拖过发出的窸窸窣窣的响声。奥金左娃还是坐在昨晚坐过的那张扶手椅上,巴扎罗夫也同样没有换位子。

"那本书叫什么?"安静了一会儿后,她问道。

"贝鲁兹与弗列米合著的《化学概论》。"巴扎罗夫答道。"不过也可以介绍您读加诺的《物理初级实验》,那本书的插图比较清晰,通常来说,那是本教科书……"

奥金左娃把手伸了过去。"叶夫根尼·瓦西里伊奇，原谅我！我叫您来，不是讨论教科书。我想继续昨天的谈话。您突然走了……您不会厌烦吧？"

"就依您吧，安娜·谢尔盖耶芙娜。但是，我们昨天谈的什么？"

奥金左娃瞥了他一眼。"我们好像是谈的幸福问题。我给您谈了我自己。哦，我提到了'幸福'这个词。请问，我们欣赏音乐、欣赏一个美好夜晚、与一些有好感的人谈话的时候，为什么这些好像是暗示某种隐约的幸福，而不是实际的幸福，也就是我们自己所拥有的幸福呢？这是为什么？可能您并不能感觉到吧？"

"俗话说：'这山望着那山高。'"巴扎罗夫反驳说道，"昨天您说感到不满足，可我从不这样想。"

"也许，您觉得这可笑？"

"不，不过，它们从来不到我的脑子里。"

"是吗？您知道吗，我很想知道您在想什么？"

"什么？我不懂您的意思。"

"请听我说吧，我早就想和您说清楚。您知道的——您与众不同，您年轻，前途光明。您自己准备干什么呢？你希望有什么样的前途呢？我的意思是——您想达到什么目的？您想往什么方向走？您心里在想些什么？一句话，您是个什么人？您想干什么？"

"您让我很吃惊，安娜·谢尔盖耶芙娜。您明知道我是研究自然科学的，至于我是什么人……"

"是的，您是什么人？"

"我已经说过了，我将来是一名县级医生。"

安娜·谢尔盖耶芙娜做出一个很不耐烦的动作。"您别说了！这连您自己都不相信。阿尔卡季可以这样回答我，您却不该这么回答。"

"为什么阿尔卡季……"

"别说了！您能满足这样不起眼的工作吗？您不是不信任医学吗？您那么自负，会甘心当一名县级医生！您这样回答我，是敷衍我，因为您对我不信任。您知道吗，叶夫根尼·瓦西里伊奇，我是理解您的，我以前穷，也跟您同样有雄心，也许，我已经经历了你经历的苦难。"

"这很好，安娜·谢尔盖耶芙娜，不过，请原谅……我向来不喜欢谈自己，况且我们之间还没有亲密到……"

"不算亲密？您又要说我是贵族了吧？好了，叶夫根尼·瓦西里伊奇，我以为自己已经向您证明过……"

"不说这些，"巴扎罗夫打断她的话说道，"我们谈论或思考未来又有什么用呢？何况我们的未来怎样，并不取决于我们！将来要有机会干成点什么事——那当然很好；万一没机会——我们还可以庆幸我们没有满口大话。"

"您认为友好的聊天只是一些废话？也许，您只是把我看成是一个女人，一个不值得您信任的女人？因为您看不起女人。"

"我没有看不起您，安娜·谢尔盖耶芙娜，这一点您知道。"

"不，我根本不这样想……不过，我们可以假设：我理解您不愿意谈论未来的心情，可是您现在心里发生的是什么……"

"发生的！"巴扎罗夫重复说了一下，"就像我是一个国家、一个社会似的！这没一点意思。再说，难道一个人要经常大声说出自己心里'发生'的事吗？"

"我不明白为什么你无法说出你心里所想的一切。"

"您能吗？"巴扎罗夫问道。

"我能。"经过稍微犹豫以后，安娜·谢尔盖耶芙娜答道。

巴扎罗夫低下了头。"您比我幸福。"

安娜·谢尔盖耶芙娜疑问重重地看了看他。"既然这样，"她继续说道，"不过，我仍然认为我们并不是白相识一场，我们会成为好朋友的。我认为您这种，怎么说呢？您的这种紧张的心情，这种克制，最终会消失的，对吗？"

"那么您发现了我的克制……或者说是您所说的紧张？"

"是的。"

巴扎罗夫站起来，走近窗前。"您想知道我克制的原因，您想知道我心里正在发生什么吗？"

"是的。"奥金左娃重复了一遍，但心里怀着一种她还不理解的害怕。

"您不会生气吗？"

"不生气。"

"不生气吗？"巴扎罗夫背对着她站着，"那我告诉您吧，我爱您，像一个傻瓜,一个疯子那样爱着您……您最终还是逼我说出来了。"

奥金左娃双手向前伸去,巴扎罗夫则用前额顶住窗玻璃。他开始喘气,他的整个身子都在颤动。但是,这不是年轻人羞涩的颤抖,不是首次表白爱情甜蜜的惊慌在控制着他,这是一种激情在心中挣扎,强烈的、沉痛的激情——不像仇恨,或许与仇恨有关的一种激情……奥金左娃开始对他又怕又怜。

"叶夫根尼·瓦西里伊奇。"她的声音中有难以抑制的温柔。

他急忙转身,眼神想要把人吞下去——接着便抓住她的两手,把她拉进自己的怀中。

她没有立刻挣脱他。但是过了一会儿,她在远远的角落里望着巴扎罗夫。他走向她……

"您没理解我的意思。"她惶恐地小声说道。似乎他再朝她走出一步,她就要喊起来了……巴扎罗夫咬着嘴唇,出去了。

半个小时以后,一个女仆把巴扎罗夫写的一张纸条交给安娜·谢尔盖耶芙娜。纸条上只有一行字:"我是否要在今天走?还是允许我住到明天再走?""为什么要走呢?我还没有了解您,您也没有了解我。"安娜·谢尔盖耶芙娜给他这样回信,可她心想:"我也不了解我自己。"

午饭以前,她一直没有露面,总在自己的房间里走来走去,两手放在背后,一会儿在窗前停停,一会儿又到镜子前站一站,用一条手帕慢慢地擦着脖子,好像脖子上面有一个地方在燃烧似的。她问自己,到底是什么东西让她"逼迫"(照巴扎罗夫的说法)他坦白?她怀疑过什么?"是我的错,"她说出声来了,"但是,我没想到这一点。"她开始沉思,一想起巴扎罗夫向她扑过来,脸上的神情像野兽般,她不禁满面红潮……

"或许?"她突然说了出来,随即就停下来,甩了一下鬈发。镜中的自己向后仰着头,眼睛半张半开,嘴唇带着神秘的笑容,似乎都在讲述一件让自己害羞的事……

"不,"她做了最后的决定,"谁知道这会导致什么后果,这可不是闹着玩的,无论如何还是保持平静好。"

她保持了心境的平静,但她还是感到伤心,甚至流泪了。她自己也不知道是什么原因,但肯定不是因为受到了伤害,她并不觉得自己受到了什么伤害,她倒是觉得是自己的错。在各种模糊的感觉(像对逝去的生活的觉悟，对新事物的渴望等等）的影响之下，她强迫自己走到了某一界线，强迫自己看这条界线——在那一边她看到的不是深渊，却是空虚……或者是丑恶。

十九

不管奥金左娃的自制力有多强，不管她对所有偏见的态度有多么超脱，当她来到饭厅吃午饭的时候，她还是感到不自在。不过他——巴扎罗夫倒是很坦然地走了过去。波尔菲里·普拉托内奇来了，他说了很多笑话，他刚从城里回来。他说省长布尔达鲁下令所属官员都要在靴子上装好马刺，一旦他派他们去什么地方执行特殊任务，就可以很快骑马奔去。阿尔卡季在与卡捷琳娜小声说话，却装出一副恭听老公爵小姐吩咐的样子。巴扎罗夫则沉着脸，顽固地沉默着。奥金左娃有两三次——是直接地而不是偷偷地——看看巴扎罗夫的脸庞，他那张脸很严肃，满脸怒容，眼睛垂着，每一根线条上都有着坚决蔑视的样子，于是她想："不……不……不……"吃完午饭后，她和她的一帮人便向花园走去，一见巴扎罗夫想和她谈话，便向一旁走出几步，停了下来。他走近她身旁，此时他并没有抬起头，而是低声说道：

"我该向您表示歉意，安娜·谢尔盖耶芙娜。您在生我的气吧。"

"不，我没有生您的气，叶夫根尼·瓦西里伊奇，"奥金左娃答道，"但是，我感到很伤心。"

"那就更糟了。无论怎样，我已经受够了惩罚。我的行为是愚蠢的，您大概会同意我的看法。您给我写信，问我为什么要走，可我不能，也不愿意留下来。明天我就要离开这里了。"

"叶夫根尼·瓦西里伊奇，为什么您……"

"为什么我要走吗？"

"不，我不是那个意思。"

"过去的事已经无法挽回，安娜·谢尔盖耶芙娜……而这种事迟早总要发生的。因此，我必须走。我明白，只有一个条件可以让我留下来，但这个条件永远也不会有。冒昧问一句,您不会爱上我,而且永远也不会爱上我吧?"

巴扎罗夫的黑眉毛下面,眼睛瞬间眨了一下。

安娜·谢尔盖耶芙娜没有说话。"我害怕这个人。"脑子里突然有这种想法。

"再见吧,夫人!"巴扎罗夫似乎猜透了她的想法,说完这句话就向屋里走去。安娜·谢尔盖耶芙娜悄悄地跟在他的身后,随后把卡捷琳娜叫到身边,挽起她的手来。直到傍晚降临,她一直没和卡捷琳娜分开。她不去玩牌,而且笑得越来越多,这和她苍白、尴尬的面容很不相称。阿尔卡季疑惑不解,他像所有青年观察家那样,一直对她观察着,也总是问自己:这是什么意思呢?巴扎罗夫把自己锁在房里。然而,喝茶的时候他回来了。安娜·谢尔盖耶芙娜很想对他说几句安慰话,却又不知从何说起⋯⋯

一件意想不到的事情让她摆脱了困境:管家来禀报,说西特尼科夫来了。这位进步分子像一只小鹌鹑一样飞进了房里,那模样实在难以形容。这人一向是惹人讨厌的,这次他居然下定决心到乡下来看一位他并不熟悉的女人,而这个女人又从未邀请过他。不过,据他了解,他认识的两个聪明人正在那个女人家里做客。但是,尽管如此,他还是窘迫得要死,不仅把早已背得烂熟的问候语和道歉的话忘得一干二净,一句也说不出来,而且嘟囔了一大堆的胡话,说什么他是库克申娜派来问候安娜·谢尔盖耶芙娜的健康的;阿尔卡季·尼古拉伊奇也经常当着他的面赞扬安娜·谢尔盖耶芙娜⋯⋯说这话时,结结巴巴,手足失措,结果竟坐在了自己的帽子上。然而谁也没有赶他走,安娜·谢尔盖耶芙娜甚至把她的姨妈和妹妹介绍给他认识,所以他很快就恢复了常态,而且开始滔滔不绝地说了起来。

在生活中,庸俗的出现总是很有益处的,它可以将绷得紧紧的琴弦松弛下来;也可以让自以为是或者自我健忘的情绪清醒过来,提醒它们庸俗原本和它们是紧密相连的。随着西特尼科夫的到来,一切都变得不那么尖锐——也简单了。大家晚餐甚至都吃得多了一些,睡觉时间也提前了半小时。

"你以前对我说过的话,现在我要用它来问你了:'你为什么这样忧伤？难道是履行了一个什么神圣的义务？'"阿尔卡季躺在床上对巴扎罗夫说道。巴扎罗夫此时也已脱下衣服。这几天来，两个年轻人间经常假装满不在乎地开几句玩笑，这总是暗暗地不满或者猜疑的征兆。

"我明天回家看我父亲。"巴扎罗夫说道。

阿尔卡季微微抬起身子，用手肘撑着。他对巴扎罗夫的话既感到惊讶，不知道为什么又感到高兴。"啊！"他说道，"你就是为此事而忧伤吧？"

巴扎罗夫打了一个哈欠。"知道的太多，会老得很快的。"

"那么安娜·谢尔盖耶芙娜怎么办呢？"阿尔卡季继续说道。

"什么安娜·谢尔盖耶芙娜怎么办？"

"我是说，难道她肯放你走吗？"

"我又不是他雇的人。"

阿尔卡季开始沉思，而巴扎罗夫则躺了下去，而且把脸转过去，对着墙壁。他们有好几分钟一句话也没说。

"叶夫根尼！"阿尔卡季突然喊叫了一声。

"嗯？"

"我明天和你一起走。"

巴扎罗夫什么话也没有回答。

"不过我回我家，"阿尔卡季继续说道，"我们一起走到霍赫洛夫斯克村，在那里你问费多特要几匹马。我倒是很高兴认识你的家人，但是我怕对他们和你都不方便。你还会到我们家去吗？"

"我的东西还留在你家呢。"巴扎罗夫作了回答，但没有转过脸来。

"怎么不问我为什么我要走呢？而且和他一样走得这么突然呢？"阿尔卡季想，"真的，我为什么要走？他又为什么要走呢？"他继续在思索。他无法对自己做出满意的回答，而他的心里则充满了酸苦。他觉得，和已经习惯的生活分手，他心里会难过的，但他一个人留在这里，又有点奇怪。"他们两人一定发生了什么事，"他反复思索着，"他走了，我还待在她面前有什么意思呢？她已经对我感到很讨厌，我也就失去了最后的一线希望。"他开始想象安娜·谢尔盖耶芙娜的模样，后来另一张面孔慢慢地将这个年轻寡妇美丽的容貌掩盖了。

"我也不愿离开卡捷琳娜！"阿尔卡季悄悄地对着枕头低语，那枕头上已经滴下了一滴泪水。他突然把头发向上一甩，随即就大声说道："西特尼科夫这个白痴到这里来搞什么鬼名堂呢？"

巴扎罗夫先是在被子里动了一下，随后说：

"老弟，我看你更傻。我们少不了西特尼科夫这种人。你要明白，我就需要像他这样的傻瓜。真的不是神仙才能烧瓦罐呢！"

"唉，嘿！"阿尔卡季暗自想，此时，巴扎罗夫那讳莫如深的傲慢才向他展示了一瞬。"这么说来，我俩都是神仙？或者你是神仙，我是傻瓜？"

"是的，"巴扎罗夫忧郁地说道，"你更傻。"

第二天，当阿尔卡季告诉奥金左娃要和巴扎罗夫一起离开的时候，奥金左娃并未感到特别的惊讶，她显得心不在焉，而且似乎很疲倦。卡捷琳娜默不作声又同时很严肃地望了望他，老公爵小姐倒是很高兴的，甚至在披巾下面划起十字来，不料被阿尔卡季看见了；不过，西特尼科夫可急了。他刚刚穿着一套华丽的衣服（这一次可不是穿斯拉夫派的服装）下楼来吃早饭。昨天晚上他带来很多衣服，使伺候他的那个仆人大吃一惊，可现在他的同伴们却突然要离他而去！他急忙走了一阵碎步，心慌意乱，就像一只被赶到林端的小兔子——突然，他几乎是带着惊恐叫嚷着向女主人宣布，他也要走了。奥金左娃并没留他。

"我有一辆很平稳的轻便马车，"这位倒霉的青年人对阿尔卡季补充了一句，"我可以把您送回家，而叶夫根尼·瓦西里伊奇则可以用您的敞篷马车，这样大家都方便。"

"谢谢您的好意，您和我们不同路，而且离我家远得很。"

"没关系，没关系，我的时间很多，正好我到那边还有事要办。"

"是包税方面的事？"阿尔卡季语气轻蔑地问道。

但是西特尼科夫感到很绝望，并没像平时那样笑出来。"您尽管放心，轻便马车很舒服，"他喃喃说道，"我们三个人坐得下。"

"您别拒西特尼科夫的好意，他会伤心的。"安娜·谢尔盖耶芙娜说道。

阿尔卡季看了她一眼，意味深长地垂下了脑袋。

早饭后，客人们就走了。奥金左娃与巴扎罗夫告别时，把手伸向他，说："我们还会见面的，对吗？"

"听从您的吩咐。"巴扎罗夫回答道。

"那我们一定还会再见面的。"

阿尔卡季第一个走到台阶上。上了西特尼科夫的轻便四轮带篷车。管家客气地服侍他坐好,他却恨不得痛快地揍他一顿,要不就放声大哭一场。巴扎罗夫也坐上了四轮敞篷马车。车到霍赫洛夫斯克村后,阿尔卡季等客栈店主费多特把马套好,就走到敞篷车前,带着常有的微笑,对巴扎罗夫说道:"叶夫根尼,我跟你一起走吧,我想去你家。"

"上来吧。"巴扎罗夫挤出这么一句。

西特尼科夫正绕着自己的马车轮子走来走去,神气十足地吹着口哨,一听阿尔卡季和巴扎罗夫的对话,张开大口望着,阿尔卡季则很冷静地从他的轻便马车里把自己的行李拿出来,坐到了巴扎罗夫的身边——他很有礼貌地向自己原来的旅伴鞠了一躬之后,马上叫了一声:"走啦!"于是那辆敞篷马车便开始跑动起来,很快就从视野中消失不见了……西特尼科夫被弄得狼狈不堪,看了看自己的车夫,那车夫正在用鞭子拨弄拉边套的一匹马的尾巴。西特尼科夫马上跳上轻便马车,对着两个过路的农民吼叫:"快戴好帽子,笨蛋!"车就往城里驶去。他很晚才到城里,第二天他到了库克申娜家里,恶狠狠地大骂:"两个讨厌的傲慢的家伙。"

坐进巴扎罗夫的敞篷马车后,阿尔卡季紧紧地握着巴扎罗夫的手,好久没说一句话。似乎巴扎罗夫对这种握手和沉默很理解,也很珍视。昨晚他整夜没睡,只是抽烟,几天来他几乎什么也没吃。从他那顶戴得很低的制帽下面,露出消瘦了很多的脸,显得特别突出和阴沉。

"怎么,老兄,"他终于开口说话了,"来根雪茄吧……看,我的舌头黄了没?"

"黄了。"阿尔卡季说道。

"是啊……这雪茄抽起来也没有味道,我这台机器好像有毛病啦。"

"最近你确实变化不小。"阿尔卡季指出。

"没事!会好的。不过,有一件事很头疼,我妈妈心肠好。你一天不吃十几次,肚子不吃得胀鼓鼓的,她就会很难过。嗯,父亲倒没有什么,他哪儿都去过的,见多识广,经历丰富。不,不能抽烟了。"他说着就把雪茄扔在路上的尘土里。

"这里离你家有二十五俄里吗?"阿尔卡季问道。

"二十五俄里。问问这个聪明人吧!"

他指着坐在车台上的农民，费多特请的一位雇工。但是，聪明人却说，"谁知道呢——谁也没有量过。"说完就继续轻轻地驾车，他说那是在"用脑袋踢人"。

"对，对，"巴扎罗夫开口说，"我的朋友，这是给您上的有益的一课。鬼才知道哪儿有那么多胡说八道。每一个人都被一根细绳子吊着，脚下是随时都可能裂开的深渊，可他们仍然庸人自扰，破坏自己的生活。"

"你这是指什么？"阿尔卡季问道。

"我什么也不指，坦白说，我们都很愚蠢。这有什么好说的呢！我在医院里就已经说过，谁和自己的病痛作对，谁就一定能战胜病痛。"

"我不明白你的意思，"阿尔卡季说道，"你也没什么可抱怨的。"

"既然你没有完全明白我的意思，那我就告诉你下面的情况。在我看，与其让女人控制你一个手指头，还不如在马路上砸石子。这就是……"巴扎罗夫差点把他喜欢的词"浪漫主义"说了出来，不过他忍住了，只是说："废话。你现在不信我的话，但我还是要对你说，我们都已同女人打过交道了，而且我们都感到很高兴，一旦离开这种交往，无异于在大热天洗一个冷水澡。男子汉哪有工夫去关注这种琐事，男子汉应该凶狠，就像西班牙的谚语说的那样。他对着坐在车台上的农民补了一句，"聪明人，有老婆吗？"

那农民转过脸来看着两位朋友，他的那张脸是扁平的，眼睛有点近视。"老婆吗？有啊，怎么会没有老婆呢？"

"你打她吗？"

"打老婆？打是打过，可我不会无缘无故打。"

"很好，喂，她打你吗？"

农民开始拉动缰绳。"您说的什么话，老爷？您真爱开玩笑……"他显然是生气了。

"你听到了吧，阿尔卡季·尼古拉伊奇！我们可是挨了一顿打……这就是受过教育的人的下场。"阿尔卡季勉强笑了起来，可巴扎罗夫把头扭了过去，一路上就没再张口说话。

二十五俄里在阿尔卡季眼里像是有五十里。在一个平缓的山坡上，终于看到了巴扎罗夫父母亲所在的小村庄。村子的旁边，在一片幼嫩的桦树林中，露出一座贵族小院，屋顶是麦草盖的。第一家农舍边，站着两个戴帽子的农民，他们正在吵架。"你是一头大肥猪。"一个对另一个说道，"比猪崽子还要坏。""你老婆是个巫婆。"另一个反驳他说。

"根据他们两人放肆的态度来看，"巴扎罗夫对阿尔卡季说道，"根据他们这种戏谑的笑骂，你就能得出结论：我父亲并不曾过分压迫他的农民。你看，他已经到住房的台阶上来了。显然他是听到了铃声。是他，是他，我认出他了。唉，唉！他的头发白了那么多，可怜的人！"

二十

巴扎罗夫从车中探出身，阿尔卡季从同伴后面探头望去，见这宅子的小台阶上叉腿站着一个人，瘦高个，头发乱蓬蓬的，长着瘦削的鹰钩鼻子，敞怀穿了件旧军服。他正抽着长烟斗，太阳照得他眯着眼睛。马停了下来。

"你可回来了，"巴扎罗夫的父亲说道，他还在抽烟，烟袋在他指间抖动。"喂，下来吧，下来，让我来抱抱你。"

他抱住儿子……"叶纽沙，叶纽沙！"一个女人颤抖的声音传来。大门打开，门槛处出现了一个矮胖的老妇人，戴着白色便帽，穿着花短衫。她边惊讶地发出"哎呀，哎呀"的声音，边踉踉跄跄走过来，要不是巴扎罗夫一把扶住她，都几乎要摔倒。她那浑圆的胳膊一把搂住儿子的脖子，头紧紧地贴着他的胸膛，一切都沉寂下来，只听见她断断续续的抽泣声。老巴扎罗夫呼吸沉重，眼睛比之前眯得更厉害了。

"好了，够了，够了，阿里莎！放开吧。"他说，和阿尔卡季对视了一下，阿尔卡季正静静地站在车边，连那个车夫也背过脸去，"别哭了，真不用这样。"

"唉，瓦西里·伊万诺维奇！"老太太喃喃地说，"我多少年都没看见我亲爱的好儿子，叶纽沙了……"她没松开胳膊，只是身子稍稍离开了些，抬起那张布满泪痕的皱脸，用带有稚气的、可笑的眼光看着他，然后又把脸贴在他胸前。

"唉，人之常情啊！"瓦西里·伊万诺维奇说，"不过最好先进屋吧。

还有位客人和叶夫根尼一起来了。请多包涵，"他转向阿尔卡季，脚跟稍稍一碰行了个礼说道，"请您谅解女人的弱点，啊，慈母心肠……"可他自己的嘴唇和眉毛还在颤动，下巴也在抖着……不过显然他想控制自己，尽量显出漠然的样子来。阿尔卡季向他鞠了一躬。

"进去吧，妈妈，真的，"巴扎罗夫道，搀着全身无力的老太太进了屋。让她在一张舒适的安乐椅上坐下，他又忙和父亲拥抱一下，给他介绍阿尔卡季。

"很荣幸认识您，"瓦西里·伊万诺维奇说，"请别见怪，我们这儿一切都很简单，和军队一样。阿林娜·弗拉西耶夫娜，冷静点吧，拜托了，怎么这么脆弱？客人会见怪的。"

"少爷，"老太太含泪说道，"请教您的大名和父称……"

"阿尔卡季·尼古拉伊奇。"瓦西里·伊万诺维奇恭敬地轻声说。

"请原谅我这老太婆。"老太太擤净鼻涕，把头两边一歪，仔细地擦干了一双泪眼，"请您多包涵。您要知道，我原以为这辈子都见不到我的宝贝儿子了呢。"

"现在我们不是把他等回来了嘛，太太，"瓦西里·伊万诺维奇接过话茬，"塔纽什卡，"他转向一个约十三岁、光着脚丫的小姑娘，她身穿鲜红的印花连衣裙，正胆怯地从门外探着头，"给太太端杯水来——用托盘，听见没？还有两位先生的，"他带点旧式的调侃道，"请来参观一个退伍老兵的书房吧。"

"让我再拥抱你一次，叶纽沙，"阿林娜·弗拉西耶夫娜呻吟着，巴扎罗夫向她俯下身去。"噢，你真英俊！"

"噢，我倒不管他英俊不英俊，"瓦西里·伊万诺维奇说，"不过他已经长大成人了，就是人们说的'奥莫非'，现在我希望，阿林娜·弗拉西耶夫娜，你满足了当母亲的心了，该关心一下他们的肚子了吧，要知道，夜莺不是靠寓言吃饱肚子的。"

老太太从椅子上立起身。"马上，瓦西里·伊万诺维奇，饭马上就好，我要亲自下厨，让人烧好茶炊，一切都会准备好，要知道，我已经三年没有见他，没给他准备吃的了，容易吗？"

"好啦，快去忙吧，好太太，别丢人了。先生们，跟我来吧。季莫费伊奇来给你请安了，叶夫根尼。这老家伙看来也挺高兴的，喂，老家伙，你高兴吧？请跟我来。"瓦西里·伊万诺维奇在前面急匆匆地走，脚上的鞋子吧嗒吧嗒地响着。

他的宅院共有六个小房间。他领着我们的朋友去的那间，便是所谓书房。一张粗腿桌子把两窗间的空隙填满了，上面堆满了文件，满是灰尘，像被烟熏黑了似的；两面墙上挂了几支土耳其枪，几根皮马鞭，一把马刀，两幅地图，几张解剖图，一张古费兰德的肖像，用头发编成的花字，嵌在黑框里，一张文凭，配着玻璃镜框；用桦木做成的大柜子间放了一张皮沙发，有些地方已被压坏扯破；架子上乱七八糟地堆了些书、盒子、鸟标本、罐子和小玻璃瓶；角落里堆着一架废弃的发电机。

"我告诉过您，亲爱的客人，"瓦西里·伊万诺维奇说道，"在我们这儿就凑合着住吧……"

"好了，别说了，有什么值得道歉的？"巴扎罗夫插了句嘴，"基尔萨诺夫很明白，我们不是大财主，你也没有宫殿。我们把他安排在哪里住，这才是主要问题。"

"那不是问题，叶夫根尼，我那边还有间不错的厢房，他会住得很舒适。"

"你盖了厢房了？"

"是啊，少爷，就在澡堂那儿。"季莫费伊奇插口说。

"就是说，浴室旁边，"瓦西里·伊万诺维奇急忙补充道，"如今是夏天了……我这就去那儿安排一下。季莫费伊奇，你把他们的行李搬进来。叶夫根尼，我把书房留给你住，各得其所。"

"如今你知道了，他真是个很有趣的老头儿，心肠很好，"瓦西里·伊万诺维奇前脚刚走，巴扎罗夫就说，"和你父亲一样是个怪人，不过是另一类型的，他总是唠叨。"

"你母亲也真是个好人。"阿尔卡季说。

"没错，她是很实在的。等会看看，她给我们弄什么样的午饭。"

"没想到您今儿回来，少爷，没买牛肉。"季莫费伊奇道，他正把巴扎罗夫的箱子拖进来。

"没牛肉也行。没有就算了。俗语说贫穷不是罪恶。"

"你父亲有多少农奴？"阿尔卡季忽然问。

"田庄不是他的，是我母亲的。记得好像有十五个农奴吧。"

"共二十二个。"季莫费伊奇不满地指出。

随着鞋子的吧嗒声,瓦西里·伊万诺维奇又出现了。"再过几分钟,您的房间就准备好了,可以好好接待您了,"他洋洋得意地叫道,"阿尔卡季……尼古拉伊奇?您的父称是这样的吧?这是您的仆人,"他指着和他一起进来的短发男孩道,那孩子穿了件双肘破烂的蓝色长衣,拖着双别人的皮靴。"他叫费季卡。虽然儿子不让说,我还是要再告诉您,请别见怪。不过他会装烟斗。您肯定吸烟吧?"

"我一般抽雪茄。"阿尔卡季答。

"这样子不错。我自己也更偏爱雪茄,不过在我们这穷乡僻壤很难弄到。"

"好了,别再哭穷了,"巴扎罗夫截住了他的话,"你还是坐到沙发上,让我看看你。"

瓦西里·伊万诺维奇笑着坐在沙发上。儿子长得很像他,只是他的前额更低更窄,嘴稍大了一点;他不停地动着,不时抖抖肩膀,好像衣服箍得他腋下痛,一会儿眨巴一下眼睛,咳嗽几声,又动动手指,而儿子却始终是一种漫不经心的冷静。

"哭穷!"瓦西里·伊万诺维奇重复了一遍,"叶夫根尼,你别认为我想——怎么说呢——想博得客人的同情:说我们住在多么偏僻的地方,正相反,我认为一个有头脑的人看来,不存在穷乡僻壤。至少我尽量不让自己像个老古董,不让自己过时。"

瓦西里·伊万诺维奇从口袋中掏出一方新的黄绸手绢,这是他到阿尔卡季房间时拿着的,他边轻轻挥动着手绢,边接着说:"我说的不是指下面这些事实:比如我实行纳租制,让他们耕种我的土地,然后把一半收成作租子交给我,这对我来说损失很大。我认为这是我的职责,这也是人之常情,即使别的地主连想都不曾想到这点,我现在说的是科学和教育。"

"是啊,我看见你这儿有本一八五五年的《健康之友》①。"巴扎罗夫说。

"是个老朋友寄来的,"瓦西里·伊万诺维奇急忙说,"不过我们还知

---

① 是 1833—1869 在彼得堡出版的一份医界报纸。

道,像骨相学,"他转向阿尔卡季说,指着柜子上有编号小方格的小石膏头像模型,"就连申列因的名字我们也不陌生,还有拉德马赫尔。"

"这个省里还有人信拉德马赫尔吗?"巴扎罗夫问。

瓦西里·伊万诺维奇咳嗽起来。"这省里……当然,先生们,你们了解得更多;我们怎么比得上你们呢?要知道,你们是要接我们的班的。当年拥戴体液病理学的戈夫曼和支持活力论的布朗,我们也嘲笑过,可要知道他们也曾威名远扬。你们有新人代替拉德马赫尔了,你们对这些新人顶礼膜拜,可二十年后的人恐怕又要笑话他了。"

"跟你说实话吧,免得你不高兴,"巴扎罗夫说,"我们现在压根儿不信医学,我们不崇拜任何人。"

"怎么回事?你不是想当个医生吗?"

"是,可这并不冲突。"

瓦西里·伊万诺维奇用中指捅了捅烟斗,那里的余烬还热着。

"好吧,或许吧,或许吧——不和你辩论。我是谁?一个退伍的军医,如此而已,如今我是农业家。我在您祖父的队伍里干过,"他又转向阿尔卡季说,"是的,先生,不错,我当年也见过很多世面。去过各种社交场合,什么人没结交过!我,我自己,您面前的这个人,还给维特根施泰因公爵和茹科夫斯基号过脉呢!就是那些参加过十四日的南军里的人,您懂吗?(此时瓦西里·伊万诺维奇意味深长地抿着双唇。)那些人我都认识。噢,可我和那没关系,我只管好我的手术刀!您祖父是个很可敬的人,一个真正的军人。"

"你实话说吧,还是个大老粗。"巴扎罗夫懒懒说道。

"哎呀,叶夫根尼,怎么这么说……当然,基尔萨诺夫将军不是个……"

"好了,别提他了,"巴扎罗夫打断说,"我坐车来时,看到你那片小白桦林了,长得挺好,我真高兴。"

瓦西里·伊万诺维奇活跃起来。"你再看看我的小花园!每棵树都是我自己栽的。有水果、浆果和各种草药。不管你们多么聪明,我年轻的先生们,可还是老帕拉采利西道出了神圣的真理:在草、言语和石头里……我,你知道,已不行医了,可每周还要有两三次重操旧业——总不能把他们拒之门外。有时穷人跑来请我帮忙。况且这里一个医生也没有。想想,这儿有个邻居是退伍少校,也给人治病。我问过别人:'他学过医吗?'人们说,'不,他没学过,他主要是为了行善……哈哈!为了行善!啊?你怎么看?哈哈哈!"

"费季卡,把烟斗帮我装好!"巴扎罗夫厉声说道。

"这里还有另外一个医生,他去看病人,"瓦西里·伊万诺维奇有点失望地说道,"而病人已去世了,仆人不让医生进来,说:'如今用不着了。'这人没想到,很尴尬,问:'嗯,你们老爷临终前打嗝了吗?''打了。''打得多吗?''多。'——啊,那就好。'说完就回去了。哈哈哈!"

老人独自笑着。阿尔卡季赔着笑脸。巴扎罗夫只是深吸了口烟。就这样,聊了大概一个小时。阿尔卡季还来得及回了趟自己的房间,那原是浴室的外间,倒也很洁净舒适。最后塔纽莎进来说,午饭已准备好。

瓦西里·伊万诺维奇头一个起身。"走吧,先生们,如果你们被打扰了,请多包涵。我太太大概会让你们满意。"

午饭虽是匆忙预备的,却很好,甚至称得上丰盛;只是葡萄酒,像俗语说的"差点劲":这是一种近乎黑色的核列斯酒(烈性白葡萄酒),又有点像青铜、又像松脂的味儿。是季莫费伊奇在城里相熟的商人那里买的;苍蝇也在边上捣乱。平时有个家童拿着一大蓬绿枝在旁边轰;可今天瓦西里·伊万诺维奇怕招来年轻人的指责,就把他打发走了。阿林娜·弗拉西耶夫娜已打扮好;戴了顶带绸带的高包发帽,披着浅蓝花披肩。看见自己的叶纽沙,她就又落下泪来,不过还没等丈夫来劝,很快就自己擦去了泪水,怕滴湿了披肩。只有两人在吃,老两口早就吃过了。

费季卡在一旁伺候,由于穿不惯那双靴子,显得是个累赘,还有个长着男人相的独眼女人帮他,她叫安菲苏什卡,做些管家、喂鸡、洗衣的活儿。在整个午饭中,瓦西里·伊万诺维奇一直在房间里踱步,很幸福、甚至很陶醉地说着拿破仑政策及复杂的意大利问题所引起的严重忧虑。阿林娜·弗拉西耶夫娜没注意阿尔卡季,也没招呼他;她用小拳头支着自己的圆脸,她那樱桃色的厚嘴唇,脸颊和眉毛上的痣使面容显得很和善温厚,她目不转睛地盯着儿子,一直在叹息;她很想知道,这次回来他会待几天,可又不敢问他。"唉,他要是说只住两天呢?"她想着,心便缩成一团。

烤肉上桌后,瓦西里·伊万诺维奇出去了一会儿,拿了半瓶已开塞的香槟来了。"瞧,"他叫道,"虽说是穷乡僻壤,可碰到盛大喜庆时,也有点东西可以庆贺呢!"他斟满了三个高脚杯和一个小酒杯,提议为"尊贵的客人们"的健康干杯,就按照军人的习惯一口把自己那杯干了,他还让阿林娜·弗拉西耶夫娜喝干了她那一小杯酒。当上到果酱时,阿尔卡季虽不能忍受任何甜食,可也认为自己有责任把那四种刚熬好的果酱都尝尝,特别是看到巴扎罗夫断然拒绝而抽起雪茄时。然后茶、奶油、黄油和小点心一块端了上来;喝完茶,瓦西里·伊万诺维奇领着所有人去花园领略落日之美,他们路过一条长凳时,他低声对阿尔卡季说道:

"我喜欢在这里看着落日想些哲学问题:这对一个隐士是很合适的。在那儿,稍远点的地方,我种了几棵树,是贺拉斯①喜欢的。"

"什么树?"巴扎罗夫听到后问。

"啊……洋槐。"

巴扎罗夫开始打起呵欠。

"我想,是旅行者投入摩尔甫斯②怀抱的时候了。"瓦西里·伊万诺维奇说道。

"就是说该睡觉了!"巴扎罗夫插嘴说道,"这主意不错。确实是时候了。"

他和母亲道晚安时,吻了她的额头,她却拥抱了他,并在他背后偷偷地画了三次十字,为他祈福。瓦西里·伊万诺维奇送阿尔卡季回他的房间,祝他"睡个好觉,就像我在您这个幸福的年纪时一样。"阿尔卡季在那浴室的外间睡得很香,屋里散发着薄荷的清香,两只蟋蟀在炉子后争先恐后地鸣叫,让人昏昏欲睡。

瓦西里·伊万诺维奇从阿尔卡季那里回到了自己的书房,他身子蜷曲着,倚靠在沙发上儿子的脚边,想和他再聊聊,可巴扎罗夫说,自己很困,很快把他打发走了,其实巴扎罗夫直到天亮才入眠。他睁大了双眼,恨恨地盯着黑暗:他不是陷入了儿时的回忆,而是没摆脱新的痛苦感受。阿林娜·弗拉西耶夫娜先祈祷得自己心满意足了,然后和安菲苏什卡聊了很久,安菲苏什卡柱子似的站在老太太面前,用那只独眼凝视着她,神秘

---

① 罗马诗人。

② 希腊神话中的梦神。

地小声说着她对叶夫根尼·瓦西里伊奇的种种观察和看法。老太太已被快乐、葡萄酒和雪茄的烟味冲昏了头，她丈夫本想和她谈谈，也只好挥挥手作罢。

阿林娜·弗拉西耶夫娜是个地道的俄罗斯旧式贵族。她应该早生二百年，生活在莫斯科时代。她信任上帝，很虔诚，也多愁善感，她相信各种预兆、占卜、咒语和梦幻；也相信疯修士的预言、家神、树精、不吉利的相遇、中邪和民间土方，还相信星期四不吃盐和世界末日很快降临；她相信假如复活节通宵烛光不灭，荞麦一定有好收成，假如蘑菇给人看见了，就不会再长；她相信鬼爱在有水的地方出没；相信每个犹太人的胸口都有一块血印；她怕老鼠、蛇、青蛙、麻雀、水蛭，怕雷声、冷水、穿堂风，还怕马、羊、棕红色头发的人和黑猫，觉得蛐蛐和狗都是不洁之物；她向来不吃小牛犊肉、鸽子、虾、奶酪、芦笋、洋姜、兔肉，也不吃西瓜，因为切开的西瓜让人想到施礼约翰的头；一提起牡蛎她就颤抖；她爱美食——也严格吃斋；一昼夜要睡十个小时，可假如瓦西里·伊万诺维奇头疼的话，她就彻夜不眠；她除了读《阿列克西斯》或《林中茅舍》外，什么书也不念；她一年顶多写一两封信，可对做家务和做干果、干菜、果酱却很在行，虽然她自己从不亲自动手；她不爱动，一待就再不愿动。

阿林娜·弗拉西耶夫娜心地很善良，而且一点也不蠢。她知道，世上有主人和平头百姓，主人该发布命令，百姓就该服从——因此她并不讨厌卑躬屈膝和跪拜的礼节；可她对手下人却很温柔、和气，从不让一个乞丐空手而回，她也从不责怪别人，虽然偶尔也说说闲话。年轻时她容貌俊俏，会弹奏击弦古钢琴，还能说些法语；可不情愿地出嫁了，和丈夫漂泊多年后，体态渐渐臃肿，音乐和法语也丢了。她很爱儿子，也说不出的怕他；她把田产完全交给瓦西里·伊万诺维奇管理——自己不再插手；当老伴一说起要实施的改良和计划时，她就唉声叹气，挥着手帕，吓得眉毛越抬越高。她很多疑，老感到大祸临头，一想到什么悲伤的事，就马上哭起来……这样的女人如今快要绝迹了。天知道这究竟该不该庆贺！

二十一

清早一起床,阿尔卡季打开窗户——第一眼便瞧见瓦西里·伊万诺维奇。老头身穿布哈拉的家常长衫,腰里束着条手绢,正勤快地刨着菜园子。他看到这年轻客人,便扶着小铁锹,大声喊道:"祝您健康!睡得好吗?"

"很好。"阿尔卡季答。

"看我在这儿像新纳塔斯①一样刨土种晚萝卜呢。如今就是这么个年代——感谢上帝!每个人都要靠自己的双手谋生,别人是靠不住的,要自己劳动。看来让·雅克·卢梭②是对的。半小时前,我亲爱的先生,您就会看到我完全是另一副样子。有个农妇来说她闹肚子——这是她的说法,照我们的说法是痢疾,我……怎么说呢……我给她用了点阿片,又给另一个女人拔了颗牙。我建议她上些麻药……可她却不同意。这些我都是免费的——阿纳马焦尔③,不过这对我来说,也没什么奇怪的;要知道我是个老百姓,新人,不像我老婆出身世袭贵族……在喝早茶以前,愿不愿到这树荫下,呼吸一下新鲜空气?"

阿尔卡季走到他身边。

"再次欢迎您!"瓦西里·伊万诺维奇说,把手举到油腻的小圆便帽边,行了个军礼,"我知道,您习惯了富贵生活,不过当代伟人也会高兴住上几天茅舍的。"

"您见外了,"阿尔卡季大叫道,"我怎敢和当代伟人并肩呢?也不习惯富贵生活。"

"对不起,对不起,"瓦西里·伊万诺维奇有点做作地答道,"我如今虽说已过时了,可也是走南闯北过的——从飞行姿势就能看出是只什么鸟

---

① 新纳塔斯,公元前五世纪古罗马的一个贵族、将军和独裁者,他曾恭身务农。
② 让·雅克·卢梭(1712—1778),法国著名作家和思想家。
③ 法语音译,意思是不收费,义诊性质。

儿。我也算是心理学家,也懂得点相面。如果没有一技之长——斗胆说吧——我早就完蛋了;像我这种小人物早就被排挤了。不是我当面恭维;我很高兴,您和我儿子间的友情。我刚看到他,通常——大概您也知道——他起得很早,到周围去散步了。请允许我好奇地问声——您和我的叶夫根尼认识很久了吗?"

"去年冬天认识的。"

"哦,是这样,先生。请让我再问一句——我们何不坐着呢——请恕我这个做父亲的直言不讳,您对我的叶夫根尼怎么看?"

"您儿子——是我碰到的最优秀的一个。"阿尔卡季忙答道。

瓦西里·伊万诺维奇的双眼突然睁得老大,双颊微红,小铁锹从他手中滑落。"那么您觉得……"他启口道。

"我相信,"阿尔卡季抢过话头,"您儿子前程似锦,他会给您带来光荣。从我们首次见面我就深信不疑。"

"这……这话怎么说呢?"瓦西里·伊万诺维奇不知该说什么好。他的嘴巴裂开,露出一个幸福的微笑,这微笑一直没有消失。

"您想知道我们怎么认识的吗?"

"当然……请大致说说……"

阿尔卡季开始谈起巴扎罗夫来,比那晚跟奥金左娃跳玛祖卡舞时还说得起劲,还津津有味。

瓦西里·伊万诺维奇听得着迷了,一会儿擤擤鼻涕,一会儿双手将手帕揉成一团,一会儿咳嗽几声,一会儿又搔得头发蓬松凌乱——终于他忍不住,低下身吻了一下阿尔卡季的肩头。"您让我太高兴了,"他说,笑意还在脸上,"我要告诉您,我……我崇拜我儿子;我那老太婆就更不用说了:母亲嘛!可我不敢对他说出我的感受,因为他不喜欢。他反对任何感情表露;很多人甚至指责他性子太硬,认为这是骄傲、无情的表现,可像他这种人不能用常人的标准来衡量,对吧?就打个比方说吧:换了别人,会成为父母的负担,可他呢,您相信吗?他自打生下来就没多拿过一个戈比,老天最清楚!"

"他是个无私、正直的人。"阿尔卡季说。

"确实无私。而我呢,阿尔卡季·尼古拉伊奇,我不仅崇拜他,还以他为荣,我所有的虚荣心就是,有朝一日他的传记里有这么几行字:'一个普通军医的儿子，不过他父亲从小就看出他的不凡，更为了培养他而不惜一切……'"老人的嗓子像被什么堵住了。

阿尔卡季紧紧握住了老人的手。

"您怎么看，"沉默了一会儿瓦西里·伊万诺维奇问，"他能否在医学界功成名就呢？就像您说的那样。"

"当然不是在医学界，尽管他在这方面也会首屈一指。"

"那您指哪方面，阿尔卡季·尼古拉伊奇？"

"现在不好说，不过他会出名的。"

"会出名的！"老人重复了一遍，陷入深思。

"阿林娜·弗拉西耶夫娜请你们去喝茶。"安菲苏什卡上前说道，端着一大盘做熟的马林果走过来。

瓦西里·伊万诺维奇猛地惊醒过来。

"有没有冷奶油来拌马林果？"

"有，老爷。"

"记住，要凉的啊！别客气，阿尔卡季·尼古拉伊奇，多来点儿。叶夫根尼怎么还没来？"

"这儿呢。"巴扎罗夫的声音从阿尔卡季的房里传出。

瓦西里·伊万诺维奇急忙转过身去。"哈！你想探望你的朋友，你可迟到了，叶纽沙，我们已聊了很久了。现在得去喝茶了：你母亲在招呼我们过去。哦，还有件事要和你说一下。"

"什么事？"

"这儿有个农民得了黄疸……"

"就是说黄疸病？"

"是，慢性黄疸，慢性的。我给他开了百金花和金丝桃，让他吃红萝卜，给他苏打；可这都是治标不治本；我们要给他弄点更有效的药。尽管你嘲笑医学，可我还是相信你会给我提些有用的建议。以后再说这个吧。先去喝茶吧。"

瓦西里·伊万诺维奇兴奋地从长凳上一跃而起，哼起了《罗伯特》①里的歌：

---

① 原名《罗伯特与恶魔》，是作曲家麦耶伯尔创作的一个歌剧。

法则，法则，我们给自己定法则，

快……快……让我们快活的生活！

"真有活力！"巴扎罗夫说，从窗口离开了。

正午时分。连绵的白云像薄薄的幔子，遮着似火的骄阳。一片寂静，只有村里的公鸡好斗地鸣叫着，每个听见这声音的人，都奇怪地直打盹儿，感到寂寥；在某棵树顶上有只雏鹞鹰不断发出哀鸣。阿尔卡季和巴扎罗夫躺在一个小干草垛的荫处，身下铺了两三抱青草，虽然已干得沙沙响，可还带着绿意和青草的芳香。

"那棵白杨，"巴扎罗夫说道，"让我想起童年；它长在土坑边，那里有个烧砖的板棚，我在儿时就相信，那个坑和山杨是种特殊的护身符：在它们身边我从不厌倦。那时我还不明白，我不厌倦只因为还小。唉，如今我是成年人了，法力也就消失了。"

"你在这儿总共住了多久？"阿尔卡季问。

"连续住了两年左右，然后我们就外出旅游。我们过的是一种漂泊的生活，总在不同的城市里搬迁。"

"这宅子早就有了吧？"

"很早了。还是我外公盖的。"

"你外公是什么人？"

"鬼才知道。好像是个准少校吧。在苏沃洛夫手下服过役，总爱说穿越阿尔卑斯山脉的故事。也没准儿是在吹牛呢。"

"难怪你们客厅里挂着苏沃洛夫肖像呢。可我喜欢你们住的这种小宅院，既古老又温暖；还有种别致的气味。"

"那是灯草和苜蓿的混合味道，"巴扎罗夫打着呵欠说，"可这可爱小宅院里竟然有苍蝇……呸！"

"告诉我，"停了会儿，阿尔卡季又道，"你小时候父母对你管得严不严？"

"你已看到我父母是什么样的人，他们并不严厉。"

"你爱不爱他们，叶夫根尼？"

"爱，阿尔卡季！"

"他们可真爱你!"

巴扎罗夫沉默了。"你知道我在想什么吗?"他将双手往脑后一放,又开口道。

"不知道。想什么?"

"我在想:我父母在这世上活得很幸福!父亲六十岁了,还在到处忙碌张罗,谈着治标不治本,为人治病,对农民慷慨大方——总之,很满足;我母亲过得也不错:她一天到晚总有干不完的活,还不时地唉声叹气,始终想不到自己;可我呢……"

"你怎么了?"

"我想:我躺在这干草垛下……占着这块小地方,和无我或者与我无关的空间相比,是那么渺小啊;我度过的时光,和我出世之前和去世之后的永恒岁月相比,又是那么短暂……就在这个院子里,这个数学的点上,血液在循环,大脑在工作,在期待着什么……哎,真是太可笑了!无聊至极!"

"我觉得,你讲的这些对任何人都适用……"

"对,"巴扎罗夫抢过话头,"我想的是,他们——我的父母,忙忙碌碌,从不关心自身的渺小,并没因此伤心……可我……我却觉得无聊和愤怒。"

"愤怒?为什么?"

"为什么?不为什么?你忘了吗?"

"我都记得,可我还是不觉得你有愤怒的权利。你很失落,我知道,可……"

"哎!你,我看出来了,阿尔卡季·尼古拉伊奇,对爱情的理解和那些时髦的年轻人没什么不同:你拼命地吸引着母鸡,可当母鸡真的靠近了,你却赶紧溜走!我偏不这样。够了,别说这些了。既然没什么帮助,再说就可耻了。"他翻身侧躺着,"看!这有只蚂蚁真棒,拖着一只半死的苍蝇。拖,老弟,使劲!不管它怎么抵抗,你这个动物,有权不承认同情心,不像我们这些人一样自我葬送。"

"你怎么说呢,叶夫根尼!你何时自我葬送了?"

巴扎罗夫抬起头。"这是我唯一自傲的。我自己没有毁掉自己,那个女人也毁不掉我。阿门!一切都结束了!这事我从此不会再提一个字。"

两个朋友静静地躺了一阵儿。

"是的,"巴扎罗夫又开口说道,"人真是奇怪的生物。要是我们从远处、从侧面观察'父辈们'在这里过的这种隐居生活会认为:还有什么比这更好的?吃喝玩乐,知道自己的举止是最正确、最明智的。可是不然,苦闷、忧郁抓住了你。你想和人交往,哪怕吵架,也总想和人打交道。"

"生活就该好好安排,让它时刻都有意义。"阿尔卡季深思着说。

"谁说的!有意义的事就算是假的,也是美满的,而且没意义的事还能容忍……而那些无谓的口角,那些闲言碎语……这才最烦人。"

"如果一个人不在乎这些无谓的口角,那它就不存在了。"

"哼……你总是把常规说法倒过来说。"

"什么?你什么意思?"

"就是说:比如,说教育是有益的,这是常理;可偏说教育有害,这就是和常规相悖了。它听上去更时髦漂亮,其实和常规同义。"

"那么真理在哪儿,在哪一边?"

"在哪儿?我只能回声给你:在哪儿?"

"你今天真忧郁,叶夫根尼。"

"真的?太阳晒得我浑身没劲,可能是马林果吃得太多了。"

"那你不如睡一会。"阿尔卡季说道。

"好吧,你别看我,每个人的睡相都很傻。"

"你不是不在乎别人怎么看你吗?"

"该怎么对你说,对一个真正的人,别人没什么好议论的,或者顺从他,或者恨他。"

"奇怪!我谁都不恨。"阿尔卡季想了想道。

"而我恨的人可多了。你心肠软,又优柔寡断,怎么会恨别人呢?你不自信,害怕……"

"那你呢,"阿尔卡季打断说道,"你很自信吗?你对自己的评价太高了吧?"

巴扎罗夫沉默了。"等我遇着一个在我面前不服输的人,"他一字一顿说道,"那时我会改变对自己的看法。哼!比如,今天经过菲利普,就是我们的管理人,那所可爱的小白木屋时,你说过,当最后一个农民也住上这样的房子时,俄国就完美了,我们每一个人都该让它实现……可我却痛恨这最后一个农民,不管他叫菲利普还是西多尔,我该为他拼命努力,他却连声'谢谢'都不说……本来就是，他干吗要谢我？嗯，他会住在小白房里，而我的坟头却长满牛蒡，以后呢？"

"够了，叶夫根尼……今天要别人听了你的话，就会和那些骂我们不讲原则的人站在一起了。"

"你和你伯父的话一样。根本就没什么原则——你至今还不明白这个——只有感觉，感觉决定一切。"

"怎会这样呢？"

"就是这样。像我用一种否定的态度——这是出于感觉。我喜欢否定，我的大脑的结构就是这样的——这就够了！我为什么喜欢化学？你为什么喜欢苹果——这也是靠感觉，一切都是这样。比这再深奥一点，人们就根本看不透了。不是谁都会对你说这些，我也只对你说这一次。"

"怎么？诚实正直——也是感觉吗？"

"当然了！"

"叶夫根尼！"阿尔卡季忧郁地说。

"啊？怎么了？听不惯吗？"巴扎罗夫说，"不，老弟！既然决定放弃一切，那就把自己的腿也砍掉吧！可我们也太哲理了。普希金说得好：'大自然营造梦的寂静。'"

"他没说过这样的话。"阿尔卡季说道。

"噢，如果没说过，他作为一个诗人也该说得出这话。顺便说一句，他在军队里待过吧。"

"普希金从没当过军人！"

"好了吧，他在每一页都写着：'为了俄罗斯的荣誉，去战斗，去战斗！'"

"你真是胡扯！这可是诽谤了。"

"诽谤？太严重了吧！你吓唬我！不管你怎么去诽谤，实际上他总比你说的要坏上二十倍。"

"还是睡会儿吧。"阿尔卡季懊恼地说道。

"很乐意。"巴扎罗夫答道。

可俩人都睡不着，一种似乎是敌意的感觉绊住了这两个年轻人的心。五分钟后，两人睁开眼，默默对视了一下。

"你看，"阿尔卡季突然说道，"一片枯萎的槭树叶落下来，它飘着时真像蝴蝶在翩翩起舞。不奇怪吗？最悲伤和死亡的东西——和最快乐机灵的东西一样。"

"哎呀，朋友，阿尔卡季·尼古拉伊奇！"巴扎罗夫叫道，"求你了，别用华丽辞藻了。"

"我想说什么就说什么……你太专制了。我脑子这样想，干吗不让我说出来呢？"

"是啊，可我为什么就不能说出自己的想法呢？我觉得华丽辞藻什么也不是。"

"那你说什么才好？骂人话吗？"

"哎，哎！我看你和你伯父越来越像了。那个白痴要是听见这些话，不定有多高兴呢！"

"你怎么称呼巴维尔·彼得罗维奇？"

"我就叫他——白痴。"

"你这也太过分了！"阿尔卡季叫道。

"哈！亲情发挥作用了，"巴扎罗夫静静地说，"我发现这种情感在人们心中很顽固。一个人可以拒绝一切，敢于放弃所有偏见；可是如果，要他承认偷别人手帕的自家兄弟是个小偷——他就不干了。确实，我的兄弟，我的——并非天才……这可能吗？"

"我心中只有纯粹的正义感，绝不是亲情，"阿尔卡季激烈地反驳道，"既然你不理解这种情感，又没有这种感觉，你就不该指责它。"

"或者说，阿尔卡季·基尔萨诺夫真是高深，我是理解不了的——我只好沉默了。"

"好了，叶夫根尼，我们会吵起来的。"

"啊，阿尔卡季！求你了，我们就痛快地吵一架吧。"

"要是这样，我们会……"

"打架？"巴扎罗夫打断说道，"怎么？就在这儿，在干草上，在田野里，远离尘世和人们的视野——没关系。不过你估计赢不了我。我一下子就能掐住你的喉咙……"

巴扎罗夫张开他那长硬的手指……阿尔卡季转身，开玩笑似的做出准备抵抗的姿势……可看朋友确实一脸凶相，唇边流露着怪笑，目光炯炯，这让阿尔卡季感觉绝非逗着玩的恐吓，他不禁有些害怕……

"啊！原来你们在这儿！"正在此时响起了瓦西里·伊万诺维奇的声

音,老军医随即来到年轻人的面前,他穿着日常的亚麻布衫子,头戴一顶自编的草帽。"我到处找你们……你们可真会选地方,会找自在。背靠'大地',仰望'天空'……知道吗?这句话有特殊意义?"

"只有想打喷嚏时,我才仰望天空,"巴扎罗夫发着牢骚,他转向阿尔卡季低声说,"真可惜他打断了我们。"

"好了,够了,"阿尔卡季低声说道,偷偷握了一下朋友的手,"要知道多么坚固的友谊都不能长久承受这种冲突。"

"我看着你们,我的年轻朋友,"瓦西里·伊万诺维奇说,他晃着脑袋,两手交叉搭在一根他自制的手杖上,那手杖很精致地弯着,柄上没镶头,而是雕了个土耳其人像,"我只要一看见你们,就忍不住要欣赏。多有活力啊!那么辉煌灿烂的青春、那么多的才能和天赋啊!简直是……卡斯托耳和波鲁克斯!"

"瞧,又说神话了!"巴扎罗夫说道,"看得出当年是个了不起的拉丁语学者!我记得从前你的拉丁语作文还获得过银质奖章,对吧?"

"德奥司古利兄弟,德奥司古利兄弟!"瓦西里·伊万诺维奇还在念叨着。

"好了,父亲,别再深情了。"

"偶尔这样也不为过,"老头嘟哝道,"不过先生们,我找你们可不是来恭维谁的,首先通知你们马上就开午饭;其次我想预先告诉你一声,叶夫根尼……你是个聪明人,善解人意,也懂得女人的心事,你该原谅……由于你回来,你妈妈想做一次弥撒感恩,你别觉得我是来叫你去参加的,已经结束了;可阿列克谢神父……"

"传教士?"

"啊,是,传教士;他要在咱家吃午饭,我没想到甚至也没有想过邀请他,也不知怎么回事,他没明白我的意思。阿林娜·弗拉西耶夫娜……不过他倒是个善解人意的好人。"

"他该不会吃掉我的那份午餐吧?"巴扎罗夫说道。

瓦西里·伊万诺维奇笑了起来。"哈,看你说什么啊!"

"那我就无所谓了。和谁一起吃饭都行。"

瓦西里·伊万诺维奇正了正草帽。

"我早就知道,"他说,"你没什么成见。就说我吧,一个六十二岁的老头,我也没有成见。(瓦西里·伊万诺维奇不敢承认,他自己也想做这次弥撒……他对宗教的虔诚并不亚于妻子)而阿列克谢神父很想认识你。你肯定会喜欢上他的。他也玩牌,甚至他——这话我们就私下说说——还抽烟呢。"

"那好。饭后我们来一局'杂牌',我肯定赢他。"

"呵呵!等着瞧吧,那可不一定。"

"怎么?难道你会像年轻时那样?"巴扎罗夫有意加重语气说。

瓦西里·伊万诺维奇古铜色的双颊微微红了。"你怎么好意思啊,叶夫根尼……还提那些陈年旧事干吗。不错,在这位先生面前我承认,年轻时有这嗜好——确实;也为此付出了惨重的代价了!哎,天真热!我和你们坐一会儿。不妨碍你们吧?"

"不会。"阿尔卡季答道。

瓦西里·伊万诺维奇哼哧一声坐到了干草上。"我的先生们,"他又说,"你们此时的这个卧榻让我回忆起我的部队野营生活,我们包扎所也在这样的干草垛边上,这还要感谢上帝呢,"他叹了口气,"我一生经历的事很多。举个例子吧,让我想想,我就给你们讲讲比萨拉比亚闹鼠疫时的那件趣事。"

"你就是那次荣获了弗拉基米尔勋章吧?"巴扎罗夫插了句嘴,"知道了……你怎么不戴它?"

"不是说过我没成见吗?"瓦西里·伊万诺维奇含糊地说(昨天他刚让人把红绶带从长礼服上拆下来了),接着便说起鼠疫时发生的那件事来。"哟,他睡着了,"他突然指着巴扎罗夫,对阿尔卡季小声说,还友好地给他使了个眼色,"叶夫根尼!起来吧!"他提高嗓门叫道,"该吃午饭了……"

阿列克谢神父是个身材魁梧富态的人,一头浓发油光可鉴,淡紫色绸长袍上束了根绣花腰带,看上去很圆滑,可以随机应变。一见面他就握住阿尔卡季和巴扎罗夫的手,好像早知道他们不需要他的祝福,总之,他的举止也不拘谨。他既不损害自己的尊严,也不招惹旁人;偶尔还拿神学院里的拉丁文课取笑一番,却又很注意维护他的主教;两杯葡萄酒下肚,他就不再喝了;他接过阿尔卡季的雪茄,却不吸,说要把它带回去。只有一点让人微感不悦:他不时小心翼翼地抬手去捉自己脸上的苍蝇,有时还真把它们捻死了。他坐在牌桌边，含蓄地显出几分喜悦，最终从巴扎罗夫手中赢了两卢布五十戈比，在阿林娜·弗拉西耶夫娜家里没人会算这该合多少银币……阿林娜依旧坐在儿子旁（她从不玩牌），依然用小拳头托着腮，只有当吩咐仆人摆上新菜肴时才起身来。她不敢去爱抚巴扎罗夫，儿子也不希望这么做。况且瓦西里·伊万诺维奇劝过她别过于"打搅"儿子。"年轻人不喜欢这样。"他和她反复交代了几次（不得不说这顿午餐多么丰盛：季莫费伊奇大清早就亲自驾车去买一种特别的哥萨克上等牛肉，管理人去另一地方买江鳕、鲈鱼和大虾；光蘑菇就花了四十二戈比）。阿林娜·弗拉西耶夫娜目不转睛地盯着巴扎罗夫，双眼饱含忠诚和温柔，也夹杂着几分好奇与畏惧的忧伤，还有些温和的责备。不过巴扎罗夫可无心关注母亲眼中的情感，他很少转向她。只偶尔简短地问上一句。有一次他要借她的手来换换"运气"，她就默默地把自己柔软的小手放在他那粗硬的手掌上。

"怎样，"她过了会儿，问，"有用吗？"

"更糟了。"他随意地笑着回答。

"他打得太冒险了。"阿列克谢神父摸着漂亮的胡子，惋惜地说。

"拿破仑的方针，好神父，拿破仑的。"瓦西里·伊万诺维奇接过话头，说着出了张"爱司"。

"可拿破仑被送到了圣赫勒拿岛。"阿列克谢神父说着，用王牌把爱司盖了。

"要不要来点醋栗水，叶纽沙？"阿林娜·弗拉西耶夫娜问。

巴扎罗夫只是耸耸肩。

"不行！"第二天他对阿尔卡季说，"我明天就要走。真寂寞，烦闷；我要工作，可在这儿不成。我还到你们的田庄去；我把所有实验标本都摆在你那儿了。在你们家至少还可以关起门来。虽然父亲老反复强调：'我的书房归你用——不会有人妨碍你。'可他自己和我寸步不离。我怎好意思把他关在门外。母亲也这样。她在隔壁的叹气我都听得见，可去找她吧——又没什么可说的。"

"她肯定很难过，"阿尔卡季说道，"他也是。"

"我还会回来的。"

"什么时候？"

"嗯，去彼得堡时。"

"我很同情你母亲。"

"为什么？是因为她请你吃了很多浆果吗？"

阿尔卡季垂下眼帘。"你真不了解自己的母亲，叶夫根尼。她不仅是个出色的女人，还确实很聪慧，今天早晨我们聊了半个小时，谈话很中肯有趣。"

"你们肯定在聊我的事吧？"

"也不是只说你。"

"可能，旁观者清。如果两个女人能谈上半个小时，那总是好的标志。可我还是要走。"

"可你要开口告诉他们可不容易。他们总在讨论我们住两礼拜后会干什么。"

"是不容易。我今天真是见鬼了。把父亲挖苦了一番：他前两天叫人把他的一个佃农鞭打了一顿，他做得很对；不错，是的，你别这样惊讶地看我——他打得对，因为那个人是个惯偷、醉鬼；只是父亲没想到我，像人们所说，'知道'了这件事。他很尴尬，而如今我又该让他难过了……没事！他很快就会好起来的。"

巴扎罗夫虽说"没事"，可都过了一天了，他还犹豫着该怎样告诉瓦西里·伊万诺维奇这件事。最后，在书房里和他父亲道过了晚安，他才不自然地打个呵欠，说："嗯……差点儿忘了……明天让人把我们的马带到费多特那儿去预备着。"

瓦西里·伊万诺维奇大吃一惊。"难道基尔萨诺夫先生要走吗？"

"是，我和他一起走。"

瓦西里·伊万诺维奇原地转了下身。"你也要走？"

"是……我得走了，请让人把马备好。"

"好……"老人嘟哝着，"备下马……好……不过……不过……怎么会这样呢？"

"我要去他那里住上一阵。然后再回来。"

"啊！住上一阵……好。"瓦西里·伊万诺维奇掏出手绢，擤擤鼻涕，腰几乎弯到地上了，"好吧，这……都会给你办好的。我还以为，你会……在家多住几天的。三天……三年没见了，这太少，太少了呀，叶夫根尼！"

"可我和你说了，很快就回来。我必须得去。"

"必须……那还能怎样呢？首先要完成职责……那么就派马吧？好。当然，阿林娜和我都没想到。她还从邻居那儿要了点花，想给你布置布置房间呢。（瓦西里·伊万诺维奇没提自己，每天清晨天刚亮时他就赤脚拖着双鞋找季莫费伊奇商议，用颤抖的手指掏着一张张破烂的钞票，吩咐季莫费伊奇去采购，特别关照多买食品和红葡萄酒，据他观察，这两个年轻人很爱喝红葡萄酒）主要是——自由；这是我的原则，我不能束缚你……不……"他突然不说了，朝门口走去。

"我们很快会再见的，父亲，真的。"

可瓦西里·伊万诺维奇并未回头，只是挥挥手，便走了出去。他回到卧室，发现妻子躺在床上进入了梦乡，就开始轻声细语地祈祷，以免惊醒她。可她还是醒了。

"是你，瓦西里·伊万诺维奇？"她问。

"是，孩子妈。"

"从叶纽沙那儿来？知道吗，我担心他在沙发上睡不好。我叫安菲苏什卡给他铺上你的行军床垫，放上新枕头；想着把我们的羽绒褥子给他的，可我记得他不习惯睡软床。"

"没关系，孩子妈，不用担心。他很好。主啊，宽恕我们这些罪人吧。"他又接着低声祷告了。瓦西里·伊万诺维奇可怜自己的老伴。他不忍心现在告诉她那个让他悲伤的消息。

巴扎罗夫和阿尔卡季第二天走了。一大早全家人都很丧气。安菲苏什卡手中的碗碟摔碎了，甚至费季卡也莫名其妙地把靴子脱了下来。瓦西里·伊万诺维奇从未如此慌乱：他显然在竭力装着坚强，说话高门大嗓，脚跺得咚咚作响，可他的脸却很消瘦，目光不时在儿子身上滑过。阿林娜·弗拉西耶夫娜悄悄哭泣，若不是丈夫一大早劝了她整整两个小时，她完全是惊慌失措，不能自制了。巴扎罗夫一再答应在一个月内回来，终于从挽留他的拥抱中摆脱出来，马儿扬蹄，铃儿叮当，车轮转动——他们的身影消失在视野中了。直到尘埃落定，季莫费伊奇才弯腰驼背，蹒跚地回到了自己的小屋。只剩下了这对老人，这宅子仿佛也突然变得破旧衰败，瓦西里·伊万诺维奇刚才还在台阶上使劲地挥着手帕，如今跌坐在椅子上,头垂到胸前。"扔下我们,扔下我们了,"他嘟囔道,"扔下了,他和我们在一起很烦闷。现在我们就像一根手指那样孤单!"他重复了好几遍,每次都伸出了一只食指。后来阿林娜·弗拉西耶夫娜靠近他,两位白发老人头靠着头,她说:"没办法啊,瓦夏!儿子是离开了家,过惯了独立生活。他就像只鹰,想来就来,想走就走;而我们就像一只树洞里长出的两朵菌子,紧靠一起,从不挪窝儿。只有我们彼此永远眷恋。"

瓦西里·伊万诺维奇从脸上拿下手,抱自己的老伴,抱得那么紧,比青年时代还要紧:悲伤时刻她总是抚慰他。

二十二

我们的这两个朋友一路沉默,只是偶尔交谈几句无关痛痒的话,这样一直到费多特的客店。巴扎罗夫对自己很不满意。阿尔卡季也对他不满。而且阿尔卡季心中充满了年轻人才有的莫名的忧郁。车夫换好了马,爬上赶车座位,问:"向右还是向左?"阿尔卡季看了一下。向右是进城的路,从那儿可以回家;向左是去奥金左娃的家。

他看了一眼巴扎罗夫。"叶夫根尼,"他问,"向左吗?"

巴扎罗夫扭过头去。"这也太傻了?"他嘟囔道。

"我知道这很傻,"阿尔卡季答道,"可有什么坏处呢?又不是第一次?"

巴扎罗夫把帽子拉到前额。"随你的便。"他最终说。

"向左!"阿尔卡季叫道。四轮敞篷车向着尼科里斯科耶驶去。可这两个朋友决定了这件蠢事后,比之前更沉默了,甚至是在赌气。

从奥金左娃的管事在台阶上迎接他们的那副表情,这两个朋友也能猜到,他们这凭一时冲动的来访是多么愚蠢。人家显然并没料到他们来。他俩在客厅里傻乎乎地坐了很长时间。奥金左娃终于来到了他们面前。她带着平日的客气欢迎了他们,可很诧异他们这么快就回来,从她那迟缓的举止和言语可以看出,她并不太高兴他们的这次造访。他们赶快声明只是顺路来这儿,四个小时后他们就要动身进城去。她只是轻轻地惊叹了一声,请阿尔卡季转达她对他父亲的问候。然后叫人请姨妈来。老公爵小姐睡眼惺忪地出现了,这让她那满是皱纹的老脸显得更凶了。卡捷琳娜身体不适,没出卧室。阿尔卡季突然觉得他同样强烈地想见卡捷琳娜。在闲聊中四个小时过去了。安娜·谢尔盖耶芙娜听着,说着,一直面无笑容。只有在告别时之前的那种友情才似乎在她心底闪过。"我最近心情不好,"她说,"你们可别介意,过段时间请再来,我是说你们两位。"

巴扎罗夫和阿尔卡季默然地鞠了个躬作答,然后登上马车而去。一路不停地驶向玛丽伊诺,次日傍晚他们顺利到家了。一路上谁也没提奥金左娃。巴扎罗夫只是冷冷地、紧张地一直凝望着路的另一方向,几乎没说过话。

在玛丽伊诺,所有人都很高兴地看到他们归来。儿子久未回家,已让尼古拉·彼得罗维奇开始感到不安;当费多西娅双目炯炯地向他宣布"年轻的先生们"回来了时,他大叫了一声,抖着双腿在沙发上蹦了起来;巴维尔·彼得罗维奇也感到有些愉快和激动,和这两个归来的游子握手时露出了宽厚的笑容。接下来就是问长问短和闲谈。阿尔卡季话最多,特别是晚饭时,这顿饭吃到半夜。尼古拉·彼得罗维奇吩咐人拿出从莫斯科刚捎来的黑啤酒来,连他本人也喝得满脸通红,不时发出天真又神经质的笑声。这种欢乐气氛也感染了仆人们。杜尼亚莎发疯似的跑前跑后,把门开得砰砰直响;彼得在凌晨两点多还拿着吉他弹哥萨克圆舞曲。静寂的空气中琴弦发出如怨如诉的声音,可除了开头的几个装饰音外,这个有教养的贴身仆人就弹不出别的了,他没有音乐天分,就像他没有别的本事一样。

此时玛丽伊诺的日子并不太妙,可怜的尼古拉·彼得罗维奇处处不顺心。田庄里的麻烦越来越多——这些事说不清楚,让人发愁。雇工给他带来的操心事简直让他受不了。有的要求辞工算账或增加工钱,还有人拿到定金后跑得没影了;马也病了,马具像是在火里烤过一样;活儿干得马虎;从莫斯科定购的脱粒机笨重得没法用;另一台用一次就坏了;牲口棚被火烧去一半,因为一个瞎老太婆在起风的天里,拿一块炭火去熏自己的牛……这个老仆还肯定地说,是因老爷想做几种从来没有的奶酪和别的奶制品才引起这灾祸的。总管突然变懒了,还开始发福,凡"衣食无忧"

的俄国人都会长胖。当远远看到尼古拉·彼得罗维奇时，他要么用小木块去打在旁边跑过的小猪，要么就吓唬赤膊的孩子来证明他正勤勉地工作，别的时候他多半在睡觉。那些货币代役租的佃农不仅不按期交钱，还偷伐林子里的木材；守林人几乎每晚都在田庄的牧地上逮住农民的马，有时要争斗一番才能将马带走。尼古拉·彼得罗维奇本来规定了一笔罚金作为赔偿，可往往是马白白吃了主人一两天草，又让原主领走。除了这些倒霉事外，农民之间又发生了争吵：兄弟闹着分家，妯娌不能住在一个屋檐下；忽然激烈地打起架来，仿佛听到命令一样，全村都跑到村事务所的台阶前，缠住老爷，有的被打得一脸伤痕，有的醉醺醺的，都让老爷裁决；女人的尖叫哭诉，间杂着男人的斥骂，吵闹不堪。主人此时得把敌对双方分开，自己的嗓子都给喊哑了，虽然早知道不可能有什么好的解决办法。庄稼收割时缺人手：附近的一个独院小地主，长得仪表堂堂，说可以提供人手割麦子，讲定价钱是两卢布一亩，可他却用最卑鄙的手段欺骗了尼古拉·彼得罗维奇；他自己村里的农妇漫天要价，叫出从来没有的高工价钱。此时麦子散落田中，收割的事还没应付完呢，监护院也来逼着尼古拉·彼得罗维奇要立即清算借款的利息……

"我没办法了！"尼古拉·彼得罗维奇多次绝望地哀鸣，"我不能去打架，叫警察来吧，又不符合我的原则，可如果不严加惩处，只是惧怕，什么事也干不成！"

"安静点，安静点。"巴维尔·彼得罗维奇只会这样说，他自己也会哼哼几声，皱皱眉头，扯扯自己的小胡子。

巴扎罗夫远离这些"无谓的争吵"，他是客人，更不好插手主人的事。到玛丽伊诺的第二天，他就忙着工作，研究青蛙、纤毛虫和化合物。阿尔卡季正相反，他就算帮不了父亲，至少也得做出准备帮父亲忙的样子，他认为自己有这个义务。他耐着性子地听父亲讲，有次还帮着出了个主意，倒不是真让父亲照他说的办，而是为了表示他的参与。

阿尔卡季并不厌恶管理田庄，甚至很知足地想着将来从事这一行，可此时的他，脑子里都装满了别的念头。连自己都奇怪，他脑子里一直有尼科里斯科耶；要是之前有人跟他说，他和巴扎罗夫在一个屋檐、而且是在他父亲的屋檐下生活，他会感到寂寞无聊，他肯定只会耸耸肩，可如今他确实感到无聊，心神不定。他想散步，直到走不动为止，可这也无济于事。有次他和父亲交谈，得知父亲那儿有几封有趣的信，是奥金左娃的母亲写给他母亲的，便缠住父亲，直到尼古拉·彼得罗维奇翻遍了所有的箱子、柜子，把信找出来交给他才罢。几张半腐烂的信笺到手后，阿尔卡季才感到安心，就好像他看到自己面前的目的地。"我是说你们两位，"他低声念叨着，"是她亲口说的。我要去，非去不可，真见鬼！"可他又记起上次的造访，那冷冰冰的接待和自己的那份尴尬又让他打退堂鼓。

　　年轻人"碰运气"的劲头、暗自对体验幸福的希望和对自己在孤身一人没有任何保护的情况下力量的检验——这最终占了上风。回到玛丽伊诺不到十天，他就借口研究星期日业余学校的机制，先进城，从那儿转到尼科里斯科耶。他不停地催着车夫飞奔，像年轻的军官奔向战场一样既害怕又快活，心急如焚。"最主要的是——我不去想。"他反复对自己强调。他碰上了个剽悍豪放的车夫，每个酒馆前车夫都要停下问："来一杯？"或"难道不来一杯？"不过他来一杯后，就不心疼马了。那熟悉的宅子的高屋顶终于出现了……"我干什么呀？"阿尔卡季脑子里突然闪过这个念头，"可也不能返回了！"

　　三匹马齐齐飞奔，车夫吆喝着，吹着口哨。时而小桥被马蹄和车轮压出很大的响声，时而修剪过的枞树林荫道扑面而来……一片浓荫中闪出女人粉红的衣衫，嫩嫩的脸从伞的细穗子流苏下张望着……他认出了是卡捷琳娜，她也认出了他。阿尔卡季叫车夫勒住马，他从马车上跳下来，走向她。"是您呀！"她说着，渐渐地脸红了，"到我姐姐那儿去吧，她在花园里；见到您她肯定很高兴。"

　　卡捷琳娜领着阿尔卡季进了花园。和卡捷琳娜的相遇他觉得很幸运，见到她，他很兴奋，就像见到了自己的亲妹妹。一切都很顺利，无需管事和通报。在一条小路拐弯处他看到了安娜·谢尔盖耶芙娜。她背着他站着。听到脚步声，便慢慢地转过身来。

　　阿尔卡季又紧张了，可她一开口就让他安下心来。"您好，逃亡者！"她平静温柔地说着迎向他，微笑着，温暖阳光让她双眼眯了起来："你在哪儿找到他的，卡捷琳娜？"

　　"我给您带了件东西，安娜·谢尔盖耶芙娜，"他开口说道，"您肯定想不到……"

"您把自己带来，那就是最好的。"

二十三

　　阿尔卡季离开时，巴扎罗夫带着嘲讽为他送行，这是向对方表明，他当然清楚他出行的真正目的。阿尔卡季走后，他把自己关在房里专心工作，不再和巴维尔·彼得罗维奇争论。巴维尔·彼得罗维奇也不说什么，只是在巴扎罗夫面前用哼哈来表示意见，同时摆出一副贵族气派。不过有一次，他们在谈论日前的热门话题，即波罗的海沿岸俄籍日耳曼贵族问题时还是争吵了，但巴维尔·彼得罗维奇及时停住，只是礼貌而又冷冰地说了一句：

　　"当然，我们无法彼此理解，至少我不能理解您。"

　　"没错！"巴扎罗夫回敬道，"人能够理解太阳的构成，太阳的活动，理解一切，唯独在别人擤鼻子和自己不同时，他无法理解。"

　　巴维尔·彼得罗维奇又咕哝了一句"这算什么，开玩笑吗？"便走开了。

　　在晚上，巴维尔·彼得罗维奇有时请求巴扎罗夫允许他观看实验，甚至有一次，他还将那张洗得很干净又洒了香水的脸贴近显微镜，观察透明的鞭毛虫怎样吞噬绿色尘粒，又怎样用喉管里的拳状纤毛灵巧地把尘粒消化。尼古拉·彼得罗维奇比他哥哥来得勤快，他每天必到，除非身有要事，他说他是来"学习"的，在房间的角落里一坐，就专心致志地观看，还偶尔小心地问一两个问题，他的存在并不影响年轻的自然科学实验家的情绪。

　　在大家吃午餐或晚餐的时候，他尽力谈物理学、地质学或者化学方面的问题，因为别的话题，即使不引起争执也会让双方不愉快，连土地经营方面的问题都这样，就更别说是政治问题了。他还从哥哥的种种表现中看得出他仍对巴扎罗夫抱有敌意，其中有一件事：那时霍乱肆意蔓延，玛丽伊诺甚至有两人"走了"。有天晚上，巴维尔·彼得罗维奇发起了高烧，可他熬了一晚上也不愿请巴扎罗夫医治。隔了一天，巴扎罗夫问他为何不派人找他，这个病人虽然病得脸色苍白，但还是把脸刮得干干净净，头发也梳得整整齐齐，他给出的回答是："我似乎还记得，您说过您不相信医学？"

时光流逝，巴扎罗夫一直带着忧郁努力地工作。不过在尼古拉·彼得罗维奇家里，有一个人他很乐意去交谈的，尽管他不能向这个人诉说忧郁——这个人就是费多西娅。他只有在和她谈话的时候才会友好和善、开朗随和，也会随便开玩笑。他总是清晨时，在花园或院里遇见她。他从不去她的卧室，她也只有一次为了米佳而走到他门口，问他能否给米佳洗澡。她不怕他，并且信任他，在她眼中，他是个有出色医术的朴实无华的好人。

在他面前，她是那么的自由，她可以当着他的面毫无顾忌地摆弄孩子。有一回突然头晕，还喝了他亲自用匙子喂的药水，而这是连尼古拉·彼得罗维奇也不能比的。她难以说清为什么，或许潜意识里感到巴扎罗夫没有贵族气吧，就是上流贵族那种既让人向往又让人害怕的威势。要是尼古拉·彼得罗维奇在场，她就躲着巴扎罗夫，这不是她害怕，而是避嫌。在这个家里，她只怕一个人，那就是巴维尔·彼得罗维奇。

不知是从何时起，他开始经常注视她，有时又突然出现在她身边，像从地底冒出来一样。他一副英式装扮，手插在裤兜，傲然的脸上射出犀利的目光。"那感觉就像浇了一盆凉水。"费多西娅向杜尼亚莎倾诉。杜尼亚莎也只是叹气，心里却想着另一个"冷酷的人"——那个被她看成是"暴君"的巴扎罗夫。巴扎罗夫当然不知道杜尼亚莎心中的想法。

巴扎罗夫和费多西娅彼此喜欢对方，他和她开玩笑的同时也在悄悄观察她，她真是越来越漂亮了。一个年轻的少妇在她的生活里常有这样的阶段：好似夏天的玫瑰，突然间吐蕊绽放。费多西娅此时正处于这样的时期，所有的一切，包括七月的炎热，都在为她的美艳动人助兴。夏天她换上了白色的薄裙衫，连她自己也感觉轻盈起来。日晒她避开了，暑热却直逼着她，让她的脸和耳朵泛起一层红晕，身子里多了一份慵懒，也给她美丽的眼睛带了昏昏欲睡般的困倦。她几乎什么也干不了，手会不由自主地落到膝头上，走路时也是有气没力。她老是带着可笑的无奈叹气。

"你最好经常洗澡。"尼古拉·彼得罗维奇对她说。他在一个还没干涸的池塘上用麻布搭起帐篷，把那儿变作浴池。

"天啊，尼古拉·彼得罗维奇，那路上连一点树荫也没有，还没到池塘就没命了，更别说再走回来。"

"那也是，哎，没有树荫。"尼古拉·彼得罗维奇皱着眉头说。

一天早上，大约六点多钟，巴扎罗夫散步回来，见费多西娅独自坐在凉亭里。凉亭覆满了丁香树的枝丫，花虽已谢，绿荫却在。她坐在一条长椅上，身边是一大束带着露水的红玫瑰和白玫瑰。他向她问好。

"噢，叶夫根尼·瓦西里伊奇！"费多西娅说着，稍微掀起她每天都披着的白头巾一角，好看清来人。袖子随之滑到胳膊肘上。

"您在做什么？"巴扎罗夫说着在她身边坐了下来，"扎花吗？"

"嗯，扎成花束，放到早餐桌上。尼古拉·彼得罗维奇喜欢花。"

"早餐还早呢。这么多花！"

"刚采来的，趁我还能喘气，要不晚点天一热，我就不能出门了。暑热让我没有一点劲，我是不是病了？"

"别胡说！来！我给您把把脉。"巴扎罗夫说着拿过她的手，按到她的脉上，"您能长命百岁哩。"他没数她脉搏的分率就说道，然后放下她的手。

"天啊？上帝保佑吧！"

"怎么了？难道您不想长命百岁吗？"

"哎！一百岁……我奶奶活了八十五岁，真是活受罪！她耳又聋，腰又弯，咳嗽不断，瘦得像颗干枣，连她自己都觉得活着没意思。您说这算什么生活啊！"

"那年轻还是好啊？"

"当然啦！"

"那您说说，年轻有什么好呢？"

"年轻的好处多啦！像我如今还年轻，什么都能自己做，来去自由，想要什么就自己去拿，不用求人，您说还有比这更好的吗？"

"可在我心里，年老和年轻都一样。"

"怎么可能一样？"

"那您为我想一想，费多西娅·尼古拉耶芙娜，我一个人孤孤单单，年轻有什么用呢？"

"这完全取决于您自己。"

"可这是我决定不了的！要是有个人来安慰我多好。"

费多西娅没有回答，只瞄了他一眼。过会儿才又问道："您看的什么书啊？"

"这啊？学术方面的，写得很好。"

"哦？您一直用功，不觉得枯燥吗？我想您已经知道了一切。"

"不可能知道一切。您也试着看看。"

"我看不懂的。"说着她双手捧起厚重的书，"这书真厚！是俄文的吧？"

"俄文。"

"这没什么不同，反正我都看不懂。"

"我也没想让您读懂它，只是想看看您读书的模样。您读书的时候，小巧的鼻子会动，可爱极啦！"

说这话的时候，费多西娅已把书随手翻到《论杂酚油》那章，原本打算低声读读的，听了这话，不禁笑了起来，把书一放。书从长椅上滑落到地上。

"我也喜欢您的笑。"巴扎罗夫说。

"您别说了。"

"还有您说话的时候，像溪水在潺潺流动。"

费多西娅转过脸，手整理着花束。"看您说的！您总是听那些聪明的太太小姐们说话，哪会听我的话呢？"

"哎，世上所有聪明的太太小姐都比不上您这美丽的胳膊肘。请相信我，费多西娅·尼古拉耶芙娜。"

"你胡乱想什么呢？"费多西娅收拢了双手，压低声音说。

巴扎罗夫捡起地上的书。"您怎么扔了？这是医书呢。"

"医书？"费多西娅又转过脸对着他。"还记得上次您给米佳开的药水吗？他喝了睡得香香的！我真不知道该怎么谢您，您那么好。"

"是啊，是要好好谢我。"巴扎罗夫说完一笑，"您知道，医生都是贪婪的。"

费多西娅不知他是否在开玩笑，她抬起头望着他，乳白色的光线照到她脸的上半部。让她的眼睛看起来更黑了。

"如果您愿意，我们很高兴。要先去和尼古拉·彼得罗维奇商量一下……"

"您以为我要钱?"巴扎罗夫打断她,"不,我不要钱。"

"那您要什么呢?"

"要什么?"巴扎罗夫说,"您猜猜?"

"我怎么猜得到呢!"

"还是告诉您吧,我要……一朵这样的玫瑰花。"

费多西娅差点拍手笑起来,巴扎罗夫的要求原来这么有意思。她得意地笑着。巴扎罗夫紧紧地盯着她。

"好吧,"她说罢弯下腰,在椅子上挑选着玫瑰。"您要哪朵?红的还是白的?"

"红的,花不要太大。"

她直起腰。"就这支吧。"她说,但又突然缩回手去,抿着嘴,瞅了瞅凉亭的入口,又侧耳听着。

"怎么了?"巴扎罗夫问,"尼古拉·彼得罗维奇来了吗?"

"不是,他去田里了。他没什么可怕的,但……巴维尔·彼得罗维奇……我似乎听到……"

"怎么样?"

"我觉得好像大老爷来了。哦……没有人,给,拿着。"费多西娅把手里的那支玫瑰交给了巴扎罗夫。

"您怕巴维尔·彼得罗维奇?为什么?"

"我一见他就害怕,他倒没说什么,只是奇怪地看着我,我知道您也不喜欢他,老和他争论,我不知道你们在争什么,就只看见您把他弄得转来转去。"费多西娅说着还做起了巴维尔·彼得罗维奇被折腾得转来转去的样子。

巴扎罗夫微微一笑,说:"如果我输了呢,您会帮我吗?"

"我怎么帮你啊。哦,不,谁能斗得过您呢。"

"您真这么想?可我知道,有个人只需动下手指头就能把我打倒。"

"谁啊?"

"您真不知道?啊,您的这枝玫瑰真香!您来闻闻。"

费多西娅伸长颈脖,把头凑近花朵。头巾落到肩上,露出了乌亮而又稍微散乱的发丝。

"等等,我和您一块闻。"巴扎罗夫说着倾身向前,紧紧地吻上了她稍微张开的双唇。她很吃惊，双手去抵他的胸，但却没什么力量。他又趁机延长了接吻的时间。

一声干咳从后面传来，费多西娅快速闪到长椅一边。巴维尔·彼得罗维奇从丁香丛后出现了。他略低头鞠个躬，皱着眉说："哦，你们原来在这儿。"说完就走开了。

费多西娅立刻收拾起所有玫瑰，走出凉亭。临走前，她对巴扎罗夫说："叶夫根尼·瓦西里伊奇，这是您的错。"她说得很小声，但却是真的责备。巴扎罗夫想起了最近的另一幕，不由得心生惭愧。他有点沮丧，但又马上摇摇头，嘲笑自己是真的扮演了"风流少年塞拉东①的角色"，随后就回到自己的房里了。

巴维尔·彼得罗维奇走出花园，踱着步子直到林子边，久久地站在那里。最后，他阴沉着脸回来用早餐，尼古拉·彼得罗维奇见他脸色那么可怕，关心地问他是否身体不舒服。

"你知道，有时我的黄疸病会发作。"巴维尔·彼得罗维奇不动声色的答道。

二十四

两个小时后，巴维尔·彼得罗维奇敲开了巴扎罗夫的房门，在他跨进房门那一刻，一丝难言的阴影从巴扎罗夫脸上掠过："很抱歉，打扰了您的工作研究。"他边说边在靠窗的凳上坐下，双手支在象牙头手杖上（他通常不带手杖走路），"但我请您给我五分钟时间，不会太久。"

"您可以支配我所有的时间。"巴扎罗夫说。

"我只要五分钟。我是来向您请教一个问题的。"

"哦？关于什么？"

"请听我说。从您初来我弟弟家里起，我就从未放弃过和您交谈的荣幸，也曾恭听过您对很多事物的见解，但在我记忆里，不管我们是否对面交谈，我们从未说过决斗这一话题。不知能否请教您对此事的看法。"

---

① 塞拉东，法国作家犹尔富所写长篇小说《阿斯特列亚》中的男主人公。

"我的看法是,"他说,他本应站着迎接巴维尔·彼得罗维奇的,此时却在胸前交叉起双手坐到桌角上:"决斗在理论上都一样。"

"我是否可以理解,您要说的是,在理论上您无论是什么态度,可现实中,当您被别人侮辱后绝不会忍气吞声?"

"这正是我的看法。"

"很好,先生,您的回答免去了我种种猜测,我很高兴。"

"是免除了犹豫吧。"

"没什么不同,先生,您明白就好。总之您的话避免了让我做出令人不快的举动。我也不是咬文嚼字的人——我决定和您决斗。"

"我?"巴扎罗夫瞪大了眼睛。

"是的,和您。"

"为什么呢?"

"我可以说出原因,"巴维尔·彼得罗维奇说,"但我觉得还是不说破更好些。我们意气不合,我鄙视您,不能容忍您,您在这里是多余的,这些理由还不够的话……"

巴维尔·彼得罗维奇眼露凶光,巴扎罗夫也一样。

"足够了。"巴扎罗夫说,"您突然有兴趣拿我来试验您的骑士精神,这很好,先生,本来我可以不答应您。不过……就按您说的办!"

"非常感激。"巴维尔·彼得罗维奇说,"您不用我动用激烈的手段便接受挑战,成全了我。"

"实话说,您是指这根手杖吗?"巴扎罗夫问,"真不错,不过采取这种方式恐怕未必有用。其实您大可不必这么做。您只要保持您的绅士风度,而我也将绅士地接受您的挑战。"

"这样最好。"巴维尔·彼得罗维奇把手杖放到墙角里。"那么谈谈决斗的条件。我先问下您的意见,我们是否来一次形式上的争吵,作为我挑战的缘由。"

"没必要,形式主义。"

"我也觉得是,而且也根本不必说明我们决斗的原因,众所周知,我们一向不和。"

"众所周知!"巴扎罗夫以同样的话回敬他,充满嘲讽。

"对于决斗具体条件,由于找不出合适的公证人……"

"是啊,此刻难找合适的人。"

"那么请允许我提议：明日一早在小林子后面决斗，具体时间可定在六点，我们用手枪，距离十步……"

"十步？不，这不足以毙命，只能留下遗恨。"

"或者八步。"巴维尔·彼得罗维奇改正道。

"没什么不妥！就这样。"

"我们都有两次射击机会，同时，为避免事后纠纷，要准备好一封遗书放在自己口袋，说明是自杀。"

"不，这有点做作，您以为在演法国小说吗？"巴扎罗夫说，"我不同意这一项。"

"您说的也有道理，但您一定也不想有谋杀嫌疑吧？"

"不错，不过还有别的方法可避免这种悲剧性的责难——不需公证人，而是目击证人。"

"谁？"

"彼得。"

"哪个彼得？"

"你弟弟的随从。他处于现代文明的高巅，在这种情况下，他定能尽责。"

"亲爱的先生，您是在开玩笑吧。"

"不，我的想法合情合理，您仔细想想吧，纸终究包不住火。我会先给彼得开导一下，到时直接带他去决斗地点。"

"您还在说笑呢！"巴维尔·彼得罗维奇说着站了起来，"但，有了您的慷慨承诺，我也不再有别的请求了。就这样，一切都说定了。顺便问问：您没有手枪吧？"

"我哪来的枪呢，巴维尔·彼得罗维奇？我又不是军人。"

"这样的话，我可以借给您用。您尽管放心，我也有五年没打过枪了。"

"听起来倒让人安慰。"

巴维尔·彼得罗维奇拿起手杖，说："敬爱的先生，现在我该告辞了，不再妨碍您的科研工作。最后，我对您深表谢意。"

"期待与您愉快的会面，我尊敬的先生。"

巴扎罗夫边说边把客人送至门口，客人走后他还站在那里。突然，他嚷了起来："呸！见鬼去吧！在这演什么喜剧，连我也跟着像受过训练的狗，一起用后脚跳舞。哼！看起来文雅，实则愚蠢！但又不能拒绝，那样的话他肯定要用手杖，那我……"一想到这样的情形，巴扎罗夫立刻白了脸，"那我就会像掐死一条狗那样把他掐死！"他恼怒地说。

他回到显微镜前，才发现实验需要的平静心态已被打破，再也不能安心观察。"他一定是看到了，"他想，"可是，接吻了又怎样？他这么做是为了维护他弟弟吗？不，不会这么简单。难道他爱上了……嗯，是这样，很明显了。真糟糕……糟糕透了……"他又仔细分析着，"不管怎样都糟透了的。首先要伸出头挨子弹，就算不死也得离开这里，可是，又该怎么对阿尔卡季和他那老实巴交的父亲说清呢？糟糕！真是该死！"

这一天特别郁闷，静得出奇。首先是费多西娅整天都坐在她房里，像耗子钻进了洞，从世上消失了一般。尼古拉·彼得罗维奇则被告诉麦子生了黑穗病，那可是他的希望啊，他为此愁眉苦脸的。而巴维尔·彼得罗维奇冷冷的，连高雅的举止都蒙上了一层冰霜，这让家里上下，包括老仆普罗科菲伊奇在内都感到压抑。至于巴扎罗夫，他想给父亲写信，但才开了个头，就把信纸撕了扔到桌底。他想："假如我死了，他们终究会知道的，更何况我死不了。不，我死不了！"他吩咐彼得明早来伺候，天色吐白就必须来，要办急事。彼得以为要带他去彼得堡哩。

夜晚，巴扎罗夫很久没睡，后来又做怪梦：奥金左娃在他跟前使劲地转悠着，而她忽又变成了他的母亲；一只黑胡子猫跟在她身后，却又是费多西娅；巴维尔·彼得罗维奇就像一片黑压压的树林，但还是要和他决斗。怪梦一个接一个，直到彼得来叫他。他立刻穿戴好出门了。

清晨四点多是美丽而清凉的。天空已泛起鱼肚白，朵朵云彩像一群羊羔在那里闲荡；朝霞的粉红还没褪尽，在湿润黝黑的大地上可寻见它的踪迹；露珠散落在树枝、草尖和蛛网上，点点滴滴，闪着银白的光；天空洒满了云雀的歌声。巴扎罗夫选了个小丛林边的阴凉处坐下，而后把要办的差使向彼得说明，吓得这个受过教育的仆人差点儿昏倒，然而巴扎罗夫马上安慰他说："你只要站在远处看就得了，无论发生什么都与你无关，你不需负任何责任。另外……"巴扎罗夫更深入地引导，"你要想想，你的角色多么重要！"彼得把手一摊，往白桦树上一靠，垂下了眼睑，脸都青了。

林子里有条蜿蜒小路，是出村的必经之地。今天它还没被人踩过和被车轮碾过，所以路面还有层薄薄的尘埃。巴扎罗夫拔下一根青草衔在嘴里，不时打量一下小路，心里寻思："做这种蠢事！"……早晨的凉气让他不禁两次打寒颤。一旁的彼得哀伤地看着他，而他却脸带微笑，丝毫不惧！

树丛后的路上有马蹄声响起……一个农民赶着两匹拴在一起的马出现了。他经过他们身边时，好奇地向巴扎罗夫瞥了一眼，帽子也没脱就过去了。这可惹恼了彼得，他觉得这是不祥之兆。而巴扎罗夫却想："他起码有事要做，而我们呢？"

"大老爷好像来了。"彼得小声地说道。

巴扎罗夫抬眼就见巴维尔·彼得罗维奇正匆忙走来，他穿着花格子薄上衣和雪白的裤子，腋下夹着一个用绿呢绒包住的匣子。"让你们久等了，请原谅。"他说着向巴扎罗夫躬身致意，接着又对彼得鞠了一躬，因为此时的彼得是见证人，该得到尊重。"我不想麻烦我的随从。"

"没关系，我们也刚到。"巴扎罗夫说。

"哦，那就好。"巴维尔·彼得罗维奇朝周围环顾了一下，"没看见有人，可以开始了吗？现在不会有人打扰我们。"

"开始吧。"

"我想您也不要什么新的解释吧？"

"不需要。"

"您是否亲自装子弹？"巴维尔·彼得罗维奇边问边从匣子里拿出两支手枪。

"不用了，您装就行，我来量步数。"巴扎罗夫笑笑又说道："我腿长。一——二——三……"

此时，彼得使劲地打着哆嗦，像是得了伤寒似的。他结结巴巴地对巴扎罗夫说："叶夫根尼·瓦西里伊奇，无论如何，我必须走了。"

"四——五——你尽管走开，老弟，走开就是，你还可以站到树后面捂着耳朵，不过不能闭眼，不管谁倒下了，你都要过来扶着。六——七——八。"巴扎罗夫收拢脚步，"可以了吗？"他问巴维尔·彼得罗维奇，"还是再多加两步？"

"随便您。"巴维尔·彼得罗维奇回答。他已在装第二颗子弹。

"好吧，那就多两步。"巴扎罗夫又走了两步，伸出脚尖在地上画了一条线。"就以此为界。我再问问，我们要在各自的界线后面退开几步呢？这个问题很重要，我们昨天没有讨论。"

"我看就各退十步吧。"巴维尔·彼得罗维奇回答道,同时将两支手枪朝巴扎罗夫递去,"请您挑选。"

"好吧。但,巴维尔·彼得罗维奇,您不觉得我们这次决斗不同寻常,那么可笑吗?您看看目击证人那张脸就知道了。"

"您真是爱说笑。"巴维尔·彼得罗维奇回答道,"我不否认您刚才说的,我们这次决斗是有些不同寻常,即便这样,我也会很认真,关于这点,我有义务提醒您。对明白人不必太啰唆。"

"噢,我从来没怀疑过我们都要置对方于死地,但为何不笑一下呢,把有用的和可笑的结合在一起,也罢,您跟我说法语,我就对您说拉丁语。"

"我跟您决斗可是很认真的。"巴维尔·彼得罗维奇再次强调着,同时走到自己的位置。巴扎罗夫则退到距自己界线的十步之遥处站定。

"准备好了吗?"巴维尔·彼得罗维奇问。

"好了。"

"我们可以互相走近了。"

巴扎罗夫慢慢走过去,巴维尔·彼得罗维奇也迎面走过来,只见他左手插着裤兜,右手慢慢举起手枪瞄准对方……"他在瞄准我鼻子呢。"巴扎罗夫暗想,"还装模作样地眯着眼睛,这混蛋!这种感觉真郁闷,让我也来瞄准他胸口的表链……"砰的一声,一个东西从他耳边擦过,同时听见一声枪响。"听见了,就是说我没事。"他脑子里快速地闪现了这念头。紧跟着,他逼近一步,没瞄准就扣动了扳机。

巴维尔·彼得罗维奇颤了一下,用手扶住了大腿,血沿着雪白的裤管流下来。

巴扎罗夫抛开手枪,奔向敌方。"您受伤了?"他问。

"一点轻伤,没关系。"巴维尔·彼得罗维奇急促地呼吸,"按规定我们都还有一次机会。"

"下次吧。对不起。"巴扎罗夫说着抱住了巴维尔·彼得罗维奇,看见对方的脸色越来越白,又说:"我现在是医生,而不是决斗者,我要先看看您的伤口。彼得,过来,彼得!你躲到哪儿了!"

"小事一桩……不用帮忙,"巴维尔·彼得罗维奇断断续续地说,"应该……再……"他刚想抬手捻捻胡子,但没一点劲,突然眼珠一翻,就昏过去了。

"昏了？真新鲜！不过好办多了！"巴扎罗夫说罢就把巴维尔·彼得罗维奇往草地上一放，"我来看看他伤得怎样。"他掏出手帕把血拭去，又在伤口周围按了按，"伤口不深。"他半抿着嘴，"没有伤到股骨，只是擦过肌肉股皮肤，三周就能恢复了……可是，他怎么昏了，嘿，这人皮肤可真嫩！神经也真脆弱！"

"大老爷死了？"彼得在身后低低地说。

巴扎罗夫回过头。"快，老弟，找点水去。他会比我们都活得长呢。"

这个善良的听差丝毫不动，好像没听懂他说的话。他见巴维尔·彼得罗维奇慢慢睁开了眼睛，嘴里嘟哝着"他快死了"便画起十字来。

"没错……瞧我这副傻样！"受伤的绅士强笑着说。

"你这家伙！快去取水！快！"巴扎罗夫嚷了起来。

"不用……我只是有点头晕，等会就好了……请扶我坐起来……好，行了。这点小小的擦伤，敷点药就没事了，我还可以自己走回家，要不派辆车来接我也行。如果您同意，决斗就此结束，您今天光明磊落……我只说今天——今天。"

"事情过去就不用再提了，"巴扎罗夫答道，"至于将来就更不用费神了，我已打算离开这里。现在，我给您包扎一下伤口。您的伤没有大碍，但还是要止血。不过要让这家伙醒过来再说。"他说罢揪住彼得的衣领猛推了几下，命他去叫一辆马车。

"小心别吓着我弟弟了。"巴维尔·彼得罗维奇对着彼得的后背补充道"千万别让他知道。"

彼得走了，剩下两个仇敌坐在草地上，两人一直沉默着。巴维尔·彼得罗维奇尽量不看巴扎罗夫，他对自己的失败感到羞愧，但若就此握手言和，他又不愿意。现在的结局，都是他的骄傲、他的愚蠢行为造成的，可又没有比这更好的结局了。他安慰自己："谢天谢地，至少他要离开这里了。"沉默是那么漫长，那么令人难耐，两人心里都不是滋味——明知对方在想什么，却又不肯说破。如果是朋友，这样心照不宣当然令人愉快，但对于仇敌，就只有痛苦了，特别是现在既不能说清楚，又不能分开。

"我不会裹得太紧吧？"巴扎罗夫先打破沉默。

"不会，很好。"巴维尔·彼得罗维奇回答。过了一会儿，又说："这事瞒不过我兄弟，我们就说是因为政见不合。"

"没问题，"巴扎罗夫说，"您就说因为我把所有亲英派都骂了一通。"

"很好。您瞧，那家伙会怎么看我们？"巴维尔·彼得罗维奇指着一个路过的农民问。他就是刚才巴扎罗夫在决斗前看到的那个农民，现在又返回了，看见"老爷"在，便脱帽表示尊敬。

"谁知道！"巴扎罗夫说，"很可能什么也没想。俄国农民是猜不透的，拉德克利夫夫人①就曾论证过多次，可谁知道到底是怎样的？连他自己也不清楚。"

"啊，您又说笑了！"巴维尔·彼得罗维奇还没说完，就突然嚷了起来："瞧那个混蛋彼得做的好事！我弟弟来了！"

巴扎罗夫回头一看，果然看到尼古拉·彼得罗维奇坐在两轮马车里，脸色苍白。没等马车停稳便匆忙跳下来，直奔哥哥而来。"发生什么事了？"他惊慌失措，"叶夫根尼·瓦西里伊奇，请问到底为什么？"

"没什么。"巴维尔·彼得罗维奇代为回答，"我和巴扎罗夫先生发生了口角，我受了点小小的惩罚。"

"天啊，到底是怎么引起的？"

"该怎么说呢？巴扎罗夫先生说了对皮尔·罗伯特爵士不恭敬的话，所以……但我该说清楚，这都是我的错，是我先挑起的，与巴扎罗夫先生无关。"

"哎呀，你还流着血呢！"

"我血管里流的还会是水吗！流点儿血有益健康，对吧，大夫？别急，扶我上车吧，很快就会好的。好，就这样坐，走吧，赶车的！"

尼古拉·彼得罗维奇在马车后面跟着。巴扎罗夫本来是打算走在最后的，但……

"我得托您照顾一下我哥哥，"尼古拉·彼得罗维奇对他说，"我立即去省城另请医生。"

巴扎罗夫没有言语，只鞠了个躬表示接受。

一小时后，巴维尔·彼得罗维奇已躺在床上，腿也包扎好了。他戴着尖顶帽，换了一件麻纱衬衣，还在外面套了件漂亮的短外衣。这时一家人，从上到下全都惊动了。尼古拉·彼得罗维奇搓着双手，一言不发；费多西娅总感到全身不对劲；巴扎罗夫也没个好脸色，一整天都独坐房里，又气又恼，每次去看病人时都是很匆忙，其间有两次他碰见了费多西娅，

---

① 拉德克利夫夫人（1784—1823），英国女作家。

但她都避开了；唯有巴维尔·彼得罗维奇还嬉笑着和大家开玩笑，尤其是和巴扎罗夫；他笑着诉苦说他不得不禁食，还不让放窗帘。

可到晚上他就发起了高烧，头也疼了起来。正好城里的医生赶来了。（尼古拉·彼得罗维奇没听哥哥的话，坚持请了医生，况且巴扎罗夫也觉得该请个新人来。）新来的医生和巴扎罗夫的诊断一样：没有什么危险。他建议多喝冷饮帮助散热。起初，当尼古拉·彼得罗维奇向他说是哥哥不小心自己打伤了自己时，医生"哼"了一声，可后来，当他接过二十个银卢布时，就开口说："是呀，这样的事也常有。"

晚上，巴维尔·彼得罗维奇睡不好，他轻轻呻吟着。不断要水喝。尼古拉·彼得罗维奇让费多西娅给他端一杯柠檬水。他细细看了她一眼，把水一饮而尽。整个晚上，全家没有一人脱衣上床，尼古拉·彼得罗维奇一会儿踮起脚尖去看看哥哥，一会儿踮着脚尖离开，巴维尔·彼得罗维奇用法语对他说："你去睡觉吧。"次日清晨，他烧得更严重了，小声地断断续续地说着梦话。后来突然睁开眼睛，正看见他弟弟在床头俯着身，便说道："尼古拉，你说费多西娅是不是和奈利长得有点像？"

"奈利是谁啊，巴维尔？"

"那还用问！P公爵夫人啊！特别是她脸的上半部，一家人。"

尼古拉·彼得罗维奇没有说话，他从来不知道哥哥还这样痴情，这太让他惊讶了。"他肯定又想起往事了。"他暗中对自己说。

"哎！我是那么爱她！"巴维尔·彼得罗维奇双手撑在脑后，自顾自地说。顿了一会儿又道："决不能让一个无赖碰她一根指头，我绝不容忍。"

尼古拉·彼得罗维奇怎么知道这话的意思，他只叹了一口气。

八点左右，巴扎罗夫来辞行，他已整理好行装，搜集来的所有昆虫、青蛙和鸟，都被他放生了。

"您来辞行吗？"尼古拉·彼得罗维奇起身迎接。

"是的。"

"我了解您，也完全同意您的做法，我可怜的哥哥自然不对，他已经受到惩罚了，他亲口告诉我说是他强迫您那么做的。我确信您无法逃避这场决斗，这……这多半是因为你们总是针锋相对……您别无选择（他越说越糊涂了）。当然，这是他的错。我哥哥是个老派的人，脾气暴躁，固执己见……感谢上帝。这事终于结束了，我已经安排好了，不会传出去的……"

"我把我的地址留给您,万一出什么问题的话……"巴扎罗夫冷冷地说。

"希望不会出什么问题。叶夫根尼·瓦西里伊奇……很抱歉,您是我家的客人,结果却……谁也不想这样。更让我伤心的是阿尔卡季……"

"我们还会见面的,"巴扎罗夫打断了他的话,他实在对他的"解释"和"遗憾"很不耐烦了,"但假如我没见着他,请代我致歉。"

"我也请您……"尼古拉·彼得罗维奇鞠了一躬,答道。但巴扎罗夫不等他说完,转身就走了。知道巴扎罗夫要离开的消息,巴维尔·彼得罗维奇表示要和他见一见面,握手言和,但巴扎罗夫此刻却冷若冰霜,他知道他只是想显示一下自己的宽容。彼得则不同,他是动了真情,甚至趴到巴扎罗夫肩上恸哭,直到巴扎罗夫开玩笑说他的眼睛是不是水做的时,他才收起了泪水。而杜尼亚莎为了不当众哭出来,不得不到小树林后面躲起来。还有费多西娅,巴扎罗夫来不及和她道别,只隔窗对望了一眼,看见她似乎很忧伤。"也许她会被毁掉的!"他暗自说,"但她会熬过去的!"这位痛苦的制造者坐上马车,点上雪茄,走了三俄里后,他在拐弯处朝基尔萨诺夫家的庄园和那一排地主的新屋最后望了一眼,吐了口唾沫:"该死的小绅士!"说罢把大衣裹得更紧了。

巴维尔·彼得罗维奇很快就好了,但他还需在床上休养近一个星期。他心平气和地忍受这种被称为"囚徒"般的生活。但他在打扮上也用了不少时间,经常吩咐人给他洒香水。尼古拉·彼得罗维奇给他读报,费多西娅像往常一样侍候他,给他端肉汤、柠檬水、熟鸡蛋等。可她只要一进他房间就觉得害怕,因为他这次意外的举动吓坏了全家的人,尤其吓坏了她。只有普罗科菲伊奇不以为然,他说:"我那个时代,老爷们决斗很常见。有身份的老爷才会这么做,至于小人不规矩时,让人发落到马厩痛打一顿就是。"

费多西娅并未受到良心的谴责,可是当想起他们决斗的真正原因时,心中就充满痛苦。巴维尔·彼得罗维奇注视她的眼神那么奇怪,甚至背对他的时候也能感到他的目光在自己身上……这种不安让她日渐消瘦了,但又让她更加迷人。

一天早晨,巴维尔·彼得罗维奇感觉身体好多了,他弟弟得知了这个情况后便去了打谷场。巴维尔·彼得罗维奇从床上挪到沙发中,此时费多西娅把端来的茶放到小桌上,正要离开,巴维尔·彼得罗维奇叫住了她。

"您要上哪儿啊，费多西娅·尼古拉耶芙娜？您这么匆忙，还有事吗？"

"没……可我……要去倒茶。"

"没有您，杜尼亚莎也能应付的。您来和我这病人坐一坐吧，我有话要跟您说呢。"

费多西娅默默坐下。

"听我说说吧，"巴维尔·彼得罗维奇捋了捋胡子，"我早就想问您了。您好像很害怕我？"

"我？"

"是啊。您老是不敢面对我，好像内心有什么不安一样。"

费多西娅的脸红了，巴维尔·彼得罗维奇今天真够怪的，她看了他一眼，心里怦怦乱跳。

"您的良心安宁吗？"他问。

"我干吗不安宁呢？"她低声说道。

"这也确实是。不过，您有对不起别人吗？不可能是我，也不可能是别人，那也够荒唐的，难道是对我弟弟？可您不是爱他吗？"

"我爱他。"

"全身心的？"

"我全身心地爱着尼古拉·彼得罗维奇。"

"真的吗？请您看着我，费多西娅（他还是头一次这么称呼她）……您知道，撒谎是最大的罪过！"

"我没撒谎，巴维尔·彼得罗维奇。要是我不爱尼古拉·彼得罗维奇，我现在就可以去死！"

"那您会抛弃他，去爱别人吗？"

"我会爱上谁呢？"

"你会去爱谁呢，比如说那位刚离开的先生。"

费多西娅霍地站起来。

"上帝作证。巴维尔·彼得罗维奇，您为什么要这样折磨我？我什么地方得罪您了吗？您怎么可以这么说？"

"费多西娅，"巴维尔·彼得罗维奇的声音带着哀伤，"我都看到了……"

"您看到什么了，老爷？"

"就在凉亭那儿……"

费多西娅霎时涨红了脸，好不容易才说出一句："可我有什么错呢？"

巴维尔·彼得罗维奇坐直了身子。"您没有错？真的没错吗？难道一点儿也没有？"

"在这个世上，我只爱尼古拉·彼得罗维奇一个人，一辈子都爱他！"突然，费多西娅泪水涌到了喉头，字字铿锵地说，"您说的那件事情，我没有罪过，即使是在审判我也这么说，我没有罪过！没有！如果您坚持认为我欺骗了恩人尼古拉·彼得罗维奇，我现在就死……"

她因激动而失声了。突然，巴维尔·彼得罗维奇抓过她的手紧紧握住，眼里闪着泪光，脸色也变得更加苍白。她一看便怔住了，更惊奇的是，她竟看见他脸颊上挂着一颗大大的泪珠。

"费多西娅！"他低低的声音让人感动，"爱我弟弟吧！千万不要爱别人，不要听信花言巧语！我弟弟是个好人，那么善良！您想想，如果他爱着一个不爱他的人，那是多么可悲！什么时候都不要抛弃我可怜的弟弟尼古拉！"

费多西娅没有了眼泪和恐惧，只剩下一脸惊奇。当巴维尔·彼得罗维奇——不错，正是他，当他把她的手贴到他嘴唇上，没有吻它而是颤抖着叹息的时候，她更是惊呆了。"主啊，"她想，"难道又犯病了？"

而实际上。巴维尔·彼得罗维奇身上已熄灭的生命之火又燃了起来。伴随着急促的脚步声，楼梯轧轧作响，他推开她，把头仰靠到枕垫上。门开了，是尼古拉·彼得罗维奇，脸色红润的他是那么快活又有生气。他抱着米佳，孩子只穿件衬衣，和他父亲一样脸色红润又快活。他在父亲怀里活蹦乱跳，光脚丫在他外衣上的大扣子上蹭来蹭去。

费多西娅一下就扑到了尼古拉·彼得罗维奇身上，双手环抱着他和儿子，头靠在他肩上。尼古拉·彼得罗维奇感到很惊奇，因为向来矜持的费多西娅经常表现得很害羞，从不会当着第三个人的面对他表示亲热。

"怎么啦？"他问道，又瞄了哥哥一眼，把孩子交给费多西娅，然后边走边问哥哥："是不是又不舒服了？"

对方用麻纱手帕捂着脸。"不……没什么……我倒是觉得好了很多。"

"你不该这么早就到沙发上来。"说完,他转身想和费多西娅说话,但她已抱着米佳匆忙走出门口,砰的一声带上了房门。"怎么把他带走了,我还想着抱孩子来给你瞧瞧呢,他可想念他的伯父了。哎,您怎么啦?你们发生什么事了吗?"

"弟弟!"巴维尔·彼得罗维奇庄重地唤了他一声。

尼古拉·彼得罗维奇不觉打了个寒噤,感到事情不妙。

"弟弟,"巴维尔·彼得罗维奇再次唤道,"请你发誓,答应我一个请求。"

"什么事?尽管说。"

"这是一项很重要的事。我已经考虑很长时间了,我认为它关系着你生命里的所有幸福……弟弟,负起你的责任,像一个正直高尚的人那样尽到你的职责吧!你不同流俗,不应拘泥于世俗的偏见。"

"你指什么,巴维尔?"

"和费多西娅结婚吧……她爱你,她是你儿子的母亲。"

尼古拉·彼得罗维奇惊得向后退了一步,拍手说道:

"这真是你说的吗,巴维尔?你真的说了这样的话?我一直以为你反对这婚姻呢!你知道不,你刚才公正地指出的责任,我之所以没能完成,纯粹是对你的尊重。"

"在这种事上,你尊重错了。"巴维尔·彼得罗维奇反对道,忧伤地笑着,"我现在觉得巴扎罗夫是对的了,他批评了我们的贵族气派,他说的没错,亲爱的弟弟,我们也该改改那些陈腐之见了!我们快要老了,该追求本真,抛开一切浮华换来幸福啦。"

尼古拉·彼得罗维奇扑了上去,一把抱住了哥哥:"我真是高兴!"他高兴地说,"我相信,你是世界上第一聪明善良的人,另外,我还看到了你的深明事理的高贵之心……"

"轻点,轻点,你把你那深明事理的哥哥——一个年将半百却还像一个陆军准尉般和人决斗的人——弄疼了,很好,就这么定下了,费多西娅就要成为我的……弟媳妇。"

"我亲爱的巴维尔!可你觉得阿尔卡季会怎么想呢?"

"阿尔卡季?他肯定会很高兴。这样的婚姻从礼法上来说,虽不符合他的原则，但却与他的平等观很符合。事实上，都十九世纪了，还说什么门第观念呢？"

"噢，巴维尔！巴维尔！请允许我再吻你一次，我会很小心的，你就放心好了。"兄弟俩拥抱着。

"现在就去把你的决定告诉费多西娅，你觉得怎样？"巴维尔·彼得罗维奇问。

"急什么呢！是不是你们已谈过了？"尼古拉·彼得罗维奇说。

"我们谈过？想到哪儿去了？"

"很好。喜事早晚是要办的，不过得先等你身体好了。另外我也要好好想想，准备一下……"

"这么说，你已经决定了？"

"当然决定了，还要谢你呢。现在，你该保证充分的休息，激动都对你不利……我们今后会详细谈谈呢。睡吧，亲爱的，祝你健康！"

只剩巴维尔·彼得罗维奇一人待在房里时，他心中想道："他为何这样感激我？好像这个事他自己没法决定似的！好吧，等他办完婚礼，我就离开这儿，到德国德雷斯登或意大利佛罗伦萨去，就在那儿过完余生吧。"

他靠在枕垫上，在额上洒了点儿香水，闭上眼睛。白天明亮的光线照耀在他漂亮、消瘦的脸上，看起来就像死人一般——心如死灰的他的确是个死人。

二十五

在尼科里斯科耶花园的一株高大的白蜡树树荫下，卡捷琳娜和阿尔卡季两人坐在一条用草皮铺成的凳子上。菲菲横躺在他们身边的地面上，让它瘦长的身子有了一种漂亮的曲线，猎人将其称为"兔伏式"。阿尔卡季也好，卡捷琳娜也好，都没有说话。阿尔卡季手中捧着一本打开的书，卡捷琳娜则从篮子里挑选里面的白面包屑子，把它扔去喂一小群麻雀。这些麻雀又大胆、又害怕，老在她的脚边蹦来跳去，叽叽喳喳。

一阵微风刮来,把白蜡树的叶子刮得轻轻地摇动,在黑暗的小径上,把菲菲黄色背上的淡金色的光点,吹得轻轻地前后摆动,均匀的阴影罩住了阿尔卡季和卡捷琳娜的全身,只在她的头发上偶尔现出一条光亮的线。他们两个都没说话,正是从他们的沉默中,从他们并排坐在一起的模样中,反映出他们互相信任的亲密态度,他们似乎都没有想着对方,但却暗暗地为对方的亲近感到高兴。自从我们上次见到他们以来,他们的面貌都在改变:阿尔卡季显得更平静,而卡捷琳娜则显得更活泼、大胆了。

"你发现没,"阿尔卡季开口说道,"白蜡树的俄文名字取得很好,没有哪种树像它那样在空中看起来那么轻盈、明朗。"卡捷琳娜抬起眼向上望去,接着就说了一声:"是的。"阿尔卡季则想:"你看这位姑娘并未责备我说得很漂亮。"

"我不喜欢海涅,"卡捷琳娜用眼睛示意阿尔卡季手中捧着的书说道,"不管是他笑的时候,还是他哭的时候,我只喜欢他沉思和忧伤的时候。"

"可我喜欢他笑的模样。"阿尔卡季说道。

"这是因为您身上还保留着您好讽刺的痕迹……("痕迹!"阿尔卡季心想,"要是巴扎罗夫听到了会怎么想呢?")您等着看吧,我们会把您改造过来。"

"谁来改造我?您吗?"

"谁?我姐姐呀。还有您已经和他吵过架的波尔菲里·普拉托内奇,您前天送她上过教堂的姨妈。"

"我能拒绝吗?至于说到安娜·谢尔盖耶芙娜,您肯定清楚记得,她在很多问题上都是赞同叶夫根尼的意见的。"

"我姐姐和您一样,当时都是处在他的影响之下。"

"也同我一样!难道您没有发现,我已经摆脱了他的影响吗?"

卡捷琳娜没有作答。"我知道,"阿尔卡季继续往下说道,"你们是永远不会喜欢他的。"

"我没法对他做出判断。"

"知道吗,卡捷琳娜·谢尔盖耶芙娜?我每次听到这样的回答时,总是不相信这种说法……世界上根本就没有一个这样的人,是我们每一个人都无法做出判断的!这样的回答不过是一个借口而已。"

"好吧！这么说吧，他……不是说我不喜欢他，不过我认为他和我格格不入，他也觉得我同他格格不入……其实，你同他也是不相容的。"

"那是为什么？"

"怎么说好呢？他很凶猛，而您和我却很温顺。"

"我也是温顺的？"卡捷琳娜点了点头。

阿尔卡季抓了抓自己的耳朵。"您听我说，卡捷琳娜·谢尔盖耶芙娜，这实际上是一种侮辱。"

"难道您想当一个凶猛的人吗？"

"凶猛的人倒是不想，但是我想成为坚强的人物。"

"这点是想不到的……您看，您的那位朋友并不想做到这点，但他的身上却有这种东西。"

"哼！这么说，您认为他对安娜·谢尔盖耶芙娜有过巨大的影响了？"

"是的，谁也不能长时间控制她的。"卡捷琳娜低声补充了这么一句。

"为什么您这么想呢？"

"她很骄傲……我倒不是想说……她很珍惜独立人格。"

"谁又不珍惜独立的人格呢？"阿尔卡季反问一句，可自己的脑海中却闪过一个想法："独立人格又有何用呢？"卡捷琳娜的脑海中也闪出了这个想法："独立人格又有什么用呢？"通常友好相处的青年人，总容易产生同样的想法。

阿尔卡季微微一笑，然后悄悄地靠近卡捷琳娜，低声说道："您得要承认，您有点怕她。"

"谁？"

"她。"阿尔卡季意味深长地重复了一遍。

"那么您呢？"卡捷琳娜反过来问道。

"我也是，请您记住，我说的是：我也是。"

卡捷琳娜举起一个手指对他威胁了一下。"这事我倒认为挺奇怪的，"她开始说道，"我姐姐以前从未像现在这样对您好过。如今比起第一次来，对您的态度要好得多了。"

"真的吗？"

"这一点您还没觉察出来吗？您难道不高兴吗？"

阿尔卡季沉思起来。"我凭什么赢得了安娜·谢尔盖耶芙娜的好感呢？难道是我给她带来了我母亲的那几封信？"

"这是部分原因，还有别的原因，我不告诉您。"

"为什么？"

"我不说。"

"哦！我知道您很固执。"

"是很固执。"

"还很会观察。"

卡捷琳娜从旁望了阿尔卡季一眼。"或许，这事让您生气，您在想什么呢？"

"我在想，您身上确实有这种观察力，到底是从哪儿来的？您胆怯，不相信人，而且不与人交往……"

"我长期过孤单的生活，不禁会想得多。但是，难道我真的回避和所有人接近吗？"

阿尔卡季向卡捷琳娜抛去感激的一瞥。

"这很好，"他继续说道，"但是，处在您这种地位的人，我是想说有您这么多财产的人，很少具有这种观察力。他们就像沙皇一样，你很难真正了解他们。"

"可您知道我没有钱。"

阿尔卡季很惊讶，他没能立刻明白卡捷琳娜的话。"真的，财产都是她姐姐的！"他突然想到了，但这一想法并没使他感到什么不快。

"您说得好极了！"他说道。

"您指什么？"

"您说得很好，言简意赅，直言不讳，又不装模作样。我是说，一个明白并承认自己穷的人，他身上一定有一种特质，一种骄傲吧。"

"幸亏姐姐好心，我可从来没有过这种感觉。我刚才提到我没有财产，只是顺口说出来的。"

"好吧，不过，您要承认，您身上确实有点我刚才所说的骄傲。"

"您能举个例子说吗？"

"比方说，您不是，请您原谅，您不会嫁给富人，是吧？"

"如果我很爱他的话……不，即使那样，我也不会嫁的。"

"啊！您看！"阿尔卡季大声叫道，过了一会儿他又补充说道："为什么您不嫁给他呢？"

"因为不平等的婚姻歌里也唱过。"

"可能您愿意支配别人，或者……"

"啊不！我为什么要这样呢？恰恰相反，我倒愿意听从别人，让人痛苦的不过是不平等。一个人自尊又听从别人，这我能理解，这是幸福……不过，我已经受够了依赖别人的生活。"

"受够了，"阿尔卡季跟着卡捷琳娜重复了一遍，"是的，是的，"他继续说道，"难怪您和安娜·谢尔盖耶芙娜同一个血统；您和她一样，都是独立性很强的；不过，您比较内向。我相信，您无论如何是不会首先表达出自己的感情的，不管这种感情多么强烈，多么神圣……"

"那您怎么看呢？"卡捷琳娜问道。

"你们同样很聪明，您的性格与您姐姐的同样强，比她更有个性……"

"请您不要把我和我姐姐相提并论，"卡捷琳娜急忙打断阿尔卡季的话，"这对我不好。您应该知道我姐姐漂亮又聪明，所以……特别是您，阿尔卡季·尼古拉伊奇，不该说这样一本正经的话。"

"'特别是您'是什么意思？您为什么断定我是在开玩笑？"

"当然，您是在开玩笑。"

"您这样想吗？如果我相信我所说的话，那又能怎样呢？如果我还没有完全表达出来我的意思呢？"

"我不明白。"

"是吗？好啦，如今我发现我确实过高地估计了您的观察力。"

"怎么？"

阿尔卡季没说话就转过身去了，可卡捷琳娜在篮子里又找出几片面包屑扔给麻雀吃。但她挥手时用力过猛，吓跑了它们。

"卡捷琳娜·谢尔盖耶芙娜，"阿尔卡季突然说，"或许在您眼里没什么不同，但您要知道，我认为，您不仅比你姐姐优秀，甚至比世界上任何人都优秀。"他站起身来，很快走了，好像被他刚才说的话吓跑似的。

而卡捷琳娜则把两只手和篮子放在膝盖上，垂着头，久久地望着阿尔卡季的背影。脸渐渐地红了，但她的嘴上没有笑意，黑亮的眼睛里充满了惶恐和别的不可名状的东西。

"你一个人吗？"她身旁响起了安娜·谢尔盖耶芙娜的声音，"我原以为你和阿尔卡季一起在园子里呢。"

卡捷琳娜缓缓抬眼看她的姐姐（她打扮得很雅致，甚至穿着很讲究，站在小路上，用张开的伞尖去挠菲菲的耳朵），从容地回答："我一个人。"

"这我看见了，"姐姐笑着回答，"他大概回自己房里去了？"

"是的。"

"你们一起读书啦？"

"是的。"

安娜·谢尔盖耶芙娜捉住卡捷琳娜的下巴，把她的脸庞稍稍抬了起来。"我希望，你们没有吵架吧？"

"没有。"卡捷琳娜说完轻轻把姐姐的手推开。

"你回答得一本正经！我原想在这里找到他，然后一起去散步。他说过多次让我陪他散步。城里的皮鞋送来了，你快去试试看：我昨天发现你原来穿的那双鞋子已经完全磨破。总的来说，这种事你总是不太在乎，实际上你的小脚很漂亮，手也很好，就是有点大，因此你要特别呵护这双小脚，可你却不爱打扮。"

安娜·谢尔盖耶芙娜沿着小路继续向前走去，漂亮的衣裙发出轻微的窸窣声。卡捷琳娜从凳子上站起身来，拿起那本海涅的作品也走了，不过不是去试皮鞋。

"一双漂亮的小脚！"她边走边想。轻巧地沿着被太阳晒得灼热的石级，登上凉台。"您说一双漂亮的小脚……好吧，他以后要在这双脚前跪下的。"但她马上就害羞起来，匆忙上楼去了。

阿尔卡季穿过走廊朝自己的房间里走去，一个管事的赶上他，报告说巴扎罗夫先生正坐在他房中等他。

"叶夫根尼吗？"阿尔卡季几乎是带着惊慌的表情说道，"他到了很久了吗？"

"他刚到，他吩咐不要告诉安娜·谢尔盖耶芙娜说他来了，直接把他带到您的房间。"

"难道我们家里出了什么不幸的事？"阿尔卡季想着，他急忙登上楼梯，跑到门口，一下子就把房门打开了。巴扎罗夫的神态立刻让阿尔卡季放下心来。尽管这位不速之客依然精神饱满，但样子显然有点消瘦，一位很有经验的人的目光，肯定会看出他内心有激动不安的一些迹象的。他肩上披一件满是尘土的军大衣，头上戴一顶有遮檐的便帽。他坐在窗台上，就连阿尔卡季大声惊叫跑到他跟前搂住他的颈脖子时，他也没有站起身来。

"真想不到！你怎么来了！"阿尔卡季在房里显得手忙脚乱，一直不停地老这么说，就像那种他自己认为他很高兴，也希望别人看到他很高兴的人一样。"我的家里都平安顺利吧，人们都好吗？"

"你们家平安顺利，只是并非每个人都好！"巴扎罗夫说，"可你别只管说话，叫人给我送杯克瓦斯来，你先坐下，好好听着，我希望把事情简明扼要地告诉你。"

阿尔卡季安静下来了，于是巴扎罗夫给他讲了与巴维尔·彼得罗维奇决斗的情况。阿尔卡季很吃惊，甚至感到很痛心，但他认为没必要表露出来。他只是问他伯父的伤是不是真的没事。巴扎罗夫告诉他，伤得很有意思，不过不是指的医学方面。听了这样的回答后，他勉强笑了笑，心里却感到很痛苦，甚至觉得有点可耻。巴扎罗夫好像猜出了他的想法。

"是的，老弟，"巴扎罗夫说道，"和封建人物住在一起就是这下场。你自己落到了封建人物堆里，你自然要参加骑士式的决斗。好啦，我现在就要到'父亲们'那里去了，"巴扎罗夫最后说道，"我是在路上拐到这里来的……目的是把这些转告您。如果我不认为无益的谎言是愚蠢的话，我就会说的。不，我拐到这里来，鬼知道到底是为什么！你知道吗，有时候一个人抓住自己头发把自己提离地面，有时也是不错的。这就是我近来所做的……可我又放不下刚被我丢掉的东西，丢不下我生长的菜地。"

"我希望这话不是针对我，"阿尔卡季激动地反驳，"我希望你不是想把我丢掉！"

巴扎罗夫的眼睛转向他，专注地近乎审视的望了阿尔卡季一眼。

"你会因此这么难过吗？我觉得你早已把我抛开了。看上去你气色不错，英俊整洁……你和安娜·谢尔盖耶芙娜的事情进行得很顺利吧？"

"我和安娜·谢尔盖耶芙娜的什么事呀？"

"难道你从城里到这里来不是为了她吗，小鸡儿？顺便问一句，星期日学校的情况调查得怎么样了？难道你没爱上她吗？或者你认为该三思而后行？"

"叶夫根尼，你知道，我对你一向是坦诚相见的，我向你保证，我向您发誓，你搞错了。"

"哼，以前可从没这么说过，"巴扎罗夫低声说道，"可你别着急，你知道，这事和我无关。要是浪漫派，他肯定会说：我觉得我们的道路马上就要开始分开了，而我认为我们是相互厌倦了。"

"叶夫根尼……"

"我的好兄弟，这并不是坏事。世界上讨厌的事不是很多吗？我想，我们现在该分道扬镳了，是吗？自从我来到这里，就浑身不舒服，好像我读了果戈理致卡卢加省长夫人的信①。而且，我并没有让他们解下马！"

"对不起，这不可以！"

"为什么？"

"我暂且不说，可是对安娜·谢尔盖耶芙娜来说，将是最大的无礼，她一定想见你。"

"啊，你错了。"

"我恰好相反，我确信我是对的，"阿尔卡季表示反驳，"你为什么要掩饰呢？既然话说到了这里，那么请问，难道你不是为她才到这里来吗？"

"或许是的，但你总的来说是错的。"阿尔卡季说得没错。安娜·谢尔盖耶芙娜想见巴扎罗夫，并通过管事，邀请巴扎罗夫到她那里去。巴扎罗夫在去见她前，换了衣服。原来他早将新衣服放好，随手就可以拿到的。

奥金左娃不是在巴扎罗夫出人意料地向她表白爱情的那间房里见他的，而是在客厅里。她客气地向他伸出自己的指头，但她却情不自禁地紧张起来。

"安娜·谢尔盖耶芙娜，"巴扎罗夫匆忙说道，"首先我要您放心。在

---

① 此处指俄国作家果戈理于1846年6月6日致斯米尔诺娃的信。

您面前的是一个早已清醒过来,并且希望别人忘掉他所做的傻事的人。我这次一走,时间会是很长的,请您同意,尽管我不是一个心地脆弱的人,可一想到您心里对我还厌恶,我就得离开了,我心里也很难过。"

安娜·谢尔盖耶芙娜长叹了一口气,像是刚刚到达山顶的登山者,她微微一笑,这让她更妩媚。她再次把手伸给巴扎罗夫,并且作为回答,也握了一下他的手。

"过去的事就让它过去吧,"她说道,"更何况实话说,当时我也有错的,即使算不上调情,至少也有别的什么。总之,我们还是做朋友吧。那是一场梦,对吗?梦里的事谁还会记得呢?"

"谁还会记得吗?可是爱情……要知道,那只是一种造作出来的感情。"

"真的吗?听你这么说我很高兴。"

安娜·谢尔盖耶芙娜这么说,巴扎罗夫也是这么说,他们两人都以为是在说真话。他们的话里有多少真实呢?都是真的吗?这一点他们自己不知道,作者就更不必说了。但是他们就这样谈了开来,似乎他们互相完全信赖对方。

安娜·谢尔盖耶芙娜询问巴扎罗夫在基尔萨诺夫家干什么,他差点把他与巴维尔·彼得罗维奇决斗的事告诉她了,但一想到她会觉得他是在有意炫耀自己,便把话打住了,接着就回答她说,他这段时间都在进行科学研究工作。

"而我,"安娜·谢尔盖耶芙娜说道,"刚开始很郁闷,上帝知道是什么原因,甚至打算出国呢,您想想看吧!后来,这一切都过去了。您的朋友,阿尔卡季·尼古拉伊奇来了,于是我又回到了自己的轨道上,扮演起自己真正的角色来。"

"请问到底是什么角色呢?"

"姑妈、女老师、母亲这类的角色——您想说什么都行。顺便说一句,您知道吗,我以前并不真的了解您同阿尔卡季·尼古拉伊奇的亲密友谊,我觉得他很平凡、不起眼。但是,现在我对他有了更好的了解,并相信他很聪明……而主要的是他很年轻,很年轻……不像我们,叶夫根尼·瓦西里伊奇。"

"见了您，他还是那么羞涩吗？"巴扎罗夫问道。

"他是那样吗？"安娜·谢尔盖耶芙娜本想开口，但想了一会儿以后，补充说道，"他现在和我很熟，经常和我谈话。以前他老是回避我。不过我也想和他交谈。他和卡捷琳娜相处的不错。"

巴扎罗夫有些厌烦了。他想："女人注定是要欺骗人的！"

"您说他回避您，"他带着冷冷的微笑说道，"不过，他爱您，大概您也知道吧？"

"怎么？他也……"安娜·谢尔盖耶芙娜脱口而出。

"他是爱您，"巴扎罗夫恭敬地鞠了一躬之后重说了一遍，"难道您不知道这事？我对您说的难道是新闻吗？"

安娜·谢尔盖耶芙娜垂下了两眼。"您弄错了，叶夫根尼·瓦西里伊奇。"

"我不认为。我或许不该提起这事。""你以后别在我面前耍花招了！"他在心中暗暗地补充了一句。

"怎么不应该呢？不过，我认为，您对那个瞬间即逝的印象看得太重要。我甚至怀疑你是否有夸张的爱好。"

"我们还是别谈这个了，安娜·谢尔盖耶芙娜！"

"为什么？"她回答说，却又自动把谈话引向另一条道路上。尽管她对巴扎罗夫说，她已把过去的事都忘了，而且也反复地说服自己，过去的事都已忘掉，但仍感到同巴扎罗夫在一起不大自在。即便是同他交谈几句极普通的话，甚至是和他开开玩笑，她都感到有点轻微的恐惧。这就像人们坐船航行在大海上，谈笑风生，无忧无虑，既不给予，也不索取，就像站在坚硬的陆地上一样。但是，只要稍微出点毛病，把船停下来，或者出现一点很小的反常征兆，大家的脸上很快就会露出特别惊慌的表情，证明他们时刻都在担心有危险。

安娜·谢尔盖耶芙娜和巴扎罗夫的谈话持续的时间不长。她开始思索了，回答问题心不在焉，因此建议他到大厅里去，于是他们在那里找到了老公爵小姐和卡捷琳娜。"阿尔卡季·尼古拉伊奇到哪里去了呢？"女主人问道，一听说他已经有半个多小时不曾露面，便派人去找他。去的人找了很久才把他找到，原来他走到了花园的最深处，下巴颏儿支在两只交叉的手上，正坐在那里冥思苦想。他的那些想法很深刻，也很重要，但并不悲伤。他知道安娜·谢尔盖耶芙娜和巴扎罗夫单独坐在一起，他并不像以前那样感到忌妒，恰恰相反，他的脸上渐渐地出现了光彩，似乎他在为什么事感到惊讶，同时也感到高兴，而且慢慢地下定决心，要去做一件别的什么事情了。

二十六

已故的奥金佐夫（奥金左娃的丈夫）不喜欢标新立异，但是也不反对搞一点"情趣高尚的活动"，因此他在自己的花园里、温室和池塘之间，用俄国砖砌了一个类似希腊柱廊式的建筑物。在这个柱廊或者画廊的后山墙上，做了六个放雕像的底座，奥金佐夫打算订购六个雕像运回来放在里面。这六个雕像分别代表：孤独、沉默、思考、忧郁、羞耻、敏感。

其中的一个就代表沉默的女神，嘴里衔着一个手指，一运回来就放好，可就在当天，就有几个农奴的孩子打掉了它的鼻子，虽然附近的一个雕匠给它又做了一个"比原有的好两倍"的鼻子，可奥金佐夫还是吩咐将它搬走了，于是这尊雕像便出现在脱粒棚房的角落里，在那里一放就是好些年，让乡下的女人产生了迷信，吓得要死。

柱廊的前面部分，早就被密密的灌木丛盖住。在浓密的绿叶上只露出柱廊的圆柱顶。柱廊里面就算是正午时候也是非常清凉的。自从在那里看到一条蛇以后，安娜·谢尔盖耶芙娜就不喜欢光临这个地方了。但是卡捷琳娜却常来这里，坐在一条嵌在一个底座上的石凳上。她在这空气清新的树荫底下读书报或干别的事情，或沉浸在完全宁静的感觉之中。这种感觉，大概谁都不陌生，它的美妙之处在于你可以在不自觉的状态之中，默默无言地偶然发现广阔的生活波涛在我们心里和我们的周围汹涌澎湃。

巴扎罗夫到的第二天，卡捷琳娜坐在自己心爱的长凳上，阿尔卡季又和她坐在一起。他一再求她和他一起到"柱廊"上去。离吃早饭还有半个小时。有露水的清晨，换来了炎热的白天。阿尔卡季的脸上还保持着昨天那样的表情，卡捷琳娜则神态不安好像有心事。喝完茶她姐姐马上把她叫进自己的书房，先是对她亲热一番，这往往让她感到有点害怕，然后劝她在行动上对阿尔卡季要小心谨慎，特别要避免和他单独交谈，好像姨妈和家中的其他人已经有所觉察。

此外，前一天晚上，安娜·谢尔盖耶芙娜心情很坏。再说卡捷琳娜本人也感到不好意思，好像她已意识到自己错了似的。她在答应阿尔卡季的要求时对自己说，这是最后一次了。

"卡捷琳娜·谢尔盖耶芙娜，"阿尔卡季有点羞涩地随便说道，"自从我有幸和您住在一栋房子里以来，我和您谈到了许多问题，但有一个对我来说很重要的问题，我还没有说到。您昨天指出，我在这里得到了改造，"他补充说道，同时，对卡捷琳娜向他投过来的疑问目光，他又想捉住，又想回避。"的确，我在很多方面都有了改变，而且这点，您比任何人都清楚。实质上，我的这一巨变，该归功于您。"

"我？归功于我？"卡捷琳娜说道。

"我如今已经不是刚来这里的那个自命不凡的愣头小子了，"阿尔卡季继续说道，"我毕竟没有白活二十三年。我还希望成为一个有用的人，希望把自己的一切力量贡献给真理。但是，我已经不再到我以前寻找理想的地方去寻找理想了，理想已经在我的面前……比我想象得近多了。从前，我还不明白我自己，我给自己提出了我无力完成的任务……我的眼睛直到不久前才被一种感情打开……我表达得不完全清楚，但是，我希望您能理解我的意思……"

卡捷琳娜什么也没说，但不再望着阿尔卡季了。

"我认为，"他又以更激动的声音说了起来。一只苍头燕雀，藏在他头顶上的桦树叶子里，正在无忧无虑地唱着自己的歌。"我认为每个正直的人都有责任对那些……对那些……总之，对那些和他很亲近的人们坦诚相待，因此，我……我想……"

但是，阿尔卡季说到这里，雄辩的口才没有了，他前言不搭后语，结结巴巴，最后不得不沉默一会儿。卡捷琳娜一直没抬起眼睛。似乎她也不明白，究竟为什么他要说这番话，因此她好像还在等什么。

"我估计，我的话会让您大为吃惊，"阿尔卡季又鼓足勇气开始说话，

"何况这种感情有点……请注意，和您有点关系。我记得，您昨天责备我不够严肃，"阿尔卡季继续说下去，那样子就像人走进了沼泽地里，觉得越走会陷得越深，一步比一步深，可还是匆忙前行，希望尽快地爬上来，走出沼泽地。"您的这种指责往往是指……是落在……那些年轻人的头上的，即便他们不该受到这种指责，也是如此。如果我身上的自信心更大的话……（'快帮帮我吧，快帮呀！'阿尔卡季绝望地想着，但是，卡捷琳娜还是没转过头。）假如我可以希望……"

"假如我对您所说的一切深信不疑……"就在这一刻，响起了安娜·谢尔盖耶芙娜爽朗的声音。

阿尔卡季马上停止说话，卡捷琳娜则脸色变得苍白。一条小路从遮住柱廊的灌木树丛边上通过。安娜·谢尔盖耶芙娜在巴扎罗夫的陪伴下，正在这条小路上走着。卡捷琳娜和阿尔卡季看不见他们，但听到他们所说的每一句话，听到衣服的窸窣响声，也听到他们呼吸的声音。他们走了几步，好像故意似的，直接停在柱廊前。

"如今您看见了吧，"安娜·谢尔盖耶芙娜继续说下去，"我们都看错了，我们都已不再年轻，特别是我。我们都是过来人，都已感到心身疲倦了。我们两个——这有什么客气的呢——都很聪明，最初，我们都对对方产生好感，有了好奇心……可是后来……"

"后来我就变得枯燥无味了。"巴扎罗夫接着话头说道。

"您知道，这不是我们分手的原因。但不管怎样，我们谁也不需要谁，这才是关键。我们两个人……怎么说呢……有太多共同点。刚开始我们并没有意识到这一点。阿尔卡季……"

"您需要他吗？"巴扎罗夫问道。

"别说了，叶夫根尼·瓦西里伊奇。您说过他对我有好感，我自己也一直感到他是喜欢我的。我知道，我适合当他的姑妈，但是我不想对您隐瞒，我最近也经常想起他。他那种年轻而新鲜的感情有一种特殊的吸引力在里面。"

"这种情况一般用'魅力'这个词，"巴扎罗夫打断了她的话，他平静而低沉的声音里流露出一股酸苦的味道，"阿尔卡季昨天和我谈话，还保留着某种秘密，既没有说起您，也没有提到您妹妹……这可是个重要的征兆。"

"他对卡捷琳娜就像哥哥对妹妹一样，"安娜·谢尔盖耶芙娜说道，"我喜欢他的这一点儿，虽然，也许，我不该让他们那么亲近。"

"这是您这个……姐姐的心里话吗？"巴扎罗夫拖长声音说道。

"当然……不过，我们为什么老站着呢？我们走吧。我们间的谈话多么奇怪，对吗？我根本想不到我会和您说这些话。要知道我害怕您……又信赖您，因为您……的确是个很好的人。"

"首先，我根本就不是一个好人；其次，对您来说，我已经无足轻重了，可您依然告诉我：我很好……这无异于把一个花环戴在死人的头上。"

"叶夫根尼·瓦西里伊奇，我们并不总能自我控制……"安娜·谢尔盖耶芙娜本来已开口说话，但一阵风刮来，刮得树叶瑟瑟发响，把她的话也刮走了。

"您知道，您是自由的。"过了一会儿，巴扎罗夫说道。

别的话就再也听不清楚了，脚步已经走远……一切都静了下来。

阿尔卡季转向卡捷琳娜。她还是以同样的姿势坐着，只是把头低得更低了。"卡捷琳娜·谢尔盖耶芙娜，"他用颤抖的声音紧捏着两只手说道，"我永远爱您，不会变心，除您以外，我不爱任何人。我想把这点告诉您，想知道您的意见，并且向您求婚，因为我没钱，我觉得我已做好充分准备，做出一切牺牲……您不回答吗？您是对我不信任吧？您觉得我是轻率地在说话吧？但是，请您回想一下最近这些日子！难道您早就不相信一切事情，请您理解我，一切别的事情早已消失得无踪无影了吗？请您看着我，对我说一个字……我爱……我爱您……请相信我！"

卡捷琳娜用庄重而明亮的目光，望了阿尔卡季一眼，经过长时间的沉思默想，终于勉强笑了笑，说道："是的！"

阿尔卡季从石凳子上跳了起来。

"是的！您说了！是的，卡捷琳娜·谢尔盖耶芙娜！这个词是什么意思呢？是说我爱您，您相信了……还是……还是……我不敢说下去……"

"是的！"卡捷琳娜又说了一遍，这次他理解了她的意思。他抓起她的一双很漂亮的小手，把它紧紧地贴在自己的胸前，他高兴得喘不过气来。他好不容易才勉强站住，口中只是翻来覆去地念着："卡捷琳娜，卡捷琳娜……"她却不知道为什么，竟然天真地哭了起来，自己对自己的眼泪，暗暗觉得好笑。没有见过自己爱人眼中的泪水的那些人，是体会不到世界上，当一个人沉浸在羞涩与感激中时所能达到的快乐程度！

第二天清早，安娜·谢尔盖耶芙娜命人把巴扎罗夫请到自己的书房，她带着勉强的笑容，递给他一张折好的信笺。这是阿尔卡季写的一封信：他在信中向她妹妹求婚。

巴扎罗夫草草看了一下信的内容，使劲控制着自己，好让自己不把幸灾乐祸的感情表露出来，而这种感情已经在他胸中突然涌起。"原来这样，"巴扎罗夫说道，"您大概不再认为他是像哥哥一样爱着卡捷琳娜·谢尔盖耶芙娜了吧？您如今打算怎么办呢？"

"您认为我该怎么办呢？"安娜·谢尔盖耶芙娜继续笑着问道。

"我认为，"巴扎罗夫也笑着回答，虽然他心里根本就不快活，因此也像安娜·谢尔盖耶芙娜一样，一点也不想笑。"我认为，应该为两位年轻人祝福。这一对各个方面都很好，基尔萨诺夫家财可观，他又是父亲的独生子，再说他父亲为人很好，心地善良，不会反对的。"

奥金左娃在房间里踱来踱去，脸色红一阵白一阵地变化着。

"您是这么想的？"她说道，"为什么不呢？我也看不出有什么障碍……我为卡捷琳娜感到高兴！也为阿尔卡季·尼古拉伊奇感到高兴。当然，我要等到他父亲的答复。我派他自己去见他的父亲。可这样一来，我昨天对您说我们两个都已经老了的话，是说对了……我怎么没有早点看出来呢？真是怪事！"

安娜·谢尔盖耶芙娜又笑了起来，但马上转过身去。

"现在的青年人变得非常狡猾了。"巴扎罗夫说完，也笑了起来。"再见吧，"经过短暂的沉默后，他又说了起来，"希望您用最好的方式办完这件喜事，让我在远处也感到欣慰。"

奥金左娃迅速转过身来，对着他。"难道您要走？为什么您现在不留下来呢？请您留下来吧……和您在一起谈话很愉快……就好像走在悬崖边上，先是恐惧，可越往下走胆子越大。您留下来吧。"

"谢谢您的好意挽留，安娜·谢尔盖耶芙娜，也谢谢您对我口才的赞赏。但是，我发现，我在不属于自己的环境里待的时间太久了。会飞的鱼只能在空中待一个时期，很快就要钻到水里去，也请您允许我回到属于我的环境中去吧。"

奥金左娃看了看巴扎罗夫。她惨白的脸苦笑着。"这个人爱过我！"她心里这么想着，充满同情地把手伸给他。

但他懂得她的意思。"不，"他说完就后退了一步，"我很穷，但至今还没有接受过别人的怜悯。再见吧，太太！多珍重！"

"我深信，这不是我们的最后一面。"安娜·谢尔盖耶芙娜做了一个身不由己的动作说道。

"这个世界上任何事都有发生的可能！"巴扎罗夫回答以后，鞠了一躬就走出去了。

"这么说您是想给自己筑个巢了？"巴扎罗夫当天蹲在地上指着自己的皮箱对阿尔卡季说，"怎么啦？好事嘛。不过你不用耍花招。我还以为你是打的另一个主意呢。或许这事让你自己感到手足无措吧？"

"在我和你分手的时候，我确实没有想到会发生这种事，"阿尔卡季回答说道，"但是你为什么自己耍花招，故意说什么'好事'，好像我不知道你对婚姻的看法似的？"

"唉，我的好朋友！"巴扎罗夫说道，"你怎么能这么说呢！你看我在干什么呢？皮箱里有空位子，所以我往里面塞干草。我们人生中的箱子也是这样的，不管你塞什么都行，只是不要有空地方。请你千万别生气，你不是清楚地记得我常对卡捷琳娜·谢尔盖耶芙娜的看法吗？肯定是记得的。有的贵族小姐只是因为她的气叹得聪明，就以聪明而闻名了，可你的这一位是可以维护得了自己的，不仅可以稳稳地站住，而且会把你牢牢地控制在自己的手中，嗯，不过，这也是应该的。"他啪的一下把盖子关上，从地板上轻轻地站起身来。"现在是我们道别的时候，我对你再说一遍……因为不必再自欺了：我们这次是永别，这点你自己也感觉得出来……你很聪明，你生来就不是过我们这种痛苦、难熬、孤独的生活的。你没胆量，没愤恨，但你有年轻人的那种大胆和年轻人的那种热情，但对于我们的事业来说，这是不合适的。你是贵族公子，在行动上绝对超不出高尚的顺从或者高尚的愤慨的范围，可这种行为都是微不足道的。比方说，你不会去斗争，却把自己想象为英雄好汉，而我们却是希望斗争的。有什么好说的呢？我们掀起的灰尘会弄瞎你的眼睛，我们的污泥会弄脏你的身体，再说你也没有长到我们这样高，你会不由自主地自我欣赏，你还会高兴地谩骂自己。可我们对这些感到乏味——我们要压倒别人！我们要摧毁别人！你是个好小子，但你依然是一个软弱无力的自由主义的少爷，照我父亲的话来说，是'仅此而已'。"

"你要和我永别吗，叶夫根尼，"阿尔卡季悲伤地说道，"你没有什么别的话对我说吗？"

巴扎罗夫搔了搔自己的后脑勺。"有，阿尔卡季，我还有些别的话对你说，不过我现在不说，因为那是浪漫主义，这就是说，是要动感情的。你可要快点结婚，把自己的小巢筑好，多生几个孩子。他们肯定都很聪明，因为他们生得其时，不会像我们一样！嘿！我看，马都已经备好。我该走啦！我已经与所有人道过别了……怎么样？要不要拥抱一下呀！"

阿尔卡季扑到自己过去的良师益友身上，抱住他的脖子，眼泪马上从他的眼睛里涌了出来。"这就是青春！"巴扎罗夫心平气和地说道，"不过，我把希望寄托在卡捷琳娜·谢尔盖耶芙娜身上。你看吧，她肯定会很快把你安慰好的！"

"永别啦，兄弟！"巴扎罗夫爬上大车后对阿尔卡季说道。接着他指着并排落在马厩顶上的一对乌鸦，补充说了一句："这便是你的榜样！好好学习吧！"

"这话什么意思？"阿尔卡季说道。

"怎么？难道你的自然史知识这么糟糕？还是你忘了乌鸦是最可敬的家鸟吗？它是你的榜样……再见啦，先生"！

大车辘辘地向前走了。巴扎罗夫说得很对。晚上和卡捷琳娜交谈时，阿尔卡季已完全忘记了自己的导师。他已开始听她的话了，而且卡捷琳娜已经感觉到这点了，可并不感到奇怪。他要在次日坐车去玛丽伊诺找尼古拉·彼得罗维奇。安娜·谢尔盖耶芙娜不想约束青年人，只是为了遵守礼俗，才没让他们单独待在一起太久。她宽容地让他们远离老公爵小姐，因为老公爵小姐一听到这桩婚事恐怕会气得眼泪双流。安娜·谢尔盖耶芙娜害怕她看到他们的幸福场面会感到有点不痛快，可结果完全相反，这个场面不仅没有让她感到难过，反而让她感到有趣，最后竟然让她很感动。安娜·谢尔盖耶芙娜对此事既感到高兴,又感到悲伤。"看来,巴扎罗夫的话说对了,"她想,"好奇,不仅是好奇,还有对安逸的向往,还有自私自利的个人主义……"

"孩子们!"她大声说道,"爱情是一种假装出来的感情吗?"

但是,不论是卡捷琳娜还是阿尔卡季,甚至都没有明白她的意思。他们常常回避她,无意之中偷听到的那次谈话,仍在他们耳畔回旋。不过,安娜·谢尔盖耶芙娜很快就让他们安静下来了,对她来说,做到这点并不困难:她自己早已把心放下了。

二十七

巴扎罗夫老两口没想到儿子会突然回家,因此喜出望外。阿林娜·弗拉西耶夫娜忙乱地在宅子里跑来跑去,瓦西里·伊万诺维奇把她比作"母鹌鹑",她那短衫短秃秃的下摆,确实让她像只短尾巴鸟。而他自己只是含混不清地说着什么,从侧面咬着那长烟斗的琥珀嘴儿,用手指抓住脖子来回晃头,好像要试试脑袋是不是装得牢靠,突然又咧开大嘴,无声地笑起来。

"我这次回来要住整整六周,老父亲,"巴扎罗夫对他说,"我要工作,所以请你别打扰我。"

"我决不打扰你!"瓦西里·伊万诺维奇答道。

他确实遵守承诺。仍把儿子安置在书房后,尽量躲着儿子,并且阻止妻子对儿子表达任何多余的柔情。"我们,好妈妈,"他对她说,"我们上次就让叶纽沙有点烦了,这次要明智一点。"阿林娜·弗拉西耶夫娜同意丈夫说的,不过这话对她也没什么用,因为她只有在餐桌上才看到儿子,最终还是不敢和他说话。"叶纽沙!"有时她叫着——可当儿子还没来得及转头呢,她便拽弄着手袋的穗子,嘟囔道:"没事儿,没事儿,我只是……"——然后去找瓦西里·伊万诺维奇,托腮问道:"亲爱的,你去问问,叶纽沙午饭想吃什么,白菜汤还是红菜汤?""你自己怎么不问?"

"他会烦我的!"不过,巴扎罗夫很快就不紧锁房门了:对工作的狂热消逝了,他变得苦闷寂寞,不安烦躁。他的一举一动都显出一种古怪的疲惫,甚至那坚定麻利的步履都改变了。

他不再独自漫步,开始找机会与人交谈;他在客厅喝茶,和瓦西里·伊万诺维奇在菜园里散步,和他一起默默抽烟;有一次还询问起阿列克谢神父。瓦西里·伊万诺维奇起初对这变化感到宽慰,可他的兴奋并没持续多久。"叶纽沙真让我伤心,"他暗地里对妻子抱怨道,"如果是不满意或生气,倒还罢了;他伤心,愁眉苦脸——这才可怕呢。他总是闷声不响,哪怕骂我们一顿呢;他一天天消瘦,脸色也难看。""天哪!天哪!"老太太低语着,"我很想给他挂个护身香囊,可他哪会答应呢。"瓦西里·伊万诺维奇几次试探着,小心翼翼地向儿子询问起工作、身体情况,问起阿尔卡季……可巴扎罗夫回答起来并不高兴而且很随意。一次他发觉父亲又悄悄试探问出什么,便恼怒地说:"你怎么总是踮着脚尖围着我转呢?这比以前更糟。""哦,哦,我不是故意的。"可怜的瓦西里·伊万诺维奇急忙答道。他想谈谈政治,也无济于事。

一次在谈起将要到来的农奴解放时,他说这是进步,希望唤起儿子的共识。可儿子只冷漠地说:"昨天我经过篱笆时,几个本地农民小孩不唱老歌,而是大声唱着'正确的时代来了,我们感受到了爱……'这就是你的进步。"有时巴扎罗夫到村里去,找个农民,和平常一样开着玩笑,然后交谈起来。"喂,"他说,"老兄,说说你的人生观。因为据说,你们肩负着俄国的全部力量和未来,历史的新纪元要从你们开始——由你们给大家制定真正的语言和法律。"农夫或者不说话,或者说出诸如下面的话:"我们也能……因为……就是说……比如,也得看看给我们教堂建了个怎样的侧祭坛。""你给我说说,你们的世界是什么样的?"巴扎罗夫打断了他的话,"是那种站在三条鱼背上的世界吗?"

"这个,少爷,站在三条鱼背上的是大地,"那农夫温和地解释着,声音和气动听,"而这个世界,大家都知道,是老爷的意志;因为你们是我们的父辈。老爷处罚得越严,农夫越听话。"一次又听到这些话,巴扎罗夫鄙视地耸耸肩,扭头就走。那农民也慢慢地回家了。

"他说的什么?"另一个愁眉苦脸的中年农夫问,他远远地站在自家的茅草屋门口，看见了这人和巴扎罗夫的交谈，"是谈欠租的事吗？"

"什么欠租哇！我的老弟！"头一个农夫回答，声音里那温和已消失了踪影，反而流露出一种不经意的粗暴，"胡说八道，舌头发痒呗！少爷嘛，能知道什么啊？"

"他能知道什么！"另一个农夫答，两人抖抖帽子，整整宽腰带，就去聊起自己的事和急需的东西了。唉！鄙视地耸耸肩、自诩擅长和农民谈天的巴扎罗夫（他和巴维尔·彼得罗维奇的争辩中曾这么自夸过），这个很自信的巴扎罗夫，他绝想不到，在农民眼中他不过是个小丑……

后来他终于给自己找到事情了。一次当他在场时，瓦西里·伊万诺维奇给一个农夫包扎伤腿，但老人手发抖，扎不好绷带；儿子给他帮了忙，从此便参与父亲的行医生涯，同时又不停地嘲讽他自己提出的治疗方法，也嘲笑马上采取这些疗法的父亲。对巴扎罗夫的嘲笑，瓦西里·伊万诺维奇毫不在意，甚至觉得是种慰藉。他用两根手指捏住长衫遮着肚皮的那一块儿——长衫油渍渍的，抽着烟斗，高兴地听巴扎罗夫讲话，儿子越是说话尖刻，这幸福的父亲越是善意地大笑，露出满口黑牙。

他甚至常常重复儿子那些无意义的调侃，比如，有那么几天，他总无故地来上一句："区区小事！"因为儿子得知他去参加晨祷，这么说过他。"谢天谢地！他不再那么忧郁了！"他和老妻窃窃私语，"今天还挖苦了我一顿，真好！"而且一想起有这么个帮手，他便心花怒放，骄傲极了。"是，是，"他边和那个身穿粗呢男上衣、头戴表示已婚的双角帽子的村妇说着，边递给她一小瓶古拉药水或一罐莨菪油膏，"你，亲爱的，应该时刻都感谢上帝，因为我儿子在家，如今可用最科学、最新的方法给你治疗，你明白吧？法国皇帝拿破仑也没这么优秀的医生。"那来求治"全身刺痛"（她自己也不清楚自己说什么）的村妇只是鞠了一躬，从怀里摸索出包在毛巾里的四个鸡蛋。

有一次，巴扎罗夫还给一个过路的布贩子拔了一颗牙，虽然不过是只普通的牙，可瓦西里·伊万诺维奇却当作宝贝保存了下来，拿给阿列克谢神父看时，嘴里不停地唠叨："看，这牙根多长！叶夫根尼的劲儿真大！那卖布的当时差点没跳到半空去……依我看，就算是棵橡树，他也拔得起的……"

"佩服之至！"阿列克谢神父最后这样说，他不知怎样回答，怎样摆脱这已心醉神迷的老头儿。

有一天，邻村一个农夫带了他患伤寒的兄弟来找瓦西里·伊万诺维奇看病。那个不幸的人伏在一捆麦草上，已奄奄一息；全身都是黑斑，早就昏迷不醒。瓦西里·伊万诺维奇遗憾地说，怎么没有早点送来，现在已没办法了。果然，那农夫还没把兄弟送到家呢，病人便死在马车上。

过了三天，巴扎罗夫来到父亲的房间，问他有没有硝酸银。

"有，你要那干吗？"

"我用它……烧一下伤口。"

"给谁？"

"给我自己。"

"怎么，给你自己烧！怎么回事？什么伤口？在哪儿？"

"在这儿，我的手指头上。我今天去了村里，就是送伤寒病人来的那个。不知为什么，他们打算解剖他的尸体，而我很久没有做过这种手术了。"

"后来？"

"后来我征得县医的同意，动了手术，结果把手割伤了。"

瓦西里·伊万诺维奇的脸色刷地一下煞白，二话不说，奔向书房，马上拿了块硝酸银来。巴扎罗夫刚要拿了就走。"看在上帝的分儿上，"瓦西里·伊万诺维奇说，"让我亲自给你弄吧。"

巴扎罗夫微微一笑。"你真爱当医生！"

"别开玩笑了。把手指给我看看。伤口不算大。疼吗？"

"用劲挤，别怕。"

瓦西里·伊万诺维奇住了手。

"你觉得怎样，叶夫根尼，是不是用铁烧一下更好？"

"早该这么做了，现在即使是硝酸银也无济于事了。如果我已感染的话，现在已经太迟了。"

"怎么……晚了……"瓦西里·伊万诺维奇张口结舌。

"毫无疑问！已经四个多小时了。"

瓦西里·伊万诺维奇又把创面烧了烧。

"难道县医就没有硝酸银?"

"没有。"

"天哪,怎么可能!医生连这么件必不可缺的东西都没有!"

"你还没见他的手术刀呢。"巴扎罗夫说罢走了。当天晚上,包括第二天一整天,瓦西里·伊万诺维奇找各种借口进儿子的房间,尽管他提都不提伤口,甚至竭力说些风马牛不相及的话题,其实他死死地盯着儿子的双眼,忐忑不安地观察着他,让巴扎罗夫失去忍耐,威胁说他要离开。瓦西里·伊万诺维奇发誓再不打扰他,他原是瞒着老伴的,可阿林娜·弗拉西耶夫娜已开始缠着他问,怎么睡不着觉,发生什么事了?他忍了整整两天,虽然他偷偷看了又看儿子,总觉得他的脸色很差⋯⋯第三天吃午饭时他再也憋不住了。巴扎罗夫垂头坐着,什么菜也不吃。

"怎么不吃啊,叶夫根尼?"他问,脸上装出一副无忧无虑的模样。"我觉得菜不错呀!"

"我不想吃,所以就不吃。"

"你没食欲,头怎么样?"他小心地问,"头疼吗?"

"疼。怎么不疼?"

阿林娜·弗拉西耶夫娜挺直腰板,留神起来。

"别发火,叶夫根尼,"瓦西里·伊万诺维奇接着说,"能不能让我给你把把脉?"

巴扎罗夫稍欠起身。"我不用把脉就可以告诉你,我在发烧。"

"发抖吗?"

"有点发抖。我去躺会儿,给我送杯椴树花茶来。我肯定是受了风寒了。"

"难怪昨晚听见你咳嗽。"阿林娜·弗拉西耶夫娜说道。

"受了风寒了。"巴扎罗夫重复了一遍,离开了。

阿林娜·弗拉西耶夫娜去准备椴树花茶了,而瓦西里·伊万诺维奇走进邻屋,默默地扯着自己的头发。

这天巴扎罗夫再也没起来过,他整夜都处于一种严重的半昏迷状态。凌晨一点他使劲睁开双眼,看到父亲那惨白的脸,在长明灯的映照下,正俯向他,他便让父亲出去。他父亲出去了,可立刻又踮着脚尖回来,用柜门遮住半个身子，紧紧盯着儿子。阿林娜·弗拉西耶夫娜也没睡，把书房门开了一条缝儿，不时过来听听"叶纽沙呼吸怎样"，并且看看瓦西里·伊万诺维奇。她只能看到他那纹丝不动弓着的背，可这也叫她心里安慰些。早上巴扎罗夫试着起床，可一阵头晕，鼻子也流了血，只得又躺下。瓦西里·伊万诺维奇沉默不语，在一旁伺候；阿林娜·弗拉西耶夫娜进来问儿子自我感觉怎样。他说："好些了。"便翻身面壁而卧。瓦西里·伊万诺维奇两只手向妻子摆着；她紧咬双唇，不让自己失声痛哭，马上走了出去。宅子里的一切都变得暗淡；人人都耷拉着脸，一片出奇的寂静；一只大嗓门公鸡从院子被送到村里去了，它很久都不知为什么受此礼遇。巴扎罗夫依然面朝墙躺着。

瓦西里·伊万诺维奇试着问他各种问题，让巴扎罗夫又倦又烦，老人便坐在椅子上发愣，只是手指关节偶尔弄得轧轧作响。他到花园去了几分钟，呆若木鸡地站着，仿佛被不可名状的惊慌压垮了（那惊慌的表情总挂在他脸上），他又回到儿子身边，极力避开妻子的盘问。她最终抓住他的手，威胁般地颤声说："他究竟得了什么病？"他醒过神来。想勉强挤出个笑容作答：可他自己也吓坏了，他不是微笑，而是莫名其妙地大笑。一大早他就派人去请医生了。他想着该早把这事告知儿子，免得他动怒。巴扎罗夫突然在沙发上翻了个身，双目呆呆地盯着父亲，要水喝。瓦西里·伊万诺维奇给他端了水来，顺便摸了摸他的额头。烧得厉害。

"老爸，"巴扎罗夫嘶哑着嗓门，缓缓地说，"我的情况很糟。我被感染了，过几天你就要埋葬我。"

瓦西里·伊万诺维奇两腿发软，几乎要摔倒，像是有人给他的腿沉重的一击。

"叶夫根尼！"他含糊嘟囔道，"说什么呢……上帝保佑！你只是受了风寒……"

"好了，"巴扎罗夫从容地打断他，"作为医生不该这么说。所有传染的征兆，这一点你也明白。"

"什么传染……的征兆，叶夫根尼？在哪里呢！"

"这是什么？"巴扎罗夫说着卷起衬衫袖子，他父亲看到了他胳膊上的那些代表不祥之兆的红斑。

瓦西里·伊万诺维奇吓得打了个冷战，一股凉意袭遍全身。"假如，"

他最终开口道,"我们假如说……如果……如果……就算有点像……感染上……"

"脓血症。"儿子提醒他。

"是……这是一种……流行病……"

"脓血症,"巴扎罗夫冷峻清晰地重复了一遍,"你已忘了医书吗?"

"是,不错,随你怎么说……可无论如何,我们也要把你治好!"

"算了吧,这简直是天方夜谭。但这已经没有争论的必要了。我没想到这么快就会死去;说实在的,这是一桩很糟糕的偶然事件。你和母亲要凭借坚强的宗教信仰了,你们就用它来试试吧。"他又喝了口水。"我还想求你办件事……趁我的脑子还清醒。明后天,你知道,我的脑子就要退休了。就说现在吧,我表达得是否清楚,自己也不是很有信心。我躺着时,总觉得周围有红狗在转圈跑,你像要捕黑琴鸡似的,虎视眈眈地望着我。我像喝醉了似的。你明白我说的意思吗?"

"你说什么呢,叶夫根尼!你说得很清楚。"

"那样更好,你说你已派人请医生了……你是在安慰自己……你也给我个安慰吧:你派个人送信给……"

"给阿尔卡季·尼古拉伊奇?"老人插了一句。

"谁是阿尔卡季·尼古拉伊奇?"巴扎罗夫仿佛深思着说出这句话,"啊,对了!那只小鸟!不,不必惊动他:他如今已成乌鸦了。别吃惊,我不是胡言乱语!你派个人去奥金左娃那儿,安娜·谢尔盖耶芙娜,是个地主太太……明白吗?(瓦西里·伊万诺维奇点点头。)就说叶夫根尼·巴扎罗夫向她问候,告诉她他快死了。你能做到吧?"

"这马上去办……可是你真的要死了吗?叶夫根尼……你自己想想!如果你死了,还有什么公平可言?"

"这一点我不清楚,你还是快派人去吧。"

"马上派人去,我亲自写封信。"

"不,何必呢?就说派人来问候,别的什么也不用说。现在我又要回到我那群狗中间了。真奇怪!我想凝神想想死的事儿,可总不成功。我看到一个像斑点的东西……别的什么也没有。"他又艰难地转向墙壁;瓦西里·伊万诺维奇出了书房,好不容易支撑到妻子的卧室,扑通一声跪在圣像前。

"祈祷吧,阿林娜,祈祷吧!"他呜咽着说,"我们的儿子快死了。"

那个连硝酸银也没有的县医来了,他瞧了瞧病人,建议仍作临床观察,还说了几句可望痊愈的话。

"您见过像我这样的病人还不到天堂去的吗?"巴扎罗夫问,倏地抓住沙发边一张笨重桌子的腿晃晃,又把它推开。

"还有劲儿,还有劲儿,"他说,"劲儿还在,可我却得撒手而去!老人至少还活过一场,渐渐走近死亡,而我……是的,你想去否定死亡。它就来否定你了,好了!谁在那儿哭?"他隔了会儿又说,"是母亲吧?可怜的妈妈!往后谁来喝你那美味的红菜汤呢?你,瓦西里·伊万诺维奇,好像也在痛哭流涕?唉,假如基督教帮不上忙的话,你就当个哲学家,做个斯多葛派①吧!你不是总说自己是个哲学家吗?"

"我算什么哲学家!"瓦西里·伊万诺维奇叫着,两行热泪直流向脸颊。

巴扎罗夫的状况一小时不如一小时;病情急剧恶化,外科感染一般都这样。他还没昏厥过去,能明白别人说的话;他还在挣扎。"我不想说胡话,"他紧握拳头,嘟囔道,"那很荒唐!"他又说:"嗯,八减十等于多少?"瓦西里·伊万诺维奇神经错乱似的在房里徘徊,一会儿建议用这种疗法,一会儿又建议改为另一种,可他能做的只是不断给儿子盖好脚。"得用冷布敷……得用催吐剂……要往肚子上贴芥末膏……得用放血疗法。"他紧张地念叨着。经他恳求留下的那位医生,在一旁随声附和着,让给病人喂些柠檬水,给自己不是要袋烟,就是"暖暖身子的东西",也就是伏特加。阿林娜·弗拉西耶夫娜坐在门边的矮凳上,不时出去祈祷祈祷。前几天,一面小梳妆镜从她手中滑落打碎了,她总觉得是个不祥之兆,就连安菲苏什卡也不知怎样劝她。季莫费伊奇被派往奥金左娃那儿送信去了。

到了晚上,巴扎罗夫病情又恶化了……高烧折磨着他。拂晓时分他的病情有所缓解。他请阿林娜·弗拉西耶夫娜给他梳头,还吻了她的手,咽了两三口茶。瓦西里·伊万诺维奇稍微精神点儿了。

"谢天谢地!"他再三说,"开始有转机了……总算又过去了。"

---

① 斯多葛派:是古希腊和罗马的一种哲学流派,主张淡泊以明志,不为艰辛和厄运所挫。

"唉，你这样想啊！"巴扎罗夫说，"一个词的威力可真大！你找到这个词'转机'——就得到了安慰。真奇怪，人怎么居然迷信一个词。比如说，说他是傻瓜，就算不打他，他也不好受；说他是聪明人，就算不给他钱——他也很得意。"

巴扎罗夫这小小的一段平日强调的调侃，让瓦西里·伊万诺维奇大为感动。"好！说得好极了！"他大声叫着，做出鼓掌的样子。

巴扎罗夫悲哀地笑笑。"那么依你看，"他说，"转机是过去了，还是来了？"

"我看得出你好多了，真让我高兴。"瓦西里·伊万诺维奇答。

"嗯，那就好，高兴总不是件坏事儿。你记得吧，派人去她那儿了吗？"

"当然，当然派人去了？"

病人好转的时候并未持续很久，病情又加重了。瓦西里·伊万诺维奇守在儿子身旁。心中仿佛痛苦异常。他几次张张嘴，却什么也说不出来。

"叶夫根尼！"他终于说道，"我的儿子，我亲爱的儿子，我的心肝儿！"

这不同寻常的呼唤让巴扎罗夫有了反应……他微微扭过头，显然竭力想挣脱昏迷状态，吐出一句："怎么了，父亲？"

"叶夫根尼，"瓦西里·伊万诺维奇继续说，跪倒在巴扎罗夫面前，虽然儿子已紧闭双眼，不可能看到。"叶夫根尼，你现在好多了；上帝保佑，你会康复的；不过你还是利用这时间，让你母亲和我宽宽心吧，履行一下基督徒的义务吧！我和你说这个，是很痛苦的；可如果……永远……那更痛苦了……叶夫根尼……你想想，怎么样……"

老人哽咽了，儿子虽还是紧闭双眼躺着，脸上却掠过一丝古怪的神情。"我不反对，如果这事能让你们稍微安慰一下的话，"他最后说，"不过我觉得，也不必忙着办。你也说过我好多了。"

"好多了，叶夫根尼，是好多了；可谁知道呢，要知道这都由上帝的意志决定，你履行了这个义务……"

"不，我要等等，"巴扎罗夫截过话头，"我同意你说的话，病情有了转机。要是我们都错了，那也没关系！反正昏迷不醒的人也能领圣餐。"

"叶夫根尼，求你了……"

"我要等等。我现在想睡了。别打搅我。"

他把头又回到了原来的位置。

老人站起来坐到椅子上，手捏着下巴，开始咬起指头了……

突然，一阵带弹簧座的马车声音传来，在僻静的乡间听来格外清晰，老人一下子惊醒了。近了，近了，轻快的车轮越驶越近，甚至连马的喘息声也依稀可闻……瓦西里·伊万诺维奇一跃而起，奔向窗口。一辆套着四匹马的双座马车正驶进他那小宅院。还没明白是怎么回事呢，他只是觉得一股莫名的兴奋涌上心头，赶紧跑到台阶……身着制服的仆人打开了车门；一位戴黑面纱、披短黑斗篷的太太从车上走下来……

"我是奥金左娃，"她说，"叶夫根尼·瓦西里伊奇还在吧？您是他父亲吧？我还带了一位医生。"

"恩人哪！"瓦西里·伊万诺维奇高喊着抓住了她的手，颤抖着贴在了唇边。这时和安娜·谢尔盖耶芙娜一起来的那个医生，一个德国人相貌、戴眼镜的矮个子不紧不慢地钻出了马车。

"还活着，我的叶夫根尼还活着，这下他可有救了！老婆子！老婆子！天使降临来了……"

"上帝啊，这是怎么回事！"老太太嘟囔着，从客厅跑过来，还有些摸不着头脑呢，她就在前厅跪倒在安娜·谢尔盖耶芙娜的脚下，疯狂地吻起她的裙角。

"您千万别这样！别这样！"安娜·谢尔盖耶芙娜连连说。可阿林娜·弗拉西耶夫娜并不管这些，瓦西里·伊万诺维奇只是再三说："天使！天使！"

"病人在哪儿？病人在哪儿？"医生终于不高兴地问。

瓦西里·伊万诺维奇这才醒过神来。"在这儿，在这儿，请随我来，"韦尔捷斯捷尔，海尔，科列加，他想起从前学过的德语，便补了一句。

"啊！"那德国人一脸苦笑。

瓦西里·伊万诺维奇把他带进了书房。

"安娜·谢尔盖耶芙娜·奥金左娃请的医生来了，"他弯腰凑到儿子的耳边说，"她自己也来了。"

巴扎罗夫一下子睁开双眼。"你说什么？"

"我说，安娜·谢尔盖耶芙娜·奥金左娃在这里，还请来了一位医生。"

巴扎罗夫转动眼睛四处寻觅。"她在这儿……我想见她。"

"你很快就会见到她的,叶夫根尼。可要先和这位医生先生谈谈。因为西多尔·西多雷奇(那县医)走了,我得将你的病史给他原原本本讲讲,我们来做个小小的会诊。"

巴扎罗夫扫了德国人一眼。

"好吧,你们快些讨论,只是别说拉丁文,因为我也明白已快死了的意思。"

"显然这位先生也精通德语。"这位传说中的医神的新弟子转向瓦西里·伊万诺维奇说道。

"伊赫……别……我们最好说俄语吧。"老人说道。

"啊!原来如此……好吧。"会诊开始了。

半小时后安娜·谢尔盖耶芙娜在瓦西里·伊万诺维奇的陪同下,来到了书房。医生已悄悄告诉她:病人已经没治了。

她就站在门口,瞥了巴扎罗夫一眼……那张红肿、毫无生气的脸,那双混沌茫然盯着她的眼睛让她感到恐惧。一股冷气,一种难熬的恐惧袭遍全身。一个念头掠过脑海——假如她真爱过他的话,她的感觉绝不是这样。

"谢谢,"他吃力地说,"我没想到。这是善举,是好事。正像您说的,我们又见面了。"

"安娜·谢尔盖耶芙娜太善良了……"瓦西里·伊万诺维奇开口道。

"父亲,让我们单独待一会儿,安娜·谢尔盖耶芙娜,您同意吗?现在,似乎……"

他的头动了动,示意着他衰弱无力的病体。

瓦西里·伊万诺维奇出去了。

"嗯,很感激,"巴扎罗夫又道,"这是皇家风范。听说,沙皇也去看望要死的人。"

"叶夫根尼·瓦西里伊奇,但愿……"

"唉,安娜·谢尔盖耶芙娜,我们别再欺骗了。我不行了。我栽到车轮下了。因此,也不用考虑未来的事了。死亡是个古老的笑话,可对每个人来说又都是新的。现在我也没畏惧……可接踵而至的便是不省人事,完蛋了!(他无力地摆摆手。)嗯,我和您说点什么呢……我爱您!这话从前就没什么意义,现在就更不用说了。爱——是有形的,可我的形体已坏了。我最好说，您是多么有魅力！您现在站在这儿，多么漂亮……"

安娜·谢尔盖耶芙娜不觉一颤。

"没事的，别怕……请坐在那儿……别靠近我，我得的是传染病。"

安娜·谢尔盖耶芙娜快速走过来，坐到巴扎罗夫躺的沙发边的一把扶手椅上。

"崇高的心灵！"他喃喃地说，"啊，离得真近，您多么年轻、清新、纯洁……在这间陋室里……好了，永别了！祝您长寿，这是最重要的，要是有时间，好好享受。您看，这是多丑陋的景象：一条蠕虫，被碾得半死，可还在拼命挣扎。要知道我也想过，要做许多事，我不会死，怎么会呢！我重任在肩，我是巨人！而此刻这巨人的全部使命——便是怎么死得体面些，虽然这和别人无关……无论如何，我不会乞求别人的怜悯。"

巴扎罗夫不说了，伸手摸索杯子。安娜·谢尔盖耶芙娜递给他，手套都没有摘下，一口气都不敢多吸。

"您会忘记我的，"他又说道，"死者和生者不能做朋友。我父亲会对您说，俄国失去了一个什么人……那是胡说八道；可请您别打破老人家的幻想。孩子玩什么玩具都高兴……您知道。请您安慰一下我母亲。要知道，像他们这样的人，在你们上流社会是打着灯笼也难寻……俄国需要我……不，显然，不需要。那需要怎样的人？需要鞋匠，需要成衣匠，需要屠夫……屠夫……等等，我有些迷糊了……有一片树林在那里……"

巴扎罗夫用手按住了自己的额头。

安娜·谢尔盖耶芙娜俯向他，好离他近一点。

"叶夫根尼·瓦西里伊奇，我在这儿……"

他很快移开手，把上半身支撑起来。

"永别了，"他突然竭尽全力地说，眼中闪出最后一丝光芒。"别了……听我说……那时我没吻过您……把将要燃尽的灯吹灭吧……"

安娜·谢尔盖耶芙娜轻吻他的额头。

"够了！"他说着，颓然倒到枕上，"现在……黑暗……"

安娜·谢尔盖耶芙娜轻轻出了房门。

"怎么样？"瓦西里·伊万诺维奇轻声问。

"他睡了。"她的声音低得几乎听不见。

巴扎罗夫再没有醒过来。薄暮时分他一点知觉都没有了，第二天就死了。

阿列克谢神父为他举行了临终前宗教仪式。给他涂圣油礼时，当圣油触到他的胸口，他睁开了一只眼，看见穿法衣的神父、烟雾袅袅的香炉、神像前的香烛，他那死灰的脸抽搐了一下，掠过一种恐怖，他呼出了最后一丝气。

全家一片痛哭声，瓦西里·伊万诺维奇突然愤怒如狂。"我说过我要抗议，"他嘶哑地喊着，扭曲的脸涨得通红，向空中挥舞着拳头，好像在威胁谁，"我要抗议！我要抗议！"阿林娜·弗拉西耶夫娜泪痕满面，搂住他脖子，两人一起俯首在地。"那样，"后来安菲苏什卡在下房说，"两人并排耷拉着脑袋，看上去像正午的羔羊……"

酷热的中午过去了，日暮和夜晚将降临，回到那静谧的安身之所，无论是悲伤的人，还是疲惫的人，都可以在那里舒适地沉沉睡去……

二十八

六个月过去了。又到了白雪皑皑的酷寒冬日，周围静悄悄的，天空是浅绿色的，没有一丝云彩，厚厚的积雪一踩上去就嘎嘎作响，树上蒙满了一层粉色的霜花，炊烟袅袅，延绵不绝，猛一开门，从房里冲出腾腾热气，行人的脸被严寒冻得红扑扑的，冻得哆嗦的马儿疾驰而去。一月里的一天白昼将尽，日暮的寒冷让静止的空气更加凝重，红彤彤的晚霞很快便会消逝了。

玛丽伊诺庄园的窗户里透出通明的灯火，普罗科菲伊奇身着黑燕尾服，戴了双白手套，郑重其事地在餐桌上摆了七份餐具。一个星期前，在本教区小教堂静悄悄地举行了两对新人的婚礼：阿尔卡季和卡捷琳娜、尼古拉·彼得罗维奇和费多西娅，几乎没有证婚人；今天尼古拉·彼得罗维奇为哥哥设宴饯行，哥哥要到莫斯科办事。安娜·谢尔盖耶芙娜给这对年轻人送了一份厚礼，参加完婚礼后，便马上去莫斯科了。

三点钟，全家人聚到餐桌旁。米佳也上了席，旁边坐着他的保姆，头上戴着织金锦缎的盾形头饰。巴维尔·彼得罗维奇端坐在卡捷琳娜和费多西娅之间；两位"新郎"各坐在自己妻子身边。咱们的熟人们近来都有些变化：所有人都好像长得更帅，更壮实了；只有巴维尔·彼得罗维奇消瘦了些，不过，这给他表情丰富的面孔平添了一种潇洒，增添了几分大贵族气派；而费多西娅的变化也很大，她身着鲜艳的丝绸连衫裙，系了根宽宽的天鹅绒发带，戴了条金项链，她脸上带着微笑，谦恭地坐在一旁，对自己，对周围的一切都很尊敬，仿佛想说："请您原谅我，我并没什么错；"不只是她一个——别的人也面带微笑，仿佛也在请求原谅似的；大家都有点尴尬，有点伤感，实际上都感觉很好。每个人都好像在滑稽地殷勤应酬着别人，似乎约好了来上演一出天真无邪的喜剧；卡捷琳娜比谁都安详：她坦率地环顾周围，显然，尼古拉·彼得罗维奇对儿媳已很满意和关爱。

午饭结束前，他站起身，手举酒杯，转向巴维尔·彼得罗维奇。"你要离开我们……你要离开我们了，亲爱的哥哥，"他开口道，"当然，离别的日子不长；但我还是要向你表示，我……我们……多么……唉，真糟糕，我们不善演讲！阿尔卡季，还是你说吧。"

"不，爸爸，我根本没准备。"

"我就准备了吗？简单说吧，哥哥，让我抱抱你，祝你顺心如意，早日归来！"

巴维尔·彼得罗维奇拥抱了每一个人，包括米佳在内；他还特别吻了费多西娅的手，她还不习惯伸手让人吻呢。干过第二杯酒，巴维尔长叹一口气，说："祝大家幸福，我的朋友们！Farewell！这末尾的一句英文谁也没在意，不过大家都很感动。"

"纪念巴扎罗夫。"卡捷琳娜对丈夫耳语道，并和他碰了一下杯。阿尔卡季握着她的手作答，可没敢大声地祝饮。

看起来可以结束了？不过或许，我们有的读者还想知道，书中人物如今都在干什么。我们就来满足他吧。安娜·谢尔盖耶芙娜不久前结婚了，不是出于爱情，而算是一个明智之举，嫁给了一个俄国未来的政治家，一个很睿智、通晓法律的人，他处世练达，有钢铁般的意志，口才很好——人很年轻，又善良，可是冷漠。他们夫妻相敬如宾，或许有一天会变得幸福……也或许会产生爱情吧。

老公爵小姐已经去世，她一死，就被人遗忘了。基尔萨诺夫父子住在玛丽伊诺。他们的事业已有所好转。阿尔卡季成了勤勤恳恳、热衷管理的当家人，"农场"已带来很丰厚的收益。尼古拉·彼得罗维奇成了调停官，竭尽全力工作着。他不断地奔走在自己的辖区，进行长篇演说（他坚持这种意见：要"教育得通晓事理"。），可老实说，不但那些有教养的贵族对他不满意——他们有意念掉"解放"的第一个字母,时而说它好极了,时而又很伤感;而那些没多少教养的贵族则放肆地咒骂起"这个解放"。两边的人都觉得他太软弱。

卡捷琳娜·谢尔盖耶芙娜生了个儿子,取名科利亚,米佳已会到处乱跑,也会说话了。费多西娅·尼古拉耶夫娜除了丈夫和米佳外,最崇拜和最爱的就是儿媳了,儿媳弹钢琴时,她在一旁高兴地坐着能听上一天。顺便说说彼得。他更呆更傲慢自大了,把"耶"全发成"尤":如把"现在"发成"久别尔",把"保障"发成"阿比尤斯比尤琴",他也结婚了,得到了一份很不错的嫁妆,夫人是城里菜园主的女儿,曾拒绝过两个不错的求婚者,只是因为他们没手表。而彼得不但有表,还有一双漆皮短腰靴。

在德累斯顿布留尔台地广场上,每天下午两点到四点,也就是上流社会人们时尚的散步时间,您就能看到一位五十开外的人,他一头华发,好像还患足痛风症,却衣着雅致,依然英俊潇洒,带着长期跻身于上流社会所留下的特别的烙印。这就是巴维尔·彼得罗维奇。他从莫斯科来到国外疗养,就定居在德累斯顿,他多和英国人和俄国旅客交往。他对英国人朴实,几乎是风度谦恭,可不无庄重尊严。他们认为他有点寂寞枯燥,但又欣赏他的绅士风度,"一个完美绅士"。和俄国人交往他举止很随便,随意发脾气,拿自己或者别人戏谑几句,但他这些都很可爱,既随意洒脱,又彬彬有礼。他持斯拉夫派观点:无人不晓,这在上流社会被认为是非常出众的。他不读俄文书报,可在他的书桌上有一个像俄国农民穿的树皮鞋形状的银质烟灰缸。

我们的旅游者喜欢拜访他。马特维·伊里奇·科里亚津因处于一时的反对派地位,前往波希米亚泉路过此地,曾架子十足地拜访过他;他和当地人很少打交道,但他们都很敬仰他。假如要弄宫廷乐队或剧院等等的票,没谁比冯·基尔萨诺夫男爵阁下更方便、更快捷的了。他尽可能地做善事;他依然有些名气:他的所作所为并没白费,可对他的生活来说却是个负担……比他预料的还痛苦……看看他在俄式教堂里吧,他倚在墙边,冥思苦想,长时间一动不动,苦涩地紧咬双唇,随后又忽然醒过神来,悄悄画着十字……

库克申娜也到了国外。她现在在海德堡,已不研究自然科学,而是研究建筑学了,照她的话说,她已发现了几条新的规律。她还是喜欢和大学生,尤其是那些年轻的研究物理、化学的俄国学生交朋友,这些学生在海德堡有很多,起初他们对事物清醒冷静的观点让天真的德国教授吃惊,随后又以彻底的消极无为和极端懒散同样让这些教授大跌眼镜。西特尼科夫在彼得堡乱窜,和两三个连氧气和氮气也分不出的化学家一起,这些化学家还满口否定和自尊,伟大的叶利谢耶维奇也和西特尼科夫在一起,让西特尼科夫也打算当个伟人,照他说,他是在继续巴扎罗夫的"事业"。听说,不久前他挨了顿打,可他也报复了:在一本默默无闻的小杂志上发表了一篇没人看的豆腐块样的文章,他在文中暗示说,打他的人是懦夫。他管这叫讥刺。他父亲依然随意打他,他妻子觉得他是个傻瓜……和文人。

俄国的一个偏远角落里有一个很小的乡村墓地。几乎和我们别的墓地一样荒凉:四周的沟里早已青草萋萋,灰灰的木制十字架低垂着,在一度油漆过的顶盖下慢慢霉烂;石板全挪过了,仿佛谁从下面推过它们一样;两三株光秃秃的小树连阳光也挡不住;羊群在坟墓之间悠闲地闲逛……然而其中有一座坟还未被人动过,也未被动物践踏过:只有鸟儿在上停歇,对着晨曦歌唱。铁栅栏将坟围了起来,两旁还种了两棵小枞树:这就是叶夫根尼·巴扎罗夫的墓。

一对老态龙钟的夫妇从不远的小村庄里经常来这座坟。他们步履蹒跚,彼此搀扶着来到铁栅栏前,两人一下子跪在地上,悲痛地哭上好久,久久地凝望着那沉默的石头,那下面就躺着他们的儿子。他们交换几句简短的话语,拂去石上的浮尘,整整枞树枝,又祈祷起来,他们想不离开这里,仿佛在这儿离儿子更近,离他们的回忆更近……难道他们的祈祷,他们的泪水都是枉然吗?难道爱、神圣、忠贞的爱不是万能吗?啊不!不管那颗静卧于墓中的心曾多么充满激情,多么罪过,多么躁动,那坟茔上的花睁着纯真无邪的眼睛,那么静谧地望着我们。它们不只是向我们述说那永恒的安宁,那"冷漠"的大自然的伟大的安息,还述说着永恒的和解和绵绵不息的生命……